双镜

赵娜
李宗晨
著

zhao na
li zong chen
works

四川文艺出版社

目录
CONTENTS

第一章　生死魔法

像是浓郁的黑墨沾于生宣，上海的天空也逐渐被夜色浸染。霓虹灯一盏盏亮起来，黄包车载着客人们在街巷弄堂里快速跑动，本就车水马龙的街道到了夜晚更是人声鼎沸，这座繁华瑰丽的城市终于迎来了它最为热闹的时候。

而此时的许幼怡正端坐在化妆台前，任由助理拿着一只大毛刷在她吹弹可破的面部肌肤上迅速上下扫刷。助理看了眼快完成的妆面，笑着问:“幼怡小姐，您要戴哪副耳环?”

许幼怡忽闪着眼睛，美滋滋地侧着脸看镜子中的自己，顺便伸出一根手指,“啵”一声打了个响指,“阿晚来嘛，帮我看看戴哪副，符合今夜我这个上海滩名流女作家的气质?”

张晚在远处应了一声,“稍等一下哦。”

许幼怡撒娇地反驳:“哎呀不行，快点来!”

张晚无奈地摇头走过来,“好了好了，来了，名流女作家。”

许幼怡撒娇地挽住张晚的胳膊,“给我挑耳环。”

张晚低头看着托盘，笃定地指左边,“这副。”

“啊——”许幼怡惋惜地拖长音调，看着右边,“可我看那对也不错啊。早知道不叫你来了。”

“那要不我假装没来过?”说着，张晚就作势要走。

许幼怡赶紧一把拉住张晚的手,“哎呦，说说而已啊，干吗当真，我相信你的眼光。”

张晚弯弯唇，眼角的碎金眼影闪烁出一些过分犀利的光芒，然而，此刻她的声音却无比温柔，像是对着自己心爱的妹妹，发出一声悠长的赞叹。

“听我的，你戴银色的很好看。”

出版社的王社长靠坐在一个五斗柜旁边，微微眯了眯眼，看着许幼怡与张晚，突然坐直了身体，打岔地开口：“幼怡这次的新书销量真是太火爆了，哎呦，这读者来信我们都分拣不过来。”

许幼怡瞧了眼那堆信件，眼底藏了笑意。能有现在这样的成就，自然与她自己的努力密不可分，除此之外，也的确多亏了张晚。她这一路走来，都有张晚陪着，经历了那么多，两人间的关系早就不能简单地用“伙伴”一词来定义。

至少，在许幼怡心里，张晚不光是伙伴，更是她独一无二的密友。

所以她抓起张晚的手摇了摇，真心实意道：“阿晚功不可没呀。”顿了顿，又补上一句，“当然，也感谢社长您帮我大力推广。”

张晚抿唇一笑，从门口拿起装着礼服的大盒子，走过来递给许幼怡，风情地眨眨眼，说：“先别夸，再看看我精心为你挑选的礼服！”

许幼怡欣喜地打开盒子，表情却在看到盒中礼服的一瞬间凝住了。

本该洁白无瑕的礼服，不知被什么人使了坏，在腰间的位置洒了红酒，酒渍晕开一片，礼服是不成看了。

张晚见许幼怡神情不对，目光随着下移，也是皱了眉头，“怎么会这样……”

表演大厅中央灯光闪耀，一张张圆桌在厅堂中央，宾客们身着礼服，都优雅得体。这是一场魔术秀，也像一场上流社会的表演秀。他们没有戴着面具，锦衣华服就是他们得力的铠甲。

探长姜斌环视周围的每一个人，眼神中似乎有些轻微的无谓和不屑。很快，他就调整好了自己的状态，绷起神经，警戒四周。

——这里现在可聚焦了全上海的目光呢，绝对不能出岔子。

“咚”的一声！两束灯光聚拢，打在高台上的主持人身上，光线刺目，一时有些晃眼。他激动地宣布：“现在，最激动人心的时候到了！有请水下求生魔术开创者，也是我们今晚的压轴表演嘉宾——甄善大师！”

魔术师甄善是这两年声名鹊起的年轻艺术人，他的魔术向来以惊险刺激，挑战观众心理承受能力底线而闻名，许多记者十分不齿他的路子，都发文攻击他。可不得不说，他独辟蹊径的风格也引来了上层猎奇者的目光，他们在许多场合都有邀请他表演。

甄善走上了台，向大家行礼致意，眼神自然地落在了观众席正前方。

那里，是许幼怡。

没错，许幼怡不止是今天的观众，也是举办方的特邀嘉宾。她在光束最耀眼的中心位坐着，优雅地与大家一起鼓掌，身着一袭白色晚礼服十分高贵，腰间用更深色的墨水，顺着脏污边缘勾勒出了一朵流云。旁边，是她的老对头，跟她走着近似路线的年轻女作家褚会子。

许幼怡文风偏向年轻人，有许多积极乐观的生活理念暗含其中；而褚会子的路线则更成熟，侧重享乐人生，偏向中年男女。她们本无高下之分，但褚会子知道，自己永远也比不上许幼怡，因为，她没有许幼怡命好。

许幼怡出身于贫困的下只角，可是生活的苦难没能磨灭她的意志，反而为她带来了别样的光芒。她努力读书，而后著书立说，被上海有名的贵公子周衡相中，此后鱼跃龙门，再不可同日而语。如今的她，是名动一时的名媛，是周部长家的儿媳。

褚会子冷冷地看了一眼许幼怡裙子上的花纹，挤对道："周家家大业大的，还用媳妇自己上手改衣服了？"

许幼怡看了一眼褚会子，张晚已经快速地接口道："可是足够漂亮，不是吗？"

褚会子扯扯嘴角，假笑一声。

张晚靠近许幼怡，耳语道："褚会子要气死了，她嫉妒你。"

许幼怡捂嘴偷笑，眨眨眼，美滋滋道："让她嫉妒去吧。哎，你说是她使坏弄脏我衣服的吗？"

张晚："谁知道呢。这些小把戏也不值当你费心。"

"对呀。"许幼怡开心地在桌下悄悄握了握张晚的手，"反正我有你，什么麻烦都能解决的。不过以前我真不知道你的画功这么好。"

许幼怡爱惜地抚摸着礼服边缘的流云，"等到今天回家了，我就让用人好好把衣裳清洁干净，然后收藏挂起来。"

张晚忍不住扑哧一笑，反手拍拍她的腰，像哄小孩子一样说：“不用，你以后喜欢什么，我尽管给你画。花瓶也好，裱花也好，都可以。”

“这么棒啊！”

“当然。若不是因为你，说不准我早就是名满画坛的大画师了。”

“哈哈哈，尾巴都要翘起来了！”许幼怡开怀大笑。

褚会子看着愉悦的两人，暗自生闷气，脸色更暗了。

姜斌站在一旁，将一切尽收眼底，他看着张晚和许幼怡的亲密只觉得刻意，看着褚会子暗地里的拼比又觉得可怜。他相信褚会子对许幼怡的厌恶是真的厌恶，但张晚对许幼怡的疼爱又是真的疼爱吗？

这些名媛贵妇们一生都在比谁过得好，真的有所谓的友谊吗？

他见过最好的上流友谊，也不过是我不希望你过得太差，但最好也别过得太好。

姜斌摇摇头，转身朝会场外走去。

跟班陈永远远喊了一声：“头儿，你干啥去？”

“我透透气。”

台上，魔术师甄善与主持人的互动正热火朝天。甄善说到兴起处，忽然对下面的观众席张扬宣布道：“今天，我想给魔术增加一个特殊环节，同时提升了魔术的危险性，不过我需要邀请一位助演嘉宾。”

主持人配合地开口：“哦？那我们的助演嘉宾会有危险吗？”

“当然不会！这位美丽的女士一直好好地站在旁边就可以了。”甄善注视着许幼怡，眼神里有些热络和想要靠近讨好的意味。

许幼怡回避了目光。

甄善翻起帽子，优雅地比了个绅士礼节，“那么，许小姐愿意来帮我一下吗？”

许小姐，无她尔。

“喔！——”

“幼怡，幼怡——”

台下一片鼓掌声。

许幼怡无奈地站起身，“我怕我会给您搞砸了舞台呢。”

魔术师甄善往旁边让让，从帽子里拿出一枝玫瑰花，轻闻了一下递上，“您的到来，是舞台的荣幸。”

“啪啪啪——”鼓掌声再起。

许幼怡笑着从旁边的台阶处走上了台。魔术师甄善在助理的帮助下躺进了一个装满水的水箱里，然后伸出双手，示意幼怡用锁扣系死自己。

许幼怡故作惊愕地举起锁，对台下示意，下面的观众都兴奋地点头。许幼怡笑着倾身过去，将锁戴在了魔术师的手腕上，然后退后一步，优雅地说：“期待一会儿与您再见。”

魔术师甄善眨眨眼，“当然。我会为您再献上一束花。”

主持人与助理一起合上水箱，盖上了黑布。

“轰”的一声，舞台顶灯的光芒熄灭了。紧接着，四周小的射灯亮起，优雅的小提琴乐手开始演奏，周围灯光变幻。

圆桌间的客人们明显都放松了下来，觥筹交错，言笑晏晏。许幼怡在原地轻轻转了个圈，晃动身体，翩翩起舞。

台下敬酒的往来越来越频繁！

众人的笑容扩大、放肆，虚幻！

时针“嘀嗒嘀嗒”越走越快！越走越快！渐渐透出一些不吉！——

时空中仿佛有一根无形的弦，随时就要崩断了。

“让开！让开！”

突然，嘈杂的声音划破一室柔和。

姜斌从大门口疯了一样跑进来！他眼睛通红，盯着水箱的视线像是在盯着什么恐怖的东西。在他跑过去的一瞬间，严微的步伐缓慢，像是一只优雅的黑天鹅，轻点着，走过了。而姜斌全无察觉。两人就这么简简单单地错身而过。

姜斌推倒了一个中年贵妇，三步并作两步直接跳上了台！同时，严微也已经走到了姜斌冲进来的门口，她回过头，一个似有若无的眼神，些微光束打在她身上，让她一半处于黑暗，一半走进光明。

严微离开了会场。

许幼怡无措地望着眼前这个莽撞的男人，与姜斌四目相对，几乎紧紧挨着，她磕巴地开口：“你……你干什么——”

姜斌凌厉的眼神瞬间剜过许幼怡，片刻都没停留，咻地一下掀开了黑布！

彼时，水箱里漂浮着一团黑色的物体，影影绰绰看得不真切，但能确定那东西是一动不动的……

许幼怡明显愣了一下，低头忍不住想凑过去看，却被姜斌一把勒住了肩膀。许幼怡回头瞪了他一眼，责备地开口："姜探长？"

姜斌顾不上回应她的质疑，也没时间展现自己的绅士风度，他将许幼怡往后拉一些，反手就抄起了金属的立式话筒杆，狠狠挥了过去！

"砰"的一声巨响！水箱破裂，玻璃四溅！

魔术师惨白着一张脸顺着水势倾泻而出，"咣当"一声砸在地上，惊得满厅的人怛然失色，寒毛卓竖。本来吵闹嘈杂的厅堂像是被人按下了暂停键的收音机，一瞬间归于死寂。

过了几秒，人群中才突然爆出一声尖叫："啊！"

在这声尖叫过后，其余的人才宛若受了什么启发，从惊愕中回神，开始争先恐后地四处逃散。

许幼怡脚下一个趔趄，几乎就要跌倒在地！随即被姜斌一把伸手搀住！

"这……这是怎么回事？"许幼怡声音颤抖，强自镇定地站起身。

姜斌沉沉地吐了一口气道："死人了！"

许幼怡下意识举目四望。

姜斌随即也做出了反应，高声对陈永招呼："陈永！封锁大厅！快！"

第二章　陌生来信

陈永行动很快，封锁大厅后便立即带着其他警员对现场拍照取证。一阵骚乱过后，局面基本被控制住了，宾客们大都聚在一起，虽然依旧慌惶，但也不再乱喊乱叫了。张晚趁机跑到了台上，两手拉着许幼怡的胳膊上下打量，眼里满是担忧，问道："幼怡，你怎么样？没受伤吧？"

许幼怡摇了摇头，但明显脸色不太好，她环视着大厅，一想到凶手可能就藏于其中，心里就发怵。

姜斌朝许幼怡投了一记安抚的眼神，沉声道："可能要麻烦周太太走一趟警局录个口供了，出事时你离得近，发生了什么想必比一般人看得清楚。"

到底是警局的人，有他们在许幼怡安心许多，发白的脸色渐渐恢复正常，她勉强挤出了一丝得体的笑，"没问题的，姜探长。"

姜斌冲她微点了下头，"那就谢谢周太太的配合了，等录完口供，我们会通知周主任让他来警局接你的。"

说完，姜斌把陈永叫到跟前，低声吩咐他："现场痕迹收存完成后，你找这儿的管事要一份今晚在场人员的名单，然后把离舞台近的几个带回警局录口供，其余的登记一下先放行。"

陈永点了点头，立马催促着大家加快速度。

姜斌再次看向许幼怡，面色稍霁，"周太太，你跟我一道走，不会有事的。”

许幼怡点了点头，拉着张晚一同上了姜斌的警车。

夜色已浓，街上已经没多少人了，许幼怡被张晚扶着从警局走出来，心有余悸的她又在警局折腾了许久，所以脚步略显虚浮，整个人看着十分疲惫虚弱。

而姜斌和周衡就走在两人身后，皆是神情严肃。

“现在可以确定这是一场暗杀，凶手事先在锁上动了手脚，但具体的情况我们还需要进一步调查。”

听到姜斌如此说，周衡不满地蹙起了眉头，“也太险了，若是那人再丧心病狂些，我太太岂不是要跟着遭殃？请你们务必查清楚，我跟你们张局长也打过招呼了。”

姜斌一脸正色道：“周先生放心，这是我分内的职责，无论您打不打招呼，我们都会尽力。”

周衡面上不显但心底一哂，官场这套说辞他听得多了，怎么可能会信姜斌是发自真心的，只当他是随口说了一嘴，眼神都没再分他一分，反是一把搂过了许幼怡，满脸担心。

“今天吓坏了吧，以后出门我给你配两个保镖带着好了，不然我这心里总不踏实。你说万一……”

许幼怡拍了拍周衡的手，阻止了他继续说下去，柔声道：“哪用这么夸张，你也不怕人说你闲话。”

说是这般说，但许幼怡脸上的担忧之色明显没有消退。姜斌见状，掩唇清了清嗓子，看着许幼怡，放缓声调：“周主任和周太太还请放心，无论凶手是谁，他选择用这种方式行凶，就代表他的目标很明确，不会伤及无辜，所以你不会有事的。”

许幼怡微微点头，冲姜斌绽出了一个友好的笑，“好，我知道了，姜探长辛苦了。”

姜斌客气道了句：“没事，这都是应该做的。”

随后，周衡便搂着许幼怡上了自家的车，张晚也照惯例坐进了副驾驶。

路上行人甚少，车子一路畅行，驶向周家。张晚安静地坐在车上，本是看着窗外关门闭户的店铺发呆，可没多久，目光就不自觉挪到了车内的后视镜上。

镜子照出了后座的景象。许幼怡正斜倚在周衡肩膀上，眸子半合，一脸疲态，而周衡则一手半搂着许幼怡，一手将她的小掌握在自己手中以示安慰，两人举止十分亲密还时不时低语。

张晚看着这一画面，心中蓦然生出一丝愤恨，盯着后视镜久久没挪开眼，直到周衡状似不经意地抬头。两人的目光通过后视镜瞬间交织在一起，绵密，黏稠，像是无声地传递着什么东西，令张晚顿时泄了气，冲着镜子勾出个暧昧的浅笑，转眼看向了窗外。

车子稳稳当当地停在周家大门口，周衡搂着许幼怡进入客厅，张晚紧跟于后。许是方才在车上小憩了会儿，许幼怡现在的精神好了许多，这才有精力留意到张晚，眼睛猛一下瞪圆。

“哎呀，都怪我！太累了，居然忘记把阿晚先送回家了！”许幼怡懊恼地感叹着而后又转向周衡，撒娇道，“阿衡，你帮我送阿晚回去吧。”

还没等周衡开口，张晚便摆了摆手，笑着拒绝：“不用了，你不舒服，叫周衡陪着你吧，我叫个黄包车就行了。”

许幼怡当即拉起张晚的手，想也没想就义正词严地否定了她的想法：“不行，天这么晚了，今天还出了这样的事，你自己回去我不放心。”

说完，她微微噘了噘嘴，夹着些娇俏的目光直勾勾地盯着周衡。周衡一贯招架不住撒起娇来的许幼怡，只能哭笑不得地答应：“好好好，我马上就送她，你自己休息，不要多想。”

许幼怡连连点头：“知道了。”

“那就好。”周衡轻声地应下，语气温柔，走前还不忘拥着许幼怡低头在她额上亲吻了一下。

张晚盯着夫妻情深的两人，目光里透出几分讥诮，唇角半勾，似笑非笑极为嘲讽，只不过这副怨毒模样转瞬即逝，许幼怡根本发现不了。

等面前的两人分别后，张晚走近许幼怡，亲切地拥抱了她，然后转身出了周家大门，周衡随之跟上。

月光皎洁，给黑夜平添了几分暧昧。车子重新上路，往夜色深重处驶去。

车开出周家有了一段距离，周衡突然开口同张晚说话，语气熟稔自然，还带着些似曾相识的柔和：“今天你也吓坏了吧？”

张晚伸手抚了抚头发，“是有点。”

“那等下到家了要好好休息，在警局我也没顾上你，你自己不要太操劳了。”

“我会的。对了，我新买了套茶具，等下要去我家坐坐吗？”张晚说完这话后直勾勾盯着周衡，目光里流露出几分风情。

周衡脸上显出意味不明的笑意，但低头看了眼腕上的手表，又收起了笑，“嗯……今天实在太晚了，过几天吧。”

“也行。”张晚失落地应下，却又突然话锋一转，调皮道，“不过在到我家之前，你都有反悔的机会。”

两人就这样别有意味地聊着，而此刻的许幼怡则躺在床上不停地学着翻烙饼，等她翻过第二十二次身时，卧室内的时钟已经指向了半夜十二点。

周衡还没有回来，家里过于安静了，许幼怡一闭眼脑海里就会浮现那具尸体的模样，瞬间什么睡意都给驱散了。反正睡不着，她索性坐了起来，目光在屋内睃巡了一圈，最后落在了装信封的盒子上。

许幼怡拿过盒子，打开便看见了很多信封，她随手拿了几封出来读。干净简洁的信纸被展平，许幼怡耐心地读着信，一颗不安的心渐渐平静下来，脸上甚至时不时会因信件的内容而浮起笑意。

她含着笑伸手又拿过一封信，可读着读着，好不容易恢复红润的脸色却越来越难看，到最后竟成了惨白一片，整个人也完全愣住了，只有拿着信件的手一直在无意识颤抖着。

她之所以如此错愕失态，完全是因为信上的内容，那信上写着：许幼怡小姐惠鉴，初次来信，确确唐突。然吾胸中有一桩难事，萦绕于心，焦虑万分。本月初二，南山路桥东旅馆，周衡先生与一女子亲密投宿，言谈神色，关系匪浅。此乃我亲眼所见，思来想去，特书此函，千巡有尽，寸衷难泯，还望许小姐珍重自身。

许幼怡活了二十六年，第一次有如此真切的茫然。她失神地坐在沙发上，肩上凌乱裹着条披肩，脑子里闪现了许多的画面，周衡同她结婚时开心的笑脸，婚后甜蜜的场景，他斩钉截铁拒绝那些扑上来的女人的模样……怎么会这样呢？

房屋内的时钟不知不觉指向了三点。

“叮咚”一声，整点报时的声音传来，随之响起的还有门锁被开启的声音。

周衡走进家门，看到了呆坐着的许幼怡，表情一愣，“幼怡，你怎么还没睡？”

许幼怡起身走过去，用力扯出个笑容，又担心自己表情僵硬让周衡怀疑到什么，她甚至在语气里夹了些娇嗔：“等你啊，怎么这么久？”

周衡背过身去关门，脸上闪过一丝慌乱，可再转身时，神情又已十分自然，他略显苦恼地开口：“唉，车坏了，我送去修了，回来时走了段路，早知道你在家等着，我就该跑着回来。”

许幼怡一言不发，走到周衡跟前，为他脱下大衣，眉头在这时微微皱了起来。

“好大烟味。”

“等了半天有点心烦，就抽了两根。”周衡坦然解释着。

许幼怡听着他的话却并没有看向他，而是低垂着眼接过了大衣，周衡就顺势低头在许幼怡头上亲了一下，嗓音低沉柔和，说道：“我去洗澡，你先睡。”

接着，周衡就走向了浴室。

许幼怡的笑意在脸上寸寸皲裂，最终消失殆尽，只一脸麻木地将衣服挂到了架子上，转身要走时，又猛地意识到什么，突然将衣服摘下，低头仔细翻看嗅闻衣领和袖口。过了片刻，才迷茫地放下。那上面似乎没有任何异常。

第三章　金屋藏娇

周末的周府一贯会有宾客来访，许幼怡瞧今日阳光大好，便差管家在小花园的石桌上摆了瓜果茶水来招呼朋友们。

小花园风景不错，草木葱茏，两旁的行道树精神抖擞地挺立着，枝干也被人修剪得规矩整齐。距石桌不远处还有一个高筑的圆池子，池底盖着一层白鹅卵石，池中站着的人形小喷泉正汩汩往池子里吐水，搅得水面荡漾不止。

几个人依着石桌而坐，谈天说地，很是愉快。周家保姆张姨远远地站在一旁伺候着，见瓜果被吃得差不多了就上前去添了些，走近便看见裴秀小姐在段佩佩小姐的手腕上细细闻着什么东西，她心下好奇，手上的动作都慢了些。

幸好裴秀也是个兜不住话的，随即便听到她惊叹：“哇哦，这是《沪上丽人》刚推荐的那款香氛吧，这边还没有卖的呢，你从哪里搞到的?”

许幼怡瞧着张姨放慢的动作失笑，晃着一杯红酒，轻轻抿了一口后，笑道：“是王司长才从香港带回来的吧。”

听到许幼怡指了出来，段佩佩这才得意地收回手腕，挑眉笑着说：“对。”

裴秀艳羡地看了她一眼，忍不住调侃，“哎哟，王司长对你还真是好，去哪儿都想着你呢。”

“哪儿有。”

段佩佩嘴上虽不承认，但明显心底开心着，脸上的笑意止不住。坐在她身旁的张社长看了她那春风满面的模样，摇了摇头，苦笑着把自己的椅子挪远了点。

“段小姐可算春风得意了，就是苦了我了。拜托段小姐，以后可否勿再喷那么重的香水了？回家夫人都误会我。”

段佩佩想回嘴，却被从外面回来的周衡截了话，“大家聊什么呢，这么高兴？”

周衡一来，可把张社长开心坏了，终于不用听这两位小姐聊香水包包了。他热络地招呼周衡坐在自己身边，“哎呀，周老板回来了，快坐快坐。”

周衡就着张社长身旁的椅子落座，甫一坐下就掏出烟盒，给张社长递了根烟，“社长试试这款雪茄，烟气细腻，入口顺滑，持灰也不错。”

张社长接过烟，点上吸了一口，赞叹地笑了起来：“不错，好东西。”

周衡朗声道：“那是，给张社长的东西怎么也不能差了。”

“周老板客气了，明明是您手里就没差的东西。”

“哈哈哈……”

男人间的交情有时候就是这样简单，几根烟，几瓶酒，几顿饭，实在不行就一起干点坏事。

听着两人互相恭维的言语，段佩佩忍不住出声打断：“我说你们哥儿俩都这么熟了就别说这些场面话了。张社长你有这工夫，还不如趁着这会儿快多抽几支，省得等会儿回家尊夫人闻到我的香水味了误会你。”

裴秀被段佩佩的这番打趣给逗笑了，跟着附和了一声：“就是，就是，还不赶紧的。”

说完两个女孩便嘻嘻哈哈地乐作一团，周衡耸了耸肩，状似无奈地和张社长对视了一眼。

许幼怡本也是笑着的，可在看到了周衡和张社长对视的眼神后，心里浮起了一丝怪异感。但还没等她细想，几人聊天的声音便又搅乱了她的思路，她只好压下心头的疑云，跟着他们的话题随声附和。

喷泉还在“孜孜不倦”地吐着水，小花园里已经没人了，张社长同段小姐、裴小姐两人坐在车里，跟在大门口送他们的许幼怡道别。

许幼怡笑着冲车内挥了挥手，目送着车子离开。

见车子走远，张姨便上前提醒：“回去吧夫人，仔细外面风沙大。”

许幼怡点点头，转身往回走了一步，目光却突然定在了不远处的院角。院角那儿丢弃着三四根雪茄的烟蒂。许幼怡盯着那几根烟蒂，不由得想起了段佩佩的那句玩笑话，怪异感又浮上了心头，她也没多想就下意识将那几根烟蒂捡了回去。

次日等周衡出门后，许幼怡才又念起了那几根烟蒂。她将残余烟蒂放在桌面上，皱眉盯着烟蒂看了许久，才敢拿起旁边的一个烟盒，那烟盒与先前周衡手中的完全一样。

尽管心里抗拒这个答案，但许幼怡还是抽出了一根完整的烟放到桌上，对比一看，果真与那三根烟蒂一样，她当即脸色一白。

这时张姨恰巧拿着报纸从院里走进来，“太太，这是今天的报纸。”

许幼怡静坐在沙发上，缓了缓神，才回头勉强对张姨一笑，接过报纸。等她打开报纸，头条几个大字赫然出现在她眼前：褚会子夜会神秘男子！

刹那间，匿名来信、浓重的烟味、夜会，这几个词像是被一根无形的线串了起来，反复地在许幼怡脑海里回荡。电光火石间，她心头猛地一跳，随后愤懑地扔下报纸，脑中好似有什么答案呼之欲出。

有了一个隐约的怀疑后，六神无主的许幼怡当即让人备车，慌张地赶去了张晚家。

张晚被许幼怡的一通竹筒倒豆子的说辞惊得目瞪口呆，诧异道：“什么？！”

面对张晚的质疑，许幼怡半点不屈，坐在老虎椅上，神情认真又带着一丝藏不住的怒气，斩钉截铁道：“真的，我觉得周衡在外面有女人。”

张晚无奈地撇撇嘴，拿着一瓶托卡伊贵腐酒到了许幼怡跟前。

“幼怡，放松点，没准是你想多了。要不来一杯？”

许幼怡看了眼酒，神色恹恹地摇了摇头。

张晚见她这般模样，便把酒放在茶几上，搂住她的肩膀仔细分析着：“幼怡，你是不是多心了？就凭门口捡到的几根烟蒂，还有不知谁恶作剧给你的一封信，就怀疑周衡背叛你？”

不想许幼怡郑重地摇了摇头：“阿晚，那不是恶作剧，我感觉他说的是真的，我的感觉不会欺骗我。”

“好。那你告诉我，你觉得那个女人是谁？”

许幼怡慢慢抬头，盯着张晚。张晚神色如常，平静地看着许幼怡，脸上挂着浅笑，像是在认真倾听，可眼神里似乎又藏着让人难以察觉的自得。

接着，就听到许幼怡果断地说："是褚会子。"

张晚顿时一愣，惊诧道："啊？"

见张晚这反应，许幼怡揪着眉头，又思考了片刻，还是笃定地继续说："对，就是跟褚会子！他们以前是一个学校的！而且，她本来就同我不对付，说不定就是故意同周衡在一起，借此来打击报复我。"

张晚看着许幼怡笃定的模样，哭笑不得地接过话："可是没听说过他们认识啊。"

"但是他们有机会认识啊。上海滩就这么大，社交场上来来往往就那么些人，他们要是想认识，就一定能认识！"

张晚叹了口气，起身拉住许幼怡，拍了拍她的手以示安慰。

"好了，别瞎琢磨了，交给我调查吧。"

"你能查到？"

"当然。"张晚肯定道。

许幼怡凝视着她认真的脸，不知怎么地，下意识说了句："你保证不会维护他，不会骗我？"

张晚一怔，随即佯装微怒，"说什么傻话呢，我们是朋友，出了这种事，我自然是站在你这边。"

许幼怡听到这番话，心里舒坦不少，凑过去抱住了张晚。张晚回抱她，宽慰道："但是你得答应我，在我没查出结果之前，不要轻举妄动。明天还得去拍照呢，保持美美的好心情，OK？"

许幼怡点了点头，张晚微微放开她，抬手帮她顺了顺头发，一副姐妹情深的样子，又柔声接着说："你能走到今天，周衡太太这个身份为你增色不少，盯着你的人很多，无凭无据的，你不要自乱阵脚。"

有了张晚出谋划策，许幼怡那颗狂跳不止的心脏逐渐平静下来，她长舒了一口气，说了声："好，我知道了。"

见天色不早了，许幼怡也不似先前那般慌乱，便要回家。张晚拉开门送她出去，笑容宠溺："拜拜，路上注意安全，到家记得给我打电话！"

许幼怡点头上了车。张晚看着车子远去，眸色沉沉，转身一关上门，脸上的笑容瞬间消失殆尽。她慢悠悠地走回沙发，给自己倒了杯酒。

这时，卧室门被拉开，里面探了个头出来，是周衡！他环顾了一下客厅，没见到除了张晚之外的人，暗中舒了口气，穿着睡袍从里面走出来，低声问："她走了？"

张晚并不回他，只跷着二郎腿，悠然地闻着酒香。

"怎么办？她怀疑了。"周衡追问着。

张晚晃着酒杯，不紧不慢地哼笑了声："呵，怕了？"

看张晚这么镇定，周衡就急了，语气很是不快："我早就说了不要出去约会，上海滩认识我的人那么多，你偏不听。"

张晚侧目轻扫了他一眼："怕什么？她把这事交给我调查，你知道的，我说什么她都信。"

说完，张晚喝了口酒，微眯起眼睛，魅惑地看着周衡。

周衡注视着她那双媚眼，心头的焦急慌乱被下腹升起的一股子邪火烧了个干净，曲指刮了下她的鼻梁，"你可真坏啊！"

张晚听着他喑哑的声音，粲然一笑，这一笑似是给了周衡某种指示，他走到了她身后，开始亲吻她的头发。随后细密的吻移到了耳朵上，他拥着张晚附耳低语："宝贝，你比我老婆还会编故事呢……你怎么不写书？"

张晚闭上眼睛，一脸沉醉地感受着周衡的热吻，轻叹着："我也想啊，可惜我没有一个在内政厅做部长的公公，也没有一个年轻有为的交通厅主任做丈夫。"

说到这儿，张晚回头，用手指轻轻挑开了周衡浴袍的领口，摸着皮肤的纹理一寸寸往下游走。

周衡被她撩拨得不能自已，眸子里的欲火渐浓，呼吸粗重，"那，年轻有为的交通厅主任做你的情人，如何呢？"

话音刚落，火热的吻便逐渐移到了张晚的唇边，张晚欲拒还迎，故意伸出根手指拦住了他的进攻，"嘘，等等，先喝完这杯酒……"

周衡抓住她的手，歪唇坏笑，"现在喝什么餐前酒，你就是我的美味。"

张晚回他的话还没来得及说出口，一个热辣的吻就将话给堵了回去，而后周衡一手与她的五指相握，一手紧紧箍住了她的纤细腰肢，两人开始激烈地亲吻、纠缠。

桌上开着的那瓶托卡伊贵腐酒也像是受到了这满室旖旎氛围的感染，散开的酒香愈加醇厚，同满室温存搅和在一起，更是诱人。

第四章　百花相馆

黑色轿车停在了百花照相馆门口，周衡率先下车，随即扶住车门，如往常一般伸手等着许幼怡，满眼笑意融融，一副宠爱模样。若是从前，许幼怡定是想也不想就拉住他的手下车。

可如今，烟蒂的事就像是藏在她心底的一根刺，只要她的态度稍稍软化，那根刺就会冷不丁冒头扎她一下，叫许幼怡心里硌硬。

她冷冷地瞥了周衡一眼，装作没看见，轱扭着屁股，拽着裙子挪蹭到了另一侧下车。

周衡低头瞧了一眼自己空落落的手，又看看许幼怡的样子，似乎觉得她又可爱，又有些紧张。

“咳咳。”旁边，车里的张晚轻咳了一声。

周衡的目光不由得转过去。

张晚的眼神里好像有细细的妖娆的烟丝，能让男人上瘾。他的目光与她短暂对视，然后不由得跟着她眉眼的变化生出些晦暗的感情。

张晚再次抛给他一个眼神后，便走下了车，几步过去，牵住了许幼怡，嗔怪地同她耳语：“你呀，你呀，昨天答应我什么了？”

“我可什么都没答应。”反正不想搭理他。后半句话许幼怡没说出来，只在心里愤愤不平地想着。她大步进门。

而就在身后，张晚再次回头，勾唇笑看着周衡，还风情地撩了撩耳廓边的头发。

周衡回以一个飞吻，手指拈着，送去，轻轻一擦，又放开。

许幼怡完全不知身后的动静，甫一踏进照相馆，就被照相馆精巧的装修风格吸引住了，她伸手摸了摸窗边墨绿色复古鱼骨纹窗帘，欣喜地回头说："阿晚，是你最喜欢的花色。"

张晚的手还停留在刚才抚摸耳垂的位置，但是自然地落下了一缕头发，笑眯眯地对许幼怡道："嗯哼，有品位的店。"

"确实有品位，这个装修风格我也很喜欢呢。不知道老板是个什么样的人。"许幼怡笑盈盈的，慢慢踱到了那面照片墙前。各式各样的照片令人眼花缭乱，可她的目光还是不自觉地落到了左下角那张上。

照片上，一个女人板板正正地盘腿坐在石壁之下，明明也在扯着嘴角笑，却给人一种神情肃穆的感觉，乍一看像是尊愤怒的金刚，着实有趣。

许幼怡看着照片勾了勾唇角，忍不住伸手抠了抠那块石壁，像是想弄掉金刚的座台一样，玩得不亦乐乎，全然没察觉自己身后的两人的勾当。

此时张晚的嘴里正哼着几句妖冶小调，状似在随意打量展示柜内的东西，实则侧目看着周衡。周衡倒也没让她失望，甫一听见这小调，当即心有灵犀地回望了张晚，唇边勾出一抹坏笑，眸色渐深。

暧昧在空气中弥散开来，宛如一张巨大的蛛网缓缓在许幼怡身后织成。

与此同时，就在许幼怡脚底正下方的照相馆地下室里，一记子弹上膛的声音清晰地响起。

这声过后，地下室那位被戴了头套反手绑在凳子上、姓冯名红的男人不自禁哆嗦了一下，嘴里呢喃着："兄弟，别，别……冲动……"

盘腿大咧地坐在冯红对面的人微眯着眸子，慢条斯理地问："三天了，想出什么没有？"

冯红抖着身子，支支吾吾："我，我……"

说话间，黑洞洞的枪口猛然抵上了他的下巴！！

冰凉的金属触感透过皮肤直达他的心脏，那一刻，死亡的恐惧排山倒海般袭来，冯红一个激灵，"想起来了！我想起来了！车借给朋友了，那天不是我开的车！真的！"

他憋着一口气说完，心脏依旧狂跳不止。

"借谁了？"

"张晚，张晚！"冯红的声音有点抖，事实上，他都快吓得尿裤子了！

"张晚？"对面的人呢喃了一句。

紧接着，两个人都听到头顶传来了声音。

"老板在吗？"

严微抬头，透过地下室的天花板，看过去一个凉凉的眼神，那个眼神似乎要穿透这层薄薄的板子，扎进张晚的肉体。

那个目光，叫宿命。

“这个店里没人啊?”见迟迟没有人来，张晚忍不住又发问。

周衡看许幼怡不语，忍不住说了句:“要不换家店?”

张晚:“这里定好了呢。”有点撒娇的声音。

许幼怡莫名觉得有点不对，回过头。

不过马上有一个声音打断了这种奇怪的感觉。

里屋传出了声音:“在。”

“咚，咚，咚……”

脚步声渐近，一个穿着简单干练的女人从里面走了出来。

许幼怡定睛看去，一眼就确定这是方才照片里的人，对方的目光在她的身上短暂停留，随即越过她，落在了周衡和张晚的身上。

清冷、凌厉，仿若世间一切脏污在那双眼睛下都无所遁形。这让张晚莫名感觉不自在，下意识挺直了背脊，问她:“这店就你一个人吗?”

“对。”对方面无表情地回道。

“呵呵，老板很年轻呢，怎么称呼?”

“严微。”说话间，严微挑了下眉，言简意赅地问，“有事?”

张晚随即笑着搂住许幼怡:“我们是来拍《沪上丽人》要做宣传的照片的，之前打电话预约过，要记得把我们幼怡拍美一点哦。”

“好，跟我来。”说完，严微就带着他们进了摄像室。

许幼怡跟了上去，张晚主动挽着她的手。

许幼怡悄声对张晚说:“你觉不觉得这人有点怪呀?”

张晚想了想，也对许幼怡耳语:“可能做这些技术工作的，不太和人打交道吧。”

许幼怡犹豫地点点头，脑海中却又总是想起这个姑娘坐在那块很奇怪很气派的石壁上的灿烂的笑容。

灰色的背景布前，许幼怡不停地变换着造型，姿态自信大方。

严微一丝不苟地盯着镜头里的她。一时之间，摄像室里只有相机的咔嚓声,“孜孜不倦”地捕捉着许幼怡每一个灿烂的瞬间。

拍了一会儿，宣传照也拍得差不多了，张晚瞧了瞧一旁的周衡，心里意动，忽然提议道:“再给你俩拍张合照吧，也好久没拍了。然后我们仨也一起拍一张，都没有合照过。”

“好啊，好啊。”

许幼怡瞥了眼连声称好的周衡，心里千百个不愿意，奈何这个建议是张晚提出的。她勉强点点头，同周衡匆匆拍了张合照，然后就想拎着裙子走下去。可张晚比她更快一步地迈了上来。她亲昵地挽住了许幼怡的胳膊，开心地看向许幼怡，许幼怡只得回头朝她笑了笑，继续看向镜头。

仿佛周衡感激地看了张晚一眼，随后又含情脉脉地注视着自己。许幼怡瞧着他的眼神就烦，直接撇过头去了。

严微板着一张脸注视着镜头内的画面。可不知怎么，心情似乎一下更差了，原本平直的唇角骤然下拉，眉间也拧出个“川”字，随后抬起头看向背景布前的人，冷不丁儿问了句："都站好了吗？"

许幼怡不知为何，只当是人家等得烦了，马上自个儿笑着回严微："站好了。"

严微面无表情地点点头。

"一、二、三。"

"咔嚓"一声，白光一闪而过，瞬间被定格成永恒，而有些东西，也被永远留存在了那里。

"好了。"

听到严微这话，许幼怡转身要下摄像台。

摄像台本就比地板高出一大截，上台时许幼怡还特意留心了一下，不想下台时，一个晃神，鞋跟踩偏，竟径直往地面扑去！许幼怡脸色瞬间一白。

旁边突然伸出一只手，以迅雷不及掩耳之势牢牢搀住了她。

许幼怡站稳，视线恢复，她连忙拍了拍被吓得心跳失衡的胸口，平复心情后才回头，赫然发现抓着她手臂的人居然是严微。也对，站这儿的就她俩，除了她还能有谁呢？

两人四目相对，许幼怡柔声感谢道："谢谢严小姐。"

严微点头松手，平静地别开眼，神情冷淡，仿佛刚才的一切都没发生过。

这时，反应过来的周衡才终于急忙跑来，拉着许幼怡又问又打量，一副殷勤模样，"幼怡，你没事吧？有没有摔着哪儿啊？怎么不小心点。"

这般殷勤的模样若是放在平时，许幼怡尚觉他对自己疼爱有加，可现在心里有刺，怎么看他都难受。

许幼怡心头愈加不平，冷哼一声，径自往外走，周衡急忙拿着衣服追了出去。

张晚看着远去的两人，眸子里有一闪而过的嫉妒与怨毒，但顾忌着严微还在身旁，很快就收敛了神情，边往外走边问道："照片什么时候能出来？"

"三天。"

张晚喉头一噎，不知怎么，她觉得严微同她说话的语气中好像透着些隐约的不屑，委实听得她不舒服。

"好。能送货吗？"

"能。"说话间，两人已经走到了柜台前，严微走过去填写记录单。

张晚看了眼，问："是现付吗？多少钱？"

"两套现付，一共十五块。"

张晚将钱放在柜台上，严微收好钱把单子和笔递给了她。

"您的名字。"

张晚接过，在单子下面工整地签下了自己的名字：张晚。

严微站在她身边，本是漠然地看着她签名，却在这两个字出现的瞬间眼瞳骤缩！

张晚放下笔，抬头，正对上严微的视线，不由得一愣，问："……有事吗？"

"没事。"严微的眸光一点点冷了下去。

离开照相馆后，许幼怡和张晚就马不停蹄赶去了新书发布会的现场。现场已经布置得差不多了，张晚找来了会场负责人同他仔细核对着发布会的流程细节，许幼怡则去了化妆间补妆。

镜子里映出许幼怡如花似玉的一张脸，柳眉琼鼻，哪儿哪儿都好看。化妆师看着修补后的妆面，满意地点了点头，从桌上的口红盒里抽出了一支新口红要给许幼怡涂唇。没料到许幼怡偏头躲过。

看着化妆师疑惑的表情，许幼怡笑着从包里拿出了自己的口红递给她。

“用这个吧。这套新口红顶端有样式各异的花纹，让我先看看。”

“嗯，好。”化妆师立马应下，随即将自己手中的口红递给了许幼怡，转而接过了她的。

许幼怡拿着口红细细观看，张晚便于这时疾步走了进来，一见许幼怡妆还没补完，当即催促着化妆师：“你快点，外面还等着呢。”

接着又转头问助理：“采访时间定了吗？”

助理连连点头，“定了。请幼怡姐先去九号厅开发布会，十二点结束后由陈编辑约在雨花厅做一个情感访问。”

“好。”

“十二点雨花厅。”张晚嘴里嘀咕着，眼睛从许幼怡的手上挪到了化妆台上，随后顺手从盒子里抽了一支新口红，在纸上写道：十二点雨花厅。

“哎！”许幼怡下意识叫出了声，然而还是来不及了。

“怎么了？”张晚问。

许幼怡看了眼那支口红，心里十分不是滋味，可再看一眼张晚无辜不解的表情，她就什么责备的话都说不出口了。

张晚打量着她的神情，不知是着急还是怎么，看她不说话了，就转头同助理吩咐了些事情，丢下一句:“我去大厅。”便又匆匆离开了。

等到张晚走远后，许幼怡这才心疼地拿过被她随意搁置在桌上的口红看了又看。可惜那支口红顶部的雕花已经被磨平了，任凭她再怎么看也找不出上面的纹路了。

第五章　重修旧好

“今天的发布会到此就圆满结束了，感谢各位媒体朋友的莅临，接下来还请大家有序离场。”

许幼怡话音刚落，台下顿时掌声雷动。她微微欠身，笑着同大家招手，缓缓退场。不过退场后的她一刻也没休息，前脚刚离开会场，后脚就去了陈茜编辑那儿接受采访，忙得如同连轴转的陀螺。

幸而这个采访是情感向的主题，本就比较轻松，加上陈茜编辑也是能说会道之人，所以两人谈得很是开心，许幼怡并不觉得累。

另一边，陈茜也很满意，边做着记录边赞叹：“可算明白周先生当初怎么执意要娶你了。许小姐比我想象的还有意思。”

许幼怡听到这话，想起了自己如今对周衡的芥蒂，眼里不由得闪过一抹黯色，却又很快振奋了精神，调侃道：“哪儿有，上海滩的青年才俊总有数不尽的鲜花可以欣赏，我不算什么。”

陈茜没看出许幼怡的故作轻松，只愣了一瞬，又跟着笑起来，“哈哈哈，许小姐说笑了，名流圈私下都说你和周先生二人如胶似漆，堪称模范夫妻呢！”

许幼怡敷衍着点点头。

“对了，方才说到夫妻，就想问问许小姐怎么看待夫妻关系呢？”陈茜忽然补充道。

谈及此，许幼怡心里微怔，若是以前她或许会说“相爱、忠诚、彼此信赖”之类的话，可现在？她低头垂眸，认真思索起这个问题。

良久，像是终于想通了什么，她抬起头坚定地看着陈茜，“我觉得可以总结为三个词——感恩、奋进、理解。”

陈茜听到这个答案，不解地瞪大了眼，“怎么说？”

许幼怡温声解释道：“感恩是感恩这个时代和这段缘分。这个时代让女性也能有机会成为独立的个体，拥有更完整的人格而不盲目依附于男性。缘分就更奇妙了，它能让两个素不相识的人变成恋人、夫妻，我觉得是很不容易的一件事，所以也一直心怀感恩。”

“所以许小姐是相信缘分的？”

许幼怡点点头：“相信的，我觉得人和人之间的相遇，冥冥之中是注定好的。你会经历什么样的事，遇见什么样的人，命运都早有安排，我们要做的就是积极去应对。”

“嗯，是。其实我也信。”陈茜听得认真，不禁停下了一直在做记录的手，朝许幼怡点头。

许幼怡回以浅笑，继续说：“奋进是我觉得两人在一起是要让彼此都变得更好的，要在生活里一起去进步，谁也不能落下谁，谁也不能偷懒。至于理解……”

许幼怡咬唇顿了顿，嘴角耷拉下来，声音里带着些郑重：“理解是给身边的那个人。理解他，理解爱情，理解婚姻。相信爱的时候是真正深刻的爱，但若遇到了问题，或者只是单纯不爱了，也该有潇洒放手的勇气。”

陈茜听完，脸上有明显的惊喜，忍不住鼓了鼓掌，“许小姐不愧是新时代女性的代表，这番话实在是太通透了！”

两人言笑晏晏，全然忽视了许幼怡身后的张晚，还有她那晦暗不明的眼神。

见问题问得差不多，陈茜便同许幼怡道了别。许幼怡和张晚一齐把人送出酒店，才又挽着手走回后台收拾东西。

“哒，哒，哒……”高跟鞋叩着地板发出有节奏的声响。

许幼怡敏锐地察觉到张晚在频频看她，心觉奇怪，忍不住开口问：“阿晚，怎么了，你是不是有话想和我说？”

张晚本就是这个意思，立即打蛇随棍上，深深叹了口气，状似无奈地抱怨道：“你刚刚不应该跟陈编辑瞎讲什么放手不放手的，我查过了，周衡没有什么问题，别多心了。”

许幼怡停下脚步，转眼看着张晚，她心里是想相信这个答案的，但又有点说不上来的犹疑不决，下意识问：“真的？”

张晚直视着她清冽的双眼，毫不犹豫道：“真的呀！你还不信我啊。”话说完，还安抚性地拍了拍她的手。

许幼怡勉强朝着张晚笑了笑，垂眸点头，但心底总还有些隐约的不踏实。她深吸一口气，决定先把这事搁一搁，等把最近的事忙完了，好好休息一场再说。

夜幕落下，许幼怡终于结束了一天的行程，她带着张晚走进周家大门，想着一起吃个晚饭。

结果走进大门才发现今天屋前的小花园居然没开灯，许幼怡下意识伸手去搀张晚，“阿晚，你小心点，黑灯瞎火不好走。奇怪，今天是灯坏了吗?”

许幼怡的呢喃之语刚落，入户花园瞬间大亮，彩灯彩带缀满了四周，还有许多朋友，像裴秀、段佩佩之类的，也在这儿。

许幼怡一脸惊愕地看张晚，张晚笑着回视她，目光别有意味。

接着就听到“砰”一声，是彩带筒被打开的声音，许幼怡不禁扭头。

人群中，周衡推着蛋糕从里面慢慢走出来，走近她，笑逐颜开，满眼星辉，眸子里倒映的都是她的影子，好像他们刚在一起的那一年一样。

许幼怡注视着周衡，心里有了一点触动。

“幼怡，生日快乐。”

周衡站在许幼怡面前，张开怀抱等着她。

许幼怡咬着唇，踟蹰不前，始终没能一下迈出那步。然而周围的朋友们丝毫未察觉许幼怡的心思，都兴高采烈地喝彩起哄，闹得气氛热烈而诱人。

“许小姐，生日快乐!”

“惊不惊喜，这是周先生特意为你准备的，我们都羡慕死啦!”

“还不快抱一个!”

…………

声音此起彼伏，扰乱了许幼怡的内心，然而她还没来得及做点什么，张晚就搂着她走到了周衡面前，替她做了决定。

张晚捏了捏她的肩膀，附耳道：“好了，我们的小公主今天就不要矜持了。周衡没问题的，拥抱一个重修旧好吧。”

许幼怡垂眸看着自己的脚尖，听到周衡说：“幼怡，我特意为你准备的生日会，喜欢吗？”

那嗓音磁性低沉，语气温柔得能掐出水来。

许幼怡心里有些发酸，抬头凝视着周衡的眼睛，那双眼睛里流露出的深情是如此诚挚热烈，终是一点点软化了许幼怡。

她平静的心脏好像渐渐活泛起来，凑过去轻轻环抱了周衡。

“谢谢你。”

周衡当即开心地哼笑一声，热气全打在了许幼怡脖颈上，痒得她刚想动动，就听耳边宠溺地言语着：“傻瓜，和我说什么谢谢。”

语毕，周衡打了个手势，张姨便端着托盘走了过来，盘子里是一双高跟鞋。

许幼怡见到这双鞋，神情十分诧异，因为她从来没向周衡表露过自己很喜欢这双限量款鞋。唯一有端倪的，就是之前的某一天，她窝在周衡怀里看杂志时，看这张图页的时间有点长。

难道他连这都注意到了吗？

许幼怡眼里升上点热意，是不是……自己想得太多了？

周衡从托盘里取出鞋，缓缓蹲下，为她换上，“知道你喜欢这双鞋很久了，不然也不会一直盯着看。幼怡，以后的每一段路，我都会陪你一起走。”

“砰！”

周家花园上空突然放起了烟花，五颜六色的烟花在头顶炸开，声响一阵赛过一阵，许幼怡觉得自己的心跳声也像这烟花爆炸声般，愈演愈烈。

她红着眼睛低着头，一眨不眨地盯着周衡的发旋，视线慢慢模糊了，脑子里只有一个念头：周衡这么爱她，自己确实不应该怀疑他的。还好，现在也没酿成什么大错，还来得及……

“哦咦！”

“哇喔！”

“噢噢噢！”

众人的起哄声打断了许幼怡的思绪，周衡也在这时站起来，优雅地朝着许幼怡伸出了右手，笑言：“这位美丽的小姐，可以请你跳支舞吗？”

许幼怡提起自己的裙摆，朝周衡伸了手，微微屈膝低头，“当然。”

两人拉着手相视一笑，周遭的吆喝声又高出几分。

“他俩真是郎才女貌啊！”段佩佩对身边的张晚感叹道。

张晚瞧着共舞的两人，眸中挟着不为人知的讥讽，笑着呢喃了句：“是啊，郎才女貌。”

“对了，张小姐还单身吧。可要加油了，好姐妹都结婚几年了，你也要早日觅得好男人。”段佩佩随口寒暄着。

张晚失神地看着人群中一身西装笔挺、舞步矫健的周衡，忽然扭头对段佩佩说：“谢谢段小姐关心了，我有男朋友了。”

“啊？什么时候的事啊？”段佩佩微张着嘴，很是吃惊。

本以为能得到答案，不想张晚却笑着摇了摇头，一脸神秘道：“保密，下回有机会再告诉你们。走吧，一起去跳舞吧。”边说着，张晚把段佩佩推进了舞池。

聚会一直到了下半夜，朋友们陆续散去，周府才又恢复了寂静。皎洁的月光偷跑进卧室里，把房间映衬得有些清冷，但丝毫不影响床上相拥而眠的两人。

许幼怡悄悄睁眼看了下熟睡的周衡，面前的男人同刚结婚那一年并没有什么区别，还是剑眉星目，英俊帅气。

许幼怡回想了周衡一直以来的表现，觉得自己是应该释怀那几根烟蒂的，毕竟只有几根烟蒂，又能证明什么呢，况且阿晚调查了也说没有问题。

那就是真的没有问题吧，她应该相信的。

许幼怡这般想着，心里的石头渐渐落地，唇边浮上了浅笑，眼皮越来越沉，终是闭眼睡了过去。

日升月落，清晨的阳光打在半开的淡蓝窗帘上，光亮晃着了许幼怡的双眼，她暗自嘟哝了一句，把头往枕头里埋了埋。

周衡在床边注视着她的小动作，不自觉笑出来，趴下身用鼻尖亲昵地蹭了蹭她的鼻子。

“懒猪，该吃饭了，起床了。”

许幼怡噘着嘴，翻身推了他一把，迷迷糊糊地说：“不要啦，我还很困。”

周衡笑着摇头，揉了揉她蓬松的头发，故意搞怪大叫：“那我要来抓你了哦！”

说完，猛一下将许幼怡打横抱起，直奔着浴室去了。

许幼怡一个激灵就被吓清醒了，忙不迭搂住他的脖子，暗暗咬牙威胁道:“下次再这样就不理你了!”

周衡不怒反笑，趁机啄了她的脸一口,“你每回都这么说，但是没哪回舍得…… 嘶……”

话说到一半，最后变成了呼痛声。

许幼怡掐着周衡的胳膊，抬头得意地瞧着他。

周衡用自己的额头撞了撞她的额头，连连讨饶,“好了好了，我不说了。你刷牙洗脸，我去做早饭。”

“嗯。”

周衡在厨房里煎火腿鸡蛋，边哼着小曲儿边挥舞锅铲。

许幼怡一进餐厅就看见了这幕，厨房的烟火气和准备早餐的男人，确实让她心生温暖。

周衡听到身后的动静，知道是许幼怡来了，便转身端了杯牛奶过来。

“马上就好，先喝杯牛奶。”说完，还吻了一下许幼怡的额头才又回到煎锅前。

许幼怡捧着热牛奶，凝视着周衡的背影，发自内心地露出一抹笑，终是释然了。她要相信他的，要好好经营夫妻关系，好好过日子。

她的幸福，她苦苦从下只角里熬出来的 —— 从小就梦想的一切。要珍惜呀。

第六章　冰山一角

许幼怡与周衡重修旧好后，日子又恢复了从前的模样，流金一样淌过，直到——迎来了联盛会。

这是上海滩一众名流组织起来的，明面上说是为了庆祝上海一年更比一年的繁荣昌盛，实际上不过是一个交际往来的名利场。大家彼此认识、建交，都是为了搭建关系网，保证自己家族的长盛不衰。

所以，届时整个上海滩的政商大员、名流红人都会汇集于此。各大媒体更是对此趋之若鹜，毕竟一次性能采访到如此多的名人，何乐而不为呢？

这种盛会，许幼怡一向自然也是要出席的，而且今年的许幼怡还受邀成了开场舞嘉宾，更是马虎不得。

她结束掉工作，匆匆从出版社大楼出来，径直上了路边等她的车，片刻也没耽误。

“等很久了吗？”许幼怡问张晚。

“还好。”

车子掉头离开出版社大楼，许幼怡看着前面的路，疑惑地问：“不回家？我们要直接去会场吗？可我礼服还没准备好。”

“不，我们先去百丽楼做造型。礼服、配饰我全都给你准备好放那儿了，周衡等下会去那儿接你，不用担心，时间上来得及。”

许幼怡闻言眼神一亮，亲昵地抱住张晚的手臂，凑近给了她一个飞吻，欢呼道：“最近工作这么忙，幸亏有你帮我准备这些，阿晚最棒了。”

张晚笑了笑，伸手点了点她的额头，“哈哈哈，小马屁精，先看看我给你选的礼服。”

说着，张晚从包里拿出了两张照片给许幼怡看。

“都是本季新款哦，你喜欢绿色的还是蓝色的？”

许幼怡接过照片，细细端详，过了片刻，说：“唔……蓝色吧。”

“可我觉得你穿绿色好看，已经给你敲定绿色的了。”

许幼怡一听，就把手里的照片还给了张晚，不开心地瘪瘪嘴，“又是这样，你都挑好了还问我干吗。”

张晚不以为意地嬉笑着，“总要问一下嘛。绿色好看的，你相信我。”

“嗯嗯嗯，穿你挑的。”许幼怡点头应下，人却有点蔫儿了。

张晚见状便用胳膊肘撞了撞许幼怡，“别这样啊，等会儿你可是要和如今上海滩最当红的男影星陈双城跳今夜的开场舞，不开心激动吗？”

许幼怡一脸平静，“有什么好激动的，我又不是他的影迷，而且我并不觉得那位陈先生有多迷人啊。”

说到这儿，许幼怡顿了顿，又压低声音道：“还不如我家周衡呢。”

听到周衡的名字，张晚眼里涌上些别的情绪，却还故作轻松地打趣许幼怡：“呀呀呀，这下又你家的啦？”

许幼怡不好意思地笑，“你还笑话我。”

“哈哈哈，不疑神疑鬼啦？”

“我……不是你说他没事吗，我这是相信你！”

许幼怡两颊臊红，支吾半天只说了这么一句。

这却惹得张晚喜笑颜开，她状似宠溺地摸了摸许幼怡的头，“好好好，我知道这些都是我的功劳了。”

那语调轻快上扬，明显带着点得意之感，可惜此时的许幼怡听不出来，反倒更亲密地揽住了她。

轿车停在百丽楼门口，过了许久，又沐着月色驶向了雅康酒店。

雅康酒店门口，刚到的褚会子正被记者们围堵着，他们七嘴八舌，问题一个接一个往外丢。

“请问褚小姐您的新书《威尼斯爱情》主要讲述了什么样的故事呢？”

“您说这个小说是为了纪念一场真实而禁忌的恋情，请问是您的切身体会吗？”

…………

褚会子对着镜头微笑，心里一边恼着这群记者的聒噪，一边又享受着这种追捧。她面上淡定从容，正想依次回答这些问题。

不料，人群中忽然传来一声高呼：“许幼怡小姐来了！”

接着记者们便如潮水回落般迅速从她身边退散开，一窝蜂挤到了许幼怡跟前。

许幼怡站在车前，穿着墨绿色的裙子同大家微笑招手，周衡则体贴地半环着她，“请大家让一让，不要拥挤，谢谢配合。”

记者们见状就知许幼怡当下没有要接受采访的意思，又忌惮于周衡在场，便自觉为两人让开了一条道，不采访，只一个劲儿地拍两人相携进场、伉俪情深的画面。

褚会子站在台阶上看着这幕，暗自咬牙，心里气得不行，眼神频频向许幼怡的方向放冷光。

而许幼怡此时虽没正眼去瞧褚会子，却早也眼尖地瞥见了她那暗含妒恨的眼神。

对此她倒是没有太多反应，只姿态优雅地提着长裙，拾级而上，面无表情地与褚会子擦肩而过，入了会场。

联盛会还没正式开始，许幼怡便一直同周衡在一起，按说明眼人都看得明白这是什么关系，一般不上来自讨没趣，偏偏陈双城是个不开眼的，端着酒杯硬凑到了许幼怡面前。

“敬今天的女主角。”

许幼怡微笑着看了眼身边的周衡，没有接酒杯，而是推诿道：“谢谢陈先生，不过满场都是名媛贵女，女主角就谈不上了。”

陈双城挑眉一笑，说道：“怎么会，许小姐可是全场最亮眼的一个。”

许幼怡：“怎么说？”

陈双城扫视着许幼怡，努力地为自己随口奉承的一句话找理由，忽然垂眸道：“不说别的，光是许小姐的鞋子就已经很特别了。”

马屁正拍到点上，许幼怡接过酒杯，笑言：“谢谢，这是我先生送给我的生日礼物。”

话音刚落，原本站在一旁沉默不语的周衡忽然插了话：“陈先生也觉得不错吗？是 Lanvin 设计师亲手打造的。”

陈双城顿时一愣。

周衡也不等人反应过来，便径自拿过许幼怡手中的酒杯与他一碰，继续道：“陈先生可能不知道，那是法国一位知名设计师。”

话说到这份儿上，陈双城再傻也能感受到敌意，随意地笑了笑，喝了口酒便自称有事离开了。

等人走远，许幼怡才悄悄掐了掐周衡的胳膊，小声娇嗔道：“干吗这样说话啊？人家又没得罪你。”

周衡一本正经盯着许幼怡的脸，“我吃醋了不行啊，谁让等下他要和你跳开场舞。”

这语气中透着股浓浓的酸味，让许幼怡心里升腾起一种说不出的甜蜜感，可还是嘴硬地嘟囔了一句：“小气鬼。”

话被周衡听去，他忽然俯身在许幼怡耳边低语：“小气鬼也只为你。”

两人凑得近，周衡的鼻息全进了许幼怡的耳朵里，酥酥麻麻的，连带着她心里也跟着柔软了起来。

“幼怡，周衡。”

两人本是气氛正好，却被张晚突然而至的叫唤声打断。

许幼怡扭头看着张晚走过来，不禁疑惑："阿晚，你干什么去？"

"唱片公司的杨经理在对面跟人吃饭呢，我过去和他打个招呼。"

"嗯？咱们跟他有合作吗？"许幼怡凝眉思索道。

"暂时没有，但以后未必。"

"那你注意不要喝太多酒。"许幼怡不疑有他。

张晚笑着点了点头，从两人身后走过。

周衡不知怎的，在张晚路过他时，忽然身体短暂地僵硬了下。不过幸亏这样的反常只有一瞬，根本让人来不及发现。

许幼怡也压根儿没注意到这一瞬的异常，还继续同周衡咬着耳朵。

不过没多久，她就见周衡左右四顾，突然眼神发亮。

"是见到谁了吗？"

许幼怡猜得不差，她甫一问完，周衡便抱歉地说："幼怡，我看到银行的李部长了，过去跟他说说话，离开一下好吗？"

"去啊，我又不是小孩子，还怕我丢了啊！"许幼怡摇头失笑。

"对啊，你是我的宝贝，当然怕丢。"周衡宠溺地捏了捏许幼怡的鼻子。

"快走吧，别等下人李部长走了。"

许幼怡笑着推了周衡一把，周衡这才安心地转身离开。

许幼怡的目光追随着周衡的背影，想看看李部长在哪个方向，不料看着看着，视线忽然被人挡住。

姜斌端着个蛋糕盘，嬉皮笑脸出现在她眼前。

“蛋糕不错，许小姐尝尝吗？”

“不用了，谢谢。”

姜斌耸耸肩，露出一脸遗憾的表情，“好吧，可能你们女士更注重体形，更何况你还是上海滩的明星女作家。”

许幼怡看着姜斌，脑海里就浮现出了魔术师顺水流下的尸体，实在是热络不起来，冷冷地说：“探长您没有公务要忙吗？我对你的印象有点糟糕，感觉碰到你可能就没有好事。”

姜斌哼了一声：“封建迷信本身就不是好事。得了，这么不招许小姐待见，我还是走吧。”

说完姜斌就走了。

这时，许幼怡才又下意识去看周衡离开的方向，恍然发现人群中已经没有他的身影了。

许幼怡皱着眉走到了调酒台前，心觉奇怪，便点了杯酒，倚靠在酒台边仔细环顾着宴会厅的角角落落，冷不丁就注意到了偏僻角落里的褚会子。

只见一名服务生同她耳语了几句，说话间还掏出了一张小纸条悄悄塞给她。褚会子谨慎地看了看左右才打开纸条，一眼之后又立马收了起来，接着便站起来，鬼鬼祟祟地离开了大厅，生怕被人发现似的。

许幼怡当即觉得不对，喝酒的动作顿了一顿，猛地想起了那几根没有得到解释的烟蒂和方才消失的周衡。心里忽然有了某种闻之色变的猜测，激得她神色陡变，寒毛倒竖。

那根原本消失不见的尖针又重新长了出来，刺痛感迫使她搁下酒杯，悄然跟上了褚会子。

人声越来越远，许幼怡的眉头越皱越深，她远远看着褚会子的背影，眼神里的猜忌与愤怒之色越来越重。

因为怕打草惊蛇，许幼怡没敢贴太近跟着，结果走到了前面一个岔路口，还是把褚会子跟丢了。

许幼怡不死心，便小心地在长廊上环顾窥探。

没走几步，没发现要找的人，却意外听见了一曲熟悉的小调子，正是张晚常哼的那首。调子悠扬婉转，甜得有点发腻。

阿晚怎么在这里？

许幼怡看了眼传出歌声的化妆间，心里十分疑惑，下意识放轻脚步靠近化妆间。

一步，一步，一步。

第七章　晴天霹雳

门被轻轻推开，光亮从房间里一丝丝透出来，有些刺眼。身处黑暗中的许幼怡下意识眯了眯眼，然后才凑近了门缝。

男人背对着她，手紧紧箍住张晚的细腰，不停地吻着张晚。

张晚则仰头闭眼接受亲吻，嘴里还哼着她最爱的那首曲子，一脸沉醉与享受。酒红的头发披散在肩膀上，衬得她妖娆又妩媚，活像一个勾人的妖精。

许幼怡笑了一下，随即，觉得这个男人的背影似乎有些熟悉……

下一秒，男人的声音忽然从里面传出来。

“别唱了！”

咚！许幼怡仿佛听到自己的心重重落下的声音！

阿衡，阿衡，是阿衡！

耳边全是细小的嗡鸣，以至于张晚后面那句：“怎么，你怕啊？你怕还来？”她都听得不真切，惶惶然几乎在梦中。

周衡两手抱住了张晚，猛一下将人压在了桌上！

桌子不稳当，“刺啦”一下，桌腿划着地板拉出一道刺耳的声响！男人的脸大刺刺露着！她再也无法欺骗自己，她觉得自己的手在颤动，不，她浑身都在抖！

许幼怡站在门口，手死死捂住了自己的嘴，怎么也不敢相信那个人居然是周衡！

她瞪大了眼，牢牢盯着那个男人的脸，试图在他脸上找出一点不是周衡的证据来。然而任凭她如何努力，都找不出来。

被背叛的愤怒与绝望如同一桶冰水，在寒冬腊月里从头泼下来，一次一次，让她都要凉透了。

过往幸福生活的假象终于在这一刻支离破碎。许幼怡不是没有想过周衡的背叛，可怎么也没有想到那个人会是张晚！

为什么……

为什么……

为什么！！

她最爱的朋友，与她最爱的男人。

许幼怡僵硬，麻木，就那么站着。屋内两人的亲吻与喘息声延绵不绝，这些声音好似化成了一条阴冷的毒蛇，慢慢绞住了许幼怡，直把她往深渊里拽。

她两脚发软，有些站不住，却仍旧执着地站在原地看屋内两人交颈而吻。

看着看着，恶心感涌了上来，眸中的绝望就变成了怒火，她咻地一下伸手握住了门把手！

几秒钟后……那道门重新被掩好，许幼怡转身慢慢地靠在墙上，无声地哽咽。

最沉重的东西落下时，往往都寂静无声。

许久之后，许幼怡扶着墙壁重新站稳，放轻脚步，一步一步离开了化妆间。不可以继续哭，也不能闹，她记得自己还要去跳开场舞，也记得自己从不会让人看笑话。

舞会刚刚开始，许幼怡拉着陈双城的手一起跳开场华尔兹。她神色如常，舞步利索，完全看不出心里的难过。会场的舞曲激昂欢腾，鼓点紧凑有力，一时之间，所有人的目光都聚焦在了舞池中央。

蹦擦擦！蹦擦擦！

许幼怡跟着音乐节奏旋转！摆头！每一个停顿的间隙都会扫视人群。

张社长在为她鼓掌，裴小姐在为她鼓掌，大家都在为这场激扬的华尔兹欢呼，可人群中独独不见周衡与张晚。

那个位置，那个显眼的位置，始终是空的。

不知跳了多久，直到舞曲到了后半，末尾一个重音落下，许幼怡随即停了舞步，结束了舞蹈，会场瞬间掌声如雷。

那消失不见的两人也终于出现在了人群中，隔着点距离站着，脸上带着笑意，目光都齐齐看向她，尤其是张晚，她的眼神就像在看自己心爱的作品，当对视上许幼怡的眼神时，还竖起了拇指。

仿佛，如此地爱着她。

真恶心，真恶心啊。

一曲过后，这个盛大的交际场开始发挥它真正的作用，传杯弄盏，觥筹交错，人们认识新朋友，谈论新合作。许幼怡借此避开了与两人的接触，此时此刻的她实在没办法面对这两个虚情假意的人。面对不了，所以才躲开，不想一躲就躲到了晚会散场。

也是直到散场，周衡才发现自己之后一直没看见许幼怡，他把会场都找了一遍还是未能见到人。

“真奇怪，去哪儿了。我找遍了整个会场也没找到她。”

“是不是先走了?”张晚语气淡然，半分担忧也听不出。

倒是周衡面上有些隐约的焦急，大声说了句，“怎么可能？幼怡不会不等我的。”

张晚不动声色地皱了下眉毛，为周衡焦急的语气不开心，面上却笑容温和，软语建议道:“说不定今天觉得累就先走了呢，我们先回家看看吧?”

周衡沉思几秒，终是听了张晚的话。

张晚见他点头，免不住心里得意，竟在大庭广众下挽住了周衡的胳膊，同他一道上了车。

车子驾离，后车窗映出两人依靠在一起的脑袋。

许幼怡从酒店角落里走出来，她神色平静，只惨白着一张脸，沉默注视着车子远去。

当车子消失在了街道尽头，许幼怡背车而行，失魂落魄地走在街上，连天上不知何时下起的朦胧细雨也浑然不觉。她就这么走着，走着，不去看人在哪里，也不想管时间几何。偶尔有路人回头，看着这个貌美的小姐，试探着向她递出伞，许幼怡也只是面无表情地绕过，离开。

……直到，她走到了百花照相馆。

那灯牌在闪烁，将灭未灭，她不知道自己是怎么了，就停下了，看着出了神。

殊不知街头另一边，有人正打着伞缓缓靠近她。

“你是来取照片的吗?”

许幼怡闻声回头，严微披着一身冷凝的风雨，静静站在面前。

那一瞬间，许幼怡是想否认的，可喉头却似堵着东西，沙哑得说不出话来。

严微与她安静对视了片刻之后，抿了抿唇，依旧是副拒人于千里之外的模样，可嘴里却说着:“进来吧，雨大了。”

许幼怡就这样呆愣愣地跟她进了照相馆，湿透的衣裙往地板上嗒嗒滴着水，惹得严微扭头看了她一眼，随即仿佛并不在意地，从脸盆架上拿过一条毛巾递了过去。

许幼怡拘谨地站在原地，被打湿的头发一缕缕沾在脸上，纤长的睫毛安静地耷拉着，一动未动地看着那条毛巾。

严微没再开口催促，只是将毛巾放在了桌子上，转身去柜台后面翻找照片。再回来时，许幼怡已经沉默地坐到了桌边。

麦色的手把三张照片推到了许幼怡面前，许幼怡回过神去看照片。

严微坐在她对面，面无表情地观察着许幼怡，肚子却在这时突然咕噜噜叫了一声，家里的好运气也跑了过来，围着她“喵喵”地叫着。她摸了摸自己饿着的肚子，又看了眼许幼怡，还是撇下一人一猫起身去了厨房。

炉火蹿起，严微想也不想，直接把一团米饭倒在了热锅里，翻来炒去，米粒都粘在了锅底。

厨房里锅碗瓢盆乒乓作响，是全然的人间烟火气，但是，就像在另一个时空和世界。

许幼怡坐在桌边，手里死死捏着三人的合照，眼眶发红。照片上，周衡和张晚对视的眼神是如此缠绵悱恻，独她一人直视着镜头微笑，真是淑女，真是讽刺。

她啊，就像是一个笑话。

许幼怡看着照片，忽地鼻头一酸，眼泪不争气地砸了下来，又很快被她用力擦去。

她吸吸鼻子，瞪着照片中的自己，数落道：“哭什么，自己眼瞎，不准哭。我没事，我才没有事。”

桌腿边的猫似是感受到了许幼怡的难过，居然攀着椅子跳到了桌上，伸出毛茸茸的爪子轻轻挠了挠许幼怡拿照片的手。

许幼怡的注意力被小猫吸引过去，用手擦去脸上的泪痕，勉强振作了精神，冲着小猫呢喃道："我不会哭了，没事的。"

说完，刚想伸手摸摸它的头，厨房里忽然传来刺耳的哐当声！

小猫警惕地转头，许幼怡泫然欲泣的一张脸也跟着转了过去。

滚滚黑烟自厨房冒出，冷不丁儿映入眼帘，吓得许幼怡胆战心惊，也顾不得自己的伤心，急忙跑了过去。

她刚一到厨房门口，简直就惊呆了。炒锅里火舌舞动，翻腾出滚滚浓烟，油壶倒在灶台边，地上有掉落的鸡蛋和炒勺。而严微则灰头土脸，一脸抑郁地站在锅边。

许幼怡被浓烟呛了几口，捂住口鼻边往里走边焦急喊道："你在干什么？快，快盖锅盖！"

话音未落，严微已经转身迅速地将锅盖扣了上去。

锅中的火总算是灭了，可厨房里仍旧一片狼藉。

许幼怡与严微四目相对，相顾无言，她还头一回见人做饭能点着厨房的。若是换成平日，她定是能笑上几声，可眼下她情绪低落，只垂了眼皮低声问她："你要做饭吗？"

严微脸上没见半分窘迫，冷冷应了声："嗯。"

"我来吧。"许幼怡轻轻道，边说边走向了食品柜。

严微没答应也没拒绝，只盯着她兀自前进的背影。

食品柜里空荡荡的，就剩了角落里的一包虾仁和一把蔫了的芹菜，许幼怡看着这些食材，回头问："煮粥行吗？"

严微看着许幼怡清澈的眼睛，心里忍不住生出了点莫名的烦躁，她没想与许幼怡有太深的接触，可却不由得让这人堂而皇之地占领了她家的厨房，这让她感觉很不好。但到最后，她也没能说出拒绝的话来，反倒点头说了个——

“好”。

好。女子，为好。

许幼怡的柔在这一刻体现得淋漓尽致，像是窗台上静静绽放的杜鹃花，温婉的美丽。

她转头淘米熬粥，细碎的芹菜和紧实的虾仁被放进粥里，许幼怡拿着一柄勺子慢慢搅拌着锅里的粥，米粒逐渐发福破开，虾仁的鲜味飘入了鼻间。

严微抱着猫站在厨房门口无声地看着许幼怡，当下的感觉让她觉得不错。

“哒”一声，炉火被关灭，打断了严微的思绪。

“粥好了。”

许幼怡盛着粥，再次瞥到旁边锅中一团漆黑的炒饭，咬了咬唇，还是忍不住叮嘱：“炒饭的时候先放点油，不然容易粘锅。也别放太多，油温过高，锅中就会起火。”

严微绷着一张脸看许幼怡，后者只是自顾自说着。

严微忽然有点不服气，自己都不知道自己怎么那么幼稚，开口道：“我知道。”

许幼怡看了她一眼，浅浅弯唇，直接将粥碗塞到了她的手里。

第八章　登堂入室

严微捧着粥碗出来，许幼怡已经坐在了桌边，照片被反扣在了一旁，她没有再看一眼，而是盯着窗外的瓢泼大雨发愣。

灰蓝色的猫亦步亦趋跟着严微，顺着香味爬上桌子，轻轻叫了一声。

严微看了看自己的小猫，起身拿过猫碗，从粥里挑了几只虾仁放进去，推到了好运气跟前。

“你要吗？”

许幼怡扭过头来，满眼疑惑，“什么？”

“饿不饿？”

“我……”许幼怡张嘴想答，可没等她把话说完，严微就已经起身去了厨房。

一碗热粥被端到眼前。

严微：“吃吧。”

许幼怡抬眼看了严微一眼，依旧没什么胃口，但还是拿起勺子，一下下搅动起米粥。

小猫在桌子上欢快咀嚼着自己碗里的虾仁，严微则抱着只剩芹菜的粥咕噜噜喝了起来。

许是因为回神了，面对这样一副场景许幼怡又拘谨起来，她瞥了眼小猫，试图缓和这样的氛围，便主动与严微搭话。

“小猫有名字吗？”

“有，叫好运气。”

“好运气？名字真好。”许幼怡本来想笑笑，却发现这三个字跟自己怎么也不沾边儿，反而更难受了，努力也笑不出来，便只好作罢，只有一搭没一搭地同严微攀谈。

“对了，见过你两次了，还没做过自我介绍。我叫许幼怡。”

严微含着一口粥，停下来静静看着许幼怡。

许幼怡：“今天多谢你了。”

严微没出声应她。

许幼怡神情有些无措，掩唇咳嗽了一声，继续道：“我家住在俞家弄的租界，东起第三栋洋楼就是。以后你若是有事，可以找我帮忙。”

本以为依严微的冷淡性格，这句话也会石沉大海。不想她却冷不丁开口问道：“那天跟你一起来的女人，叫张晚？”

听到张晚的名字，许幼怡微微一愣，神色不大自然，只低垂着眼点了点头。

可严微似是对张晚很有兴趣，又问：“她留了地址，是她的家吗？”

“什么？”

“白瑜巷 48 号，她叫我送照片过去。”严微一脸平静地解释。

许幼怡了然，“哦，是，不过你不用送了，我会把照片带走。”

“嗯。”话音一落，严微像是想起什么，掀起眼皮看着许幼怡，勉强又补了一句，“客气。”

“嗯?”许幼怡满眼疑惑。

严微瞥了眼粥示意,“不用谢我,粥是你做的。”

旁边的好运气似乎明白了主人的意思,也从猫碗里抬起头来,看着许幼怡喵喵叫了几声,像是在感谢。

许幼怡伸手摸了摸好运气的脑袋,眼底染上点柔和。许是她在屋中待了这么久,身上的寒气被驱散了几分,表情也不再那么僵硬了,她扯了扯唇角,对着严微笑了笑。

两人没再继续说话,屋中只有严微喝粥的声音和时不时的猫叫,气氛静谧安逸,许幼怡的心也跟着平静下来。

过了半晌,严微喝完粥,起身收拾起了碗勺。

许幼怡看着她手中的动作,心里闪过点心慌。她忐忑地咬了咬唇,忽然鼓足勇气问:“我能再坐一会儿吗?雨停了我就走。”

严微愣了下,掀起眼帘扫了许幼怡一眼。

许幼怡尴尬地低下头,就听到严微漫不经心丢下一句“随便”。而后便留她一人坐在了这里。

窗外的雨淅沥沥下着,许幼怡等了一会儿,眼皮子打架,不小心趴在桌上睡了过去。

一夜过去,雨后放晴,天光大亮。严微拉开门厅的窗帘,屋内顿时明媚亮堂。

许幼怡被光亮刺得眯了眯眼,将醒未醒,一脸疲惫,在听到门锁被打开的声音后终于撑开了眼皮,揉揉眼坐了起来。

一眼就看到了门边的严微,不禁喃喃说道:“天亮了啊。”

“嗯。”严微冷声应道。

许幼怡看着外面的天光，失落地垂下了眼皮，不过几秒，又立马强自振作，起身拉平了自己的衣裙，理了理头发，昨夜的狼狈颓然骤然消失不见。

她主动对严微伸出了手，“很高兴认识你，也谢谢你收留我一夜。”

严微低头看了一眼那只白皙纤细的手，没说话，只把装着照片的信封塞到了她手里。

随后又踱到门边，“不客气，再见。”

送客的意思这样明显，许幼怡只好收回手，摸了摸鼻子，无奈地走出门。

结果没走几步，身后忽然传来严微的声音：“给你叫了黄包车。”

一辆黄包车也刚巧应声停在了许幼怡面前，许幼怡诧异地回头，没想到严微这么细心，本想说几句感谢的话，可对方却没给她这个机会，利索地转身往屋里走了。

许幼怡盯着她的背影，失笑摇了摇头，上了黄包车。这个闹市中的照相馆，似乎还挺有意思，主人生就的冷脸，还有一丝旁人难觉察的好心肠。

黄包车拉着许幼怡跑过大街小巷，到了俞家弄。不过一夜，许幼怡再站在自家这幢洋楼前时，心境已大不如前。

她停在门口愣了会儿，才迈着疲惫的步伐推门走进去，不想一进门便看见了客厅沙发两端躺着的周衡和张晚。

许幼怡冷冷瞧了眼熟睡的两人，嗤笑一声，扭头上了楼，急快的脚步把楼梯踏出了哒哒的声响。

她跑进卧室洗了个澡，热水淌过身体，让她恢复了心情和气力。然而这份轻松没能持续多久，正当许幼怡坐在床边擦头发的时候，张晚就走了进来，还自顾自坐到她身边，一脸担忧地拉起了她的手，关切地问道：“幼怡，是出了什么事吗？你昨天一晚没回来，我们都好担心啊。”

许幼怡目光沉沉地审视着眼前的这张脸，才恍然发现不是从前的自己笨，而是张晚实在演得太好了，若不是她昨晚撞见了那幕，就凭这般忧心朋友的作态，怎么能看得到皮子底下的黑心呢。

她沉默着，借着擦头发的动作，不动声色抽回了手。

张晚见她不出声，又焦急地摇了摇她的肩膀，补充说：“幼怡，发生任何事都可以告诉我，我会帮你的啊。”

许幼怡瞥了眼她抓着自己胳膊的手，努力压抑着自己内心的厌恶，淡淡回道：“我困了，想休息。”

张晚一愣，不知许幼怡为何突然如此，便无奈叹了口气说：“好吧，那你先休息。”

说完就起身走出了门，关门时还深深看了许幼怡一眼，很是担忧的模样。

许幼怡盯着那道门，眼里的厌烦终于敢表露出来。她用力擦着自己的头发，无意间偏头看见了床头柜上的照片——那是她同张晚年轻时的合照，两人还亲密地搂抱在一起。

看得此时的她心里更加厌弃了，立马伸手用力合上了那个相框。

抬手时衣袖擦过枕头，带起一根长长的发丝，发丝另一端连着枕头，酒红的头发在雪白的枕头上格外显眼，一下就引起了她的注意。

这个颜色的头发，除了张晚便没有别人了！

许幼怡哆嗦着手拈起头发，好不容易平复下来的心境骤然接近崩溃！他们……他们怎么竟然敢！

就在她夜不归家的时候，在她不知何时何地，这两个人就在她的床上卿卿我我，颠鸾倒凤！他们把自己当成什么了！

一股从心底而生的恶心感冲上来，她眼前发花，让她想大喊出声！

许幼怡捏着头发，疾步匆匆下了楼，甚至因为太过急躁在最后一阶还打了趔趄！张晚两个字就在她的嘴边，带着锋利的刺，马上就要吼出来，可是，在目光触及客厅的一切时，她生生停了下来。

周衡的母亲徐音不知何时来了家里，对面还坐了一个穿着严肃正式的中年男人。

许幼怡微微放下捏着头发的手，呼吸依然急促，却是强自镇定地开了口："妈妈。"

徐音笑着朝许幼怡招了招手，"幼怡，过来坐。这是日本大光图书社的社长，藤田先生，你不是一直想认识吗？刚巧今天出门遇见了藤田先生，我就请他来家里坐坐了。"

许幼怡将拿着红发的手背到了身后，尽力扯出个自然的笑，坐到了徐音的身边，冲藤田先生点头示意，"藤田先生，久仰大名。"

藤田回了许幼怡一个笑。

徐音瞧着许幼怡气质卓然的姿态，很是满意，拉着许幼怡的手向藤田介绍道:“藤田先生，这就是我的儿媳妇幼怡,《流言蜚语》的著作者。”

藤田打量着许幼怡，点了点头,“我也有幸读过这本书，许小姐确实很优秀。”

徐音脸上露出笑意，骄傲道:“她一直希望自己的书能够远销海外，给更多年轻女性以激励和启迪，引领更新的思想。”

藤田看着许幼怡，频频点头,“许小姐的想法很好，而且我认为您的文字也是我们国家的读者非常渴求的。我很荣幸能成为中间媒介，将您的作品带到我们的国家去。”

“真的吗?”许幼怡这次是着实惊喜了。

“当然。”

“谢谢藤田先生的欣赏。”许幼怡诚恳道谢，又转眼看向徐音，小声说,“谢谢妈妈。”

徐音笑了笑，拍了拍许幼怡的手。

徐音和藤田先生继续在欣然交流如何更好推广她的书，带着权贵圈层中特有的客套和亲密。所有人都像在无形的大环之中，环环相扣。你受益于此，便也注定受困于此。

许幼怡的心中一时冷，一时热，最后苦笑着，渐渐松开了手中的那根红发。

她不知道后面自己该怎么办，但她至少知道，眼下不是她该发作的时候，她要把所有事咽下去。

三人聊了一会儿，徐音便带着藤田先生离开了。

许幼怡目送着两人出门后才上楼。

一关上卧室门，僵在脸上的得体笑容便一点点垮了下来。

她一脸麻木地走到床边坐下，忽然又像是想起了什么，眼睛一眨不眨地审视着眼前的大床。而后神经质一般地掀开被子，拉开枕头，急切地寻找着。

果然，雪白的被单上，还卧着两根刺眼的红发。

许幼怡盯着那两根红发，胸膛急速起伏着，头脑嗡嗡的，一阵阵发晕。

一个喘息间，她又陡然起身，环顾四周后疯了一般在房间里翻找起来。她猛地拉开梳妆台，大力地打开衣柜，又冲到了洗漱台，在房间的各个角落寻找张晚的蛛丝马迹。

柜子上……

花瓶后面……

脚踏之下……

一个念头猛然间闪过，迫使着她惶恐不安地靠近了厕所地漏。

许幼怡盯着那个地漏许久，最后跪在地上开始生拉硬拽起来，金属片割红了她的手，她也没有松开。

“啵”一声，地漏被拔开，一团酒红的头发挂在漏片的背后。

许幼怡看着那团红发，欲哭无泪。

才明白有些人比她想的还要鲜廉寡耻。是她错了，她高估了与张晚的友情，高估了与周衡的爱情，这世上有很多人就是没有底线的。

他们大概无数次在她的家里尽享欢愉，转过脸，却又要做出人间最爱她的虚伪模样。要她的感情，要她的感恩。

许幼怡跪坐在浴室地面，牙关咬紧，满面通红，死死憋着泪水。

浴室巨大的镜子里映出了她狰狞可怖的脸，那双从前笑意盈盈的眼睛已经被恨意裹挟。

第九章　暗流涌动

许幼怡在梳妆镜前坐了整整三个小时。最后，她洗了把脸，收拾好妆容，她不能输，也不想就这么认输。换好一身簇新华美的衣裳，她依旧是上海滩那个人人皆知的名作家。她依旧风光体面，甚至在工作上也更上一层楼，顺利搭上了藤田先生海外出版的路子。

藤田先生带着助理应约到了周府与许幼怡商谈关于《流言蜚语》海外出版的插图事宜。两人相谈正欢，家中的门铃突然响了。

张姨匆匆跑过去，门一拉开，张晚便牵着她六岁的侄子小松大步走了进来，看着客厅内的一行人，笑吟吟道:“幼怡，怎么谈合作也不叫我，要不是社长说，我还不知道呢。”

随后就自然地将小松交给了张姨，径自走到许幼怡的身边，熟稔得像是把周府当成了自己家。

许幼怡看着她，暗中咬了咬牙，面上却依旧四平八稳。

“这位是?”藤田先生盯着张晚问道。

张晚友好地伸出手，故意表现得有些惊喜。

“久闻藤田先生大名，我是许幼怡的经纪人张晚。关于海外图书刊印的一切事务，跟我说就好了。”

藤田先生先是一愣，随后才握住张晚的手，说：“女士，很高兴认识你，不过我和许小姐已经谈得差不多了，现在正在请她自选封面风格呢。”

张晚下意识看向许幼怡，眼里露出疑惑，似是在质问许幼怡为何自己做决定。

许幼怡瞥见了张晚的神情，没有回应，低下头喝了一口咖啡。

本以为这样张晚就该偃旗息鼓，哪料她一眼瞧见了桌面上藤田先生的图册，坐下时便顺势拿起翻了几翻，随即皱着眉抱怨道：“这全是人物像啊？我认为做书封不合适。”

“那张小姐觉得该以怎样的图画配这本书呢？”

藤田先生的语气隐约透着不悦，许幼怡偷瞟了一眼对方，果然见他眉头皱着有些不快。她刚想开口说点什么，张晚却立马很自信地答道：“一些抽象画吧，我让我助理拿来，要不用我们幼怡的照片也行。而且，恕我直言，你们这样直接与作家聊出版细节的做法非常不专业。作家是做什么的？他们是搞创作的，不该为这些烦恼。”

又是这样打着为她好的旗号强势干预她的决定。

许幼怡听得太阳穴突突直跳。她僵坐在沙发上，想起了自己从前的每一次妥协，心里没由来地涌上了一阵悲凉，一时之间也忘了去反驳张晚。

幸而藤田先生为人爽快，不赞同张晚的想法便及时拒绝。

“不好意思，张小姐，我认为作家本人最有权力决定一本书的色彩。日本人通常……”

不想张晚话都不听完便直接打断了藤田先生。

“抱歉，这里不是日本。”

那语气太过于斩钉截铁，一下刺到了许幼怡，她不由自主地猛一下站起来。

惊得藤田先生和张晚骤然失语，满目疑惑去瞧她。

“你……你没事吧，许小姐?”

藤田先生的问话让许幼怡瞬间回神。她意识到自己的失态，扯着嘴角勉强对藤田先生笑了笑，“没事，就是有点累了。”

张晚一听这话，当即关切地看向许幼怡，柔声道:“好，幼怡，我们长话短说。你觉得是看看我助理的图册，还是选藤田先生的呢?”

张晚脸上扬着笑，一副志在必得的模样。

许幼怡盯着张晚勾起的红唇，心里直犯恶心，正色说:“藤田先生。”

“什么?”

张晚一脸不可思议的神情。

许幼怡的回答本不是蓄意报复，可看着张晚的模样，她心里却有一种难得的痛快的感觉。这种隐秘的快乐诱惑着她，几乎是一字一句地重复道:“我说，我赞成藤田先生的看法。”

话出口的那一瞬间，张晚的脸色难看到了极点。她目带寒光，冷冷瞧着许幼怡，眸子里有探究和愤懑的意味。

许幼怡不以为意，冰冷地回视着。

两人间的气氛很不对劲，藤田先生却未曾察觉，还因许幼怡的言辞而开心地笑了笑，主动与她谈起合作细则来。

正到关键点，楼上的小松却更厉害地闹腾起来，跑来跑去的脚步声陡然间变大，让人心生厌烦。

尤其是许幼怡近来休息不好，那样“咚咚咚”的脚步声响在她头顶，像是一柄鼓槌儿在不停敲着她的太阳穴，更是要命，扰得她脸色都白了几分，神思也不如先前灵敏。

一直被冷落在一旁的张晚瞧了眼许幼怡的状态，没想过去制止自己的小侄子，而是立马见缝插针地接过藤田先生的话，积极同他攀谈起来。

许幼怡觑了眼张晚的神情，知她是借势出风头笼络人心，可着实被吵得头疼，便任由她去了。

直到洽谈结束，张晚也没有再给许幼怡开口的机会，还自作主张地要送藤田先生出周府。

许幼怡看着张晚如鱼得水的小人模样，心里憋着火上楼了。她觉得自己应该休息一下，然后再想想应该怎么处置张晚。

哪料上楼打开房门的瞬间，胸中的火气不降反升。

卧室里，各种摆件装饰散落一地！化妆盒被扔在地上，被打开的口红滚得到处都是！许多都已经断裂，化妆镜上还有看不出形状的口红涂鸦。

而这一切的始作俑者——小松，对此全无愧疚，还兴高采烈地拿着口红在白床单上涂涂画画。

许幼怡看着眼前这幕，火气一股脑儿全冲上了脑门，跑过去一把扯开了小松！

雪白的床单已经被涂得乱七八糟，小松不仅没意识到错误，只想挣脱开许幼怡的手，然后继续去糟蹋她的东西。

“放开我！你放开！”

“你闭嘴！吵死了！”许幼怡忍不住大声斥责。

小松瞪着她，忽然歪头朝着许幼怡撞了过来！嘴里大叫着：“猪八戒！老巫婆！坏女人！你还欺负我！”边叫着，那两个攥起来似肉球的拳头还不停地往许幼怡身上抡。

许幼怡出手抵挡，他便又死命去扯许幼怡的头发，嘴里还嗷嗷大叫：“姑姑！张晚姑姑！快来救我啊，老巫婆打人了！呜呜呜……”

张姨听到声音，慌慌张张地跑到了房门口，一看这满地狼藉和怒火中烧的许幼怡，迟迟不敢进门，只小心打量着。

彼时的许幼怡被气得脸色发青。她不想和一个孩子多纠缠，费尽力气甩开了他！小松跌坐在地上，哭得眼泪鼻涕流了一身。

她头晕目眩，几乎是半倒在窗台上，神思疲惫间余光无意中注意到了窗外的情景。

张晚穿着一身亮丽的旗袍，正言笑晏晏地同藤田先生挥手道别，姿态高贵优雅。

许幼怡看着她那高昂的头颅，又回看了眼自己这一身的狼狈，难堪的情绪一下在她心里发酵开来，鼻尖眼眶直泛酸。

房中的小松还在号啕大哭，一声声尖锐的哭号划过耳朵，许幼怡却如同被人兜头浇了盆凉水，瞬间冷静了下来。

那些萦绕在她耳边的嘈杂声顿时消失，只有心底存在着一个声音在不断告诫她：别任由坏情绪吞没了自己，应该付出代价的，应该得到惩罚的，明明是伤害和背叛她的人！

是，她要让张晚受到惩罚。

许幼怡平缓了自己的呼吸，对着门口惊慌踟蹰的张姨吩咐道："把房间的垃圾都丢出去，好好打扫一遍，孩子扔给张晚，别让她上楼，就说我去客房休息了。"

不知所措的张姨终于找到了主心骨，忙不迭点头干起活来。

许幼怡看了眼狼藉一片的卧室，眸色沉沉，毅然转身去了书房。

偌大的房间里，她坐在红木桌前，拿出了张信纸，沉了沉气，再睁开眼时，眸底已经没有一丝感情。

她落了笔。

翌日，天气晴朗，许幼怡正裹着羊毛披肩坐在小花园中闲适地看杂志。

没多时，一阵急促的高跟鞋声响起，张晚气冲冲走进了小花园，在许幼怡面前扬起手里的解聘书，满脸疑惑不解，厉声质问道："幼怡，你这是什么意思？"

许幼怡恍若未闻，闲淡地抿了一口手边的咖啡，专注看着杂志。

张晚见许幼怡如此反应，心思活络得快，眼神微动，当即深吸了口气，收了身上盛气凌人的架势，蹲身下来，两手亲昵地搭上许幼怡的膝盖，温声软语道："幼怡，到底怎么了？感觉你最近怪怪的。心情不好吗？跟我说说好不好？"

许幼怡听着她的语气，心觉好笑，便放下咖啡，合上杂志，冷冷看着张晚。

两人对视良久，许幼怡忽然嗤笑出声，讥讽道："我怎么了你不知道吗？"

张晚听到这话，心头一跳，望向许幼怡的眼神里不自觉带了几分疑色。

许幼怡丝毫没有回避她的眼神，反倒把嘲讽厌恶之意都明晃晃摆在了脸上。

在长久的沉默里，张晚终于意识到了什么，心猛地沉下去，唇边凝着的那抹讨好笑意渐渐消散。

她果断起身，似笑非笑地轻扯了下嘴角，扬着高贵的头颅，大步离开，方才伏低做小的姿态荡然无存。

候在一旁的张姨不明所以，以为两人暂时闹了矛盾，低声惊呼道："夫人……这？"

许幼怡没有回头，只淡淡说了句："咖啡凉了，换一杯。"

张姨依言端着冷掉的咖啡离开，许幼怡这才抬眼看向大门的方向，眸子微微眯起，透出些寒光。

这样的惩罚还是太轻了，比起许幼怡受到的伤害来说还远远不够，所以她打定主意要让张晚在上海滩寸步难行，要逼着她离开上海，离开她的家庭和生活。

许幼怡深思熟虑，想为保全自己的婚姻努力一把，事态的发展也尽在许幼怡的掌控之中。

张晚被辞退后，便四处托从前的朋友们帮忙介绍关系，找合适的工作，还打听到了王社长那儿。

许幼怡对此并不奇怪。

“王社长，听说张晚最近跟您走动很多啊？”

王社长并不知两人交恶，随口答道：“噢，她想请我搭线认识一下《申报》的蒋老板，可能想有所合作。”

“合作？”许幼怡停下翻合同的手，“不会吧。我听说她想出国学习了，所以才从我这里离职。”

王社长看了眼许幼怡的神情，觉得不对劲，疑道：“学习？学什么？”

“画画。”

王社长嬉笑出声，“幼怡，你别开玩笑了。”

许幼怡把玩着手上的签字笔，笔头有一下没一下点着合同签名处，一字一句说：“我没开玩笑。王社长可别听错话，耽误了张晚的求学之路。”

说完，莞尔一笑，极富深意。

王社长也是个人精，虽当时愣怔了一下，却也立马反应过来：这两人怕是有了什么不为人知的龃龉。想到许幼怡是各大出版社争相哄抢的摇钱树，他自然立马站了队。故作懊恼地拍了下腿，笑说："唉！这人上了年纪啊，是容易听错记错。"

许幼怡笑着看了王社长一眼，工整地在合同上签下了自己的名字。

王社长暗自吁出一口气，看着合同，满面笑意地点头。

许幼怡站起身，与王社长握手。

就这样吧，让张晚离开她的视线，她不介意这个人在她看不到的地方继续过得很好，继续风生水起，她只是，再也不想见到张晚了。

第十章　风雨欲来

好事不出门，坏事传千里。张晚四处求职的事没多久便在圈子里传得人尽皆知了。

几个名媛小姐对此事更是好奇，一个没忍住，便借着来许幼怡家做客的工夫打探起来。

段佩佩默默给桌上的几个姐妹使了眼色，开口道："你们听说没，张晚现在四处找工作呢。"

"当然啦，可成新闻了。"李小姐随口接过话。

裴秀转了转眼珠子，贴近许幼怡低声问道："哎，说真的，她到底怎么得罪你啦?"

许幼怡漫不经心搅着咖啡的手停住了。

几个小姐注意到这动静，纷纷侧身，翘首以盼。

许幼怡瞄了几人一眼，心觉反感，故意不解道："我?"

旁边的王社长咂摸着许幼怡话里的意思，明白她不想细说，连忙打着圆场："哎呀。我们幼怡这么和善，哪会和人生气呀？人各有志，张小姐只是不适应幼怡身边这么紧张的工作状态了，想换个生活方式。"

许幼怡用眼瞟了下王社长，目光里流露出赞赏，顺着王社长的话应和了一声："嗯，我想也是吧。"

到底都是些上海滩交际圈里的人精子，深谙点到为止的道理。

段佩佩一见这情况，便立马转了话锋，调侃道："呵，看你们这一答一合的，我们又不会为她出头。"

裴秀也瞬间明了，眨了眨眼，亲昵地拉着许幼怡，附和道："对啊幼怡，不管怎么说，我们都站你这边。对了，你需不需要新的经纪人？我可以介绍一个给你。"

"再说吧，我目前自己能打理得过来。"许幼怡婉言拒绝。

正说着，周衡大步流星朝几人走了过来。

裴秀笑着感叹："周老板可算来了，真是大忙人。"

"财政厅有了新政，听会耽误了些工夫。"

几人热情寒暄着，周衡走到了许幼怡身边坐下，右手习惯性地搭上她座位的靠背，很显亲密。

这般很寻常的一个动作，对现在的许幼怡来说只觉心里不舒服。她扫了眼半垂在自己肩头的那只手，终是悄无声息往前坐了点，躲开了。

周衡有所察觉，手指不自然地动了动，想起了张晚同他说过的话，心里一阵心虚，便一直同几位朋友聊着天，掩饰自己的不安。

许幼怡看着周衡的种种反应，免不得心里冷嗤一声。

到底爱情有了裂缝，关系比不得从前，直到与朋友的聚会结束，许幼怡也没怎么搭理周衡。

好不容易送别了朋友，周衡心里惦记着张晚叮嘱他的事，便开口试探了起来，问道："刚才看你和王社长他们聊得蛮好的，说什么呢？"

"嗯。我的新书再版了，销量还不错。"

"真不愧是我太太！"周衡欣喜道，末了又顿了顿，装似不经意地问，"不过，张晚怎么突然离职了？"

许幼怡本是坐在梳妆台前抹着护手霜，听到这话，互相揉搓的手停了一瞬，眸光黯淡下去，沉声道："她喜欢画画，要出国读书了。"

周衡挂好大衣，走过来从后虚搂住了许幼怡，情意绵绵地看着她，随口说道："是吗？"

许幼怡睨了眼镜中他们两人的身影，只觉这副场面有些可笑，他明明是含情脉脉搂着她，却一心一意替别的女人打探消息。

她回头注视着周衡，似是开玩笑般，说："是啊，怎么了，你舍不得她啊？"

周衡原本镇定自若的脸上闪过一瞬慌乱，眼神飘忽，着急忙慌挤出个笑容来。

"哈哈哈，没有，你别开玩笑了。"

边说着，他还亲昵地捏了下许幼怡的鼻子，补充道："我就是觉得她能帮你很多，怎么说离职就离职的。幸好没有给你带来什么影响。"

"能对我有什么影响？她最近在找工作呢，没有找你吗？"

许幼怡神色平静，掀起眼皮瞧着周衡，似笑非笑。

周衡心里一突，笑说："找我？找我干什么，我又不是你们圈的。"

许幼怡看着周衡的笑脸，垂下眸子，不再言语。

周衡暗自舒了一口气，以为是自己糊弄过去了。

许幼怡瞧着他的样子都觉得疲累，她根本对一切心知肚明，也懒得再去看任何人演戏，可是她不想再计较了。张晚已经走了，难道还能把周衡赶走吗？

周衡观察着她的神色，再次开口："好了，不说那些无关紧要的了。下周周末，财政厅厅长要去大宅吃饭，爸爸妈妈叫我们都回去呢，他夫人是你的书迷。"

许幼怡点了点头说："行啊，妈妈帮我引荐了藤田先生，我的书现在走通海外渠道了，你记得谢谢妈妈。咱们多带点礼物过去。"

"哎，幼怡你这么说就生分了，你漂亮又有才华，是我们周家最得体最场面的儿媳妇，我和妈妈都觉得拥有你特别幸运，怎么要你谢。"

许幼怡听着周衡的漂亮话，神色平静，转头看着他，低声问："是吗？"

周衡连忙点头肯定。

"当然啊！傻想什么。"说完，紧紧搂住她。

他的怀抱依旧很暖。许幼怡任由周衡搂着，却是第一次没有回抱他，而是转眼看向了床头柜。

柜子上从前亲密无间的双人照，已经被她替换成了自己的独照。这么明显的改变，周衡竟然也没有发现。可能一直以来绝对甜蜜的表象，更多是镜花水月吧。这样也好，她能够更清楚、更明了地过日子了。

许幼怡凝视着照片上形单影只的自己，慢慢垂了眼眸，纤长的睫毛掩盖着她疲惫而落寞的目光。

许幼怡的不同，周衡真就一点儿都看不出来吗？

自然不是。

他知道许多事都不对劲，但是他没法问。不问，日子还可以细水长流地过下去，可是聊多了，聊透了，反而容易扯出大麻烦。

周衡相信，那些麻烦事，那些生活的小插曲，一定能随着时间过去。毕竟完美的许幼怡才应该是周太太，这一点，周衡从来没有想过改变。

但是麻烦好像并不能这么轻易过去。

因应聘工作四处碰壁，张晚早就求了周衡帮忙。周衡本是应承了下来，可几番探过许幼怡口风之后，便偃旗息鼓。

他心知此事没有转圜的余地，又不想因张晚而彻底失去许幼怡，便开始一再推辞，终是惹恼了张晚。

两人激烈地争吵，皆是脸红脖子粗。张晚一时说不过，怒火中烧，扬手竟要打周衡！

周衡眼疾手快，猛地抓住了张晚的手，将人狠狠甩在床上，怒斥道："你疯了是不是！还想动手？"

"是，被你逼疯的！她辞退了我，你怎么能就这么眼睁睁看着！"

"我怎么没有管？我也劝过好几次！但这是她工作上的事，我之前从没插手过，我能怎么办！"

周衡竭力辩驳着。

不想张晚听完后满脸不屑，冷笑一声："呵，你是怕她吗？上海滩你周主任动动手指，哪里有办不到的事。"

周衡脸色变了变，心口憋着火，沉默地注视着张晚。

张晚仍旧喋喋不休道："若只是开除我也就算了，可她逼得我走投无路。周衡，她在圈里放话，谁都不许聘用我，这你知道吧？"

周衡听完这话，眼神微闪，深吸了一口气，缓声劝道："虽然我不知道她是怎么看破我俩的关系的，但她现在正是气头上，你就稍作忍耐不行吗？也许过段时间她就能释怀了，就不这么打压你了，若是这期间你钱不够用，你可以随时……"

"这是钱的问题吗！"张晚厉声打断了他，"你是要我这辈子都等着她许幼怡的怜悯吗？她凭什么？凭什么！"

说着说着，张晚突然站起，盯着周衡，面红耳赤地控诉。

"她的第一本书，是我冒着大雨敲了七家出版社的大门才谈下来的！她第一场签售会，我被那个商场经理灌了半宿的酒才拿到了场地，她能走到现在，我为她付出了多少，你们全忘了吗？！"

周衡并不回避张晚的目光，甚至眸子里还带上了些许怨气，反问道："那她对你呢？她对你差吗？张晚，你扪心自问，这些年她那么信任你，把她的书交给你管，把她的钱交给你管，连重要的合约也交给你管，你偷偷从她身上赚了多少差价你心里没点儿数吗？她对我都没像对你这样好！"

张晚怒极反笑，哼出一个气音："怎么？你现在是向着她说话了吗？"

"我只是想让你明白，她没有对不起你，也没有对不起我，是我们两个对不起她。这事她知道了，她对我们做什么都是应该的！这是我们应有的惩罚！"

"惩罚？！我看只是对我的惩罚吧？你有受到一点点影响吗！"

"那你想看到我被怎么样？！家宅不宁，颜面扫地吗？！"周衡说着也上了火气，声音大了起来。

"你！——"

周衡任由张晚用眼刀子剜着他，沉默半晌，终是叹了口气，神色柔和下来。

"好了，这几年你的积蓄也不少了，不管你是要留在上海，还是想去别的地方，都能好好地生活，若是你需要，我也可以送你出国。"

张晚不可思议地瞪大眼，满脸震惊，果断拒绝了这个提议。

"不可能。"

"为什么？"

"要让我像个老鼠一样滚出去是绝对不可能的。"

周衡抿紧了唇，脸上露出些不耐烦。

“那你想怎样？”

张晚漠然凝视着周衡，慢慢冷静下来，心里有了主意。

“既然她的事业你无法插手，那你给我开一家新公司。”

周衡觉得这人简直疯了！她说开个公司就开个公司？当即横眉倒竖，斥道：“开公司哪有那么容易！张晚，我们都是成年人了，当初也不是我主动的，这两年我也不曾亏待过你，我对你仁至义尽了，你别得寸进尺。”说完，他抄起床上的西装外套，拉开门便要走出去。

张晚冷冷盯着他的背影，唇边凝出一抹笑，没头没尾说了句。

“你不怕我去揭发你吗？”

周衡脚下一顿，连忙关上了门，回过头来，神色紧张地瞪着张晚。

“你说什么？”

张晚两手抱臂，一派淡然，“记性这么差啊。”

“什么意思？”

张晚起身踱到了周衡身边，一字一句地说：“我说，我要去揭发你撞死了人。”

周衡看着张晚镇定自若的模样，猛然想起了那天的情景，后背冒了冷汗，随即就是一阵气恼。这个女人简直！——

他脸色铁青，气急败坏道：“胡说八道！那个孩子明明是你撞死的。”

“我胡说又怎样？反正那天除了你，又没别人看见，大家可都知道我不会开车呢。实在不行，我们也可以去警局细细分说。嗯……到时候可以从我们第一次上床说起。”

张晚挑衅地挑了下眉，手缓缓攀上周衡的脸颊。

手指冰冷透凉的触感宛若一条条细蛇爬过肌肤，激起了周衡一身鸡皮疙瘩，他气得浑身发颤，一把推开了张晚。

张晚被摔在了床上，一时没有动。

周衡紧紧盯着张晚，他不知道这个女人又要出什么路数。

张晚就在他的注视中慢慢撑起了身体，慢条斯理地抚摸着自己的手指，“你可要想清楚，我若是一无所有了，你这个交通厅主任怕也是坐不稳了。”

“你威胁我？”

“是，我威胁你。”张晚仰起头，毫不畏惧地与他对视。

周衡手指用力点点她，满面怒容摔门而去。

谁也没有注意到，张晚的床底下有一个小黑箱正闪着微弱的光。

与此同时，百花照相馆里，严微的眼前也摆着一个一模一样闪着微光的黑箱。

她戴着耳机坐在桌前，听着监听器里张晚的咒骂，手指漫不经心敲着桌面，目光一寸寸冷了下去，宛如杀人冰刃。

第十一章　一声枪响

原来真的是她。

严微的五指一点点攥住，直到耳机里恢复寂静，才利落地关了监听器，起身去了地下室。

黢黑的地下室里骤然亮起了一盏灯，角落里的箱子被打开，一柄制样威严的狙击枪安静地躺在箱子里。严微蹲在箱子前，轻柔地抚摸着枪身，目光深沉，像是在看着什么罕世宝物般。

这柄狙击枪确实已经陪了她许多年。那一年她还小，不过十来岁，就被收到了特殊训练营，每天都是残酷的训练和拼杀。日复一日，年复一年，她终于成长为一名优秀的维和尖兵，她靠着这柄枪蹚过了枪林弹雨、血海尸山，活了下来，顺利退伍。

本以为这个箱子一旦合上，就再也不会打开了，不想……

严微凝视着枪口，轻笑了声，想起了自己申请退伍时那个波兰队友说过的话。

他问她："你真的要走啊？回去做什么呢，当个普通人吗？"

严微清楚地记得自己当时点了点头，队友却立马肯定地回了她一句："你做不到的。"

如今看来，她果然是做不到。有些事，视而不见会不安心啊。

严微自嘲地摇了摇头，将枪带出了地下室。

另一边，周衡因张晚的胁迫而惴惴不安，左右思量后还是托了点儿关系迅速给张晚开了一家庆典策划公司。周衡做这一切时都万分小心谨慎，没露出丁点儿马脚，所以即使张晚的公司就在许幼怡眼皮子底下开了起来，她也毫无察觉。甚至她还自以为远离了张晚，以为一切都会渐渐好起来。

许幼怡想着她虽不能立马原谅周衡，可时间总会抹平一些伤痛，等她伤口好了，结了痂，就不会再难受了，兴许这样的痛苦只是一时的呢？

算了，慢慢放下吧，反正张晚已经离开了。今天来聚会的也都是大人物，必须打起精神才行，总不能在外人面前冷脸。

许幼怡看着镜中的自己，暗自宽慰着，随后又伸手揉了揉自己的脸颊，努力挤出个得体的笑来。

女佣阿静见许幼怡准备得差不多了，便连忙将礼服拿了过来。

许幼怡转过身来，看到礼服后微微一愣，眸子里透出疑惑，“这不是我选的那件。”

阿静神情紧张，连忙解释道：“少夫人，这是今天的庆典策划公司给您配的，说是与今天的场景布置和氛围更合宜，夫人也说挺好的，我就拿上来了。”

许幼怡了然，看了眼阿静紧张的模样，便放柔了声音，说：

“没关系，你别紧张，我没怪你。”

说完，瞥了眼旁边的几个礼盒，随手翻了翻，发现首饰、鞋子、手包都配齐全了，不由得有些诧异，随口问道：“现在的服务公司做事都这么周到吗？是哪家啊？我们上海的还是法国人的。”

阿静瞪大了眼，一副不明所以的模样。站在一旁的管家便连忙接过了话：“一家新成立的公司，老板是少爷的朋友。”

许幼怡虽不知道是周衡的哪位朋友，但也没有继续问下去，而是点了点头。无外乎是些公子哥儿们，承包了朋友的工作，能干成这样就已经不错了。

“我美丽的太太准备好了吗？”周衡推门进来，朗声笑说。

许幼怡冷冷地瞥了他一眼，自顾自走到妆台边，从彩妆篮里各式的口红中挑出了一支准备画唇妆。

盖子被拔开，她正预备细细欣赏口红顶部的漂亮花纹，可随即，那好心情就如同被按下了暂停键。许幼怡瞧着那花纹，脸上刚想浮现笑意，下一瞬，却是眉头紧皱了起来。

口红的顶部不知被谁从中划了一道，漂亮的花纹被割裂成两半，再无美感可言。

阿静惊呼道：“怎……怎么这样了，我马上给您换一盒！”说完，她就抱着口红盒匆忙跑了出去。

周衡看着许幼怡不大好的脸色，跟着皱起了眉，“这群人，办事也太不经心了！我记得你有个备用化妆包，我去帮你找找。”

他走到窗边，取过小皮袋翻找起来，眼神不经意地往楼下瞟了眼，神色陡变，手上的动作都停了下来。

许幼怡许久没听见声响，心觉奇怪，扭头问："怎么了？"

周衡按捺着自己失控的心跳，努力平静地说："幼怡，我刚想起自己有点事要处理，你慢慢弄，不用急。"

"嗯。"许幼怡声音很平淡，可周衡没有心情理会她高兴不高兴了。

对于周衡的突然离开，许幼怡原本没有当回事。不想周衡这一走，直到她收拾完都没有再回来。许幼怡也不打算等他，便自己起身出去。

一打开门就发现周衡居然侧身站在走廊转角处。

许幼怡刚想叫他，就看见周衡的胸前隐约有一只纤细的手在拨弄着他的领结。许幼怡心头一跳，高声叫道："阿衡！"

这声一出，那只手竟然飞快缩了回去！那速度快得简直让她觉得刚才是错觉一般。

周衡也着急忙慌地扭头，大步朝着她走来，似乎是很怕她走过去。

周衡在许幼怡面前站定，细细打量她，笑着叹道："幼怡，这件礼裙真衬你。"他面上看着一派淡然，实际手心早就湿透了。

许幼怡没理会周衡的赞赏，反倒一直惦记着方才那只看得不真切的手，问："刚才那是谁？"

周衡脸上闪过一丝不自然的神色，随后装傻充愣道："什么谁？"

"就是在走廊转角跟你说话的人。"许幼怡没办法让他这么轻易糊弄过去。

“那个是……”

“阿衡！幼怡！客人来了，快下来！”

周衡正在脑中拼命搜寻人名，母亲徐音在楼下的叫唤声适时地解救了他。

那即将要出口的拙劣谎言也被他咽进了肚子里。

周衡松了一口气，立马高声应承道：“来了！”随后对着许幼怡笑了笑，说，“妈叫我们，走，先下去。”

楼下寒暄的招呼声传来，声音越来越嘈杂，许幼怡只好点了点头，先跟着周衡下楼见客人。

财政厅厅长和他的夫人许幼怡是第一次见，周衡便站在两方中间，积极地做着向导。

他看了眼许幼怡，对厅长夫人介绍道：“这就是我的夫人许幼怡。”

“哦，你好。”厅长夫人友好地笑了笑。

可笑着笑着，神情中忽然透出了疑惑，低声道：“哎，周先生，那上次那位是……”

周衡眉心一跳，讪笑着截断了她的话。

“那是我们的宴席策划师，带过去和你沟通确认一些细节的。”

“噢，这样啊。”

厅长夫人点了点头。周衡垂眸，吐出一口气，再抬眼发现许幼怡正一眨不眨地盯着他，目光冰冷，令他额上都不禁冒出了冷汗。

正当周衡手足无措时，饭厅传出香味，徐音过去瞧了一眼餐桌，连忙招呼道：“来来，大家都坐下聊吧，我们可以开宴了。”

“好。我去幼怡那儿去了那么多回，还是第一次来周阿姨这儿呢，可得多吃点才行。”段佩佩起身搂住厅长夫人的胳膊，笑盈盈地说道。

厅长夫人看着段佩佩，笑着摇了摇头：“从小到大就爱吃。”

“哎呀，姑姑。当着这么多人的面呢，你就别笑话我了。”段佩佩娇嗔道。

几人有说有笑地落了座。

段佩佩一贯鬼精灵，这种宴席对她来说最自在不过了。她自顾自倾身拿过餐前酒，倒酒时注意到酒瓶包装的瞬间愣了愣，下意识看向身边的许幼怡。

“这酒？”

是张晚最喜欢的牌子。

许幼怡心里默默补充着段佩佩的疑问，眼里一片冰凉，转眼又猛然惊觉餐桌上的桌布也是张晚最喜欢的墨绿色复古鱼骨纹。

许幼怡气得脸色发青，放在餐桌下的手轻轻颤抖着，就连嘴角也不自觉微微抽动着。

周衡也听到了段佩佩的呢喃，心中一阵忐忑懊悔，不住打量着许幼怡。正想说点什么活络下气氛，女佣阿静却在这时候突然走了上来，递给他一个信封。

周衡没当回事，准备随意打开看一眼，不想真正触及信件内容时，他的脸色却陡然煞白。他挪开餐椅，冲着大家慌张解释道："不好意思，失陪一下。"

椅子磨地的声音唤回了许幼怡的深思，她抬眸扫了眼周衡落荒而逃的背影，意识到了些许不对劲。

家中用人端着点心盘上来，遮挡了她的视线。许幼怡收回眼，死气沉沉地看着用人们在忙碌。

管家端着餐桌上撤下的花篮从许幼怡身边走过，花篮里晃动的卡片无意间吸引了许幼怡的注意。

"等一下。"

许幼怡叫停管家，伸手抽出卡片。卡片上是用口红写的祝福语，末尾还画了个流云的图案。

熟悉的字迹，熟悉的图案，熟悉的一切。

许幼怡一阵胆寒，拿着卡片的手止不住哆嗦！所有隐约的怀疑，所有她拼命强行按下去的猜忌，一齐在此刻浮出了水面，快要淹死她了！

她明白了她自以为早已被驱逐出去的人，原来还在无时无刻地缠绕着她；明白了周衡的虚伪狡诈、言不由衷。这两个人现在甚至还像摆出了胜利者的姿态公然挑衅于她！

许幼怡放回卡片，竭力压着自己心中的怒火，她听着客人们谈天说地，自己喝起了闷酒。红酒一杯杯下肚，酒精开始麻痹她的意志，被关押起来的怒气隐隐有冲破牢笼的趋势。她听到耳边有人在说："周衡怎么还没回来？"

“刚才看到好像是上楼了?”

“去了这么久啊。”

…………

客人们无意的几句话像是一柄尖锥，直往许幼怡耳朵里钻，几乎要戳进她的身体，扎痛她的肌理，最后……从她的身体里拉扯出了一只手——先前走廊转角处那只飞快缩回的手。

久久未归的周衡和无孔不入的张晚，落荒而逃的背影与挑衅高傲的笑容，那些不堪的画面搅和在一起，让许幼怡脑子里那根名为理智的弦顷刻间崩断!

“嘭”的一声，高脚杯忽然坠地，摔得粉碎，里面鲜红如血的酒汁四散开，晕成触目惊心的一片。

许幼怡神情冷峻，猛地站起，从桌上抄起一把餐刀，毅然转身上了楼!

众人被这突如其来的状况打了个措手不及，一个个怔在原地，竟谁都来不及追上去!

一路无阻的许幼怡疾步冲到了卧室门前，猛一下拉开门，张晚和周衡彼此拉扯的身影就撞入了眼帘。

“幼……幼怡?”周衡一脸惊慌地看着许幼怡，双手使劲拉开张晚抓着他的手。甫一挣脱，就忙不迭跑到了许幼怡身边，焦急解释道:“幼怡，你听我说。不是你看到的这样……”

许幼怡僵直了身子，充耳不闻周衡的解释，甚至连看都没看他一眼，只是满目怒火，死死盯着张晚，活像要将她身上烧出个窟窿来。

张晚一见许幼怡，本来与周衡拉扯得有些狰狞的神情立马收敛了起来，故作悠闲地抱臂，倚着梳妆台假装惊叹道：“呀，被你抓到了啊?”

她的神情、语气皆是如此嚣张挑衅，摆足了一副得意扬扬的胜利者姿态。殊不知百米外正对着周家老宅的屋顶上，有人正匍匐在地，透过狙击瞄准镜冷冷凝视着她。

许幼怡看着张晚怡然自得的模样，残存的理智终于被怒意燃烧殆尽，紧紧握着刀的那只手用力到关节泛白，不住地颤抖着。

张晚却在这时不知死活地露出个浅笑，许幼怡浑身一震，再也抑制不住，猛然抬起手来！她无法忍受了！去她的上流社会，去她的礼貌礼仪！她要给这个女人教训！

尖利的刀尖刚对准张晚，就听到“砰”的一声枪响！张晚轰然倒地！鲜血缓缓从她的脑袋溢出，米黄色的地毯被染得艳红一片……

许幼怡惊恐地看着这幕，眼前一阵阵发白，好半晌才如年久失修的器具般，僵硬地扭转脖子，看向了窗户对面。

轻风吹动着绿色纱帘，只带来了黑夜的静谧。百米之外，严微轻盈地跃下了屋顶。

与此同时，就在周家老宅隔壁的街道上，正在出车巡逻的警卫们在这一声枪响的震惊过后，立马开启了搜捕工作。

“陈永！带人封锁这两条街！快！”姜斌大吼一声，随即摸出腰间的手枪，朝着枪声响起的方向追去。

严微背着狙击枪，手脚麻利地顺着水管往下爬，眼看离地四五米，便轻盈一跃。

脚尖刚着地，身后传来了呵斥：“不许动，举起手来！”

严微眼珠动了动，背对那人，慢慢举起了手。

姜斌屏着呼吸，沉声道：“转过来。”

严微神色不改，一点点侧过身，然而还不等姜斌看清她的侧脸，她就突然凌空跃起，当头一个肘击磕在了姜斌后颈！

姜斌眼前一花，猛然倒地，严微趁机闪身，走入深巷。

姜斌在短暂的几个急促呼吸后，踉跄起身，慌乱之中朝着巷子里猛开了几枪，却被严微一一旋身躲过，随后几个跃起，人迅速消失在了黑夜里。

姜斌看着空无一人的深巷，甩了甩发昏的脑袋，气闷地往墙上狠狠砸了一拳。他垂头丧气正要转身回去，目光却忽然定在了不远处的地面上。

一条红手绳正安然地躺在那里。

第十二章　初始羁绊

严微并不知道自己遗失了手绳，她背着枪快速拐过几个巷子，到了路门就准备蹿出去。脚刚迈出一步，巷子外的场景却让她立马错身缩了回来。

十字长街灯火通明，警察围住了各个出口，大声冲路人喊着："你们都靠边！不许走动！不许交谈！前面发生了命案，凶手还在附近，都肃静。"

严微扫视了整条长街，垂眸思索了下现场的警察数目和出逃路线，心知此时很难做到在不暴露自己的情况下逃出去，片刻后，她改了主意。

她悄然靠近了巷中一个不起眼的垃圾桶，果断将身上的枪丢进去掩藏起来，随后不声不响地混迹到人群中。

等她做完这一切没多久，姜斌追人未果也匆匆归队，朝着警员们说："凶手跑了，不过估计没跑远。"

他神色凝重地审视着街上的这群路人，吩咐道："把街上这群人都带回警局登记，凶手就混在里面也说不定。"

原本无辜的行人们一听要跟着去警局，纷纷七嘴八舌抱怨着，场面一时嘈杂不堪。然而无论再怎么吵闹，警员还是无一遗漏地将这群人带上了警车，严微匿在队伍中间，也漠然上了车。

与此同时，因持刀而颇具杀人嫌疑的许幼怡已经被带到了警局审讯室中接受审讯。

问话进行到一半，警员吴方气势突变，把文件往桌上用力一拍，意图威慑住许幼怡，厉声质问道:“老实交代，张晚是不是你杀的?”

“不是。她是中枪死的，你没看到吗?”许幼怡微微蹙着眉，有些烦躁。

吴方瞪着她，凶道:“别废话，你为什么要拿着餐刀上楼? 别人说你当时很愤怒，你想杀她对吗?”

许幼怡闭了闭眼，深吸一口气解释说:“我当然愤怒，她太无耻了，可我没有要杀她，我只是去理论。”

吴方眼神陡然锐利，一下抓住了话中的重点,“哦，她无耻，她做了什么?”

许幼怡一愣神儿，一时语结。

吴方察觉了她的异样，抱臂后仰，死死盯着她，冷声道:“说，否则你就在这儿坐一夜，好好想想。”

听他这么说，许幼怡反而很快镇定下来。她不想曝出婚姻里的丑闻，于是答道:“她动了我的钱，在合同里做了手脚。”

“你怎么证明呢? 你的哪份合同被她做了手脚，我们要去抽调。”吴方不依不饶。

许幼怡讥笑一声，冷然回道:“所有合同。”

吴方垂眸思索了片刻，没有继续再问下去，而是直接将许幼怡带出了审讯室。

门外的周衡一见人出来，立刻迎了上去，关切地问着：“幼怡，你怎么样？他们没有为难你吧……”左一句，右一句，十分殷勤。

可即便如此，许幼怡也懒得理会，看他的目光如同看一个跳梁小丑。

吴方对这两人的状况一无所知，眼见自己插不上话，便掩唇咳嗽两声，唤回了两人的注意后才嘱咐道：“周主任，今天就问到这儿了，还请您和您太太这段时间都不要离开上海，方便我们后续的调查。”

周衡点了点头，“没问题，虽然我和我太太什么都没有做，但是我们会积极配合警方的。”

吴方面对这种夹枪带棒倒没什么反应，官二代嘛。

就在三人于走廊说话之际，走廊尽头传来了杂乱的脚步声，是陈永带着方才街上的那一众人回警局了。十来号人路过走廊，把路挤得密密实实。

许幼怡侧身避让，不经心瞥了眼，却意外地发现了人群中竟然有严微！她不免吃惊，原本冷冽的目光也全都成了疑惑。

严微似是对这个目光心有所感，恰好一个抬眸，与许幼怡四目相对。

没想到会在这儿遇见她，许幼怡当即露出浅笑，刚要张嘴打招呼，却敏锐地发现严微的目光在触及她身边的吴方之后，猛地收了回去，并低下了头。

许幼怡一怔，扫了眼吴方，迟疑了一下，转开眼任由严微低头路过她。而此时的吴方一直同周衡交代着相关事项，压根儿没注意到这一情况。

简单说完几句后，两人便被允许离开警局。

更深露重，周家的车就等在警局大门外。

许幼怡沉默地往车子的方向走去，只当身边没周衡这个人。周衡自知做错了事，于心有愧，只好畏畏缩缩跟在她身侧，几次欲言又止，却还是什么也没说出来。

直到两人都上了车，一起坐在那样静谧狭小的空间里，周衡才终于生出了一点勇气。他没着急开车，而是深吸了一口气，磕磕巴巴地解释道："幼怡，对不起，我不是故意的……是，是张晚她勾引的我，她还威胁我、强迫我……"

许幼怡听着周衡一句句推诿的话，紧紧咬着牙，只字不语，只是垂眸看着自己无名指上的钻戒。

钻石依旧那般闪亮，可是这段婚姻已经黯然失色了。

她藏起眸中透彻的失望，伸手掩盖住了戒指的光芒，抬头看向周衡，冷笑道："强迫你？强迫你跟她接吻，跟她上床吗？"

"我……"

周衡又欲辩驳，许幼怡当即厉声讥讽道："周衡，你应该明白的，一个巴掌拍不响。明明是你背叛了婚姻，可你口口声声却把错全都推到第三者身上！未免也太虚伪了。”

周衡冷不丁儿对上了许幼怡锐利的目光，心中一慌，连声认错：“是是，是我虚伪，我不对。我太害怕失去你了。可是幼怡，你能不能看在我们这么多年感情的分儿上，原谅我这一次。”

“呵，原谅你这一次？你确定只有这一次吗？”许幼怡嗤笑道。

周衡一听这话，更是心惊肉跳，说话声都大了些：“幼怡，你就原谅我吧，我保证不会再犯了……”

车子久久未开动，两人一直在车内拉锯，仿若牢笼里的两只困兽，不得解脱。

另一边，警局办公室内，姜斌盯着手中的红绳，也陷入了困境。

这红绳样式简单，除了瞧着旧，压根儿没什么特别的地方。整个上海滩这种样式的红手绳少说也有千万条，得从哪里查起啊？

“铛铛铛”的敲门声猝然响起，打断了姜斌的思路，他抬头看去，吴方刚好拿着审讯记录走到了他跟前。

“头儿，做完记录了，死者叫张晚，现场有个拿着刀的叫许幼怡，暂时还不知道凶手是谁。”

姜斌脸上闪过一丝诧异，脱口而出道：“许幼怡？”

吴方抬了下眉，疑道：“怎么，头儿你认识啊？”

“上次甄善的那个案子和她打过交道。”

边说着，姜斌放下了手中的红绳，伸手去拿审讯记录。

不想这一动作让吴方的注意力全落到了红绳之上，他仔细盯着红绳，犹疑道："欸，这不是那小女孩的吗？"

"什么？"

"那个被车撞了的，叫红妹的小姑娘。"

"红妹？"姜斌思索道。

吴方走近，拿起手绳又细细看了一圈，见到了绳上熟悉的编织纹路后，确定道："对啊，就是被车撞了的，因为魔术师拍照，还耽误送医死了的小女孩。"

"魔术师？甄善？"姜斌喃喃自语，忽然如醍醐灌顶，两眼放光，拍桌而起，激动道，"我知道了！开车撞人的是谁？是不是张晚？"

不想吴方一脸茫然地摇了摇头："张晚？不是啊，一直没找到开车撞人的人。"

怎么会这样……

到底是哪里出了问题……

姜斌觉得自己几乎已经触及了真相！只差一根线头，他就能把所有人串在一起了！

他起身从办公桌前走了出来，五指捏紧又松开，止不住来回踱步。

吴方怔然站在一边。

不多时，陈永审完那群路人，也大步走进了办公室。进门时，无意瞧了眼姜斌的状态，心知他这是在思考问题，便见怪不怪地径直路过，不管不顾地抄起桌上的水杯，咕噜咕噜猛灌了几口水下肚。

几口水淌过干涸的喉咙，陈永可算缓过劲儿来，嚷嚷着：“头儿你可算回来了啊！没受伤吧？哎呦我跟你说，咱们戒严那两条街，带回多少人你知道吗？关押室都给塞满了，这一个个的，问得我嘴都干了还没问完。”

本是在沉思的姜斌听到陈永的话，忽然间想到什么，沉声道：“一起去看看。”

“啊？又去？”陈永一脸郁闷，“我才刚出来。”

“走。”

陈永跺了一下脚，追着跑出去。

与此同时，已在关押室耐心等待了许久的严微终于寻到了合适的时机，不着痕迹顺走了身边一位大哥的打火机。

“着火了！快走！快走！”

“审讯室和关押室里还有没有人！快点带出来！都检查下！快点！”

姜斌几人刚到离关押室不远处的楼梯上就听到几位警员这般高声叫喊着，心里顿时咯噔一下，三步并作两步冲上了楼，一到走廊就看见了警员们正慌乱地跑动着搜寻各个屋子，浓密的烟从走廊最深处的屋子内飘了出来。

陈永瞪大眼，气急败坏道：“怎么回事，关押室怎么着火了？”

“等会再说，先帮忙。”

姜斌说完便冲过去救火。

这火也不知道怎么烧起来的，势头很猛，搅得整个警局乱作了一团。

姜斌一行人什么都还没来得及看，就忙着灭火疏散人群，压根儿不知道被带回来的人中，已经有人偷偷趁乱溜了出去，还顺利潜进了档案室。

严微闪身进入档案室，麻利掩好门，几步走到室内的柜墙前，拉开柜子，在里面快速翻找起来。

其实原本她只打算点了关押室，制造点混乱能顺利溜走就行，不想半路发现自己戴着的红妹的手绳不见了，便连忙拐道去了档案室。

她在得知红妹车祸死后，曾来警局认过尸，留了记录，现在红妹的手绳被她弄丢了，这个认尸记录就会成为一颗定时炸弹，时时刻刻都有可能被警察引爆。

所以她必须要在炸弹爆炸之前将其摘除，防患于未然。

一连翻了数十个抽屉，严微终于找到了认尸簿。

她果断地将册子揣进怀里，快步走到门边，伸手开门准备出去。不想门锁好像出了问题，原本只是掩着，现在竟打不开了。

严微用力拉了下门，依旧未果，只能放弃从门出去的路径。她将屋内环视了一圈，最后目光锁定在了窗户上。

正当她要敲碎玻璃，跳窗而走时，门外却突然响起了“咚咚咚”的巨响！

有人在砸门。

严微快速思量，是谁这么快能找到这里?！她下意识环顾，想要找到称手的武器。

“轰！——”

下一刻，大门应声而开，许幼怡喘着气站在门口。

她手里握着警棍，满头大汗，发丝紧贴在脸上，一改平日端庄优雅的姿态，整个人有些狼狈，可目光却坚定地锁在严微身上，朝她伸出手，说了句:“快跟我走。”

严微生平头一次遇到别人的“搭救”，让她跟着走，太过惊愕，以至于一时愣在那儿，不仅没动，还傻问了句:“你怎么来了?”

“我在警局外面看到楼上冒黑烟，大家都跑了出来说起火了。我见跑出来的人里面没有你，就冲上来找你了。”

“你?”严微欲言又止。

许幼怡看了眼走廊的浓烟，满脸焦急，催促道:“先别说了，走呀!”

话音刚落，也不等严微反应，便果断抛掉警棍，冲上前一把抓住了严微的手，拉着她往外跑。

严微任由许幼怡拉着她跑，在呼呼的风声中，在漫天滚滚的烟气里，她的唇角却不自觉勾了起来，那是她都不曾察觉的笑意。

独来独往的日子太久了，久到她几乎都要忘记被人牵住手是什么样的感觉了。

第十三章　疑窦丛生

大火折腾了许久才被扑灭，警察们一个个脸上都被熏成了黑炭。所幸没有人员伤亡，又因是关押室先烧起来的，造成的财物损失也不大。

局面控制下来后，姜斌瞥了眼手下们脏乱憔悴的模样，又瞧了瞧眼下情绪激动还时不时破口大骂的受押群众，无声叹了口气，心知今晚是无法工作了，便让陈永暂时补登了下群众名单，就将人都放回去了。

看着面前的一团糟乱，他摸了摸裤兜，长舒一口气，庆幸自己出办公室时将红绳拿走了，不然就现在的混乱情况，到时意外丢了这么重要的证物，他哭都没地儿哭。

这场火烧完之后约莫过了两日，警局重新修整完毕，姜斌差使吴永将红妹的母亲黄月芳带回了警局问话。

黄月芳是帕里莫舞厅的舞女，时不时也做些那种生意，一见警察就心虚，答起话来顾左右而言他，不正经得很。

可在姜斌将那条红绳摆到她面前后，他还是从她那浓妆艳抹的脸上窥见了一丝悲凉。

黄月芳把红绳紧紧捂在手中，喃喃低语道：“这是我女儿的，我认得。”

姜斌眼神一亮，微眯起眸子，像只盯准了猎物的老虎，冷冽地叙述：“昨夜周公馆有人被枪杀了，我与凶手交手之后，他意外落下了这个手绳。既然你确定这个手绳是红妹的，那就好办多了。”

黄月芳闻言抬头，眼里带着薄薄的水汽：“姜探长是什么意思？”

姜斌歪唇一笑，曲起手指一下一下点着桌面，说：“忘了告诉你，昨夜被杀的人很有可能和红妹的死有关。巧的是，不久前因道具被人动了手脚而在表演中溺亡的魔术师甄善，也与红妹的死有关。我觉得这两起案件的凶手很有可能是同一个人，而且，这个人一定和红妹关系匪浅。”

黄月芳愣了半晌后才回过神来看姜斌，眼神呆滞，夹杂着丝许惧意，问：“探长不会怀疑我……是凶手吧？”

姜斌挑了下眉，答道：“不然呢？”

黄月芳顿时大惊，挪了挪屁股，急切解释道：“当然不是我！虽然我也很想那些坏人受到惩罚，可我哪有那个本事啊！”

“但除了你，我也想不出来还能有谁了。”

姜斌装出一副笃定的模样，黄月芳又急又怕，大声控诉：“姜探长，真的不是我！你们警察也不能随便诬陷人啊！”

姜斌忽然目光沉沉地盯着她，猝不及防地开口道：“不是你会是谁？”

黄月芳打了个激灵，一下就想起了曾来找她打听红妹下落的那个人，下意识要张口，又陡然间顿住，连忙摇摇头："我不知道。"说话完，手指抠了抠座椅，目光闪躲，胆怯又不安。

她自知自己是个风月场上的女人，市侩卑劣，红妹在她看来也不过是生命里的一场意外。她虽然没丢弃红妹，可也没多尽心力养着，甚至还经常拿红妹送奶赚来的钱去花，但她没有不爱她，她只是没有更多的能力和能量去爱这个生命。

若是她生在富家的小洋楼里，她也愿意扮演好一个母亲的角色，冬日领着孩子赏雪，夏日带着孩子赏花。但她太累了，光是活着，就用尽了所有的力气。

现在，她的孩子死于非命，闭上嘴，让她的孩子安息，是她能做的最后一点儿事情。

姜斌那双锐利的鹰眼一下就注意到了她的异常反应，眼瞳一缩，逼问："是谁？"

黄月芳定定心，脸上已经堆砌出凄苦模样："探长，我认识的人里没有人会做这种事，真的。"

姜斌不说话，黄月芳为避开他的目光又低了头。

两人僵持许久，始终没有结果。黄月芳没有犯罪，姜斌也没理由把人一直留在警局，只好暂且放了她。

姜斌办案多年，不是不能察觉出红妹母亲的古怪，但是他明白，想要让一个女人供出帮助她惩治凶手的人，是很难的。这个突破口难以攻开，只能先寻其他的路。

黄月芳一走，在旁边听审的陈永和吴方就迅速围到了姜斌身边。

陈永:“头儿，黄月芳是不是有所隐瞒，我看你套她话时，她神色很不自然。”

姜斌点了点头，又摸着下巴分析道:“根据黄月芳方才的说辞，尸体领回去后她并没看到这条手绳，而吴方却在停尸间见过这条手绳。这说明，尸体送到警察厅的时候，死者是戴着这条手绳的，可尸体离开警察厅时却不见了。”

吴方疑惑地瞪着眼道:“是啊，怎么就不见了呢?”

姜斌看着吴永，无奈地摇了摇头:“你觉得，除了你和红妹妈妈，还有谁能接触到尸体。”

“谁啊?”吴方问。

一旁的陈永看着吴方的傻劲，忍不住拍了下他的头。

“你忘了，你自己先前说过，在红妹妈妈来领尸之前，有个女人过来认过尸。就二十出头，瘦瘦的，长得文文静静挺好看。”

“啊！你们的意思是红绳是认尸那女的拿走了?”吴方恍然大悟。

姜斌:“对，只有这个可能。她来认尸做登记了吗?”

“登记了。我这就去档案室拿来。”吴方说完,“噔噔噔”跑去了档案室。

可没多久，就见他两手空空回来了。

姜斌顿时有了不好的预感,“怎么了?”

“认尸记录不见了，管理员翻遍了档案室的柜子也没找到。那天的大火并没有波及档案室，所有的卷宗和档案都在，只有认尸档案不见了！"

姜斌呼吸一凝，抿唇不语，倏而扭头问陈永："那晚带回来的人的登记名单还在吧？"

"在的。可是那晚才审问了一半的人关押室就起火了，后来我补录，原本十三个人只登记到了十二个。"

"少一个？"姜斌察觉了不对劲。

陈永经他这么一提点，压低了眉，疑道："会不会就是少的那一个人放的火，然后还趁乱偷走记录？"

姜斌瞳孔骤然一缩，说："来认尸的是女人，押回来的人少了一个，有人看见过火灾当晚许幼怡冲进火场带走了一个女人。"

"头儿，你的意思是……"

姜斌神色严肃，边收着东西边说："对，被带走的那个人极有可能就是凶手。陈永，和我去趟周公馆。"

"是。"

警灯亮，一行人浩浩荡荡出发，驱车赶往周家，而此时的周家，可以说正是火山爆发的时候。

周衡的母亲徐音坐在客厅里，将一份报纸猛地甩到许幼怡腿上，满面怒容，道："你看看！你给我看看！这像什么样子？你以为陈厅长是什么人，当着客人的面竟然敢带着刀去拈酸吃醋！"

周衡夹在母亲和许幼怡之间，为难地叫了声，"妈！"

许幼怡冷冷扫了眼报纸的标题：《豪门恩怨，二女争一夫，知名作家戕害经纪人？》。

呵，可真会取标题博眼球。

许幼怡扯着嘴角，不咸不淡地说："没有二女争一夫。"

"什么？"徐音愕然。

许幼怡目光凌厉地看着徐音，心觉好笑。明明是周衡出轨才惹出她后来这些事，现在她反倒成罪魁祸首了。

她越想越觉得讽刺，忍不住讥诮道："妈，大清早亡了。"

徐音脸色铁青，一下从沙发上站起来，居高临下怒视着许幼怡，斥责道："你怎么敢跟长辈这么说话！当真是小门小户出来的，没有教养。"

"妈！"周衡听得心惊肉跳，大叫一声，连忙过去按住了母亲，劝道，"妈，你不要再讲了。"

徐音勉强坐了下来，但仍旧满面怒容瞪着许幼怡，没有一点儿息事宁人的意思。

周衡见徐音不好劝，沉了沉气，又凑到了许幼怡身边，小声说："幼怡，你别介意，妈她只是一时……"

话没说完，"啪"一声清脆的耳光声响起。

许幼怡干脆地甩了周衡一巴掌。

徐音看着这幕顿时勃然大怒，狠狠地拍了下桌子，啐道："反了你了！"

许幼怡毫不退让，抬手又要打过去，周衡这次有防备，一下抓住了她的手腕，带着些愠怒却又无奈叫了声："幼怡，别闹了。"

徐音见许幼怡三番五次想对周衡动手，气得瞋目切齿，连声说道:“好，好，看来我周家要不起你这样贵重的儿媳了。”

“妈，先有错的人，难道是我吗?”许幼怡讽刺道。

徐音理亏，一时沉默。

管家就在这时候进了门，看了看三人，手足无措地叫了声，“夫人。”

徐音瞥了眼管家，深吸一口气，拢了拢披肩，端着大门大户的仪态，问道:“又怎么了?”

“有客人来了。是警局的两位警官。”

徐音当即了然，瞟了眼许幼怡，说:“放他们进来。”

管家应下，匆匆去了大门边领姜斌、陈永进门。

陈永还是第一回进周家老宅，边走边看着入户花园的景致，惊叹道:“头儿，这女的什么背景啊?”

“你不知道?”

陈永挠了挠头，不好意思道:“不知道，我平日里没关注过这些，也接触不到。”

姜斌笑了声，说:“内政部部长家的儿媳，你说算什么背景。怎么，怕啊?”

“我有什么好怕的，可她真的会知道凶手是谁吗?”

“知不知道，得问了才知道。”

陈永点了点头，眼见厅门就在眼前便没有同姜斌继续说话。

两人进了客厅入座后，家中用人立马端了茶水上来。

徐音端坐在沙发上，看不出半分先前怒气冲天的模样，客气招呼了句："先喝点茶水吧，两位警官。"

"谢谢您，不忙招待，我们问许小姐几句话就走。"姜斌点头致谢，边说边给陈永使了个眼色。

陈永立马会意，拿出了纸笔，看向许幼怡，问："许小姐，我们有一些案情细节想询问您，请您配合。"

"当然。"

"那天起火以后您跑进火场带出来的人是谁？"

许幼怡神色淡然："我在离开警察局的时候还没有起火，后来没进去过。"

"真的吗？"

"当然。"许幼怡笑了笑，"那么危险，我为什么要进去？"

姜斌微眯眸子，沉声道："可是昨晚有人看到您进去了。"

"别不是你们警局昨晚失火，人多眼杂，混乱之中有人看错了吧？再不然，你说说我昨晚带走了谁？男的女的？老的少的？我倒挺好奇的。"

姜斌被噎了一下，哑口无言。

许幼怡扫了他一眼，勾唇一笑，看着周衡莞尔道："再说，人证我也有啊。"

周衡当即心领神会，说："对！当天我和我太太一直在一起，她没有去过火场。"

陈永听着两人一唱一和，心火直冒，"啪"一下合上了记录本，严肃道："请你们配合我们的工作。"

话音刚落，本一直不语的徐音突然冷笑道："这话说得有趣，我们一家都好好坐在这儿，怎么不配合了？你们警察司不要非把什么纵火啊杀人啊跟我们家扯上关系，若是查不清，我可以打电话叫贵警司司长一起过来，配合你们办案。”

“你……”

姜斌见气氛不对，立马给陈永使了个眼色，接过了话，不卑不亢地笑说：“周夫人言重了，我们可以自行办案，不必劳烦长官。”随后站起身来，从公文包里拿出一盒点心放在了桌上，继续说道：“今日就不打扰了。这是冠生园的点心，还祝各位生活愉快。”

话一说完，拉着陈永干脆地出了周家老宅。

人一走远，徐音当即原形毕露，瞪了一眼点心盒，没好气地站起身，对周衡和许幼怡道：“你们两个赶紧把这些乌七八糟的事解决好，不要影响了我周家的声誉。”

说完，徐音转身就要走，却被周衡慌忙拉住。徐音回头看到了周衡眼里的恳求之色，深深叹了口气，勉强缓了缓脸色，对许幼怡道：“幼怡，以前你是个体面的儿媳，妈希望你以后也如此。”

许幼怡站在原地，神情愣怔，环视了一眼这个豪华无比的宅子，突然打从心底生出一种陌生感，仿佛自己从来不曾属于这里。这座宅子也仅仅是座宅子，而不是她可以称之为“家”的地方。

雕梁画栋的周宅依然屹立在那儿，逐渐在警车的后视镜中浓缩成一个小点。姜斌坐在副驾座上，无奈地捏了捏鼻梁。

陈永通过车内的后视镜打量着姜斌，试探问道：“头儿，现在怎么办？线索是不是又断了。”

车子即将驶到十字路口，姜斌看着窗外的景致，突然开口：“掉头去昨天那个巷子里再看看。

"好。"

方向盘被用力右打，车子又拐了回去。

此时此刻的小巷中，小混混阿发正拎着酒瓶子闲逛进入了巷子，很远就看见一个乞儿在垃圾桶内翻找东西吃。

阿发走近，随意地扫了眼那个垃圾桶，突然眼睛一亮，一把推开乞儿，"咻"地从垃圾桶内拽出了严微放下的那把狙击枪！

这！这！这！

谁说天上不能掉馅饼！

阿发兴奋地直接蹦上垃圾桶！又打了个滚儿跳下来，"一大早居然能撞见这种好事，真是赚大发了。"边说着边往巷外跑。

他前脚刚走，严微就从街道拐进了巷子里，左右查看无人，便悄悄摸到了垃圾桶旁。正打算打开垃圾桶盖时，隔壁巷子忽然传来了一声一声的枪响！

严微一惊，立即缩身藏进了转角处！

透过砖缝的阴影，只见阿发双手举过头顶，侧脸青一块紫一块，一步步倒退着靠近了垃圾桶，慢慢地，前方的人也露了出来——姜斌正拿枪威逼着阿发后退。

眼看退无可退，阿发的后腰猝不及防撞上了垃圾桶，吓得他一个激灵，连忙凄声求饶："长官，别打了别打了，我真是跳进黄河都洗不清。"

陈永提了提拳头，厉声说道："我看不吃点苦头，你是说不了实话。"

"冤枉啊！那枪是我捡的，真不是我的，我也没杀人。"

姜斌沉着眸子，仔细打量着阿发。

阿发似乎从这眼神中感觉到了自己的一线生机，立马解释着："真不是我的，真不是我的。对了，对了，我就是在这个垃圾桶里捡到的枪。"阿发边说边指了指身后的垃圾桶。

姜斌沉默不语。

阿发被那双锐利的鹰眼盯着，两腿一直打哆嗦，只差没尿出来。

良久，姜斌终于收了枪，面无表情地冷声说："以后这种东西捡到要交警局。"

阿发哭丧着脸，连连点头。

陈永瞪了他一眼，骂道："还不快滚。"

阿发看了眼两人的神情，瞬间如获大赦，屁滚尿流地跑出了巷子。

陈永注视着阿发落荒而逃的背影，目露怀疑，问："头儿，你真信他说的？他可是个混混。"

姜斌舔了下唇，眸色深沉，应道："对，正因为他就是个混混。"

姜斌端着那把狙击枪，掂了掂。"你知道这是什么吗？它是德国 Kar98K 毛瑟狙击步枪，初速就能达到每秒 755 米，以可靠性强和射击精度高而闻名，是国外最好的旋转后拉式狙击步枪，真正用在战场上的东西。阿发端得稳这把枪吗？”

陈永：“那……”

“凶手另有其人，我们这一次，是碰上硬茬子了。好了，先找找附近还有没有遗落的东西。我确定那个阿发和这件事没什么关系，别贻误了正经线索。”

“好，我去那边。”

严微藏在角落里，冷眼看着两人搜查巷子，悄无声息闪身离开了。

第十四章　夜访相馆

不管是哪个地方，流言蜚语一旦发酵起来就如同加多了酵母的面团一样，肆意膨胀。王社长坐在许幼怡对面，看着那些胡编乱造、大放厥词的报纸，气得是吹胡子瞪眼。

“这些人怎么乱写！现在都有老百姓跑到书店门口抵制咱们的新书了。”

不同于王社长的愤世嫉俗，许幼怡作为新闻当事人之一，此时依旧是一脸平静，问：“书店下架我的书了？”

谈及此，王社长神色稍缓，摇了摇头，“这倒没有，本身会买你的书的，就不是那些人。”

“所以生什么气呢。”许幼怡闲淡地抿了口咖啡，就听王社长继续说道：“我就是见不得这些人凭着根笔杆子到处胡乱引导舆论，把媒体风气都搞坏了。一个个的，也不等调查结果出来就开始编，还编得活灵活现，就跟人在现场一样！说你一个月前就辞退了张晚，还让她在圈里找不到工作，说你带刀去恐吓张晚，之后张晚就死了，说你为情杀人。简直一派胡言，张晚明明是中枪死的！”

王社长拉着脸，愤愤不平。

这番话倒是让许幼怡陷入了沉思，她转着手中的咖啡杯，呢喃道：“是啊，中枪死的。”

“幼怡，要不我们在杂志上发个声明或者接受下正规报社的采访澄清一下？被人这样泼脏水也不是个办法。三人成虎，积毁销骨，你好歹也是个名人。”王社长思考着劝道。

许幼怡抬眼看了看王社长，沉思几秒后突然问道：“明天是张晚的葬礼吧？”

“对啊，怎么了？”

“没事。”许幼怡摇了摇头，若无其事地摸了一下杯壁。

王社长却忽然警觉起来，试探道：“你不会是想去吧？哎哟，幼怡，不是我说你，你就别去了，你一去到时那些八卦杂志不知又会怎么写。”

许幼怡没答应他，只说了一句：“放心吧，我有分寸。”

王社长听这话就知自己左右不了她的想法，一时更加郁闷。

果不其然，沉重肃穆的葬礼上，许幼怡一身黑衣出现在现场，甚至还为其写了篇诚挚的悼念词。

前来吊唁的媒体一见许幼怡现身可高兴坏了，一时之间噼里啪啦的快门声响彻灵堂。许幼怡不为所动，只是酸涩到有些麻木地念着自己的悼词。

“我与张晚小姐相识多年，从学生时代起便彼此相伴。她于我而言，如姐妹，如至亲，是彼此生命中不可缺少的一部分。在过去的、互相陪伴的十几年里，我们曾做过无数次的道别，但却从没想过……”

十几年的朋友，一起走了那么多年的路，到头来阴阳相隔。许幼怡红着眼说完了最后一句悼词，长长吐出一口气，来之前她就做好的那个决定，终于到了宣之于口的时候。

她蓦然抬头，目光坚定地看着台下各家的记者，说：“我想向全社会发出正义的号召，恳请大家，共同寻找那夜枪击张晚的凶手。我许幼怡愿在此悬赏一万块，若有人成功缉凶，或者提供有效的线索，这笔钱随时奉上。”

此话一出，台下一片哗然。

这是她想做的事情，也是她必须做的。不论外人会不会说她哗众取宠、假仁假义，她都不在意。

这是她对这份友情尽的最后一份心力。

周衡瞠目结舌，王社长无奈叹息，段佩佩和裴秀几位小姐也接连惊叹，而一贯与许幼怡不对付的褚会子之流就更没好气地直言：“有毛病。”

许幼怡说完，压根儿不在乎台下人的反应，径自一步步出了灵堂。她扪心自问，作为张晚曾经的好友，她该做的都做了，其他人的闲言碎语，她不屑去听也无暇去管。

上海滩的街头依旧喧嚣不止，许幼怡漫无目的地行走其中，心里被附上了一种物是人非的不真实感。她不想回周家，便慢慢悠悠地转了许多地方，走累了就坐在公园的长椅上看暮色西沉，丝毫不知自己在张晚追悼会上“万金追凶”一事已经被印成加急晚报发了出来。

报童背着捆厚厚的报纸，手里不断挥舞着其中一张，在街头巷尾高声叫着:“卖报卖报，知名作家许幼怡悬赏万金追查真凶，究竟是姐妹情深还是另有遮掩？卖报卖报喽……”

姜斌坐在办公室看了看报上的标题，又瞧了眼桌上的狙击枪，眉头拧得死紧，虚空出神。不知过了多久，外面忽然传出了“当当”的敲击声，姜斌回神看了眼外面，声音又接二连三地响起，他意识到不对，屏气凝神慢慢靠近门口，把走廊前后都扫视了一眼。

已经过了下班的点儿了，没几间办公室有人，走廊也一片寂静，姜斌心觉奇怪，转身回来，目光在触及自己的办公桌时陡然愣住。

桌上空无一物，原本放着的报纸和枪都不见了。

而此时此刻，严微已经背着自己的狙击枪悄无声息地离开了警局。她一路避开人群回到了照相馆，又马不停蹄地进了地下室，枪终于被放回箱子里收存好了。严微满意地看着盖好的箱盖，轻轻拍了拍，唇边挂上一抹几不可察的笑。

这可是宝贝，不能丢。

箱子被重新放回角落，严微这才拿起方才一道偷来的报纸细细看起来，不想刚浏览了几行，头顶就传来了高跟鞋的声响。严微神色一凝，放下报纸出了地下室。

照相馆里，许幼怡正摆弄着架子上的闹钟，身后就传来了脚步声。她当即放下闹钟，回头看向严微，笑说："我说，你这儿的生意不怎么样嘛，我每回来都没什么人。"

严微听许幼怡这般口气说话，便知她不是因什么正事而来，转身就要离开。

才抬了抬脚，许幼怡就立马叫住了她，没头没尾说了句："喂！我饿了。"

严微回头，一脸严肃。

许幼怡一点也不惧，撇了撇嘴，道："我都帮你说谎骗警官了，吃你一顿饭不过分吧？"

严微定定地看了许幼怡两秒，无奈地将人领到了自家的饭桌上。

许幼怡乖巧地坐着等，不多时，严微就端着一碗吃的走出了厨房。

今日许幼怡自己在外瞎晃荡了一下午，什么也没吃，正是饿的时候，现在看着那碗东西，简直两眼冒光。可真正等到严微将碗放在她面前时，她却一下子乐了。

白瓷碗里盛着软糯的粥，里面还有虾仁和芹菜。

这般熟悉的食物，她实在是忍不住不打趣："呦，学得还挺快！是不是自己偷偷练过了啊？"

严微本来端上粥时神色还略微有些不自然，现在被许幼怡这么一笑，她反倒将背挺得更直，神色更是有种说不出的庄严。

许幼怡瞧了眼她这种欲盖弥彰的模样，闷头憋笑，拿过勺子一口口喝粥，赞叹道:“还不错，你要出师了。”

严微面无表情扫了她一眼，看着好运气蹦上桌围到许幼怡身边“喵喵”直叫。

许幼怡揉了揉好运气毛茸茸的脑袋，给它的小碗里盛了一只虾。

“今天你只有一个哦。”

好运气“喵”了一声像是在回应许幼怡，随后就低头咬起自己的虾仁来。

屋子里安静下来，许幼怡低头搅动着自己碗里的粥，瞄了眼严微，试探道:“欸，我说……你为什么要躲警察啊?”

“麻烦。”

“真的?”许幼怡瞪大了眼，明显不信的样子。

严微抿了下嘴，没有继续说下去，许幼怡也知趣地不问了。

一碗粥很快就见底了，许幼怡甫一放下勺子，严微便立马起身收起了空碗，说:“饭吃完了，你该走了。”

许幼怡摸了摸自己吃圆润了的肚子，支吾着:“我……我不想走。”

“不想走?你还要做什么?”

许幼怡瞥了眼严微的神色，凑到她跟前讨好地笑笑，“我今晚不想回家，可不可以在这儿住一晚?”

“不可以。”

许幼怡眸光暗了一瞬，语气里藏了点失落，问："为什么？"

"没地方。"

"没地方？我看你这里大得很。"

严微不理会许幼怡，扭头就往厨房走去。

"喂，我可是你的救命恩人啊。是我把你从火场里救出来的，你怎么能这样对我。不管，我今晚就要住下。"许幼怡不依不饶，说着话，趁她不备，就往楼上卧室跑。

严微屏息听着身后的声音渐远，刷着盘子的手猛然一顿，从厨房探出头，喊道："你回来！"

许幼怡一听这话，"噔噔噔"几步跑得更快了！

严微立即气恼地把碗搁下，三步并作两步，连忙追了上去，可到底还是晚了一步，许幼怡已经推开了卧室门。

简洁宽敞的卧室足有二十多平方米。许幼怡扫视了一眼空阔的房间，回头瞪了下严微。

"哼，这么大还说住不下。"说完她便踱步进了房屋，随意地左右打量。

严微看着屋内，手不自觉摩挲了下裤缝，面色紧张地跟在她后面进门，随意一瞥，便看到了自己藏在大床枕头下的枪，黑洞洞的枪口透过床与枕头间的缝隙隐约可见。

严微心头一跳，迅速挡在了床前，神色镇定地面对着正要走到床边的许幼怡。

许幼怡看着突然闪至自己眼前的人，心生疑惑地上下打量了她一眼，最后什么也没说，转身就朝另一个方向走去。

其实方才一进门，墙板上挂着的那个布袋就勾起了她的好奇心，她大步走过去，上下颠了几下，扭头问道：“这是什么，玻璃球吗？”

严微神色一凛，一个跨步过去立马抢过了布袋，严肃道：“这个不能玩。”

许幼怡被她严厉的态度吓得一愣，嘟囔了句：“不玩就不玩嘛。”说完转身就走了。

严微背着她打开布袋瞧了眼里面的东西——还好，手雷都安然无恙地躺着。

她长舒一口气，连忙将东西胡乱塞进了柜子里。

许幼怡还在屋内左右张望，忽然注意到不远处的小柜子上放着一本她格外熟悉的书，便径直走了过去，也没留心到脚下地板上一个小小的凸起，一脚实实在在踩了上去。

“咻”一声轻响，机关被触动，天花板上倏然转下一片半月形弯刀，朝着许幼怡的后脑勺直直飞去！

严微将将回头就见到这一幕，眼瞳骤然一缩，迅速将许幼怡用力往前一拉！

飞刀掠过，悬停在许幼怡头顶，总算是惊险避开。

严微只觉自己的心脏差点跳出胸口，不自觉咽了下口水，才把目光从天花板锋利的刀尖上收了回来，看向许幼怡。

因先前那股力道，两人几乎成了一个半搂的姿势，许幼怡清晰地看见严微的喉头滚动一下了，问说:“怎么了？你好像有点紧张?”

“嗯……我怕你摔倒。”严微自己都不知道自己说了句什么。

还好许幼怡也没在意，她低头看了下地上稍微凸起的木板，笑了笑,“这个啊，没事的。上次在摄像台上那是意外，我没那么容易摔。”

“嗯……”严微心虚地应和着，目光不由自主地在天花板上飘。

许幼怡看到了她的眼神，也不由得跟着往上移，疑道:“我刚才好像听见了什么声音。”

严微生怕机关被撞破，情急之下，突然伸手捂住了许幼怡的眼睛!

许幼怡眼前一黑，愣怔片刻后忽然笑了笑，伸手想要去拉下严微的手,“你干什么啊？怪怪的，干吗蒙着我，太黑了看不到了。”

严微绷着脸，想了好半晌，只憋出一句:“我将静静地等候，像黑夜中彻夜不眠的星星。”

清冽干净的嗓音让许幼怡不由得停下了原本的动作。

白皙纤细的手指落在严微的手背上，轻轻触碰着，也忘了拿下来。

严微定了定心神，说话声逐渐流畅:“黎明一定会到来，黑暗终将逝去，你的声音将注入金泉，划破天空。那时你的语言，将在我的每一个鸟巢中生翼发声……”声音如潺潺流水，抚着人心。

她边说着边把许幼怡往门边带，手依旧将对方的眼睛遮得死紧，半分光亮也不漏。

许幼怡：“是泰戈尔的诗吗？诗很美，可是你为什么要给我念诗呢？”

“不为什么。”

说完，两人刚好到了门边，严微倏地拉开了门，把许幼怡往门外挤。许幼怡有所察觉，立马扒住了门框，大叫道：“喂，我不走！我说了我要住这里的。不走不走。”

“先洗澡。”

“啊？”许幼怡被严微突如其来的一句话说蒙了。

然而还没等她问缘由，严微就立马脱口道：“洗澡，你有味道。”

许幼怡听得一愣，下意识松手，抬起胳膊闻了闻自己，“味道？怎么可能？”

严微一见许幼怡松开了门框，连忙趁此机会将人挤了出去，又果断关上门，强行狡辩道：“有汗味，你太不讲卫生了，快去洗澡，洗完才能住。”

许幼怡不甘心地敲了敲门，站在门口委屈嘟囔着：“可是我没有睡衣，而且我很讲卫生的，从来没有过味道的……”

“你先去，我给你找衣服。”

许幼怡看着紧闭的房门，不开心地噘着嘴在门外晃了几圈，时不时还闻闻身上，嘴里念着：“哪有汗味……”

过了一会儿，终于还是转身去了洗漱间。

门外顿刻间安静下来。严微略有些脱力地靠在门板上，伸手抹了把自己额头的冷汗，环视了眼“危机四伏”的卧室，长长地吐出一口气。

第十五章　深夜交心

许幼怡裹着浴巾站在洗漱间，看着头顶那个奇形怪状的花洒，一脸茫然，不知从何下手。

恰好这时严微过来送衣服，敲了敲门，对她说："衣服拿来了。"

许幼怡如获大赦，伸出手迅速将衣服拿进浴室，连声问道："你这怎么洗啊？"

"旁边有根绳子，拽一下就可以洗了。"严微的回答十分正经。

——就是这个用具不怎么正经。

许幼怡依言找到绳子，轻轻拽了下，八股小水流顿时哗哗流下，浇了她满头。

许幼怡叹气地抹了把脸上的水，稀罕道："你这个花洒挺特别的啊。"

门外的严微听着，心里一阵心虚。

当初家里原本的花洒不出水了，她嫌买来的东西太差劲，干脆自己改装了一个。现在的淋浴花洒是她用头盔打了八个枪眼后做成的，原本的控水开关也被她换成了绳子。

这些东西自己用还好，别人看见当然会觉得奇怪，她也不好解释什么，只能摸了摸鼻子，心虚道：“嗯，好用吧。”

洗漱间内，温热的水流正冲洗着许幼怡的身体，门外的声音变得悠远缥缈，几不可闻。她机械地揉着头发上的泡沫，思绪渐渐飘远，念起方才在严微房间看到的那本书。那熟悉的封面，正是她写的《流言蜚语》。

严微也看过她的书吗？

有没有可能在书店见过她？

许幼怡凝神思量了片刻，终于从脑海的犄角旮旯里搜寻到了严微的影子。

对！她和严微的第一次见面不是她去照相馆的那次，而是她的签售会现场！

许幼怡突然忆起这点，兴冲冲朝门外得意喊道：“严微，你来过我的签售会，对吧？还送我橘子，我说我看你怎么那么眼熟！”

门外守着的严微听到这话，木然的脸色有些许变化，透出不易察觉的窘迫。

许幼怡还在里间自说自话：“那天你故意不带书的？是想引起我注意？欸，对了，你刚还给我念诗，你是不是喜欢我啊？”

…………

这个人，就爱胡言乱语。

严微紧紧皱着眉，脸颊却泛起了不易察觉的薄红。眼睛盯着洗漱间对面的空墙，整个人难得放空，任由心神飘回了那天的签售会。

说起那场签售会，她会出现在那儿实属偶然，这一切还和红妹脱不开关系。

红妹是负责附近几条街道的送奶工。

十来岁的小姑娘，每天早上扎着两个麻花辫，穿着老旧的衣裳，手上戴着根红绳，走街串巷地送牛奶，收空奶瓶。

尽管日子过得苦，但性子依旧很活泼，每次给严微送牛奶时都会主动找她说话，还时不时给她分享自己爱吃的糖果。

严微虽因性子冷很少回应她，可一来二去也觉得小姑娘挺可爱，便多了些关注。

红妹曾同严微说起她很喜欢许幼怡，说许幼怡是上海滩穷街下只角出来的最出名的女作家。等她攒够钱也想去学堂认字，长大后成为许幼怡那样的人。

严微对此自然没什么异议，因为她从不了解这些。没有人送她去读书，她学的东西都是别人一辈子都没机会接触的。

可就在这以后没多久，很偶然的一次机会，严微去百货公司购物时恰好遇见了许幼怡。

那天，她抱着装满橘子的纸袋从百货公司出来就发现对街的书店被围了个水泄不通，定睛一看才知是许幼怡的新书签售会。

读者们排着长龙队，把沿街一条人行道挤得密密实实，更有些疯狂的粉丝拼命挥舞着手里的丽人海报和书刊往前挤，嘴里一句句喊着话。

“许幼怡！许幼怡！”

“许幼怡我老喜欢你了！”

严微最烦人多嘈杂的环境，凝着眉，提脚就要走，脑海里却忽然浮现出了红妹说起许幼怡时憧憬的神情……犹豫再三，脚尖终是拐了个方向，皱着眉排起了长队。

奈何许幼怡的读者实在是太多了，眼见夕阳西沉，好不容易快轮到严微了，助理却又宣布签售停止了。

粉丝读者一阵遗憾唏嘘，逐渐散去，严微想了想，摸摸钱包，没有离开，反倒是逆着人流走到了许幼怡的桌前。

她已经排这么久的队了，不想浪费时间。这里大家都很喜欢钱的，或许她也可以付费给这位许小姐。

一旁的工作人员一见她，笑着冲严微解释道：“抱歉，今天的签售会已经结束了，请您下次再来吧。”

不想桌前的许幼怡却柔和笑笑，扫了眼她被挤破的纸袋，重新拔开了笔帽，“没关系。书给我吧，我帮你签。”

严微抿了抿唇，手离开了自己的钱包，沉默地从褐黄纸袋里掏出了个橘子示好，而后犹豫着问：“书？”

她没有书，她不能买吗？

许幼怡看了眼桌上的橘子和严微茫然的神情，无奈道：“你没有书，我怎么给你签呢？”

严微垂眸思索了片刻，从兜里掏出钱包，拿了张纸币放到桌上，想了想，又把手里的半袋橘子也跟着推了过去。

这样，应该够了吧。

许幼怡看着纸币，无奈地叹了口气，转头对身后的工作人员说:“把我的样书给她吧。”

工作人员似乎有些不情愿，但还是拿了出来。

许幼怡边签名边问她:“还需要别的赠言吗?”

严微当即答道:“写，送给红妹。”

“你叫红妹吗?”许幼怡说着话，手上没停，几笔签完将书递给她时，又说了句,“谢谢您的支持和喜爱。”说完还朝严微伸出了一只手。

严微看了眼那只白皙的手，不习惯与人多接触的她终是没有握上，直接转身离开了，也压根儿没注意当时身后的许幼怡是什么神情，只是听她高声叫了一句:“喂，你的橘子!”

那是她留下来的，自然不可能折身去拿回来。

这样匆匆一面，没想到许幼怡还能记起来。可惜那本书阴差阳错还是没能送给红妹，反倒一直留在了她的书柜里，被珍藏起来。

蓦然记起红妹的离世，严微眼里多了几分黯然。

这时，洗漱间内正淋水冲着身上泡沫的许幼怡因久久未听到回答，便又试探地叫了声:“喂，严微，你走了吗?”

“没有。”

“噢，好。”

“那你怎么不回我啊？是不是不好意思了？”

严微眼神闪了下，正色答道：“没有。”

“哦，好吧。”

许幼怡略有失落地撇撇嘴，专心沐浴。

洗漱间的水声停下，花洒断断续续往青绿地砖上滴着水，许幼怡穿着简单舒适的睡衣，满意地走出了洗漱间。恰好看见正在沙发上摆弄着什么的严微，便凑到她跟前高兴道：“看，洗好了，你衣服还挺合身挺舒服的呢。”

严微上下扫了她一眼，敷衍地点了点头，一脸木然地指着沙发上的抱枕和薄被：“你今晚就睡这儿，晚上可能有点儿冷，柜子里还有毯子，需要自己拿。”

许幼怡难以置信地瞪大眼：“我睡这儿？”

“嗯。”

“这里怎么能睡人呢？”

“可以睡。”

许幼怡的眼神不自觉瞟向楼梯，央求道：“我要住楼上。”

严微想都不想便回绝了她：“不可以。”

“为什么？”许幼怡郁闷地瞪着严微。

“楼上是我的房间，没有客房。”

“没关系，我可以跟你一起呀，我不怕挤。”许幼怡认真说着，一双眸子亮得发黑。

严微舔了舔唇，郑重道："我怕。"

毫不意外的答案。许幼怡叹了口气，垂下眼皮，装出一脸失落模样，可眼底却藏着一抹狡黠的光亮，沉默了不到三秒，转手抄起沙发上的被子就往楼上跑！

一只早有防备的手迅速伸过来，稳稳揪住了许幼怡的后脖领。

许幼怡抱紧了被子，左右使劲，半分都没挣脱开，便瞬间泄了气，耷拉着脑袋埋怨道："你不能这样！太霸权了。"

严微不为所动，冷冷盯着她："要么睡这儿，要么回家。"

许幼怡扭头瞪着她，两人大眼对小眼，僵持不下。

不多时，最终还是许幼怡先败下阵来。比起回周家，眼下还是待在严微这里更自在。她噘着嘴，乖乖点头。

严微掀起眼皮，瞧了下眼前这不再蹦跶的小兔子，总算放下心来，松开她的衣领，径自上了楼。

夜色铺陈开，寂静又卷土重来，周遭一切都静悄悄的，严微平躺在床上，闭着眼睛睡觉。

"叮咚！"

楼下一声脆响，严微骤然睁眼，利落地翻身摸枪，枪口对准了门，满脸警惕。

"叮咚！"

又一声脆响传来，严微了然，紧张的神情松懈下来。她扫视了眼地面，目光似乎要透过地板看到楼下闹腾的许幼怡，眸子浮出深深的无奈。

手中端着的枪被放下来，严微皱着眉，想了又想，还是披衣服下了床。

钟表在黑夜里嘀嗒嘀嗒地转着，时针指向了凌晨三点。

严微一走下楼梯就看到了坐在地上的许幼怡。她背靠着沙发，身边一堆空酒瓶，地上还有两个被打碎后又扫成堆的玻璃杯碎片。

看那两颊酡红的模样，严微断定她应是有些喝高了。

拖鞋踩着地板发出声响，许幼怡听到动静扭头看向严微，眸子里露出些微的惊喜，举着酒瓶朝她憨憨一笑，"你醒了。"转瞬又瘪瘪嘴道，"不小心打碎你两个杯子，明天买新的给你。"

严微一脸平静地走到她身边，问道："你在干什么？"

许幼怡看着严微，仰头朝天打了个酒嗝："喝酒啊。我渴了，你这里又没有饮料，水也是冰的，还是酒好喝，嘿嘿嘿……"

严微看她一脸迷醉的模样，绷着脸坐到她身边，背脊下意识挺得笔直，板板正正同军人一样："你不是作家吗？作家也酗酒？"

许幼怡带着几分酒意，一脸迷醉道："不懂了吧，就是作家才喝呢，不然哪有灵感，我还想吸烟呢，可是周衡不让。"说到这儿，许幼怡将身子的重量都依在了沙发上，目光越发迷离起来，呢喃着，"周衡，你见过吧，就那天在警察厅外，我旁边的那个。"

她痴痴一笑，继续说："他很唠叨的，什么都管，对我……对我也很好……以前……是这样的。"说着说着，声音渐渐变了调，眼里也腾起了雾气，那些伤心事轻而易举就被勾了出来。

严微扫到她发红的鼻头，一本正经打岔道:“男人都很唠叨。”

“啊?”许幼怡愣怔了片刻，想到了别的事，随即笑开,“对，男人都很唠叨。”她拿起杯子，给自己和严微各倒了一杯酒，兴致勃勃道,“我跟你讲啊，以前，就在我认识周衡之前，认识一个男人，更唠叨。”

严微默不作声，抿了口酒，听许幼怡继续说道:“他是做记者的，你跟他吵架，从来都吵不赢。他能连续说话，说两个小时，不喝水，也不停，厉不厉害?”

严微吃惊地瞪圆了眼，就她冷淡无言的性子，实在想不出世界上还有这样的人。

“厉害吧?”

“厉害。”严微点了点头。

“不过他唠叨也没事，因为长得好看。眼睛亮亮的，戴着一副眼镜，很有学问的，懂英文，还懂日文。有一次啊，我攒了三个月的薪水买了一件风衣给他，他一穿上走出去，联华公司的经理人都主动过来递片子，想拉他做电影明星呢。”

许幼怡挺起胸脯，活像只正得意的小麻雀。

严微瞧着她的模样失笑，问道:“后来呢?”

“后来啊，后来他就走了呀。男人嘛，你懂的呀，心都大得很。”许幼怡平平淡淡地垂下眼，好像一点都不伤心。

“那你呢?”

“我?我留下来了，然后就认识周衡了。”许幼怡仰头喝光杯子里的酒，脸上这时倒是真真切切地有了些痛色，她看着地板，轻声低吟道，“周衡以前很好的，阿晚……阿晚也很好的。”说完这句，她低着头，久久没再开口。

严微扫了她几眼，想了想，终是慢慢伸出手，轻轻拍了拍她的头。许是很少安慰人，那姿势看着格外不自然，“其实，你不用在意张晚，那不是真正的友情。”会伤害你的人，本来就没有把你当朋友。

“可她死了，我就连这样的朋友都没有了，我没有朋友了。”许幼怡把半张脸缩进了臂弯里，轻声说着，眼里的寂寥与落寞清晰可见。那个样子，让严微蓦然想起了当初在训练营的自己。

那时候她还小，刚入营没多久，不知道训练营的残酷，也不懂人心的难测，随意就会向别人施予善意，直到一次搏击训练后。

当时的她正同一外国小女孩训练对打，几个回合下来，她技高一招，一脚踢开对方，占尽了赢面。搏击场外大家的欢呼声不绝于耳，他们高声叫嚣着让严微攻击输掉比赛的小女孩。但是严微没有，她只是沉默地看着对方，慢慢走近，向她伸出了一只手，想拉摔倒在地的她起身。可没想到对方只是假意感激地笑着，在拉住严微的手的瞬间，狠狠给了她一击！

事后教官问她：“你知道哪里出问题了吗？”

严微那时还不明白，回答说：“是我不够强。”

教官却摇了摇头，告诉她：“不，握手是只有朋友之间才可以做的，在这里你没有朋友。”

那之后，她才彻底明白在那样的环境里她不可能会有朋友。善良、诚挚这种东西，一定要放在对的人身上。

严微长久凝视着许幼怡，动了动嘴皮，欲言又止，最后沉默地拿酒瓶碰了下她的酒杯，径自仰头喝了一口酒，表情僵硬地说了句："你很好。"

许幼怡闻声抬头，因为这句话，心底破败的角落像得到了修缮，她重新扬起了笑，问严微："算了，不说这个了。说说你，你一个人住在这儿吗？"

严微点了点头。

"没有家人？"

"没有。"严微平静地回答。

"好可怜。不过我们现在也算是熟识了，你放心，以后我就是你的朋友了。我在上海滩，也是有些面子的，你要是遇到什么事，尽管来找我。"许幼怡拍着胸脯保证。

严微一眨不眨地看着她，不知说什么好。

好运气不知什么时候也醒了，猫着步子，蹭到两人中间"喵喵"叫了几声。

许幼怡看了看好运气，继续道："你也争气些，好好做生意，你看你这里，冷清得连只耗子都没有。只有一只傻猫，又能吃又挑嘴。"

"喵！"好运气像是听懂了话，不服气地叫了声。

"还闹脾气呢，就说你。"许幼怡戳了下好运气的脑袋。边说边将头枕上沙发，眼神迷蒙，隐约有了困意，嘴里却还在不停念叨着："咱们这样的人，就得互相帮衬，不然什么时候能出头呢？你不知道，我刚出来做事的时候……"声音渐小，漂亮的眸子终于悄然合上。

严微无奈地摇了摇头，将人弄到沙发上，又给她盖好被子。不料刚想离开，一只纤细的手就牢牢抓住了她的手腕，严微的目光不由得顺着手腕挪到了许幼怡的脸上。

此时的许幼怡锁着眉头，一双眼睛定定看着她，眸子晶莹黑亮，隐约带着水光，眼尾似是酒醉的微红又似是泫然欲泣的前奏。她抓着严微的手格外用力，像是抓住了最后一根救命稻草一般。

严微垂眸看着她，抿唇不语。

少倾，听她没头没尾地在嘴里低喃道："我真的恨她，生气，我讨厌她，我想她永远不要再出现。可我，没想她死的。我没想她死的……你信吗？"

"信。"严微对上许幼怡的眼睛，沉声说道。

这样坚定简单的答案似是有什么魔力，瞬间让许幼怡如释重负。

起码，真的有一个人是相信她的。

这样已经很好了。

她这样想着，慢慢松了手，转回身子，逐渐闭眼睡去。

第十六章　彭九一

清晨的阳光一点点透过雕花木窗，在地面投出斑驳的光影。日头高照，天光越来越亮，街巷间的餐点铺子早已开门揽客了，唯独红丰路的东兴面馆一改往日的勤勉，门户紧闭，挂了个打烊的牌子。

不过更让来往食客奇怪的是，明明休了店，可后院却依旧升起了炊烟。

沸水在锅中咕噜噜地冒着泡，一个接一个炸开，软化的面条随之舞动，灶台前，有人拿长筷神情惬意地在锅中一下下搅拌着，此人正是上海滩的黑帮头子彭九一。

在上海滩谈起彭九一，那也是让人闻之色变的人物。他为人狡诈狠戾，睚眦必报，手下的势力盘根错节，遍布整个上海滩，动动嘴皮，说让谁消失，那人就定是见不到翌日的太阳。偏生这样的人物，做事还滴水不漏，任警局怎么查，罪名都落不到他头上。

这么些年，他在上海滩行凶作恶，作威作福，早就在人们心中成了一颗谁也奈何不了的毒疖。

灶台下的柴火“噼啪”炸开，彭九一收手将锅中熟透的面条捞了出来，端着碗径直去了面馆前厅。

褚会子正战战兢兢坐在前厅里，一见彭九一走进来就立马惊慌地收回了眼神。

厅堂里，客人用饭的桌椅被推挤到两边，中央的一处空地上，混混阿七正在被打手们围殴，嘴里时不时发出哀号和求饶声。

"啊！啊！九爷饶了我吧，饶了我……"

尽管这种残忍的殴打画面褚会子已不是第一次见了，可不论经历多少次她都依旧心惊胆战。只能不住地轻搓着双手，深深吸气，平缓心绪。

彭九一漫步走到褚会子身边坐下，手持一双筷子搅拌着面条，吹了吹说："好了。"

正对着阿七拳打脚踢的打手们立即会意，四散退开。

褚会子一声不吭地注视着面前的场景。

已经被揍得鼻青脸肿、蜷缩在地的阿七于这时挣扎着爬起来，涕泪四流地抓着彭九一的裤腿，求道："九爷，您放我一马吧，求您了……"

"起来。"彭九一冷声打断了阿七的央求。

阿七抬头看了眼彭九一，丝毫不敢起身。

"起来，坐这儿。"彭九一继续说道，视线扫过阿七，宛如冰冷的毒蛇滑过。

阿七不禁打了个哆嗦，支着发软的双腿颤巍巍坐到了彭九一身边，还险些摔倒。

见人已经坐定，彭九一便将那碗素面推到了阿七面前，"吃。"

阿七不知道彭九一是什么意思，只好哭着一筷子一筷子往嘴里硬塞面，眼睛还直直盯着彭九一，十足的怯懦模样。

彭九一坦然地往椅背上一仰，伸手接过手下点好的雪茄，送到唇边抽了一口，闲适地吐出个烟圈。

轻烟朦胧里，阿七听彭九一喟叹道：“当年我落难的时候，受了你的恩惠，吃你一碗面，今日还你一碗，我彭九一也算有始有终。”

阿七霎时顿住，眼泪鼻涕糊作一团，崩溃大哭道：“九爷……九爷我错了……九爷……”

“阿七，行有行规，自己做错了事，就得自己担着。若是今天因为你坏了规矩，咱们这么大的家业，我以后还怎么服众啊？”

“九爷……我错了九爷……”

彭九一拍了拍阿七的肩膀，一脸和善地说：“你放心，咱们现在上岸了，混白道了，做事得有规矩。相识一场，九爷会让你体面的。”

话音刚落，彭九一的手下便蜂拥而至，将阿七拖了出去。

紧接着，院落里响起“砰”的一声枪响！

褚会子随之打了个冷战，浑身抖得如筛糠。彭九一惬意地吸了两口烟，觉察到了身边人的害怕，和气地握住了褚会子的手，柔声道：“饿不饿？带你去吃东西？”

褚会子大气不敢出，连忙点了点头。

她同彭九一勾搭在一起很多年了，两人说是地下情人，但其实相处时的地位从来都是不对等的。

当年在酒会被彭九一瞧上实际就是她噩梦的开始。她承认自己一开始也是想攀着彭九一的势力往上爬，可到后来便怕了。像这种刀尖舔血的亡命之徒，轻飘飘一句话就能要了人的命，她实在是惧怕得很。

所以，尽管一直以来彭九一对她都甚为宠爱，可她还是不情愿继续跟着他了。奈何又畏惧他的势力，当着他的面从不敢有任何的忤逆，更甭提说出断绝往来这种话了。

就这样，褚会子忍受着，害怕着，过了一天又一天，一年又一年。

两人不紧不慢地用完餐，彭九一的手下超子便驱车载着二人往褚会子的住处开。彭九一一路哼着小曲，闲适惬意，不想汽车刚停在小洋楼门外，他忽然开口道:“会子，最近小报上你的花边新闻可不少。”

褚会子心头一跳，连忙强行挤出个笑，说:“九爷，那都是小报乱说的，没有的事。”

“没有?”

“没有。”褚会子佯装镇定道。

彭九一突然一笑，伸手抚上褚会子的脸颊，柔声说道:“我知道，你跟那些女明星不一样。”

不做亏心事不怕鬼敲门。褚会子恰恰是做了亏心事的，所以才会在彭九一说意味不明的话时后背冒出一阵冷汗，连鸡皮疙瘩都起来了。

她浑身僵硬，只能扯着嘴角回了个浅笑。

又听彭九一继续说:“你是文化人，留过洋，明事理，知道轻重，所以九爷疼你。”

“谢……谢谢九爷。”

彭九一满意地摸了一下她微笑的嘴角，收手朗声道:“好了，先去吧。我看这里也有些旧了，回头给你换个房子。”

“谢谢九爷。”

褚会子伸手拉开了门，强装镇定踱步回到屋中。甫一关门，整个人就脱力地贴在了门板上，闭眼喘了几口大气，满脸仓皇，又慌张地往屋内望了望，随后立即跑到沙发旁的电话台边。

她哆嗦着手，快速转动着电话键，两眼通红，一只手不安地在自己膝头摸索。

“喂?”

电话被接通，褚会子忙不迭颤声倾诉,“喂，我真的受不了了，一天都等不了了，你带我走吧。”

“不行的，你要不……”

电话中男人的声音起起落落，也不知说了什么，褚会子忽然开始疯狂地摇头，愤恨地大喊:“你别再跟我说这些了! 总之我要立刻走，你要么跟我一起，要么给我准备好五万块钱，否则别怪我毁了你!”

说完这些，褚会子摔断电话，崩溃大哭起来。

哭声与电话忙音交织在一起，嘈杂刺耳。

而数十里外的警局，姜斌也被陈永和吴方两人左一句右一句的追问恼得一个头两个大。

“头儿，这枪怎么丢了?”

“头儿，我们接下来该怎么办?”

“头儿，你说枪都到警局了，还是在你的办公桌上，它怎么能丢呢?”

…………

“好了！你俩别唧唧呱呱没个停歇了。”姜斌按着太阳穴，无奈地摇头。

他垂着眸子思来想去，决定将调查的方向重新转移到红妹母亲身上来。既然明面上审不出来，那就要私下用些手段了。

姜斌打定主意后，便差陈永调查了黄月芳一番，特意趁着夜摸到了帕里莫舞厅门外，准备守株待兔。

正处于“营生”好时刻的黄月芳丝毫觉察不到危险的靠近，还如往常一般不知收敛。

她扶着醉酒的客人从舞厅里出来，两人在门口依依不舍，闪烁的霓虹灯照在她脸上，五彩斑斓，更添了几分暧昧。

黄月芳的手不停在男人的腰上摩挲，嘴里娇嗔道:“哎哟，奇哥，下次再来呀，可别再让我等这么久了。”

被称作奇哥的男人摸了摸黄月芳的脸，醉醺醺地笑着，口齿不清道:“好，你这么有味道，我怎么会不来?”

黄月芳媚笑着轻推了下奇哥的胸膛，拢了下他的腰，顺利摸走了钱包后，才微笑同他挥手道别。

姜斌站在墙角暗处将这一切收入了眼底，勾唇笑笑。

黄月芳目送着男人远去，一转身脸上就浮起了压抑不住的笑，迈起轻快的步子往家里走，边走边美滋滋地点钱。

姜斌悄然跟上她的步伐，两人同行了一段距离，黄月芳似是有所察觉，忽然停住脚步回头看，姜斌立马闪身躲了起来。

虽没见到身后的人，可黄月芳心觉有人在跟着她，便立马疾步跑进了小巷里。

姜斌神色一凛连忙跟了过去。

黄月芳看着黑影逼近，在巷子转角抄起一根竹扁担，一鼓作气地朝黑影的脑袋狠劲砸下去，嘴里还大喊着："小瘪三，毛长齐了吗？还想占老娘的便宜，打死你，我打死你。"

幸亏姜斌身手敏捷，反手一下抓住扁担，扭身将黄月芳摁趴在了地上。

黄月芳顿时慌了神，结巴道："你……你到底是什么人？"

姜斌冷哼一声："我们在审讯室见过的，这么快就忘了吗？"

"你是警察？"

姜斌没回话，反倒利索地从黄月芳身上找出了方才偷盗来的钱包，拿到她眼前晃了一晃。

"这下人赃并获了吧，可要去警局喝一杯？"

黄月芳一愣，回神后连声央求道："哎哟，警官先生，您饶了我这一回吧，我们老百姓过日子好难的，之前给我女儿买墓地，家里的钱都花光了不说还欠了一屁股债，我真的没有办法才想弄点儿钞票，我这是第一次……"

"好了，你说的这些我可以不管，但我想弄清楚一件事，你回答了我，我就放了你。”姜斌打断她。

黄月芳警惕道:“什么事?”

“那天我问你，你觉得谁会替红妹报仇，当时你想到了一个人，对吧?”

黄月芳瞬间乖觉，垂眸不语。

姜斌呵斥一声:“说!”

黄月芳打了个激灵，结巴道:“警官先生，你……你要不还是把我带到警察厅关几天吧。”

“嘴还挺硬。”姜斌扯了扯唇角，把黄月芳从地上拽了起来，冷声道,“哎，我们警察也是讲情面的。你生活难，偷了东西我不抓，我就把你带回歌舞厅吧，等着那位失主回来，看你亲手把钱包还给他就行。”

听到这里，黄月芳瞬间惊恐地瞪大了眼，紧紧抓着墙壁，不让姜斌把她拉走，连声求饶道:“不要不要，他是个地痞流氓，会打死我的!”

“那你就老实说。”姜斌松开手，严肃道。

黄月芳站直身子，为难地看了看姜斌，又无奈地垂下了眼，低声说:“那晚是有人来找红妹。她是突然出现在屋里的，还吓了我一跳，可惜我没看到脸，听声音像是个年轻的女孩。”

年轻女孩?

姜斌蓦地想起那天和他交手之人轻巧的身形，又念起许幼怡那天带出去的是个女子。瞬间如醍醐灌顶，彻底肯定了自己心中的想法。

他敢确定，凶手就是当初许幼怡从火场带出去的那个女人。

那个女人同红妹有交情，张晚开车撞了红妹，所以被杀。甄善为了观察人濒死的表情，在车祸现场拍照，延误了红妹的送诊时机，间接害了红妹，所以也被杀。

就是那个女人没错！现在差的就是找到那个女人和杀人证据。

黄月芳见姜斌一脸沉思的模样，小心试探道："警官，我都照实说了，你是不是得放我走了？"

姜斌回神冷眼瞥她一下："你当真没有看清她的脸？"

"真的呀，警官。天太黑了又没开灯，我怎么看得清。"

姜斌凝视着黄月芳，看她模样不似在说假话，便点了点头："你走吧。"

黄月芳如释重负，连忙快步离开了小巷，消失在了夜色深处。

第十七章　故人归来

日升月落，昼夜交替。趁着和风细雨，人事松快，许幼怡便跟着几个小姐妹去了王社长家小聚。

因为兴致不高，她便独坐一旁，百无聊赖地翻看着近来的杂志，几个小姐妹却是聊得好不热闹，围着张报纸指指点点。

那报上刊登的照片经过油墨影印显出些斑驳，但丝毫不影响照片里的男人散出英姿勃发的魅力。

“哎，好俊的一张脸，好俊的手笔啊。”裴秀放下手中的报纸啧啧称道。

段佩佩听到后，错身过来也要看报纸，“咦，我瞧瞧，哪里有登他的照片呀？”

裴秀狡黠地眨了眨眼，调侃道：“你还用看谢记者的照片哦。你都迷了他这么久了，怕不是早就从那些广为流传的公报里剪了许多张小相贴在床头，日日看着入睡吧。哈哈哈……”

段佩佩嗔怪地瞪了裴秀两眼：“呸呸，我才不会那么没出息呢，而且他不过就是个记者罢了。想见，见真人就是了，要剪报上的照片做什么？”

裴秀眼里闪过一抹妒色，不自然地抿了口咖啡。段佩佩家世比她好，说想见就见这种话确实不为过，只是她心里有些不舒服罢了，可也不能发作，只好笑着打趣道："哟，这会儿想见真人了，之前不是说懒得嫁人吗？怎么看到大记者，春心动了呀。"

段佩佩挺着胸脯，理直气壮地说："说笑不行吗？'谦谦君子，淑女好逑'啊，你看幼怡丈夫这么有本事又能照顾人，我羡慕的哦。"

"是是是，我们佩佩说什么就是什么。"裴秀连连点头。

"对了，内部消息啊，周衡最近可能要高升了。"

"要高升了啊？"

提及周衡，许幼怡目光闪躲了一下，装着若无其事地翻了页杂志。

打从张晚那事爆发以来，她对周衡一直是冷冰冰的态度，两人许久都未交过心了，如今听到他高升的消息，竟然是从别人的嘴里，确实有点可笑了。

她敛着眸子，沉默地喝了口咖啡，并不言语。

周围的人却挺起劲，忍不住打探起来。

"哦，佩佩，是你姑父说的吗？"

段佩佩笑了笑，神秘道："哈哈，这就不能讲了。"

听到这儿，旁边便有人将目光挪到许幼怡身上去，羡慕道："幼怡才华出众，受这么多人追捧，嫁的人家也是望族，真是比不来。"

"对呀，对呀。"

"哎哟，幼怡，要不你给我们说说，你是怎么同周公子在一起的呀？我们也好学学，嫁个金龟婿。"

许幼怡礼貌地笑笑，翻着手上的杂志没有回话，王社长连忙出来圆着场子，边招呼大家吃瓜果边说："人家又不想跟你八卦，你们小姑娘谈恋爱也要注意点哦，认真谈，正经谈，不要今天见见这位才俊，明天见见那家少爷，名声不好的不要哦。"

一番好言相劝，段佩佩却没听懂深意，略微不满道："我们是新时代的女性，怎么？还时兴见一面就嫁啊。"

裴秀用胳膊肘撞了撞段佩佩，捂嘴笑说："你误会王社长了，他说的不是这个意思，是说那位。"

"那位？"段佩佩疑惑着。

转而凝眉思索，不过片刻又恍然大悟，跟着笑了起来，"哈哈哈，我知道了。"

"你们也都听说了呀，那个褚会子常常三更半夜出入舞厅，旁边还都是一群黑衣保镖跟进跟出，不知是被哪位大佬'周全'起来了。"

"她就是被包了呀，你们不晓得吗？"旁边一位小姐插话道。

王社长叹了口气："唉，不晓得就不愁了，我才重金签下了她的一本书，若是闹出丑闻，我可要赔大了。"

段佩佩听到这儿马上接过了话："哎哎，那我推荐你个能赚钱的啊。"

"什么？"王社长一脸好奇。

段佩佩乐滋滋地拎起报纸，绕到了许幼怡和王社长跟前，"唰"一下打开，看着上面的人介绍道："出一本他的传记一定风靡上海。看看，东京联合会议上舌辩群雄，懂四国语言，听说和南京城的周司长是八拜之交，如今担当大公社的喉舌，了不得哦。”

许幼怡听到这话，刚想定睛看看，王社长就没好气地一把推开了报纸：“等他什么时候真来了上海，再来谈风靡上海的事吧。”

段佩佩不服气地跺脚，“他马上就会来上海了呀！我姑姑问过了！”

王社长只当是段小姐随口一说，也没往心里去，倒是许幼怡怔怔地盯着桌上的报纸，伸手将它拿了起来。

几个人瞧着许幼怡神情古怪，正想开口寻问，大厅的玻璃门就被人敲了敲。

“进。”王社长扬首叫了声。

紧接着，大门被打开，关先生站在门口环视了众人一眼，笑说：“哟，这么多客人呢，那正巧。老王，我介绍你个人，哈哈，你不要太感谢我。”

“一范，进来。”关先生引着一人走进来。

众人的目光都齐聚在他身后，看着谢一范稳步走了进来。

谢一范于王社长面前站定，微笑着摘掉了礼帽，他的肩上还有不明显的水渍，身后是一片春日的轻风细雨。

许幼怡怔怔地看着他，手里的报纸“吧嗒”一声落到了地上。

他们有多久没见了？

好像是，七年。

在一起三年，分开了七年，认识了十年。

原来都这么久了，久到明明觉得早已忘了这个人，忘了这张脸，可被深深压在深处的记忆，一旦有任何苗头，它就像散碎的蓝色晶沙，飞快地……充盈你思想的每一个角落。

十年前，他们刚认识，许幼怡还在一家咖啡馆干收银员的活计。

那是很稀松平常的一天，十八岁的许幼怡如往常一样穿着可爱的黑白色制服，坐在咖啡厅的吧台后，一边等着客人来结账，一边看着手里的英文原版书，时不时对照着字典做抄写、翻译。

那时的谢一范还是一个不出名的小记者，经常穿着板正的衣服窝在咖啡厅不起眼的一角写稿。

那天，许幼怡看书看得兴起，又习惯性地去咬笔杆，就是这个时候，一只修长的手轻轻点上了吧台桌面。

许幼怡闻声抬头，愣怔地看着面前的谢一范。

彼时阳光很好，透过雕花玻璃窗铺洒在谢一范的肩头，给他整个人都镀上了一层碎金的光芒，绚烂夺目。

他绽出一口白牙，朝许幼怡递出了钞票，“买单，麻烦你。”

许幼怡这才回神，为难地看着现金问他：“好的，您没有零钱呀？”

“没有啊，不好意思。”

“行，没关系，那请您稍等一下。”说完，许幼怡转身到架子后面的零钱盒里去找零钱。

谢一范站在吧台前，目光随意地瞥到了许幼怡的笔记本。

上面写着语句的翻译：

Peter：oh，Fading is true while flowering is past。（皮特：哦，凋谢是真实的，而盛开只是一种过去。）Ava：You can say that again。（艾娃：你能再说一遍吗？）

谢一范清浅地笑了下，伸手抽出了自己口袋别着的钢笔，自作主张在笔记本上写了点东西。等许幼怡扭头把零钱给他时，钢笔已经被重新别回了口袋中。

“再见，欢迎下次光临。”许幼怡礼貌地道别，目送谢一范离店后才又低头看向自己的书和笔记本，目光却一下凝住。

笔记本上的“艾娃：你能再说一遍吗？”后面被小小地打了一个 ×，重新注解道“我非常赞同你”。字迹端正有力，赏心悦目。

“我非常赞同你。”许幼怡随之低喃了声，眼里浮起赞同的笑意，目光不自觉望向门外，这才发现墙边立着一把伞，是方才那位先生的。

她连忙拎伞追了出去，边跑边喊着：“喂！等一下！等一下！”

听到身后有声音，谢一范迟疑地回头。

彼时阴雨初停，天边挂着一道彩虹，少女身披七彩光芒踏着春风朝他奔来，让谢一范有片刻失神。

直到许幼怡在她面前站定，微喘着气说：“您的伞，忘了拿了。”

他这才慢慢收拢了自己已经飞到九霄云外的神思，伸手接过伞，愣愣地回道：“哦，好……谢谢。”

许幼怡粲然一笑，转头就要离开。

谢一范却在这时蓦地鼓起勇气叫住了她："哎，等等。"

许幼怡疑惑地回头，谢一范撞上她黑亮的眸子时却又语结了，琢磨半晌只憋出一句："你看书时不要咬笔。"

"啊?"

"那个，吃点别的吧?"

许幼怡看着谢一范红红的耳朵尖，"扑哧"一声笑了，"那吃什么呢?"

谢一范摸了摸自己的衣兜，从里面拿出块点心，朝着许幼怡伸出手，"萨其马怎么样?"

许幼怡弯起笑眼，伸手拿走了他的点心。后来，他们就在一起了。

他们一起到过上海最高的山峰，欣赏过沙滩边最美的日落，也去广场喂过漂亮的白鸽。

每每这个时候，许幼怡会疯了一样冲进鸽群，柔润的发丝随着她的跑动飞舞，整个广场里就她笑得像个小傻子，可谢一范也不嫌恼人，反倒唇角弯得老高，拿着相机不停地给许幼怡拍照。

他们一起逛过无数的路边小摊。

谢一范总喜欢把各种古怪花样的头饰和小物件往许幼怡脑袋上比画，惹得许幼怡边笑边打他。可最后谢一范还是会悄悄买下漂亮又适合的头饰送给她。

他们还一起看过许多场电影。

黑白的画面在荧幕上不断变化，许幼怡总会随着主角的分离、去世而悄悄红了眼眶，这个时候谢一范就会默默握紧她的手……

他们一起做了很多很多事情，可到最后，他们还是分开了。

时隔这么多年再见，许幼怡心里虽没了不甘却仍略有酸涩，所以才会一时震惊失神，落了手里的报纸。

关先生捡起地上的报纸，随意看了眼，爽朗一笑，“哎，你们刚巧看这报纸呢，那想必这位，不用我为大家介绍了吧。”

几个小姐点点头，齐刷刷笑看着谢一范，神色间是难掩的激动。

谢一范浅笑着掠过她们的目光，清亮的眸子直盯住许幼怡，停留了足有好几秒，才缓缓伸出手说：“你好，我是谢一范。”

王社长握住谢一范的手，笑得两颊褶子都被挤了出来，兴奋地招呼着两人入坐。

窗外雨丝斜飞，树叶在微风中彼此试探、触碰，一幢幢小洋楼都洇在了水雾里，四处一片迷蒙。

良久，雨水停歇，一群人作别王社长各自离开。

谢一范追着许幼怡的脚步出来，两人如多年未见的老友，平和地漫步在江边。

“你的样子一点儿都没有变，甚至更漂亮了些，看来你过得不错。”

许幼怡看着眼前奔涌广博的江水，一时无言。

谢一范垂了眸子，继续道：“其实来的路上，我看了这段时间的报纸，知道了一些你的事。你最近有些麻烦，若是需要，我可以……”

“不用了!”许幼怡连忙拒绝。她从来不是个软弱的人，很多事，她可以靠自己。

谢一范听出了她言语间的坚定，沉默地看了她许久，哑然道:“幼怡，我们分开多久了?”

“记不大清了。”

“七年零二十一天。”谢一范轻笑着，神色怅然。

许幼怡垂着眼，神色平静地应道:“嗯，你一直比别人聪慧，记性好。”

“我只记我认为值得的事情。”一字一句铿锵有力。

许幼怡眼神微闪，紧紧抿着唇，不自在地别开眼。

视线落到桥下平缓往前流淌的江水上，她的心绪逐渐平静下来，忽然长长吐出一口气，直视着谢一范清亮的双眸，大方道:“还没恭喜你，功成名就，心愿得偿。证明你当初的离开是对的。”

“功成名就还差得远，心愿得偿更是远远不够。”谢一范定定看着许幼怡说了这番话，其间的深意不言而喻。

许幼怡不搭话，只立马错开了目光。

谢一范见状苦笑一声，道:“那你呢?你也实现了曾经的理想，著作名动上海，众人歆羡的高门阔太，你又过得快乐吗?”

快乐?从前当是快乐的，现在……

许幼怡神色黯然，唇角浮起一丝讽刺的笑但又很快敛去，停下了脚步扭头对谢一范说:“就到这儿吧，再见。”

“再见。”

谢一范停在原地注视着许幼怡走远，走到了长桥尽头。

桥下的轮渡靠岸，江水奔涌向前拍打着石岸发出声响，谢一范回神看着面前的江流，眸子里是遮掩不去的落寞。

滚滚江水东逝，奔流入海，再也不曾回来，经历过的人和事其实也是一样的道理，过去了那便是过去了。

第十八章　表象之下

时间对每个人都是公平的，这个世上，有人花时间伤春悲秋，也自然会有人花时间去开拓新生活。要说上海滩最近的大事，莫过于李军长全资盘下锦华饭店，摇身一变成了李总。

此事其实早先也有传闻，说是外面来的军长买了锦华饭店，但一直没人敢确定。毕竟李军长从北平调过来，还没什么人脉，而锦华饭店又是全上海数一数二的酒店，不说占地、楼高，就单里面的装饰品，大都是特意从南洋拉回来的，其贵重程度可想而知。不想竟真是李军长买去了。

盘了这么大一个酒店，为方便以后开门营生，李军长自然是想将此事广为告知。而段家与李军长是旧识，所以为了给李军长撑面子，便特意让段佩佩在锦华饭店组了局，办了场舞会，把大上海的权贵都邀了过来，联络联络感情，顺便拓展拓展人脉。

如此，许幼怡和周衡自然也在受邀之列。

许幼怡本是不太愿意同周衡一道的，但两人到底还是夫妻，再不情愿，为了周家的面子，她也只好跟着去了。

所幸周衡似乎有他的朋友要见，到了酒店后好言同许幼怡交代几句便自行离开了，这样一来，许幼怡倒乐见其成，径自跟着几个小姐妹去了三楼专门的舞厅跳舞。

锦华饭店的三楼舞厅。

圆头唱针摩挲着黑胶唱片，留声机里溢出激烈而明快的英文歌曲。许幼怡正被一群名门小姐簇拥在舞池中跳舞，所有的烦恼都被她抛却脑后。

她眉目秀丽，身姿轻巧，舞步灵动，随着乐曲而踢踏的模样看着让人心觉欢快。舞会上的人频频侧目，总是不自觉把目光流连于她的身上。

乐曲换过一首又一首，许幼怡终于微喘着气停了下来。她拨弄了下头发，环顾四周，看见了圆皮沙发上正喝酒嬉闹的段佩佩和裴秀两人。

对方本在肆意大笑，撞上许幼怡的目光后，稍微收敛了笑意，变得矜持许多。许幼怡没多想，走了过去，在裴秀身边落座。

裴秀把酒杯递给许幼怡，三人笑着把酒杯碰在一起。

许幼怡额上还有些微汗，她喝了口酒，匀了匀气息，道："哎哟，累死了，休息一下，出了一身汗。"

裴秀与段佩佩颇有意味地对视一眼，主动拿酒杯为许幼怡添酒，奉承道："累呀，多喝两杯就不累了。哈哈哈，幼怡你真棒，每一次你一跳舞，场上就看不到别人了。"

许幼怡浅笑着摇头，伸手指了指段佩佩，说："别光夸我啊，佩佩才是打小练舞的呢。"

段佩佩没应和，只是低头不露痕迹地撇了下嘴，站起身来说："你们先聊，我去补补妆。"

“哎，等一下我也去。”裴秀看了段佩佩一眼，笑着说，连忙拿起包追了上去。

两人都走了，许幼怡喝了几口酒甚为无聊，便也打算去卫生间弄弄跳舞散下来的头发。她不紧不慢地走到门口，正要推门，却听到了门内熟悉的交谈声，手下意识顿住。

卫生间内，裴秀边拨弄着手包里的化妆品，边不屑道：“呵呵，你说她好笑不好笑？真把自己当成名媛了呢，我最瞧不上的就是她那一副名门闺秀的做派，论出身她哪里比得上我们？”

段佩佩漫不经心地瞥了一眼裴秀那趾高气昂的模样，没有立马接话，而是继续慢条斯理地涂着口红，又轻抿了抿嘴，见自己妆容齐整，才道：“人家命好嘛，都嫁进周公馆了。”

裴秀当即冷哼一声：“切，谁不知道她老公出轨张晚，不然她干吗要把张晚辞退，现在还假装没事人一样乐滋滋来舞会，怕是接受当大房了吧。张晚死了又怎样，还有刘晚，许晚，晚晚都有呀。”

“哈哈哈……”段佩佩笑得乐不可支，嗔怪道：“怎么说话的呢。”

“我实话实说呀，还给张晚开追悼会，还万金悬赏，依我看指不定张晚就是她买凶杀的，装腔作势，那么会做戏，怎么不去拍电影啊？”

“哈哈哈哈，你真是伶牙俐齿，说不过你。”

“本来就是嘛，咱们圈子里谁真看得上她呀，也就你心眼好，把她当朋友。”

“哎，主要看她没朋友也怪可怜的。”

…………

一句一句的寒言恶语飘进许幼怡的耳朵里，她僵硬地站在卫生间门口，脸色木然，疲惫感像是多触的藤蔓，从她心底生了出来，紧紧禁锢了她。她慢慢转过身，靠在了瓷白的墙壁上，低垂的眼眸里尽是寂寥与落寞。

蓦地，许幼怡想起了那天夜里同严微喝酒时的情形。她说自己没有朋友，现在看来果真如此。

她一直都清醒自知，像她这样从下只角出来的人，不论努力变得多么优秀，也还是会被那些所谓的名流暗中贬低排挤。

这么些年，她从来没有停下前进的脚步，她所拥有的一切都是她努力的结果，可还是会有很多人带着偏见看她，觉得她不好，她不配，她能有现在的一切只是因为运气好，只是因为嫁给了周衡。

这些流于表面的浮华和虚情假意许幼怡看得太久了，直到今天，她终是清晰地感觉到自己累了，累得不想再同他们虚以委蛇，假意周旋。

她站在走道的拐角处，默然地看着裴秀和段佩佩手挽着手消失在走廊尽头，本想嘲讽地笑笑，可嘴角怎么也扯不出弧度来，倒是耳朵里有各种各样的谎言与恶语在回响。

段佩佩:“人家命好嘛，都嫁进周公馆了。”

裴秀:“切，谁不知道她老公出轨张晚?”

周衡:“等了半天有点心烦，就抽了两根。”

张晚:“我查过了，周衡没有什么问题，别多心了。”

谢一范:“幼怡，你为什么就不能理解我！好，分开可以！你以后一定会后悔的！”

…………

那声音停不下来！停不下来！永无休止！

所有声音交织成了一曲杂乱无章的哀歌，搅得许幼怡的脑袋隐隐作痛，太阳穴也跟着突突直跳……

许幼怡拖着沉重的步子回房间，而魔鬼的羽翼似乎也在此时张开了翅膀。

此时此刻，就在酒店分配给许幼怡的套房里间，褚会子正在和一人争执拉扯。两人不知说到了什么，情急之下对方竟忽然伸手狠狠推了褚会子一把！

褚会子踉跄一下，额头猛地撞到壁炉角，当即扑倒在地不省人事！鲜血从她额头上慢慢溢了出来，红得扎眼刺目。

人影似乎呆住，随即急忙准备收拾东西跑出去！

奄奄一息的褚会子勉强把眼睛睁开了一条缝，嘴里发出微弱的呼救声，可是那声音太小了，小到连凶手都没有注意到。

“吱呀”一声，外面传来了推门的声音。

准备逃离的人影立刻折身回来！四处看了下，最后慌慌张张地躲进了衣柜里。

褚会子侧目看了一眼刚刚合上的衣柜，竭力呼吸着，鲜血染红了她的衣裳，让她身上一阵阵发凉。

她头晕目眩，眼前一阵一阵发黑，胡乱摸索中扯到了桌边垂落下的桌布，想借势爬起来，可失血过多好像失去了所有的气力，怎么努力也挪动不了分毫。

许幼怡并不知道一墙之隔的地方，有人正在拼命想为自己挣一条活路。她此时此刻坐在这儿，只是觉得她快要把自己的路走死了、走断了，未来应该何去何从，真的一点儿方向都没有。就这么发着愣，浑然不知里面有人。

房间的窗户大敞着，料峭春风吹动着窗帘，透出了些许寒意，那些纠缠着她的言语并没有消散。

许幼怡痛苦地抱住脑袋，摇了摇头，想把那些纷乱不堪的声音从耳朵里赶出去。

“为什么，为什么要这样对我呢……”

而在里间，红色的桌布被褚会子一点点往下拽，桌上做工考究的黄铜烛台也随之移动，慢慢靠近边沿……

近了……

更近了！

“咚”的一声，烛台掉了下去，砸到褚会子头上发出了一声骇人的闷响！又继续往外滚去。

褚会子痛苦地闷哼一声，终是在那一刹那失却了所有的力气，两眼一黑，抓着桌布的手垂落于地。

地上的血早就晕出了一个可怖的血泊，血泊之中，褚会子缓缓闭上了眼睛。

几乎在她闭眼的那一刹那，烛台缓缓滚出内间，撞到了许幼怡的脚边，停了下来。

重物落地的闷响惊动了抱头呢喃的许幼怡，她伸手捡起脚边的烛台，茫然四顾。室内无人，一片寂静。

可方才的声响不似作伪，而且烛台自发滚到了她的脚边。

许幼怡瞬间警觉起来，转身朝着里间喊道："谁在里面？周衡，是你吗？"

屋内寂然，无人应答。

许幼怡拿着烛台，小心翼翼往里面走去。

"有人吗？"

她边喊边进门，迎面就看到了一人高的柜子，柜门微微裂开了一条缝隙，还在顺着惯性开开合合，随之发出"吱呀吱呀"的声响。

许幼怡以为里面藏了人，神情紧张，屏着呼吸，眼睛死死盯着柜子，一步步靠近，径直路过了桌子，正好与生死不明的褚会子形成了视线死角。

套间外的门也在这时候被再次推开，酒店服务员朱嫂以为房间里没人，推着推车进门准备打扫卫生，却冷不丁儿看到了倒在血泊里的褚会子，立即吓得失声尖叫："啊！"

许幼怡被这声凄厉的尖叫吓得一激灵，倏然转身，终于看见了双目紧闭、躺倒在地犹如死状的褚会子，不由得大惊失色，踉跄几步直接撞到了柜子上。

服务员回过神来，哆嗦着腿慢慢靠近褚会子，伸手往她鼻子下探了探，而后满脸惊恐道："死……死了！"

褚会子死了。

锦华饭店被紧急封锁，姜斌带着手下的警员摸排现场，一眼就看见了站在饭店一角、左顾右盼的服务员。

姜斌走到她跟前，尽力和善地笑笑，"是你发现后叫人的吧？"

"是，是。"

"怎么称呼？"

"叫我朱……朱嫂就好。"朱嫂局促不安地搓着手，垂眸不敢看姜斌。

姜斌轻咳两声，又放柔了声调："别紧张，我们只是想让你把当时的情况再复述一下。"

"其实我刚刚和陈警官都说了，我是打算进去打扫房间的，谁知道一眼就见到那位小姐满头是血地倒在地上，而许小姐拿着烛台很惊慌地回头看向我……"

姜斌神色一凛，立马打断了朱嫂的话，"你称死者为'那位小姐'，却很清楚拎着凶器的是许小姐？"

"我们都是实实在在的工作人员，不会乱讲，许小姐是老顾客了，我认得的。那位小姐应该不是常客，所以我不晓得。”朱嫂笃定地说道。

姜斌皱着眉，再次问：“许小姐当时很慌张？”

“是的……好像突然很害怕。对！没错。”朱嫂转着眼珠子回忆起那幕，确定地点了点头。

“好，我知道了，如果后续有疑问，我们再联系你。”

“嗯。”

姜斌大步离开，收集了现场痕迹后，将与许幼怡和褚会子相关的人都带到了警察局问话。段佩佩和裴秀因当天一直和许幼怡在一起，自然是第一批。

不过从她们俩的嘴中，姜斌不仅没问出多少有用的信息，反倒闹得自己心里不适。

两人中，一个故意遮遮掩掩，说：“我们从跳舞之后就分开了，等到回去原来的座位，发现幼怡也不见了，不知道她去哪里了哦。”

一个佯装忧虑担心，关切道：“真是幼怡杀了褚会子吗？哎呀，我觉得不至于啊，虽然她俩关系一直不好。”

姜斌往下追问了句：“哦？她们有纠纷吗？”

结果段小姐连忙摆了摆手表示不是，嘴里却又说着：“纠纷倒谈不上，但她们是竞争关系呀。可我相信幼怡，她不会杀人的，我们是好朋友来的呢。”

从前对这些名媛贵女的行事作风略有耳闻，可今天一趟问下来，姜斌才算是有了切身体会。论起指桑骂槐，醉翁之意那套，这群名媛怕是学得比谁都好！没赶上去夜上海大剧院做剧场名角倒真是可惜了。

姜斌摇着头让陈永将人送出了办公室，自己则大步流星往审讯室里去了。

谋杀的疑云笼罩在许幼怡头顶，她神色恹恹地坐在审讯室的座椅上等着人来问话。

姜斌一进门就看见了她这副蔫头耷脑的模样，冷声一笑，“许小姐，可真够巧的，回回都有你。”

许幼怡勉强扯着嘴角，道：“姜探长，如果可以，我也不想时常出现在警局。”

“说吧，怎么回事？”姜斌落座，抱臂看着许幼怡，一旁的陈永听见这话立马拿好了笔，严阵以待。

许幼怡本就心情不大好，眼下又受了惊，已是身心俱疲。她揉了揉额头，有气无力地答道：“我当时因为不舒服就回房间了，没多久听到‘咚’的一声，然后烛台从里屋滚出来。我拿起烛台进去看，询问有没有人，可屋里没人回答。我走进去，柜子没关紧，一直‘吱呀吱呀’响，我以为里面有什么就走过去看。从始至终，我都没看到桌子下面的……褚会子小姐，直到服务员尖叫，惹我回头。”

“人不是你杀的？”姜斌目光犀利地盯着她。

“不是。”许幼怡笃定地回道。

“那你可真够倒霉的，既没有不在场证明，又有作案动机，要说人不是你杀的还真没多少人信。”

许幼怡笑了笑：“够幸运了，起码没人跳出来作证是我杀了她。”

“心态够好。”姜斌哼笑一声，挑了下眉毛。

“像我这样穷苦出身的人要是心态不好怕是活不到现在了。”

“行了。今天就到此为止，你先出去吧。”

许幼怡点头应下，离开了审讯室。

夜幕已经完全落下，许幼怡站在走廊里，看着窗外暗沉沉的天吐了口浊气。谁都不知道，明天又会是怎样的腥风血雨。

第十九章　非议不断

“女士？女士？”小胖站在照相馆门口，一连叫了严微好几声。

严微恍然回神，看向门口的小胖，点了点头，示意他进来。

小胖是红妹去世后接手这几条街巷弄堂送奶工作的小孩，已经送了有一段时日了，当初红妹去世的消息，严微也是从他口中打听到的。

小孩每天送奶都准时准点，礼貌周全，同从前的红妹一样尽责，只是他的牛奶总是不满。严微看到他很容易想起红妹。

她和红妹彼此熟悉是始于一个下雨天。

那天，红妹送奶时突然落了大雨，她被雨水困在了百花照相馆，就主动同严微说了几句。见严微没搭话，便有些失落，抱歉地问了句："小姐，我是不是打扰到您了？"

严微当时是觉得小丫头话多，而她又不善言辞便没怎么搭理，不想红妹倒像是真怕招人不喜，道了歉就径自走出照相馆，准备冒雨回去了。

严微不是个冷漠的人，无奈叹了口气，拿伞追了出去。

弄堂雨巷，红妹见到她拿着伞出现时，黑溜溜的眼珠子里满是光彩。严微不多言，默默地撑伞准备送她一程，不承想就听得小丫头开心地喋喋不休了一路。

“小姐您真是个好人，还特意送我一段，明天我请您吃好吃的水果糖吧？

“最近很流行的那种水果糖，有葡萄味的，还有苹果味的，是日本人造的，我妈从舞厅拿回来的，可贵了，您一定没吃过，明天我给您带过来。

“小姐，您叫什么呀？

“我叫红妹，您听过吗？是一种香烟，一块钱三包，您若十包十包地买，每包还能便宜一毛钱。我妈说她生我的时候就想抽一口红妹，结果出了月子也没抽着，所以我就叫红妹。哈哈，是不是挺有意思的……”

严微眸光沉沉，像是要甩掉这些记忆片段般摇了摇头。

万幸，那些该死的人都死了。

“女士，牛奶我给您放这儿了。”小胖走进照相馆，微笑着将一玻璃瓶牛奶搁在桌子上，彬彬有礼道。

严微看向小胖，勉强笑了下，走到餐桌边将牛奶倒入自己的玻璃杯，然后把空瓶子还给小胖。

“谢谢您，再见。”小胖朝着严微鞠了一躬，离开了照相馆。

桌腿边的好运气动了动鼻头，似是闻到了奶香，立马跳上餐桌，围着玻璃杯喵喵叫。

严微将杯子里的牛奶往猫碗里倒出了一点儿，坐下喝剩下的半杯奶。

街边的卖报童边扬着手里的大报，边朝着百花照相馆所在的街道走来。

“卖报，卖报，大新闻啊！大新闻啊！”报童声音高昂，愈来愈近，“名家许幼怡再次身陷杀人案！锦华饭店褚会子横死！快来看哦！”

严微眼神一凝，端着杯的手骤然顿住，当即给照相馆落锁，匆匆赶去了周家老宅。

此时的周公馆，古铜色的高门紧闭，门外人满为患，一眼过去全都是记者和看热闹的路人。

尽管周宅内连个用人都没出来，但那些记者还是紧扒着门，一个劲儿朝门内高声叫着。

“让许小姐出来接受采访！”

“公众有权知道真相！”

“这是杀人案！”

记者的质疑声一浪高过一浪，更有拎着菜篮子的路人，指着周公馆的大门破口大骂：“平时假模假样的高贵，其实是凶手啊！我呸！”

所谓“墙倒众人推，树倒猢狲散”也不过如此吧。许幼怡还没被判定为凶手，这些人就急着跳出来踩几脚，着实难看。

严微远远站在角落里，不快地皱眉看着眼前的场景。她盯了会儿面前紧闭的大门，心知在此等着怕是见不到许幼怡了，于是当机立断朝着周宅对面的大楼走去了。

片刻后，周宅对面大楼的屋顶就站了一个人，手持望远镜观察着周府内的动静。

镜头之下，许幼怡沉默地坐在卧室沙发上，两手痛苦地支着自己的头，长长的头发挡住了她的面孔，看不见神情可背影却隐约在颤抖。

一只手宽慰般地摸了摸她的头，是周衡。

接着，他蹲下身来，温和地注视着许幼怡，说："幼怡，别担心，不管发生什么事我都会陪在你身边的。我相信你没杀人，也没有人能将杀人的罪名随便扣到周公馆里来。"

许幼怡闻言，缓缓抬起头，长久地凝视着周衡，一双眼红得不成看，眸子里更似盛着浓重得化不开的情绪，那是暴风雪前的宁静。

不知过了多久，她终于有了动作，抬起手轻轻摸了摸周衡的手臂。

这是她撞破了周衡出轨后，第一次主动触碰他，周衡脸上瞬间带上了喜色，激动地回握住许幼怡，张口便道："幼怡，我们以后好好的，我们共同应对所有的……"

"周衡，离婚吧。"

周衡猝然怔住，后半截话就这样被许幼怡的轻声细语打断，生生堵在了喉咙口，憋得他心里发疼。过了片刻，他猛然起身，不可思议道："你说什么？"

"我说离婚。"

"为什么！你怕这次的事？还是……你依然在记恨张晚？！她都离世了啊幼怡！我不会再做对不起你的事了！"周衡难以置信地摇头说道。

许幼怡神色平静地看着他，满目寂然。

话说出来后她反倒轻松了，心里的纠结与痛苦也消减了不少，取而代之的是一种终于了断的畅然。

离婚这个决定并不是她一时兴起随口说出的，她想了很久，也挣扎了很久，直到今天，发生了这么多事，她终于能放开手了。

许幼怡站起身，淡淡解释道："她走了，不代表这件事就这样消失了。"

不过这句解释，她没指望周衡能懂，毕竟他没有被背叛过。他永远也不会知道，在撞破他出轨后的每一个深夜里，她都会从噩梦里醒来。

那些梦，是少时同张晚嬉戏玩闹的场景，是他和张晚联合起来欺骗她的场景，是他与张晚耳不离腮、相互纠缠在一起的场景……她经历过的伤害全都刻在了她脑海里，变成了触目惊心的梦境，一次次在深夜里中伤她。

打那之后，每次午夜梦回，许幼怡扭头看到身边的男人，都不再觉得是甜蜜幸福，而是痛苦与难堪。她实在不想再这样过下去了。

然而周衡也的确如她所料，半点儿不能明白她的这句话，不明白他带给她的伤害，甚至还失态地质问道："你都能参加张晚的追悼会，你能花一万块去给她悬赏缉凶！你连她都谅解了，怎么就不能原谅我这一次？"

许幼怡不想与他多言，一脸疲惫地走到窗边，十足抗拒的模样。

周衡看着许幼怡的背影，意识到了自己慌乱后的失态，连忙补救道：“对不起，我刚才太大声了。你再想想，我们冷静一下。”

许幼怡站在窗前没有回头，轻风扬起她的发丝，却吹不散她满脑子的忧愁。

而锦华饭店内，姜斌倚在桌边也正在烦恼。

他的手指沿着桌子边沿划了一圈，放到鼻子前嗅了嗅，并无特殊的味道。他仔细环视着四周，眼前的一切都如那日凶案现场一样，地上是白粉笔勾勒出的尸体形态和血液散布的形状，桌子侧在门口的斜前方，桌布掉在地上，墙边的柜子依旧没合拢。

姜斌走到外间，捡起了地上的烛台，发现上面挂着融化后又凝固的烛泪，他顺着地板看去，果然见到地板上有些微的蜡迹。

黑色的皮鞋跟着蜡迹往里走，人又重新回到了桌边，兜兜转转始终绕不出去这个困局。

姜斌抱臂靠着墙，皱起眉头，琢磨半晌，拉开了许幼怡撞过的柜子察看起来。

柜子里面空空的，内部容量很大，足以放下一个成年人，他左右敲了敲，眸光却倏然被衣柜的一角吸引住了。

衣柜的角落里，一颗没铆进去的钉子上，赫然挂着一条红色绳结。

姜斌将绳子带回警局，又把红妹的那条红绳拿出来，两条摆在一起比着看。桌上的红绳编织方法都比较特别，一条旧的，染了血，一条新一些，被钉子刮过，边缘有些毛糙破损。

陈永诧异地拿起两条红绳，拎到自己眼前，左看右看，忽然感叹了一声，“搜查科怎么回事，这么重要的东西都漏了，幸好头儿你又去了一趟。等等，这两条红绳一样的啊。”

“对，一样的。”

“哇塞，头儿，那这次和上次是不是一个凶手？杀人狂魔啊他？要杀多少？”

姜斌骤然抬头，掀起眼帘看了陈永一眼，眸底锋芒毕露！思忖片刻，突然起身向外走去。

陈永一惊，连忙大叫着追了上去：“头儿！你去哪儿？等等我！”

两人驱车前行，车子停在了周宅门前，陈永看着眼前熟悉的宅子，无奈地摇了摇头，上次来这儿的感受可算不上好，可是够倒霉的。

陈永按着门铃，院内空荡荡的，迟迟没有人出来，他不耐烦地又狠命按了几下。

“叮铃铃”的门铃声急促地响着。

良久，周府的管家终于快步跑了出来，朝着门外叫道：“来了，来了。”

管家拉开门，一见是姜斌和陈永，迎客的脸色立马就变了，不大乐意地问：“两位警官又来这里办案的？”

姜斌上前一步，点点头，说:“你好，劳驾通知一声，我们想见许幼怡。”

不料管家却没立即折回去问家主，而是扶着门栏半点儿不挪步，干巴巴说道:“这我恐怕帮不了您，少奶奶身体不适，老爷和夫人都有命令，不许她出来吹风。”

姜斌眯了眯眼，显然不信这套说辞。

陈永黑着脸，不想院内却传来了动静。

许幼怡正快步往屋外走，周衡则焦急地追在她身后，“幼怡，你等等！你怎么能就这么走了?！”

姜斌抬眼看见院中的情景，哼声一笑:“这不是出来了?”

许幼怡没注意到大门外的场景，拉着箱子从台阶上走下来，周衡跟在一旁不住地劝说，可许幼怡低垂着头只顾走，全然不理。

周衡一张脸涨得通红，终于忍不住伸手拦住了许幼怡，挡在前面。

“我们再谈谈好吗?总有解决的办法。”

许幼怡一脸无奈地站定，道:“周衡，我没有想解决什么，我只是想结束这段关系。”

姜斌看着里面闹别扭的二人，适时地插话，高声道:“许小姐！有点事想麻烦你一下！”

许幼怡扭头看向院外，顿时一愣。

周衡扭头与许幼怡对视一眼，思忖片刻，率先拿过许幼怡的箱子放到旁边，然后拉着许幼怡的手一同走过去，隔着管家和护栏与姜斌对视。

姜斌开口，朗声道:“周先生这次不请我们进去坐坐吗?”

“没这个必要了，今日家中有事。”

姜斌抬了下眉毛，似笑非笑地瞥了眼两人身旁的行李箱,“是那个事吗?”

一听这话，周衡放下表面的客气，脸色瞬间垮了下来，冷声问:“探长到底有何贵干，大概不是来同我闲聊的吧?”

“小事，我们想请许小姐回警察厅问话。”

周衡眉头下意识一凝，看了许幼怡一眼，将她往自己身后拉了拉，沉声道:“抱歉，我们已经配合完调查了，似乎没有必要再走一趟。”

见周衡如此坚定地拒绝，姜斌也冷了脸，强势说道:“这恐怕不行，我们有了新的证据，许幼怡今天必须跟我们回去。”

周衡冷眼回视着他，毫不退让。两人之间虽无言语，却是剑拔弩张，紧张气氛愈加高涨。

见双方一直僵持不下，陈永便想硬闯进去，当即走上前拉扯着管家，嚷嚷道:“你们不要妨碍警察办案，小心把你们都带回去。”

姜斌侧目看了眼陈永刚想阻拦，管家就已经被拉着打了个趔趄。幸亏周衡眼疾手快，及时搀了一把。

如此一闹，局面更加难堪了，连过路的人都忍不住往周宅侧目多看几眼。

周衡撞上那些看稀奇的目光，心里越发火大，压不住自己的火气，呵斥道：“你们这是想私闯民宅吗？这里可是姓周，不要太过分！”

陈永没好气地一笑，立马嘴快接了一句：“啊，姓周。得亏没姓蒋。”

“陈永！”

“住口！”

两道声音一同响起，被呵斥后的陈永当即噤了声，和姜斌一起扭头。

只见在周宅几米开外，一辆黑色的车停在那儿，一个身着西装、气质沉稳的男人撑着车门候在一旁，旁边还有两个警卫员，方才那声呵斥正是他发出来的。

紧接着，一只穿着黑色皮鞋的脚踏出了车门，周衡的父亲周云沛着一身气派笔挺的军装从车里稳步走了出来。

他鬓角齐整，带着些微的白发，眼角、额头都有交错的皱纹，一看便知有了些岁数，可时光的锤炼并没有使他看起来萎靡疲老，整个人反倒因此更显内敛深沉。

他唇边噙了一点儿笑，目光葳蕤，一步步走近陈永，在他身前站定。

“年轻人还有大好的前途，别乱讲话，对自己不好。”那声音沉稳有力，带着不容置疑的威严。

陈永不认识周云沛，尽管此时被他周身的气场弄得心里略微发怵，却仍旧带着满目疑惑，问：“你是谁啊？”

姜斌眸光一暗，拍了拍陈永的肩膀，暗示他不要乱说话。随后自顾自走上前朝着面前的人礼貌伸手，笑说："阁下就是周厅长吧。久仰了，我是姜斌，目前是负责侦破调查褚会子死亡案的警官。"

周云沛点了点头，客气道："姜警官，你好，平时保卫人民安全的工作都靠你们辛苦奔走。"

"您言重了，那都是分内的事。我手下人不太会说话，您不要见怪。"

周云沛笑了笑，"没关系，年轻人，能理解。"

话说到这儿，姜斌也不想兜圈子，直言道："其实今天我们来是想请贵府的许幼怡小姐到警察厅去录个口供，褚会子在公众场合被杀，社会影响非常大，相信您一定能体谅，我们需要给大众真相。"

"当然理解，幼怡呀，你愿意去吗？"周云沛温和地看向许幼怡，眼角挤出了几道褶子。

许幼怡刚要开口，周衡却抢过了话头，答道："爸爸，幼怡身体不舒服，不方便。"

周云沛了然地点点头，目光里带着歉意看向姜斌，正色道："那就没办法了，若你们能出示逮捕令，可以将人带走，否则就寻找别的破案途径吧。"

"你！"姜斌心里气极，一时语结。

他看了眼周云沛身边的男人和警卫员，心知今天怕是要无功而返了，却仍旧深吸一口气，沉了沉心绪，坚持道："抱歉厅长，我们所属警署是有权在审批前请嫌犯回去配合调查的。"

周云沛听完这话，眉头都没皱一下，一派气定神闲道："你们现在没有了，稍后秘书处会发通知到警局。”

陈永站在姜斌身后，被这一番话气得双拳紧握，牙关紧咬，可偏偏他们也只能暗自恼火，奈何不得。

姜斌一言不发，只盯着周云沛，面容严正，目光不屈。

周云沛也无退让，微微眯起了眼，面色坦然，唇边的浅笑不散。

良久，姜斌抿了唇，终是退开一步，低声道:“好吧，周厅长慢走。”

周云沛点了下头，目不斜视，带着一众人进了大宅。

许幼怡僵硬地站在门边，不情愿回去，却仍旧被周衡半搂着往里强带了几步。

“好了，进去吧，外面风大。”周衡边走边劝，半拉半搂，还是把许幼怡拉了回去。

姜斌注视着一行人的背影，沉沉地叹了口气。

陈永眉头都皱紧了，扭头懊恼地问姜斌:“头儿，现在怎么办?”

“先回去吧，下次你别这么莽撞，这不是一般的地方。”姜斌无奈说道，最后深深地看了一眼周宅，转身离开。

富贵权势坐镇的地方，无论外表看起来多么温润敦厚，总会在不起眼的地方亮出獠牙，但是没关系，等到光照进来的时候，是人是鬼，一切都会无所遁形。

第二十章　委曲求全

琉璃窗子的门扇打开，周云沛率先走入了客厅，甫一进去，他脸上公式化的笑容瞬间消匿无踪，取而代之的是政客的精明与冷冽。

本在沙发上惴惴不安的周衡的母亲徐氏一见周云沛进门，脸上的神情瞬间开阔，连忙起身迎了上来，忧心地问道："怎么样，他们走了吗?"

"走了。"

"那就好。"

说话间，跟在周云沛身后的周衡与许幼怡也踏进了客厅。

徐音看见周衡，立马冲他往周云沛那处使了个眼色。

到底母子连心，周衡当即会意，干笑一声，朝着周云沛感激道:"今日真是谢谢爸爸了，若不是你在，还不知道会怎么样呢。"

不想周云沛却不为所动，转过身定定地看着周衡，神色严峻地朝身边下人吩咐道:"拿我的拐杖来。"

许幼怡心里一惊，诧异地抬头。

拐杖这东西在周家除了走路可用，别的作用可就是动家法了。

徐音显然也想到了这点，立马冲管家挤了挤眼，示意他别去拿。自己又扭着身子凑到周云沛跟前，赔笑道:"老爷，您的腿最近不是不痛了吗？要拐杖做什么？”

周云沛并不回她，板着张脸，厉声道：“拿过来，怎么，都聋了吗？”

管家吓得打了个哆嗦，两相为难，刚畏畏缩缩要动身，就被跟在周云沛身边的秘书韩今为抢了先，只见他快步走到壁橱处，迅速将拐杖取下，恭恭敬敬地将它交给了周云沛。

周云沛掂量了下手中的拐杖，二话不说，“当当”几下就砸到了周衡的后背上！

实木敲着肉背，碰撞出令人揪心的闷响。周云沛打得自己脖颈上青筋暴起，任谁一看就知，定是下手又重又狠。

周衡僵在原地不敢动，空旷的客厅里闷响声被无限放大，听得在场的人皆是心惊肉跳。徐音一见周衡额上都冒了冷汗，瞬间心急了，连忙伸手拦住了周云沛。

“你这是干什么？孩子都这么大了，有事说说就是了，怎么还动手！”

周云沛没好气地瞪了徐音一眼，呵斥道：“让开，都是你从来不知管教他，才让他做下这些丢人现眼的事。”

徐音向来护子，一听这话越发气急了，当即搂住周衡的胳膊把他拉到一旁，狠戾地瞪了瞪许幼怡，埋怨道：“别打了。老爷，您要讲理，如今的麻烦明明是幼怡惹出来的，您打我们儿子做什么？”

“妈，您别这么说……”周衡低声劝说，从徐音身后站了出来，直面周云沛，一脸诚恳地认错，“爸，抱歉，都是我不好。”

徐音见不得周衡低声下气的模样，恨铁不成钢地叹了一声：“哎呀你呀！”

“住嘴！到现在还护着他，如果不是他不知检点，只晓得惹事，幼怡怎么会碰上后来这一桩桩的麻烦事，我还不了解她的为人？一向是最乖巧懂事的。”

被周云沛这样一指责，周衡歉疚地看了许幼怡一眼，又低下头，应道：“是的，爸爸，幼怡很好，都是我的错。”

周云沛打量着周衡的神情，喘了两口气后便放下了拐杖。

“道歉。”

周衡暗中舒了口气，挺了挺背脊，说道：“对不起爸爸，我让周家丢脸了。”

“我叫你给幼怡道歉！”

周衡一愣，似是没想到是这层意思，反应了片刻才转向许幼怡，目光深沉，郑重开口道：“幼怡，是我不好，请你原谅。”

许幼怡扫了他一眼，不接话，慢慢扭头躲开了他的视线。

在她的心里，他们两人已经走到尽头了，这句道歉来得太晚，毫无用处。

周云沛看了看两人，最后把目光落到了许幼怡身上，清了清嗓子，柔声道：“幼怡，跟我上来一趟。”说完，便径自往楼上走去。

许幼怡放下手里的包，跟着上了楼。

幽静敞亮的书房，周云沛坐在书桌后面，伸手指了指他面前的雕花木椅，对许幼怡说："坐吧，孩子。"

从进门到现在，周云沛对待许幼怡时一直是慈父的态度，这让许幼怡紧张的心境放松了不少。

她点了点头，应承下来，"好的，爸爸。"

"那些警察你不用担心，后续的问题我的秘书会处理。"

许幼怡听完，心里却依旧踏实不下来。她犹犹豫豫，沉默了片刻，还是开口问道："爸爸，您打算怎么处理呢？找其他人帮忙加快侦破吗？这件事情真的与我无关。"

"傻孩子，我当然相信你，我周家的儿媳不可能是杀人犯。"周云沛轻笑一声，满脸笃定，语气里隐隐约约透着些不容置疑的意味。

许幼怡感知到了他话里暗藏的意思，一时哑然，垂了眸子，不知该说什么。而后便听周云沛继续正色道："周衡做的混账事，前因后果我都知道了，你没有事，不必听你妈妈的，这是周衡不好，没有任何理由、情面可讲，所以若你有什么想法想弥补自己我都支持。"

许幼怡一早就没了父母，乍一听到周云沛这样体贴的话，心里熨帖，眼圈不禁红了，她抿了抿唇哽咽半晌，才道："谢谢爸爸。"刚说了一句，鼻头陡然发酸，随即又停了下来。

人就是这样，没人理解你的委屈时还能拼命强撑下去，可若有人突然说他明白你、理解你，那些一直被强压下去的委屈和泪水就会像突然找到了堤坝缺口的洪水，奔涌而出。

许幼怡现在就是这样的心境。她吞了吞口水，稍稍平复了心绪，才继续说道："我是有跟周衡谈过的。"

"哦?"周云沛扬了扬眉毛，脸上慈父般的柔和骤然消失不见，眸子透着隐约的锐利，笑问道，"很好，你想要什么想做什么都说出来，周衡解决不了的，爸爸给你做主。"

许幼怡脸上的笑容渐渐僵住，心里本来熨帖温暖的地方一下凉了下去。

周云沛这话里暗藏的意思很明显，她许幼怡可以因为周衡的出轨闹脾气要补偿，但不会被允许和周衡离婚。

尽管猜出了这个意思，但许幼怡还是不死心地试探道："您的意思是?"

周云沛勾唇笑了笑，慢慢起身踱步到了窗边，望着窗外的景致，沉声说道："听你妈妈说，你很希望自己的图书能远销海外，除了日本你还对哪个国家感兴趣，法国如何?"

声音被迎面的风吹散，有些缥缈悠远，许幼怡恍然只觉在梦中。她注视着周云沛的侧颜，张了张嘴，却一句话都说不出来。

周云沛瞥见楼下花园中，用人正在搬回许幼怡方才拖出去的箱子，脸上的笑意渐渐淡去，冷声说道："你也多想想这些，其他的小孩脾气就别闹了，这是周府，你明白吗？幼怡。"

周云沛沉着脸，严肃地看向许幼怡，话里话外，意思不言而明。

许幼怡瞬间如坠冰窖，脸上的血色全无。

"父亲。"她不禁低喃了一句。

周云沛却恍若未闻，径直路过她，走出了书房。

在绝对的权势下，许幼怡不得不低头。可很多时候，一次低头，就意味着会有第二次、第三次，乃至无数次。她不愿，不想。

许幼怡一而再，再而三地与杀人案联系在一起，对周家的影响自然是不好的。

周云沛起先还能睁一只眼闭一只眼，可现在外面流言四起，周衡又正值高升之际，这些负面的东西他们必须出手扼杀掉，所以周云沛特意从自己手里调拨了几个人出来帮助许幼怡。说好听点是帮助，说难听点不过是强势干预罢了。

这些所做看似是关怀小辈，实际只有许幼怡自己知道，不知从什么时候起，她已经在一次又一次的沉默中变成了周家的提线木偶。

在这一桩桩杀人案件里，周家的人其实不关心人是不是她杀的，他们只关心她的丑闻会不会影响到周家。

他们罔顾她的意愿，只为挽救“周家的颜面”，还要拉着她一起唱大戏。

许幼怡打心眼儿里觉得讽刺至极，可她只能一脸木然地坐在落地窗边的小茶几旁，听着眼前这群人精心筹谋而无声地冷笑。

韩今为拿着文件夹坐在她对面的梨花椅里，一字一句道：“许小姐，锦华饭店的问题从现在起全权交给我负责，请您信任我。我已经同公关专家开过会了，专家说对于丑闻事件，越解释就越引人注意，最好的办法是冷处理，所以许小姐您从现在起无论怎样都不要站出去回应。除此之外想要对抗新闻，我们还需要给出其他源源不断的新闻，所以从这一刻开始，您就要忙起来了。”

“你们想要我做什么？”许幼怡冷淡应道。

“是这样的，我们已经联系了各大出版社和书店，从明天开始，他们将会共同力推您的新作《甘霖》。”

许幼怡陡然瞪大了眼，不可思议地看向韩今为，说道：“你说什么？力推我的什么？”

许是她情绪太过激烈，那声音走了调，可韩今为却神色不改，依旧一脸平和，淡定道：“力推您的新作《甘霖》，届时这个消息一出，势必能将褚会子的新闻往下压一压。”

“可这本书不是我的！”

“就是您的。是您历时四年创作完成的真正的著作，您非常伟大。”韩今为肯定道。

那不容置疑的语气让许幼怡哑然失语，她气得把头扭向窗外，不去看面前的人。

韩今为满不在乎，继续道：“没关系，这件事我们可以稍后再聊。”

说完，他又从身后助理的手中拿了另一份文件，一边翻看一边说：“还有，根据公关专家的指导，接下来还需要做一系列事情消除影响。我们会给您安排捐款，做慈善义卖，您常年捐助的四个孩子如今都考上了大学，校园里也会给他们安排一场演讲……”

“我没有捐助过孩子。”许幼怡打断他。

韩今为也不恼，只是对许幼怡宽容地笑了笑。那模样神态完全是把她当成了一个瞎闹的孩子。

许幼怡被他的眼神恶心坏了，忍不住出声讥讽道："好吧，告诉我，你们还想我做什么？"

"最后需要您参与的，就是找知名记者来做一个采访，展示您幸福的婚姻。"

这话犹如平地惊雷，一下惊醒了许幼怡，她猛地起身，带翻了桌上的红酒杯，红色的液体洒得满裙子都是。

许幼怡看着满地的碎玻璃。

幸福的婚姻？

如果这样还算是幸福的婚姻，那这世上怕是没有不幸的婚姻了。

她看向韩今为，见对方依旧一派坦然，完全不受她情绪影响后，慢慢攥紧了手，直到手心里发痛。她倒是差点忘了，这人是周家的喉舌，怎会顾及她的情绪态度。

"阿静！没看到少奶奶衣服湿了吗？快去帮忙！"站在一旁的管家见许幼怡神情不对，故意高声大叫着。

许幼怡回神，冷冷瞥了管家一眼，厉声道："不用了！我自己上去换一件。"

这个地方，这些中邪一样的人们，她真是一刻也不想相处下去了。

韩今为看着许幼怡离开的背影，撇着嘴摇了摇头，颇有些恨铁不成钢的意味。径自低声感叹几句，就走到了电话机旁，拨了一串号码。

许幼怡乐不乐意无所谓，他只要按周云沛的吩咐来办就好了。

电话被接通，韩今为正襟危坐，客气道："这里是周公馆，请找宋厅长。"

一听到这话，才到楼梯转角的许幼怡蓦地顿住脚，听他继续说道："宋厅长啊，您好，我是韩今为。哈哈，托赖您记挂，一切都好。其实我打电话来，您应该也知道是为了什么。主要锦华饭店这事连诸位领导都惊动了，又涉及了周公馆，如果可能的话，警局还是尽快结案比较好……"

还真是周全到位。

许幼怡虚晃了下身子，抓着楼梯扶手的手紧了紧才勉强站稳。

另一边，宋厅长挂完电话，便踏着大步气冲冲去了姜斌的办公室。

姜斌一行见到来人，立马起身站直，恭敬地问候道："厅长。"

不想话音刚落，宋厅长的唾沫星子已经横飞到了他们脸上，"姜斌你们在搞什么！都不想干了吗？！"

"厅长，怎么了？"姜斌一头雾水。

"锦华饭店的事马上结案！"

"我们在努力查。"

"我说的是'马上'结案，不管那个小作家是不小心撞在壁炉上，还是被屋顶掉落的重物砸死，都随你们，总之就是意外死亡，立马结案！”

姜斌震惊地瞪大眼，不自觉问道：“为什么？”

宋厅长什么都没说，冷冷地瞥了姜斌一眼，姜斌便瞬间明了。他不甘心道：“厅长，这不是个意外，当时现场一定还有第三个人，我敢保证！”

宋厅长最烦姜斌这种倔驴的模样，当即训斥道：“没听到我说的话是吗？如果你写不了结案陈词，我就调别人接手这个案子！”

姜斌还想再说点什么，看了看宋厅长盛怒的模样，还是噤了声。

宋厅长见姜斌老实下来了，冷哼一声，大步离开了办公室。

一直缩着脖子听训的陈永心里早就憋了股气，见宋厅长走远，立马气愤地拍了下桌子，啐道：“仗势欺人，当官的就了不得了啊。”

姜斌沉默不语，只是攥着拳头死死盯着早无人影的门口，眸子透着复杂的情绪。

第二十一章　重遇旧爱

在绝对的权势面前，任何抵抗都是徒劳的。

即使褚会子的案子闹得如此大，即使“真相”看上去那么显而易见，荒唐的结案单还是发往了褚家。

警察调查得出的结论是褚会子是被天花板上掉下的东西砸死的，面对这种与事实完全不符合的结果，褚家无法接受却又无能为力，褚会子不过是个没有声势背景的作家而已，没有人给她撑腰翻案，这件事很快就过去了。

在意上海滩少了褚会子这个人的只有两个人，一个是褚会子的妈妈，她还时不时会去警察局门口哭闹。一开始路人还对她抱有怜悯之心，但闹多了便觉得她聒噪无赖，似在作秀，渐渐令人生厌。

另一个在意褚会子的人是彭九一，褚会子虽然只是他众多情人中的一个，但毕竟曾经是他的女人，打狗也要看主人，而动了他彭九一的女人的人，就算不让他偿命，至少也要让他付出其他的代价。

他看着报纸上许幼怡的照片，心想既然她能如此手眼通天，白道上的办法解决不了，那就用黑道的办法解决。

彭九一把印有许幼怡照片的报纸撕下捏在手里，觉得不解恨，最后把她的照片扔到烤手的暖炉里。

瞬间那张皱成一团的纸上的许幼怡的人像渐渐模糊扭曲，最后烧成了灰烬，就像彻底消失在这个世界上一样。

周衡看到报纸上用很小的篇幅简单概括了褚会子的死是意外事件，而更大的篇幅是介绍许幼怡的新作《甘霖》，报纸上有一张许幼怡身穿旗袍的照片，柳眉细腰，曲线玲珑，看上去知性又有女人味。周衡觉得男人应该都会被这样的女子吸引，而想到这样的许幼怡只属于他一个人，他很是满意，小心地把报纸收起来。

这时候许幼怡刚和王社长谈完一些关于图书出版到日本的细节后回到家中，可能因为这段时间发生太多的事，一进屋就有一种压抑感，用人们也都格外安静，一个个都不敢出声似的。

许幼怡一脸疲惫，脱下大衣外套刚准备挂在杆子上，却被周衡眼疾手快地接了过去，满脸殷勤道："我来，我来。"

这种小事许幼怡也懒得跟他争，淡淡看了周衡一眼，手一松，大衣恰巧掉落在他的手臂上，她一句话都懒得说，径自上楼去。

挂完衣服后，周衡让张姨准备了两颗煎蛋，捧着个盘子，小心翼翼进到卧室对许幼怡说："幼怡，肚子饿不饿，要不要吃一点儿？"

许幼怡懒懒地靠在床头，已经换好了一身家居服，眼睛也没抬一下，直接摇头："我不饿，拿走吧。"

周衡有些尴尬地靠近，指了指洗漱间的位置热情地说："是不是不舒服？要不要我拿玉片给你刮刮头，或者搓个热毛巾擦擦脸？要不给你捶捶肩？”

“我什么都不需要，就是有点困，想休息了。”许幼怡有些不耐烦地躺下，把被子拉好，盖到了脸一半的位置，只露出眼睛。

她的睫毛浓密而纤长，闭上眼睛的时候特别好看，在眼睑下投出美好的弧度。

“那我——”周衡本想说今晚能不能一起睡。

“你出去吧，”许幼怡打断了他的后半句话，并不给他机会，“帮我带上门。”

周衡轻声叹了口气，讪讪道：“好吧。”

走到门口的时候周衡还有些不舍地回头看了看许幼怡，她依然用被子蒙住她的大半张脸，整个人窝在被子里，看上去娇小而无助。

直到听到周衡关上门的声音，许幼怡假装闭紧的眼睛才缓缓张开，对着黑洞洞的窗户叹了口气，眼里写满了心事。

这段时间她身边接二连三地发生命案，丈夫的不忠，朋友的背叛，长辈的命令，还有那些平日里看似友好的富家小姐们背后对她的真实评价，所有的一切都让她喘不过气来。

夜色浓重得化不开，漫长寂静的街道上没有行人。

许幼怡闭上眼睛，只奢望今晚能睡个太平觉。

而她不会知道此时有个人正抱着狙击枪，站在她家对面的高处。

严微从狙击枪的镜头里对准了许幼怡的房间，她的窗帘没有拉紧，露出一小条缝；然后严微把镜头往下，楼下客厅的窗帘大开，周衡正坐在沙发上麻木地吃着东西，突然像是想到了什么，指挥用人把窗帘都拉上。

严微放下狙击枪研究了一下周府周围的地形，周府很大，光是花园的占地面积就很惊人，青松翠竹，绿树成荫，到了夜晚没有足够的光线加持很影响视觉上的捕捉。

而严微从小就习惯在暗处等待猎物，这样的条件已经完全足够她狩猎了。

预感到许幼怡会有危险，严微已经在这里等一晚上了，眼睛像鹰一样不停地看着对面的街道，终于在某个拐角处看到三个形迹可疑的人正一路擦着墙边悄悄靠近周府。

严微见状马上架起狙击枪！从瞄准镜中看到了超子和他的两个手下，就在他们快要接近许幼怡家的时候，严微眯起一只眼，对准超子脚边的位置按下了扳机，一颗子弹“当”一下打到了地上！顿时火光四射！

超子愣了一下，立即停住脚步，慌忙地四处转头查看。

超子一脸警觉，问道："你们刚刚有没有听到什么声音？"

他两个手下只想快点把事情办完，吊儿郎当地说："是不是人家放炮仗？"

超子皱眉，直觉那确是枪声，抬头看去，一道冷月挂在天空，此时一阵微风吹过，街边有些瓶瓶罐罐被吹倒发出细微的声响。

他稍微放松了一些，然而还是心有余悸，让他一手下试探着上前一步，手下刚不情愿地踏出一脚，脑袋从墙后探出一些，一发子弹直接打穿了他的耳朵，顿时血花四溅！

"啊啊！我的耳朵！！"这个手下捂住耳朵，感觉滚烫的鲜血瞬间染透整个手。

在这么黑的夜晚还能这么精准，这个人的枪法一定了得，打耳朵只是一种警告，如果再往前踏一步他就会要了他们的命。

超子拉着滚倒在地上惨叫的手下吼道："有问题，快走！"

三人连滚带爬，带着呜咽声逃走了。

夜晚又彻底归于宁静，严微确定三个人走远之后才把枪收了起来，刚准备走，却看见许幼怡房间的窗帘被拉了开来，严微立刻低下头躲了起来。

许幼怡睡不踏实，昏昏沉沉地感觉外面有动静，起身走到窗户旁看了一眼，她穿着睡裙，长发散乱地垂在肩头，整个人皮肤冷白，如同挂在天上那一轮皎洁的明月。

她最近本就因为那么多糟心事睡不好，想到韩今为提起的采访更是觉得浑身不适，她对着窗外长叹一口气，脸上的疲惫越发明显。

严微这时候慢慢把头从墙后探了出来，看到许幼怡正无力地把头靠在窗边，眼睛无神地看着远处。

静谧的深夜，许幼怡此时只希望能有一个人可以陪伴着她，听她说说心里话。

而她永远不会知道，此时在不远处她家对面的屋顶，确实有个人正在陪伴着她。

许幼怡一开始是拒绝做那个采访的，王社长便出面劝说，他告诉许幼怡日本出版社那边最近也听到很多版本的故事，还跟王社长打听虚实，这种时候出个官方采访确实对许幼怡的形象有帮助，到时候其他的谣言都不攻自破了。

许幼怡最终还是勉为其难地接受了。采访当天，许幼怡和周衡来到雅康酒店的一个包厢，包厢的装饰很是华丽典雅，随处可见用心的细节，就连茶托也贴着绣花，韩今为已经在里面等着了。

周衡上前一步和韩今为很热络地握了个手，韩今为把手抬到许幼怡面前，她没搭理，直接选择了无视。

韩今为收回手讪讪地开口说："周先生，周夫人，我安排好了记者来给你们做个夫妻采访，咱们这次主要是突出两位日常的幸福生活。记住，你们小两口非常恩爱、美满、富足。你们对世界都是充满爱和感恩的，好吗？"

周衡忙点头："明白，辛苦韩秘书了。"

许幼怡眼睛看向别的地方，听到韩今为说出一些词汇的时候除了时不时发出一声冷笑没有其他回应。

"许幼怡小姐，这次的采访对您的形象和对周家的形象都很重要，希望您有什么不愉快的都暂时先放一放，这样对大家都好。"韩今为的语气倒是诚恳。

许幼怡觉得他不过也是按照命令办事，并没有决定权，为难他也没用，最后敷衍地点了点头。

这时候门外传来了敲门声，一个男人从外面走进来，他的脚步很沉稳，头发梳得很清爽，戴着一副金丝边眼镜，眼镜后面是一双黑不见底的眸子。

他走路的时候人挺得很直，嘴角隐隐带着笑意。

他的形象属于那种带着贵气，安静中却气吞山河的气质。

男人微微瞥了一眼许幼怡，她正低头在沙发上坐着，似乎故意不给正眼的样子。

"韩先生好。"男人客气地走过去与韩今为握手，声音低沉有力，带着一丝温暖。

许幼怡很耳熟这个声音，像是穿过时光停留在记忆深处的某个声音。

"谢先生好，感谢今天抽空来进行采访。"韩今为深深鞠了一躬，然后对着许幼怡和周衡说，"周先生周太太，这是今天的记者，谢一范先生。"

听到这个名字，许幼怡这才骤然抬头，微微瞪大眼。

谢一范用余光看到了许幼怡的这个反应，嘴角不经意间扯了扯。

周衡从沙发上站起来往外走了两步，热情地伸出手，"谢大记者你好，久闻大名，今天很感谢你能来为我和我太太做采访。"

谢一范停顿片刻，才去跟周衡握手，且只是轻轻一握便松开，有些冷淡的客气："你好。"

谢一范的身后还跟着摄像师和助理，众人寒暄了一番落座后，摄像师从侧面架好了镜头，开始调试摄像机，韩今为简单介绍了一下今天采访的内容和需要达到的效果，而此时在摄像机视角里，谢一范直直地凝视着许幼怡，周边其他的一切似乎都在这种深情的凝视中变成了虚无且没有意义的背景。

画面调试完毕，助理给谢一范递上一本本子和一支笔，示意他采访可以开始了。

谢一范小幅度地打量了许幼怡一下，温和地开口："最近过得还好吗?"

由于这口气过于暧昧，周衡不舒服地皱了一下眉头。

谢一范的目光只盯着许幼怡，并没有任何掩饰，也没有任何要收敛的意思："最近外面关于许小姐的新闻很多，处在旋涡中央，面对各种负面消息，我想知道许小姐现在的心情，适合做这场采访吗？如果不适合的话，不要勉强自己。"

许幼怡的声音没有温度："我很好。"

韩今为能感觉到周衡肉眼可见的不爽，特地给大家都递了杯茶，想打个圆场："大家先来喝茶，我们今天有的是时间，可以慢慢聊。"

谢一范目光一扫，伸手挡住了韩今为："她不喝茶，她只喝咖啡。"

在场所有的人都对这句话做出了明显错愕的表情。

就算再没有眼力见儿的人也能看出谢一范对许幼怡不单单是停留在采访对象的了解程度上。

周衡像是看透了什么一样，冷笑一声："谢记者对采访对象都很了解吗?"

谢一范垂眸喝一口茶，有些答非所问地说："总需要提前做一些功课。"

许幼怡看了一眼还站在原地尴尬地举着茶杯的韩今为，朝他挤出一丝笑容，接过杯子道："没关系，我今天想喝茶。"

周衡看着她接过杯子的动作，眼里滑过一丝得意。

谢一范耸耸肩，有些不以为然。

而许幼怡在喝茶的时候犀利地扫了一眼谢一范，似乎在用眼神告诉他让他克制，她的忍耐是有限的。

韩今为把茶都分配好，坐下和气道："还是言归正传，来谈谈许小姐的婚姻生活吧。"

"是周太太。"周衡气定神闲地加了一句。

谢一范头也不抬地整理资料，用无所谓的态度说："这个不急，毕竟公众对这些也看腻了，所有的上流社会或者交际名媛秀恩爱的方式都大同小异，我作为记者，知道大家到底想看什么。"

说话间谢一范匆匆掀起眼皮瞥一下韩今为，状似礼貌却十分气人地开口："抱歉，我说话有点直接，工作习惯。"

韩今为知道这个记者向来心气高，但无奈看在人家在圈子里的名气，只能随他发挥。

许幼怡把茶喝完放在茶托上，觉得喝得很不是滋味。

谢一范拿出手里的本子翻了几页，用笔尖点着本子，看着本子上的字，余光却停在许幼怡身上问道："您在大学里一定有很特别的回忆吧，或者说是特别的人？"

"这似乎和本次采访的主题没关系吧？"周衡打断道。

"这可不见得，"谢一范一脸寡淡，"知道许小姐的过去对于了解她现在的婚姻生活是否真的幸福很有影响。"

周衡深吸了口气，似乎在强忍着什么情绪。

许幼怡觉得谢一范越发过分："你凭什么这么笃定是我在大学的时候？难道不能是其他时候吗？"

是的，她确实在大学的时候认识的谢一范，而谢一范确实是那个特别的人。但过了这么久，许幼怡并不再想承认和回忆那段过去，现在谢一范似乎在她面前想以一种胜利者的姿态揭开她过去的疤。

凭什么？她做错过什么吗？

而谢一范全然一副了如指掌的样子说道："因为您是在大学毕业时写下的《承诺的墙》，那本书里感触颇多，字里行间都是对某个人放不下的迷恋。我拜读过，印象很深刻的是书页的最后一句话：'我们的承诺像一堵墙，隔绝了两个人，但是永远立在那儿，让我无法忘。'"

谢一范用一种很缓慢的速度，像是在读诗，每一个字都念得特别清楚，最后"让我无法忘"更是拖着尾音，像是一场明明结束了却迟迟不舍谢幕的爱情。

许幼怡似乎一时失神，脑子里飞过几个画面，意识回过来的时候立即冷声开口："是吗？太早以前写的，我不怎么有印象了，可能就是突然来的灵感吧。"

"是啊，"谢一范感叹一声，轻轻拍了拍手，"让人无法忘，真令人感动啊，那请问许小姐，您离开那段过去有多久了呢？"

"不好意思，我不记得了。"

一边的谢一范直起身子，拿着笔轻轻在嘴边敲了敲，眼神将许幼怡锁死，绅士地笑着，"可是我记得，七年零二十一天。"

桌子被周衡用力拍了一下，杯子里的茶都晃了出来，他的手甚至因用力过度而微微发着抖。

韩今为马上意识到了什么，冷眼看向谢一范，"打断一下，您跟许小姐认识吗？"

"是的，我们是大学同学。"谢一范说着，有些挑衅地勾唇看着周衡，"意不意外，周先生？"

周衡冷哼一声站起身，居高临下地俯视他，彬彬有礼但又冷然疏离，拿出官腔开口："确实有趣，但是今天这场采访差不多可以结束了。"

"好，那最后一个问题，"谢一范合起笔记本，两腿交叠，看着许幼怡，"许小姐一步步走到今日，当然收获了很多，可想必遗憾也很多。那我们不妨畅想一下，如果有时光机，一切能重来，许小姐还会做和现在同样的选择吗？"

第二十二章　不可理喻

“我觉得这个问题和今天的采访内容无关，我并不想回答，”许幼怡收回视线，平静地喝了口茶，“不好意思，我去一下洗手间。”

周衡扶着许幼怡起身。

谢一范目不转睛地看着许幼怡，从她每一个谨小慎微的表情和动作中窥视着她的内心。

许幼怡走到洗手间门口对周衡说：“我有点头疼，包里应该带着药，你去帮我拿一下好吗？”

“好好，幼怡你一会儿从洗手间出来在走廊等我，我很快就回来。”周衡说着转身如风一般跑了出去。

周衡走了以后，许幼怡的肩膀微微一松，推门进入洗手间。

离开刚才诡异的气氛，许幼怡一直克制着的情绪到洗手间的那一刻终于爆发出来。

为什么！为什么会再一次遇到他！

而且偏偏这么讽刺，居然是他来做这个采访。

这个证明她和周衡婚姻生活美好的采访！

这就像是一场盛大的笑话，所有的伪装都不攻自破。

谢一范的每个问题都像一把利刃戳到她的心里，在她的心上剜上一刀，滚烫的鲜血流出来，直到她内心干涸。

许幼怡有些趔趄地走到洗手台旁边，她把水龙头打开到最大，水流就像倾泻下来的瀑布。

她用手猛然盛满一把水后重重地泼到脸上，双手撑在水池边缓缓抬起头看着镜子里的自己，水珠顺着湿漉漉的头发流下来，经过她的脸颊，此刻苍白的皮肤把眼睛里的血色衬得更加明显。

稍微缓和了一下情绪，她关上水龙头，用纸巾把脸上和头发上的水吸干，补了个粉，为了不让眼睛的红看上去那么明显，她还特意补了个口红。

从洗手间出去的时候，神色已经恢复正常了。

出门的时候，她用余光看到一个人影半倚着墙壁，本来以为周衡回来了，没想到抬眼却对上了谢一范。

他正一副抿着唇等人的样子。

“男厕在那边。”许幼怡没再看他，只是指了指旁边。

“我在等你。”男人的声音坚定而低哑。

“我和你之间已经没什么好说的了吧。”许幼怡略显疲惫，叹一口气往旁边走。

“不要太担心，舆论上我会尽量帮助你的，”谢一范跟上去，“你这些年过得还好吗？”

许幼怡忍无可忍，停下脚步看他，“你刚刚已经问过了，还没问够吗？”

“不，刚刚是大公报的首席记者在问周公馆少夫人，而现在……”谢一范上前一步，和许幼怡贴得很近，声音也变得亲昵，“是谢一范问许幼怡。”

呼吸都在他的范围里，这样的距离确实过于暧昧。

这样的距离让人不舒服，尤其是在和旧爱之间，难免容易让人联想到很多曾经在一起的时光和画面。

许幼怡往后挪了一步，谢一范跟了上去又低声问了一句：“你还好吗？”

许幼怡没有回答，只是偏过头，想和他保持一些距离，“谢先生，请注意一下。”

谢一范不依不饶，完全没有要退缩的意思，反而侵略性更强地用手撑住墙壁，整个挡住了许幼怡的去路，“采访中的最后一个问题你还没有回答我，如果一切能重来，你还会做和现在同样的选择吗？”

走廊上的一扇窗户没关好，薄纱的窗帘被微风吹起，那飘动的频率就像是许幼怡此时毫无规律的心跳。

她深吸一口气，刚想说话，此时周衡在远处叫了许幼怡一声，像是把她从某个遥远的地方拉回来。许幼怡推了谢一范一把，快步往走廊尽头走。

谢一范脚步不快不慢地跟在后面，两人和周衡在拐角处相遇。

看到两人在一起，周衡的眼神中浮现一丝警惕，他一只手拉住了许幼怡的手，意有所指地问道：“幼怡，你没事吧？”

许幼怡把手抽了回来，眼睛无神地摇了摇头，自顾自往前走："没事，我们走吧。"

许幼怡把两个男人留在了原地，周衡看了谢一范一眼，像是在用眼神做着警告，随后转身离开。

谢一范没有再追上去，两个人就这么消失在了他的视线中，看着两人的背影，他脸上的笑容扩大，表情笃定。

周衡跟上了许幼怡，几次想开口，看着许幼怡的神情，又把到嘴边的话咽了下去。

两个人从酒店走出去，刚要上车，却被旁边突然冲出来的一个人影吓了一跳！

一个女人冲出来指着许幼怡撕心裂肺地说："你杀了我的女儿，你这个杀人凶手！你怎么不去死！乡下出来的小贱货！脏心肝啊！我要你偿命！"

许幼怡曾经见过这个女人，这个女人是褚会子的妈妈岑丽华，眉眼间倒是和褚会子有七八分神似，印象里之前见她完全是一副"名作家之母"的高雅形象，和现在眼前这个穿着邋遢、头发蓬松、满嘴脏话的女人着实对不上号。

见许幼怡没反应，岑丽华还想冲过来对她动手，所幸女人手上没武器，只是把手里的皮包猛地丢向了许幼怡！

周衡上前一步护住了许幼怡，怒不可遏地瞪着一边正在看戏的保安："你们都干什么吃的？快来把这个疯女人拉走！"

门口两个保安这才反应过来，一人架在一只岑丽华的胳膊下把她拉到酒店旁边后扔到了地上。

“哎哟！”岑丽华一屁股坐在地上后索性开始撒泼，扯着嗓子捶地大哭，“老天啊！你开开眼吧！是这个女人杀了我的女儿！你快来收了她啊！”

人群越来越多，大家都纷纷对着许幼怡和岑丽华指指点点，交头接耳。

混乱的声音，异样的眼神，一切的一切让她头晕目眩！

许幼怡看着周围人投来的那些异样的眼神，很想大声地喊不是她！

不是她！她根本不是什么杀人凶手！

纵使她有一百张嘴，纵使警察厅给的结案报告写了褚会子是死于意外，与她毫无干系，但那些关于她的流言蜚语还是不会消失。

还是有人认为她就是凶手！

许幼怡不知道如何去辩解，她看着在地上痛哭的岑丽华觉得难过，但她的难过并不能帮助这个女人缓解半分，她们都是这个事件中的受害者。

一辆黑色的轿车停在了身边。

“上车！”周衡焦急的语气听上去一秒都不想多待。

还发着愣的许幼怡被周衡推着上了车，车徐徐开走，许幼怡从车后窗一路看着岑丽华伏地流泪，几个路人围着她，好像都把她当成疯子一样。

随着车子驶远，原本视线可及的人物越来越小，直到什么都看不见听不见。

许幼怡终于回过头，她闭上眼，似乎隐约可以听到周衡在跟她说些什么话，但她像是耳鸣一般，双耳里渐渐变成“吱”的一声长音，最后归于宁静。

今天一天发生太多事情，许幼怡回老宅后无力地瘫坐在沙发上，一声不响。

周衡端着一盘花生酥来到许幼怡身边，小心翼翼地坐下，“幼怡，吃点东西吗？”

许幼怡摇头，“我不饿。”

“你在酒店的时候……”周衡观察着许幼怡的表情，有些犹豫地开口，“你跟今天那个记者只是大学同学的关系吗？当然，我不是不信任你……”

许幼怡不想聊这个，她蹙眉弯下腰，手指揉了揉太阳穴。

这时候传来了韩今为的声音，他手上抱着一摞东西说道：“两位打扰一下，我想先跟许小姐谈点事。”

周衡瞥了一眼，起身拍拍许幼怡的后颈道：“好吧，你们聊，有事叫我。”

韩今为将一摞书稿放在许幼怡面前的茶几上说：“许小姐，这是您写的《甘霖》，请您务必提前看一下，熟悉内容，避免到时候发布会上记者问起您来答不上。”

许幼怡厌烦地放下手，语气略显尖锐地开口：“我写的？”

韩今为坚定地点头，“对。”

许幼怡看也没看，直接摇头："我没有写这本书。"

"我知道，这是我们买来的，还签了保密协议。"韩今为解释道，"您放心，绝对不会产生纠纷，而且主要内容我们都修改过了。"

许幼怡的脸色有些麻木，"我不关心这些。"

韩今为微微皱眉，坐到许幼怡身边，将稿子直接放到许幼怡的手里："上次跟您讲过这件事了啊，您现在需要发表新作出来，转移大家的视线，否则读者们会一直跟着小报记者讨论您的负面新闻。"

许幼怡倒是一副无所谓的样子，往沙发上一靠，轻叹了口气，双手一摊，"随他们吧，这是个言论自由的时代。"

韩今为吸了口气，语气加重道："这是周厅长的意思。"

听到"周厅长"三个字，许幼怡刚才的气焰一下子被浇灭了似的，眼里露出一丝无奈。

韩今为也缓和了声调："许小姐您看，这是一本自传，宣扬的都是正能量和积极的心态，大家一定会喜欢的。秘书办已经将封面、印刷厂、签售等事宜都安排妥当了。"

许幼怡慢慢低下头，翻转图书，在背面文字的第一行写着——

许幼怡，毕业于京都大学——亚洲排名第二，全世界排名前三十的高级学府。

看刚强天才少女心中的"墙"。

许幼怡顺势把书举了起来，口气中带着些不可思议："这上面说我在京都大学念书?"

韩今为点头，微笑道："对啊，您在日本上的大学，现在又将图书销往日本，曾在那里汲取知识，又在成名后将作品传递回去。"说到这里还拍了拍手，像是自己被自己说服，"多好，简直是教科书式的经历。"

许幼怡觉得不可理喻，"可我就没有去过京都大学!"

"您有的!"韩今为用非常确定的口吻，像是在说着一件无法被反驳的事一样。

为了让他的话更具说服性，他从文件夹里抽出一些文件来佐证，"您看，这是您大学校长的亲笔信，他证明您是个品学兼优的好学生，在校期间表现得非常优异，曾经多次获得文学类奖项。还有这个，这是西班牙物理学高级研究员 Justo，他曾经跟您是同学，他也为您这本书作序——"

"Justo 是谁?"许幼怡打断道。

"一个优秀的男士，您的同学，名字在中文里可以理解为公正。"

许幼怡觉得可笑，"公正?"

"行了，这不重要。"韩今为有些不耐烦。

许幼怡突然直起身拍了拍桌子，"可这些都是假的!"

韩今为看着她，像是在忍着性子解释道："不全是，您出身贫寒，这一点很多人都知道，我们也是真实地写进去了的。但我们修改了您母亲的工作，她不是爱唱歌吗?所以她应该是一个小镇的亲民歌唱家。还有您外公，他曾在农村医治耕牛，相信一定能成为一个很棒的医师，所以我们为他申请到了德国华士医院外科教授的头衔……”

许幼怡直接将书扔到了茶几上，用无法置信的眼神看着韩今为，起身一步步后退，一字一字道：“你们疯了，都疯了！这太荒谬了！”

韩今为倾身过去拿起书，珍爱地摸一摸，却面无表情地说：“文学本身就是虚构的，但它依然伟大。”

许幼怡觉得不可理喻，这一切都不可理喻，这个周家彻底不可理喻。

有权有势就能这么颠倒是非黑白么？！

就能来定夺和虚构她的一生么？！

明明她什么都没有做错，为什么好像一副她才是问题的根源的样子，为什么要站出来解释和欺骗大家的人是她！

明明她才是那个受伤害需要安慰的人！

第二十三章　血雨腥风

破晓的晨光慢慢唤醒沉睡的生灵，灰蓝色的穹隆从头顶开始，逐渐淡下来，变成大边与地平线接壤的淡淡青烟，上海的空气丝丝清冷，给这个繁华的大都市平添几分冷漠。

几天后是许幼怡《甘霖》新书发布会的日子，说来也是离谱，她要去开一本分明不是她写的书的新书发布会，还要侃侃而谈写这本书时的心路历程。

她尝试过拒绝，并没有效果，周家一手掌控了她，可以让她成为顶级的女作家，可以随意篡改她的人生，如果她想继续拥有现在的一切，就不得不对周家言听计从。

许幼怡发现自己不过是个提线木偶，套着个"知名独立女作家"的皮囊，其实都是被资本一手掌控而已。

她真的独立么？离开了周家，她还能是那个大家都艳羡的许幼怡么？

她不确定，但她确定至少在周家眼里，她不是。她的所有辉煌都是周家给她的，所以她必须完成周家安排的所有事情，今天周家能让她写一本完全虚构的自传，明天就能让她承认是自己对爱情不忠，然后是一个接一个的谎言。

她不知道周家的目的到底是什么，可能这本自传只是一个开始，一个更大谎言的铺垫。她疲惫地躺在旋涡中间，不得挣扎。

许幼怡化好妆，穿了一身非常有气质的旗袍后上车前往国际饭店，和周衡同坐后座，但她下意识朝门的位置靠，尽量和他拉开距离。

韩今为坐在前排回过头，把一本本子递给许幼怡，“许小姐，今天整个国际饭店一楼都会被用来举办您的新书发布会。这是您的演讲稿，前三页我已经帮您写好了，您看一下。”

许幼怡没接，一边的周衡抱歉一笑，正要代为接过，韩今为微微收了收手，一个安抚的眼神定住周衡让他别动，随后看向许幼怡道：“您应该也不想以后一出门，就有各种人冲上来对您喊杀人犯吧？”

许幼怡扫了他一眼，缓缓抬起手，拿过了稿子。

韩今为满意一笑，转过身回到前面，“今天的现场有晶报、申报的自由谈以及上海画报的记者，还有外文媒体德林新报和字林西报。他们能够提问的问题已经提前上报到秘书处审批和筛选过了，给您的正确答案都在第七页。”

许幼怡没翻本子，韩今为自顾自说：“当然，我们还准备了明星助阵，比如陈双城。”

话还没说完，一辆自行车突然出现挡在汽车前面！猛地一个刹车让所有人都往前一倾！

“幼怡，你没事吧？”周衡立即凑到许幼怡身边关切地上下打量着她。

许幼怡一皱眉，没搭理周衡，朝窗外看去。

这时候一个小男孩正好从车旁边经过边走边喊："新星歌手陈玲儿被爆出轨丑闻！烟草大亨四姨太哭诉家暴经过！大家快来看呀！"

周围几个路人拥到小男孩身边拿起几份报纸在那里细细碎碎地讨论。

"最近新闻真多啊。"

"是啊，那个陈玲儿我本来还挺喜欢她的呢。"

"那个四姨太之前不是还很风光地参加慈善晚会么？"

"所以说这种豪门日子不好过啊，还是我们小老百姓好。"

"是啊是啊……"

骑自行车的人不好意思地道歉离开，汽车重新发动起来，韩今为倒是挺得意地说："看吧，大家总是健忘的，只要有新的新闻出来，旧的很容易就被忘记了，今天的新书发布会后，大家都只会记得您上海滩知名女作家的身份。"

许幼怡冷笑一声："是啊，您可真能干。"说完许幼怡就意兴阑珊地看向窗外不断变换的风景，不再开口。

开到繁华的街道，行人变多，车辆的速度慢下来。此时百花照相馆的牌子在窗外闪过，好运气似乎认出熟人，喵喵地往前踏了几步，许幼怡突然眼前一亮，趴向窗户，"司机，停一下。"

司机看了韩今为一眼，韩今为转头问道："许小姐，发布会的时间快到了，我们还是抓紧时间吧。"

许幼怡指了指照相馆，语气很不好："我就进去看一眼朋友，还能怕我逃走不成?”

周衡马上接过话:“你让幼怡去吧，我们在外面等她。”

下了车，许幼怡默默地走到照相馆门口，好运气正在门口慵懒地晒着太阳，她纤细白皙的手轻松地一把捞起好运气抱在怀里抚了抚。

照相馆中，严微正在写着什么，因为过于聚精会神似乎完全没发现她的存在。

“咳咳。”许幼怡清了清嗓示意。

严微抬眸，看到许幼怡时微愣:“有事吗?”

“哦，我就路过，顺便进来看看。”许幼怡亲昵地将猫放到桌子上，勾勾它的鼻子。

好运气被摸得很舒服的样子，黏人地一直蹭许幼怡的手。

严微走到许幼怡的背后，摇摇头道:“真没出息，我看是又想吃虾了吧。”

“你是说我还是说好运气?”许幼怡问。

严微微微抬了抬眉梢，一副“你说呢”的表情。

许幼怡不由得笑了起来，转身面朝严微道:“那如果是我想吃了，下次需要提前预约时间么?”

严微垂下眼，柔声道:“不需要。”

许幼怡故意微微侧腰，头往上看，语气透出一丝难以觉察的亲昵甚至是撒娇:“为什么不需要?”

其实严微习惯了独来独往，照道理不喜欢别人来打扰，但她看到许幼怡突然来了并不觉得不自在。不过严微不知道怎么表达，转身走回吧台后，手仿佛忙碌地翻本子，打量了一下许幼怡的打扮，转移话题问道:“你要去哪儿?”

“去新书发布会，”许幼怡的表情突然暗了下去，声音也变得有气无力，“正好路过，不想和车上的人说话，来看看你。”

许幼怡顿了顿，改口道:“来看看好运气。”

“你最近应该很忙吧?”严微随口一问。

“是啊，是很忙。”许幼怡的神情黯淡下来，看向外面还在等候的车子。

似乎觉察说错话，严微欲言又止。

许幼怡只是想进来放松一会儿，不知道为什么，她觉得这个小小的照相馆现在是唯一能让她感觉放松的地方，还想再待一会儿的，可是外面的车喇叭响了起来，现实的世界在催促她。

许幼怡叹了口气，走到门口，轻轻抚起墨绿色的鱼骨纹窗帘:“你为什么要用这么深色的窗帘？从外面看黑乎乎的，不知道的还以为是家什么黑店呢，怪不得生意不好。”

严微的声音淡淡的:“因为我不喜欢鲜亮的颜色。”

许幼怡微愣，她看着严微的性格确实也不符合开朗明亮的样子，不过从顾客的角度，她还是要提议:“但生意会变好啊。”

严微摇了摇头:“生意好不好没有意义。”

这时候韩今为下了车，朝许幼怡招招手。

许幼怡抿了抿唇，脸色不算好看地看向严微:“那好吧，我走了，再见。”

等许幼怡迈出门后，严微才迟迟开口:“嗯，再见……”

许幼怡回到车上，刚刚才放松了片刻的表情突然收紧，嘴唇拉成一条直线。

在现在的生活里，开心都是短暂的，无尽的麻烦似乎成了生活的常态。

多么讽刺！

来到国际饭店，一楼的会场人山人海，被堵了个水泄不通。许幼怡心想她以前的发布会也从来不见这种阵仗，她不知道台下有多少人是真的关心她，又有多少人是等着看她笑话，等着看她出丑的。

但凡她是个普通人，这些事情过了这么多天警察也已经下了定论，热度早就该退下去了。

但她是许幼怡，正因为她是许幼怡，所以事情不会被轻易忘记。

许幼怡被护着走上台，她美艳动人，姿态曼妙，提步的时候能看得清裙下双腿隐隐约约的腴白。她像个提线木偶一样拿着稿子，开始毫无感情地诵读。

“很感谢各位媒体朋友到场。今天，是《甘霖》新书发布会的日子，众所周知，这本书从构思到正式动笔，我前后花了将近六年的时间。这六年，贯穿了我整个青春和成人的时光，是我最美的成人礼——”

读到这里，她的声音忽然停下来了。

台下渐渐响起了很多议论声和快门声，此起彼伏地萦绕在她耳边。

许幼怡浅浅地叹了一口气，合上了演讲稿，两手握住，把稿子整理整齐，然后看着台下，洒脱地说：“抱歉，这份解说词不是我写的，所以读得不太顺畅。另外，那本《甘霖》，也不是我写的。”

台下顿时一片哗然！嗡嗡的声音不绝于耳！

每一个人似乎都怕自己是听错了，不断地在跟身边的人求证许幼怡刚才说的话！

许幼怡从话筒台后走了出来，站到了离大家更近的位置，微微弯腰鞠了个躬，“首先，我要向所有买了那本书的读者道歉，《甘霖》是我的团队帮我买来的，用以冲淡最近关于我的一些不利传闻。”

韩今为感觉到事情要朝着不受控制的方向发展了，立刻朝旁边的工作人员使了个眼色。

许幼怡坦然地直起腰，稍微顺了顺头发，两手交握放在肚子前，“至于那些不利传闻是什么，大家应该都听过很多版本了。我一直没有公开对这些事情做回应，今天趁此机会，就在这里统一做一个说明吧。”

除了台下的记者异常兴奋，还有更多的人脸上露出了更复杂的表情：王社长的焦虑、陈双城的惊讶、韩今为的意外、周衡的慌乱……

但是此时此刻，台上的许幼怡站在所有聚光灯的中间，脸上的表情是一如既往的，与许久之前那个自信的许幼怡同出一辙的神态——从容而坦荡。

"首先，对张晚小姐的意外身故，我感到非常痛心。她是我多年的好友，也曾经是我最信任的人。"许幼怡说着顿了顿，口气从轻巧变成愤怒，"虽然她做了对不起我的事，与我的丈夫偷情，背叛了我——"

此话一出，台下方剧烈哗然！记者们直接站起来，对着许幼怡"咔咔"拍照！闪光灯频繁闪烁！

台下马上有记者开始发问："您说张晚女士与您的先生偷情，您是因此才杀了她吗？！"

"她的死与我无关，我曾发布了一个重金悬赏，这个悬赏永久有效，只要谁能提供杀手的有效信息，或是将他成功抓获，这笔钱我将双手奉上。"许幼怡伸出双手往前摊开，又突然收起，"哦，对了，那个杀手有枪，也希望大家注意安全。"

又传来另外一个记者的声音："许幼怡小姐，关于褚会子小姐在锦华饭店被杀一案，您有什么要解释的吗？"

许幼怡一副成竹于胸的样子，"解释这个词我觉得不恰当，我做个解说吧。上个月褚小姐去世，我是现场的第一目击者，但此事也与我无关，我只是恰巧经过，但就从案发现场的情况判断，我对警察厅给出的'意外死亡'这个结论其实并不满意。"

另一个记者又问："换句话说，您认为是他杀对吗？"

许幼怡毫不犹豫地点头:“对!因为我在现场清楚地听到了声音，我确定现场还有第三个人。所以，我希望警察厅能慎重结案，再继续调查一下。”

终于把心里积压着的话说出口，许幼怡觉得舒坦，有种放飞自我的感觉，脸上渐渐呈现出了轻松的微笑。

和许幼怡的状态截然不同的是此时台下的周衡，他坐在那儿，狠狠地瞪向台上的许幼怡。姜斌从刚刚开始就从宴会厅角门走进来靠着墙边听到了许幼怡的整个发言，他抱起手臂，摸了摸下巴，目光在周衡和许幼怡之间打了个转。

“最后，关于我自己。”许幼怡走回到话筒前，轻轻敲了几下，确保可以把她所有的声音收录进去之后，一字一句清楚地说，“我曾在书中说，该如何对待婚姻，对待感情，我们应理解它，尊重它。但这份理解不应该只是理解两人的相爱，也应当包括理解两人的日趋不同，或者走向陌路。所以我决定——与周衡先生离婚。”

此时台下的周衡瞳孔一缩，他不敢相信自己的耳朵，感觉整个世界都崩塌了。

许幼怡越过无数人群，直视着周衡，声音放轻了许多，“谢谢你这些年的陪伴。我也希望这个时代的广大女性同胞们，能将自己视为独立的个体，好好对待自己的生活，去奋斗，去珍惜，去享受。至少我，从不追逐光，我只想把自己，活成太阳。”

许幼怡最后一句话，似乎是说给周衡听的，但更像是说给自己听的。

她憎恶韩今为，甚至于开始憎恶整个周家。而正是这种憎恶，化为了她的勇气。

在这个属于她自己的舞台上，她终于可以说出她所有的真心话。

终于结束了！

一切终于可以结束了！

许幼怡满意地鞠躬退场，在这狂风暴雨般的闪光灯和镜头下，至少她问心无愧！

她相信她的决定是正确的，经历过风雨后的人生，一定，一定会更精彩。

第二十四章　奉安遇险

梅雨时节，空气中翻涌着潮意，蔷薇花依然盛开，丝毫不见风雨下的凋零。

许幼怡就像是那朵红艳的蔷薇花，属于她的狂风暴雨正在来临。

发布会之后，原本谈好的日本图书销售渠道瞬间就黄了，其实这都在许幼怡的意料之中，不过让她没想到的是，王社长给她介绍了另一个日本商人织田先生，他表示可以将她的书销到海外。

许幼怡在发布会后第一次外出，怕被认出，故意戴了个很大的帽子遮住半张脸，来到王社长办公室和织田先生签订了销售合同。

织田先生很爽快，也表现出了对许幼怡的欣赏，送走织田先生后，许幼怡感激地看着王社长，“多谢你啊王社长，要不是你给我介绍了织田先生，日本图书出版的事恐怕就完了。”

“跟我还客气什么，再说了，咱们是捆绑在一起的合作人，你好我就好。可是，藤田先生为什么会单方面毁约?”王社长小心地探长脖子问，“是周家做的吗?”

许幼怡垂眼:“我不知道。”

王社长给许幼怡倒了杯茶：“那你离婚的事怎么样了？”

许幼怡接过茶喝了一口，叹了口气：“还在办，很麻烦的。”

王社长跟许幼怡也算是老相识，虽然说是利益关系，但他欣赏许幼怡的才华，也知道她的为人，发生这样的事情她确实也是最无辜的那个。王社长一路看着她的风光，所以现在见到她这么落寞的样子，也心有不忍：“我下个月要去奉安做义卖，你跟我一起去吧，正好也能散散心。”

许幼怡想了想，这段时间确实需要散个心，于是便答应了下来。

和王社长稍微聊了几句，出门的时候看到姜斌正双手抱臂笃定地站在门口，似乎在等人的样子。

许幼怡故意压低帽子，由于气质太出众，姜斌还是一眼就认出了她，挡到了她的面前。

许幼怡抬头，嘴唇挪动了一下，不大有耐心的样子，“怎么又是你。”

姜斌笑了笑，“许小姐，有空聊聊么？”

和姜斌来到一家路边的咖啡厅，许幼怡一脸无奈地看着他：“姜警官，该说的我早就说了，人不是我杀的，我也没有从火场里带一个出去，你怎么就不信呢？”

姜斌抬起一只手暂时阻止了许幼怡的话，从兜里拿出两根红绳放桌上。

许幼怡看了一眼，表情毫无波澜。

“我现在给你看这个，其实是违反规定的，不过也没办法了。”姜斌徐徐开口，用食指关节敲了敲两根红绳，“一样的，看出来了吗？”

许幼怡随意一瞥，也没有很仔细地看，“看出来了，所以呢？”

“这根，是红妹身上的，”姜斌拿起其中一根，“红妹是个送牛奶的小姑娘，好好地走在路上却被车撞成重伤，又因为遇见甄善那个缺大德的魔术师瞎拍照，耽误了去医院的时间，死了。”

许幼怡忽然想起甄善的死状，当时自己这么近距离地看到，不由倒吸一口气。

“是的，紧接着魔术师就死了，就在你眼前，”姜斌把手上的红绳放下又拿起另一根，“而这根，是在褚会子死亡现场的柜子里发现的。那天案发后，我们第一时间封锁街道，带了附近的可疑人员回警局，可又那么巧，警局着火了，有人还来不及登记就离奇消失了，同时档案室还丢了东西——”

许幼怡眸底一闪，她突然回想起在档案室救严微的那个场景，但她的脸上并没有表现出什么异常，始终保持着事不关己的淡然。

姜斌把她所有的微表情都尽收眼底，凑近许幼怡说：“许小姐，警察是不该假设的。但我听了你的采访，我姑且假设你是个善良的人，甚至很有正义感，那你知不知道你现在正在包庇一个杀人犯呢？她可能会继续杀人。”

许幼怡垂下头，回避姜斌的眼神：“抱歉，我帮不了你。”

她的反应在姜斌的意料之中，他收起两根红绳，“好吧，许小姐，那就不打扰了。”

许幼怡小幅度地松了口气，拿起包起身准备走。

姜斌突然想起了什么说：“其实……你新书发布会那天，我也在。”

许幼怡脸上闪过一丝尴尬：“啊？”

姜斌勾唇一笑，表示出友好，“你对于婚姻感情的看法，你倡导这个时代的女性应当独立，好好对待生活，去奋斗和珍惜，我都非常佩服。作为同时代的男性，我也与有荣焉。希望，我们是一拨的。”

“谢谢您的欣赏，若没有别的事，我告辞了。”许幼怡点了点头说。

姜斌绅士地送了两步，看着她的背影，似乎透出一种清浅的好感。

从咖啡厅出来，许幼怡的思绪很混乱，她很担心自己刚才的表现不够淡然被姜斌看破了什么，但她更担心的是如果真的如姜斌所说，严微确实有问题怎么办？

如果严微真的是凶手，如果……

她不敢乱想，但她又必须知道答案，许幼怡叫了辆黄包车到了百花照相馆，一进去马上关紧门用着只有她们两个人听得到的声音说：“你为什么去警察厅偷档案？”

严微眼神躲闪，“我不知道你在说什么。”

许幼怡觉得自己要气死了，“你那天在档案室！而姜探长告诉我档案室有重要文件丢了！”

严微似乎已经在脑海里想好了对策，表情变得放松，“我不知道那是档案室啊，着火了，我就躲进去了。”

许幼怡半信半疑，想了想又问：“那你不让我告诉警察厅的人，是我救你出去的？”

严微垂眸似乎考虑了片刻，用脚一勾，拉出许幼怡身边的椅子，两腿分开坐下，“啪”一声将自己的身份证拍到桌上。

许幼怡看了一眼身份证，没看出个什么所以然来，从包里拿出自己的身份证，对比了一下瞬间惊讶地问：“假的？”

严微点头。

许幼怡觉得有些不可思议，“你为什么造假？”

严微目光如炬，“因为没有真的。”

“这不可能，你做了个身份证？”许幼怡拿起严微那张身份证反复颠倒着看，百思不得其解，“怎么做的？”

“我……”严微顿住，似乎不想做长长的解释。

许幼怡看着她，是得不到答案不罢休的架势。

最后，严微妥协了，她扭头从餐盘里拿出铜版纸，在纸上很快又画了一个身份证，然后起身从吧台里拿出个现成的印章，往上面一盖戳。走回来，交给许幼怡。

许幼怡拿起这张纸，表情有些一言难尽，“你……画得真不错。”

严微像是来了兴致，唇角微微勾了一下，把铜版纸又拿回来，坐下专心继续。

许幼怡凑过去就这么看着严微用很快的速度画了四幅简笔画。

第一幅是一个小人在街头和别人打架；

第二幅是警察查身份证，小人将绘画身份证递给警察；

第三幅是小人拼命跑，警察举着警棍嗷嗷追；

第四幅是小人站在楼顶边沿，举着身份证，浑身激灵灵的，马上就要掉下去。

许幼怡看着画，忍不住扑哧一笑。

许幼怡指着那个被警察抓的小人说："这是谁？你吗？"

严微停下笔回答："阿发。"

许幼怡一愣："阿发是谁？"

严微想了想，敲一敲那个傻兮兮的随时就要掉下去的小人，一本正经道："它就是阿发。"

许幼怡还想问什么，好运气突然叫了一声，许幼怡看看严微又看看猫，无奈道："唉，我感觉有时真不能理解你们。"

严微面无表情地转了一下笔，手势和手都惊人地漂亮，让许幼怡看得愣了一下。

许幼怡自己琢磨了会儿，无奈地说："好，我了解你精彩绝伦的绘画功底了，但你不能以后需要什么就去画什么吧？钞票画不画啊？"

严微转了一下眼珠，似乎在认真思考。

许幼怡"砰"地一拍桌子，怒声道："这还用想吗？不能画啊！"

严微低下头，像个犯错的孩子，"哦。"

许幼怡站起身，在店里溜达一圈，最后两手平举起，背对橱窗问严微："可你为什么没有办真的身份证呢？你是孤儿？流浪者？也不像啊，你年纪轻轻有这么大一家店，应该是父母出身还可以的吧。"

严微依然低头作着画，声音没什么情绪："我没有父母。"

许幼怡抿了一下唇，有点说错话了的样子，走到严微身边："抱歉。那，你也没有读过书，现在这些，都是辛苦靠苦力攒来的吗……"许幼怡放轻了声音，最后几乎是用怜爱的眼神看着严微。

严微眼皮微微抬了起来，她的一些积蓄都来自以前完成的一些任务，而那些任务有些是冒着生命危险去完成的。她眼神里有些说不清的复杂情绪，最后才缓缓开口："算是吧。"

许幼怡安慰道："好了，都过去了，别想那些伤感的了，过几天我要去奉安一趟，大概两三天就回来。等我一回来，我就带你去办证件。"

严微点头："好。"

许幼怡把严微的画拿了过来，直接揣到包里，一副大人训小孩的口气："你啊，这两天就好好待屋里，别出去惹事了。"

说完，两个人都忍不住笑了。

生活里有个值得你担心的人，有个不想让她担心的人，其实很好啊，不是吗？

过了几天，许幼怡确实是去了奉安办义卖会，之前的助理因一些原因离了职，义卖会当天是一个叫小白的新助理跟过去的。这个小白看上去粗手粗脚、灰头土脸的，没想到做事条理不少，全程把许幼怡照顾得妥妥帖帖的。

义卖会很成功，收拾现场的时候王社长说："幼怡，我还要在奉安待几天处理点后续的事情，你跟我一起回去么？"

许幼怡本来是想再待几天的，但想起还要陪严微办身份证的事情，便说道："不了，我今天就先回去了。"

"行啊，那你路上可小心啊。"王社长叮嘱了一句。

许幼怡看了眼小白对王社长说："你一个人忙得过来么？"

小白这时候很有眼力见儿地说："我留下来在这边帮王社长处理后续工作吧。"

许幼怡想了想点头："也行，那你就跟王社长车子走。"

王社长："好，那你回上海休息吧，后续善款的处理，我回去再跟你讲。"

许幼怡和化妆师坐上回家的车后，小白给她递过去一个保温杯："许小姐，看您最近比较疲乏，特别给您准备了养生茶。"

许幼怡接过杯子打开一闻，一股很浓重的枸杞红枣的味道，"谢谢，有心了。"

"许小姐您路上好好休息，记得喝养生茶，我煮了很久的。"小白关照道。

"好，知道了。"

小白跟司机使了个意味深长的眼色之后就离开了。

车子一路往上海开，许幼怡看到奉安的街上有大队的士兵经过，举着手，似乎在叫着口号。

许幼怡打开杯子喝了口茶，随口一问："奉安这是怎么了？"

"嗐，现在哪儿都不太平。"司机看了许幼怡一眼，她眼皮半垂着，看上去很没精神的样子说，"您是困了？要不睡会儿？"

许幼怡点点头，倒真是突然有些困了，蜷缩起来，准备眯一会儿。

感觉才睡了不久，就被化妆师哭着晃醒了："许小姐！您快醒醒！看看外面！"

许幼怡惺忪着眼看到外面一片残垣断壁，似乎是战场一般！

许幼怡一下子就清醒了，对司机喊："老孙！这是哪儿？停车！你给我停车！"

司机并没有要停下的意思，继续闷头往前开，许幼怡趴上前用力晃司机，方向盘一个把控不稳，"咚"的一声直接撞在树墩上！随即，司机拉开车门竟然就这么跑了！

许幼怡觉得自己要气昏过去了，可是她明白此刻绝对不能意气用事，她抬头看了眼外面，远处的烟气散开，她下意识觉得此处不宜久留。

她急匆匆地打开门，和化妆师互相搀扶着下车，就听到轰隆一下！一枚火炮在不远处炸开！

"快走，我们不能在这里！"她拉起化妆师就跑了起来，两人踉踉跄跄绕过一道沟渠。经过一番逃亡，两人都灰头土脸的，沿着一段破败的墙小心地找着路。

化妆师被吓得双腿发软，带着哭腔说："许小姐我们不能躲起来吗？我走不了了，腿没力气。"

许幼怡虽然害怕，但她还是有判断的，现在必须想办法去车站，她们必须得离开！否则迟早会被炮火轰炸掉！

"不行，起来！"许幼怡拽了拽化妆师的衣服，"我们不赶紧离开这里只能坐以待毙。"

她拉起化妆师往前走了两步却被一团黑乎乎的东西绊倒，本以为地上是什么障碍物，没想到那团黑乎乎的东西还发出一声闷哼，许幼怡定睛一看，是一个士兵！不仅如此，他的手里还拿着一把手枪！

许幼怡吓得不轻，牙齿都打着颤，她这辈子还是第一次经历这样的场景，感觉与死亡就在一线之间！

她不想死！她还很年轻，还有很多未完成的事！

许幼怡发着抖从那个奄奄一息的士兵手里把手枪拿了过来，一是怕士兵醒过来朝自己开枪，二是拿着手枪多少有些安全感。

她手里握着手枪紧紧闭着眼深呼吸了几口，双手合十期待着这时候能有谁像个英雄一样来拯救她。

然而并没有，她能靠的只有自己！

站起来！

她必须要站起来！

现在能拯救她的只有她自己！

许幼怡急促地喘息几声后，狠狠抹掉眼角不知何时流出的泪水，那眼泪可能是生理性的恐惧，也可能是炮灰烟尘让人无法呼吸，她使尽全身力气拉着化妆师重新站了起来，两人穿过一段石缝走出来，不料迎面就撞上一个士兵！

只听见一个严厉的声音："是谁？去！抓起来！"

许幼怡吓得往后退了两步立即拿出枪哆哆嗦嗦地扫射，她这辈子都没开过枪，比起紧张她更是害怕，然而她听到身边的石头发出被子弹击中的声音，吓得把化妆师往后面一推，自己也躲到了石头缝里。

她知道现在唯一的出路就是把那些士兵解决，许幼怡的眼泪从眼角扑簌簌地流下来。她深吸一口气，哭着再次拿起枪向外射击！

只是两声之后，子弹没了！

许幼怡知道自己完了！

这时候大队士兵冲向许幼怡，她绝望地死死捂住衣襟，感觉到了死亡的气息。

然而就在这时候，听到身边传来几声重型火力的声音！

这个声音跟手枪和机关枪都不一样，明显威力更大，每响一下许幼怡整个人都要跟着颤一下！

本来以为她的人生要停止在这里了，她紧紧闭起眼睛等待命运的终结，没想到两名士兵在她面前成了血人应声倒在了地上。

许幼怡和剩下的几个士兵一起回过头，她看到了严微举着冲锋枪，头戴军帽，一身铠甲，仿佛从天而降！

严微的手上是枪林弹雨的扫射，眼神锋利，如同上古行走的杀人兵器。身边都是硝云弹雨，严微把视线可及的敌人都射杀了，扫平了眼前所有的障碍。

她一步步朝许幼怡走来，不急不缓，一步、两步、三步。

离许幼怡越来越近，直到走到她面前，她放下了手上的武器，朝许幼怡伸出了手。

正如同那天在火场里，许幼怡朝她伸出手一样。

像是一个骑士，来拯救自己的公主。

久未相见，但你适逢其会。

第二十五章　怀孕风波

严微一把抓起许幼怡和化妆师，站在她们前面对两人吼道："跟着我。"

三个人一路弓着身子靠着墙往前走，严微一路上还拿着枪警觉地看着周围，生怕还有其他敌人。

许幼怡哪里经历过这种画面，虽说这一段时间看过的尸体倒也不少，但这种亲眼见到血肉模糊的还是头一遭。

上车后她就开始一直发抖，严微开着车回上海，路上一直时不时看着后座两个惊魂未定的人。

离开奉安，周围的建筑开始变正常，绿树成荫，不再硝烟弥漫，许幼怡的心弦也终于放松下来。这时候她突然觉得有些渴，一些混乱的片段和线索在脑子里串起来。"刚才小白给我的茶可能有问题，我刚喝完就犯困。"

化妆师猛地点头，"司机也是，叫他停怎么都不肯停！"

许幼怡恢复了思考能力，望着窗外蹙眉，暗自嘀咕：难道他们是别人故意安排的？那目的是什么呢？置我于死地么？

实在太疲惫，许幼怡想着想着靠着窗一不留神睡着了。

车开到了上海，严微看两人在后座睡得那么安详，心里倒也踏实一些。

严微本来要把许幼怡送回家的，没想到化妆师下车后许幼怡开口道："去你的照相馆吧，我有话要问你。"

严微其实已经做好了全盘托出的准备了，毕竟事到如今要瞒是肯定瞒不住了。

车停在照相馆门口，两人走进门厅，严微关上门并拉起窗帘。

许幼怡面无表情地坐在沙发上，严微给许幼怡倒了杯热茶，想让她先稳定一下情绪，然后拿了一张小板凳跟小学生一样坐在她的对面，好运气也很有眼力见儿地蹲坐在严微的身边。

"你会用枪？"许幼怡脑子里的问题太多，一时居然不知道该从何问起。

严微点点头。

枪这个东西不是平常人随随便便就能有的，许幼怡联想到张晚的死，脑子里有一个可怕的猜测："难道张晚是你杀的？"

严微思考了片刻，没打算再隐瞒："是的。"

"为什么？！"许幼怡猛地站起来，觉得自己的手都在哆嗦，她怎么都想不出这两人之间有什么样的联系、什么样的深仇大恨，竟然能让严微持枪公然杀人！

"她开车撞死了红妹，"严微不紧不慢地解释，"那个送牛奶的小女孩。”

许幼怡记得出事那天周衡和张晚在一起，照道理来说车应该是周衡开的，如果真的出车祸，没道理只杀张晚，又问道：“那你为什么不杀周衡？”

严微：“因为车不是他开的。”

许幼怡简直要被气笑了，狠狠抓了一下自己的衣衫，“你倒是很恩怨分明啊！”

“是的，有罪的人都该偿命，”严微说，“所以甄善也该死。”

“那个魔术师甄善？”许幼怡想起他的死状，心里陡然升起一股寒意，“他为什么该死？”

“他看到红妹倒在地上有了新魔术的灵感，在那里拍照耽误了红妹就医。”严微说话的时候像极了法官宣判嫌疑人是否有罪时的样子，只有眼神里流露出深深的憎恨。

许幼怡沉默了下来，过了一会儿，轻轻开口：“那是挺可恶的。”

许幼怡突然想到了什么，一拍沙发扶手问：“褚会子不会也是你杀的吧？”

严微摇头：“那个与我无关。”

许幼怡心想她都承认前面两个了，如果这个真是她杀的她也没有必要否认。

她站起身，有些踌躇地咬了咬自己的手指，从沙发旁边想拿起狙击枪端详，没想到这东西出人意料地重，她第一下单手没拿起来，还差点给带得一个趔趄。

她这下才换了双手拿起来掂了掂，“这玩意儿这么重啊。”

严微怕她不小心碰到机关走火，下意识伸出手想教她怎么用。

许幼怡生气地把她的手打开，“我不会按扳机的，你坐下。”

严微乖乖地回到板凳上。

许幼怡将枪靠在自己的腿上，敲一敲，“这个，你解释一下？”

“这是我的隐私。”严微顿了顿，一本正经道，“你说过，感恩、奋进、理解，嗯，要理解身边的人。”

“我那说的是夫妻！”许幼怡磨了磨牙，无奈中带着点脾气，“行了，以前不知道你也这么能言善道。”

严微的口气倒是轻松起来了：“有么？”

许幼怡瞪了她一眼，语气加重道：“你想好了，要不要解释，话先说清楚，我是不会跟来历不明而且感觉像危险分子的人做朋友的。”

严微与许幼怡的目光对视片刻，认输一样地别开了，“你问吧。”

许幼怡看到她的妥协有些想笑，但又克制住，清了清嗓正色问道：“你从哪儿学的枪？”

严微眼珠左右转转，似乎在认真地回忆着说：“跟枪术教练学的。”

许幼怡有些疑惑：“枪术教练？是射击俱乐部？”

严微也不知道怎么才能解释清楚，“算是吧。”

“在上海吗？我都没听过这个地方啊。”许幼怡自认为对上海还是很了解的，没想到还有这样的地方。

严微:“不，在茨沃拉。”

许幼怡也算是读过书听过几个国家的名字的，但这个实在有些陌生，还有点不相信地问:“茨沃拉是哪儿?”

“格鲁吉亚和阿塞拜疆的交界处。”

许幼怡的表情有些一言难尽，她垂眸想了想，对上严微的视线说:“我总觉得你在跟我开玩笑。”

严微很认真地回答:“我没有。”

许幼怡点点头:“好，你说的那个——那个交界处，具体属于哪个国家？“

“就是两个国家的交界处，不属于哪里，因为当时是无界线无管束的，若非要以地理区分的话，它算是格鲁吉亚吧。“

许幼怡沉默，虽然听着很扯，但严微的语气太认真，让她都不得不当真了:“行，就当你是在国外长大。但是你在俱乐部学习，就能把枪法学得这么好吗？一群大兵都不是你的对手!”

其实今天的场面和严微以前所经历的比起来并算不上什么，她想了想说:“我们有考核的，成绩不达标会有惩罚，所以我们那里训练出来的都是可以以一敌百的。”

许幼怡抬起眉梢:“你这个俱乐部还挺严格的……那你为什么要回国?”

严微似乎有些犹豫:“因为，工作结束了，没有新的工作了。”

许幼怡小心地凑头过去，轻声问道:“难道说……你被炒掉啦?”

严微一脸严肃：“我没有被炒，我很敬业，也很优秀。”

“好好，小孩子家家，自尊心还挺强的。”许幼怡抬起两手做安抚状，“所以，你是失去工作了，自己一个人过来，没有家人也没有朋友么？”许幼怡大致把她的经历罗列组合了一番。

严微摇摇头：“都没有。”

严微何止没有家人朋友，她小时候的训练营是一个像笼子一样的地方。她和其他同龄的小孩子就在笼子中央打斗比赛，分出胜负，而其他杀手小孩就在场外看着，也不管里面的人打得有多惨烈，会不会出人命。

厮杀打斗对她那样的人来说像吃饭一样平常，而那些昨天还在和你打斗玩闹的人，第二天就可能血流成渠失去了呼吸，那样的人即使想做朋友，也早晚有一天会失去的。

所以她变得沉默、寡淡、独立，她要做的只是让自己活下去。

许幼怡从一开始的警惕到现在有些怜悯，神情略微柔和下来，她伸手拍了拍严微的肩膀。严微看了看自己身上的那只手，她其实始终不太习惯和别人有肢体接触，似乎有点不自在，微微动了动，但并没有躲。

许幼怡从桌子上倒了两杯牛奶，递给了严微一杯，然后靠在桌边问：“那你是怎么知道我有危险，并且来救我的呢？”

严微犹豫了一下：“其实从那天你在锦华饭店出了事，有了官非，我就一直跟踪保护你。其间也帮你赶跑了两拨人，你去奉安之后，我也去了……”

“两拨人？”许幼怡抓住了重点。

“就是在这次之前，也有人想对你出手，是不是一拨人还不能确定。”

许幼怡露出思索的眼神踱着步，自顾自开口：“小白和司机一定有问题，还有……”她觉得头疼，浑身都疼，扶着身子叹了口气，“唉，不行，自从在奉安那儿死里逃生之后，就觉得浑身不舒服，累死我了。”

严微搀着许幼怡到沙发上说：“我们还是去医院看看吧。”

“有什么好看的，”许幼怡轻笑一声，“最多说我最近压力过大要好好休养而已，医生也就那点儿花头，你真当他们听听心跳就能看出个什么所以然来？”

严微不怎么去医院，也不是很懂，点点头，并没有强迫她。

“好了，那我也该回去了。”许幼怡从沙发上站了起来，突然感觉一阵晕眩，两眼发黑。

视线越来越模糊，耳边似乎有声音似近似远。

“许幼怡！幼怡！”

视线里最后的情景，是严微焦急的脸庞。然后，许幼怡便彻底沉入黑暗中。

医院。

做了一系列检查之后，许幼怡仍昏迷着躺在床上。严微皱眉看着她的样子，然后冷着脸，把能当激光枪一样的视线转向了医生。

医生无奈地往后退了一步，说：“小姑娘，跟你说了，她要有点儿时间才能醒。”

“时间。”严微硬邦邦地开口。

医生愣了愣：“什么？”

“苏醒的时间。”

医生极其郁闷，幸好这时，雪白床单上的手指动了动。

医生如蒙大赦，立即低下头观察许幼怡的样子，满脸笑意问：“你醒了啊？”

许幼怡的嘴唇有些惨白，看上去气色不好：“医生，请问我怎么了？”

医生挥了挥手里的片子，语气自然地说：“恭喜你啊，你怀孕了，已经有三个月了。”

许幼怡惊得差点要支起身体，被身边的一只手立即扶住！她扭头一看，是严微。

医生看了严微一眼：“孩子的爸爸呢？”

许幼怡不知道怎么开口，被严微抢话道：“没来。”

医生抬眼看严微一眼：“那您是这位女士的妹妹？可以先去缴个费吗？”

严微低头看向许幼怡，犹豫了一会儿，才点点头：“你在这儿等我。”顿了顿，又补充了一句，“我很快回来。”

严微接过单子来到缴费处，医院人很多，空气中有着浓重的消毒水味道，可以听到孩子的哭闹声还有一些此起彼伏的咳嗽声。

严微从来没上过医院，她身体素质好，很少生病，真有什么不舒服平时自己喝点水睡一觉基本也能解决。看到这里这么多病恹恹的人，她倒是觉得挺不习惯的。

严微找到一个缴费窗口，排到一个抱着小婴儿的年轻妈妈后面。轮到年轻妈妈的时候她有些手忙脚乱，手上的孩子又一直在来回拈扭，闹着要下地，窗口传来收费员不耐烦的催促声。

“马上，马上。”妈妈一边道歉一边手忙脚乱地找钱，一回头看见严微，直接把手上的孩子塞到严微怀里让她帮忙抱一下，“小姐啊，请您帮我抱一下小孩好吗？”

严微接过小孩子后浑身僵直，一动都不敢动，跟抱着炸药似的，刚刚还闹腾的小孩看到严微突然没了声，他和严微对视了一会儿，严微不自觉地一个皱眉，小孩忽然嘴一咧，号啕大哭起来！

严微尝试着换一下姿势，却非常机械古怪，忽然她头一低，看向自己的裤子，裤子上湿淋淋的一片，小婴儿的抱布下还在不断滴尿。

妈妈好不容易付完款把孩子接回去的时候，突然发现孩子在她身上尿裤子了，惊呼：“哎呀不好意思！孩子尿了！”

孩子还在大哭，妈妈把小孩抱走后不停地跟严微道歉。

严微的脸色很臭，把上衣绑在了腰间，半遮盖住了被尿湿的位置。

缴完费回去的路上，严微正好看到一个男人扶着挺大肚子的女人说：“老婆，一会儿去给你买点水果，怀孕要多吃点水果，对宝宝好。”

“好呀，我正好特别想吃香蕉。”女人乐呵呵地说。

两个人摸着女人的肚子脸上洋溢着幸福。

严微本来想直接回病房，看到医院外面的水果摊，折了出去。

严微买了一筐水果回来，走到许幼怡病房门口突然听到里面传来一个男人的声音。

“幼怡！你怎么住院了？”

严微走进去，看到周衡在许幼怡病床边抓住她的手，满脸担忧地上下摩挲。

许幼怡愣住，把手抽回去：“你怎么知道我在这儿？”

“冯红在医院看到你，打电话通知的我。”周衡指了指身后的人。

被提到名字的冯红吊儿郎当地招招手：“嘿，嫂子你好，久闻大名，你写的书我都拜读过！”

许幼怡听到“嫂子”两个字下意识觉得不舒服，她不想看到周衡，也不想让他知道自己怀孕的事情，想把他赶走：“我没什么事，你还是走吧。”

这时候医生正好走进来，看到两人动作这么亲昵，打量了两人一眼，最后视线停留在周衡身上，“你是病人的丈夫吗？”

周衡马上点头哈腰，“我是！我是！请问我太太有什么病症吗？严不严重？我可以联系最好的医院给她转院。”

医生一脸无奈，“看你很关心妻子的样子啊，那怎么这么重要的事都不知道呢？”

周衡看了许幼怡一眼，“什么事？”

医生：“你妻子怀孕了，已经三个月了。”

第二十六章　入住相馆

医生的话犹如一记惊雷，又像是从远方传来的礼炮声。周衡整个人惊愣地站在那儿，愣了半响才回过神，他抬起双手摸了一下自己的耳朵，高兴地原地转了个圈。

“怀孕了！幼怡怀孕了！”周衡整个人处于极其亢奋的状态，还没缓过神来一直在那里自言自语地叨念着，怕自己听错了，还跑过去抓着医生的肩膀确认道，“医生，你说我妻子怀孕了，是真的吗？”

由于兴奋过头太用力，他把医生肩膀都抓疼了，医生不由蹙起眉说：“是真的，这位先生。”

周衡喜不自胜，猛地冲向一边表情木然的许幼怡，捧住她的脸，左右啵啵亲了两下。

在一边看到这个画面的严微感觉有些不适。

许幼怡推开周衡，厉声呵斥：“你做什么！”

“我只是太开心了，幼怡你不知道我有多开心。”周衡的脸上有慌张又有掩饰不住的兴奋。高兴到甚至眼圈有些微微发红，攥拳揉了一下眼睛。

严微绕开冯红与周衡，径自来到许幼怡床头边的凳子上坐下，顺便把水果篮搁到了台子上问许幼怡："吃水果么？"

许幼怡勉强扯起一个笑容，对严微摇摇头。

跟周衡相比，许幼怡并没有将要为人父母的那种喜悦。

这个孩子出现得太不合时宜，在她决定和周衡一刀两断的时候突然出现了这样一个羁绊。无论怎样周衡都是这个孩子的亲生父亲，这是不争的事实，而只要有这个孩子的存在，两人藕断丝连也是难免的。

严微完全没有把周衡放在眼里，又和许幼怡看上去很亲密的样子。

周衡蹙眉露出打量思索的神色看着严微，觉得这个人有点眼熟，似乎是之前照相馆拍照的那个人，又似乎是火场里许幼怡救出的那个人。

想起那次发布会之前许幼怡还特地去了一次照相馆，不知道两个人什么时候关系这么亲密的。他带着一丝警惕稍稍欠身，彬彬有礼道："这位小姐你好，我想单独和我太太说两句话，可以吗？"

严微看了许幼怡一眼，她没有说话，准备剥香蕉。

周衡清了清嗓，声音稍沉："她现在毕竟还是我太太。"

严微的手一顿，目光慢慢抬起，看向许幼怡。

她没说话，像是一种默许。

严微明白了她的意思，拿着香蕉走出了病房，冯红也跟了出去。

此时病房里只剩下周衡和许幼怡两个人，周衡带着歉意看着许幼怡："幼怡，对不起，这么重要的时刻居然不是我送你来医院。"

许幼怡眼里是淡淡的释然："没关系，周衡，是我没有告诉你。该说的话我都说过了，若你对我现在的状态还有一点儿爱护之心，就请你尽快配合把离婚手续办完。"

周衡蹙眉，一脸哀求："我们一定要离婚吗？"

许幼怡毫不犹豫且坚定地回答："对。"

周衡想伸手触碰许幼怡，但又害怕，手悬在半空中，"可是我们有了一个孩子了，幼怡，我们结婚三年了，一直在盼着他的到来。"

"他来了，但是我们已经走散了。"许幼怡缓缓抬起眼皮看着周衡，"周衡，我们回不去了。"

周衡控制不住落下泪来，他的唇有点发抖，低头像是在忖量着什么，最后嘴角弯了弯，露出个真切的笑，抬头看向许幼怡。

"幼怡，你还记得这个么？"周衡手里举着一个老旧的看起来也很廉价的发圈。

许幼怡惊讶地看着他。

回忆翻江倒海，可能是体内的激素作祟，许幼怡回想起两个人初见的画面，那些美好的心动瞬间，让她的语气变得柔软下来："这个发圈……"

"还记得我们第一次吃饭的时候，你的发圈不见了么？"周衡的视线慢慢聚焦在手里的发圈之上，眼圈红了起来，"其实我趁你不注意悄悄拿走了，见到你第一眼我就爱上你了，但我担心以后没机会再见面，所以想保留着一点儿你的东西做念想也好，幼怡！这么小的一个东西我都保留了八年，别让我把你丢了，好吗？”

周衡越说越控制不住情绪，眼泪扑簌簌落下，低下头在那里压抑而无声地痛哭。

许幼怡一点点咬住了自己的下唇，眼神中显出了清晰的痛色。

“周衡，我现在很累，不想聊这些事，”她偏过头看病床旁边的水果篮，无法给予他直面的回答，只是淡淡对周衡说：“你帮我叫一下严微吧，就是刚才出去的那个女孩子。”

周衡吸了吸鼻子，把眼泪抹干站起来，“……好吧，我马上去。”

周衡走出病房，远远地就在护士台旁边看到了冯红和严微，冯红轻咳一声，一只手故作潇洒地支撑在护士台上，微微勾唇，刻意用磁性的声音问严微：“小姐，你相信缘分吗？”

严微挑挑眉，慢慢抬起手，将剥开一点点的香蕉继续剥完，似笑非笑地咬了一口，看他表演。

“不知为什么，一看到你我就有一种熟悉的感觉，仿佛，仿佛……”冯红似乎在脑子里组织该语言，突然打了个响指说，“对了，仿佛黑暗里出现了一道光……”

严微看了他一眼，想起之前在地下室把他绑起来逼问的场景，心想如果他知道自己就是当初把他关在地下室抽他棍子的那个人，估计看到她逃都来不及了吧。

严微冷笑一声，眼底闪过一丝讽刺，“确实如此。”

冯红倒是没想到她会这么淡定，清了清嗓：“总之，我对你一见钟情了。下个月我有一场马术比赛，非常希望你能够到场观看。”

“不必了。”严微吃了一口香蕉，嘴里含含糊糊地说。

这种上流社会的马术比赛普通人想去都求不来，冯红没想到她居然会拒绝，惊讶道：“为什么？”

严微一口一口笃定地吃着香蕉，似乎也不急着回答，冯红就在一边耐心地等着。

终于，严微咬掉最后一口香蕉，顺手将香蕉皮搭在冯红的胳膊上，拍了拍他说：“因为见到我，你不会开心的。”

这时候周衡正好走到两人面前，看了一眼严微说：“严微小姐，幼怡让你过去。”

严微快步回到病房，许幼怡在看到她的一瞬间心里突然踏实不少，朝严微伸出一只手。

周衡穿过严微走到许幼怡身边握住她的手：“幼怡，一会儿我送你回家。”

“不用了，”严微先开口，声音凉凉的没什么温度，“她这段时间跟我住。”

周衡刚想开口说不，却被许幼怡打断：“是的，她照顾我也比较方便。”

说完许幼怡看了严微一眼，两个人的眼神简单地交流了一下，然后心照不宣地点了点头。

周衡不想同意，但许幼怡一口咬定说：“刚才你说的事情，我需要冷静冷静，让我考虑一下。”

周衡心想许幼怡或许是需要一点儿时间和空间去消化。

不过至少她说愿意考虑了，让周衡感觉看到了希望，马上一副“你说什么就是什么”的态度殷勤道：“好好好，那一会儿我送你去这位严小姐家。”

周衡开车先回家里整理了一些衣物，然后去医院接两人回到了照相馆，周衡看了看整个略显简陋的照相馆，脸上明显有些嫌弃地说：“幼怡，这里你能住得习惯么？”

“能习惯，非常习惯。”许幼怡一屁股坐在沙发上，自如得就像自己的家。

严微正帮许幼怡搬着箱子，许幼怡装模作样地想伸手帮忙，被严微拍掉了。

两个人这么亲密的互动让周衡有些略微的不爽，感觉自己被当成个隐形人了。

许幼怡看周衡愣在那里，朝他招招手：“行了行了，你可以走了。”

周衡走的时候一步三回头，还时不时看向阴暗得不透光的二楼，一脸的不放心。

“我要休息了，这里有严微就行了。”许幼怡的语气加重，像是在逐客。

好不容易可算把周衡赶走了，许幼怡走过去把好运气抱起来，摸着好运气一副得了便宜又卖乖的样子说:“你为什么让我住过来呀，以前我要住在这儿你还不乐意呢，还得让我求你呢。”

严微还是专心搬着箱子，不吱声。

许幼怡放下好运气背着双手在厅里溜达，一副当家做主人了的样子，忽然看到窗帘被换成了橘红色，像发现新大陆一样喊:“咦？你把窗帘也换了啊？”

“嗯，”严微说，“为了你换的。”

阳光透过窗帘洒进来，整个屋子里都被渲染成了暖暖的颜色，是许幼怡喜欢的颜色。

她走过去拉开窗帘，阳光放肆地探了进来，整个屋子温暖而敞亮。

许幼怡懒懒地伸了个胳膊，一副很惬意的样子。

严微看着她这么放松、毫无戒备的样子，还是忍不住提醒:“所以你就好好住下，外面危险。”

听到“危险”二字，许幼怡刚才还放松的表情不见了，一脸担忧显露无疑，叹了口气:“也不知道是谁要害我。”

严微停下搬箱子的动作看着她:“放心，在这里，你不会有危险的。”

许幼怡扑哧一声笑了出来，走过去搂住她的胳膊，“可不是嘛，有你在我真是放心多了，想到那天你救我的英姿飒爽的样子，我就感觉特别有安全感。”

严微把二楼她自己住的房间的床整理好，对许幼怡说："以后你就睡这儿。"

许幼怡看了看这个房间没有其他床了，问道："那你呢？"

严微指了指下面："我睡楼下。"

许幼怡眉头拧起来，想到楼下唯一能睡觉的那个沙发，那沙发又小又窄，严微睡觉估计腿都伸不直，"那个沙发么？不舒服的呀！"

严微摇头："我没关系。"

比这条件艰苦一百倍的地方严微都睡过。

许幼怡坐到床上摸了摸刚被晒过的被子和床单，觉得太过舒服，整个人靠着窗躺了下来，顺便拍了拍旁边的位置，"你过来呀，我早就想有个闺密，能跟我这样好好靠在一起说悄悄话了。"

严微面露难色。

她从来没和别人睡在同一张床上过。

见严微没反应，许幼怡又加重了力道拍了拍："快上来呀。"

严微似乎妥协般叹了一口气，很不情愿地坐到床上，但只坐了一个小角落，和能说悄悄话的距离还差了一点儿。

两个人就这么坐着，也没有说话。

严微觉得这种氛围挺奇怪的，想说些什么来缓解一下："你刚刚在医院和周衡聊了什么？"

许幼怡坐到床上，长长地吐了口气，蹬掉了拖鞋，靠在床头说："我们在医院聊了一些事情，聊到了很多——以前的事情。"

严微一脸严肃且郑重地坐在床边聆听。

许幼怡有些尴尬地看着她那一副明显完全没和闺密谈过心的模样，拍了拍床："严微微同学，你能不能别跟听政府汇报一样，这样我根本都没有谈心的心情呀。"

严微蹙眉，"我不叫严微微。"

许幼怡俏皮地眨眨眼，"可是我想这么叫，要不叫你什么？小可爱呀？"

严微一副视死如归的样子，决定放弃了，"你还是叫前面那个吧。"

许幼怡很满意，不客气地凑过去，跟她肩碰着肩开始说："你知道吗？周衡追了我一年我才答应跟他在一起的。"

严微也没想到她真的突然开始说心里话，她自己也认真起来，问道："你当时不喜欢他？"

"怎么说呢，就觉得不太相配吧。"许幼怡的手捏了捏自己的下巴，"你想想，他是政要家的儿子，财富通天，又英俊帅气。而我当时太年轻，会考虑现实的东西。"

严微的语气淡淡的，又比一开始要温和一些："但最后你们还是走在一起了。"

许幼怡点点头："嗯，被他的真诚打动了吧，这段感情交往的整个过程我都很谨慎，我们交往了两年才结婚的。周衡一直很好，从来没有因为出身的问题而让我为难，甚至当初因为他妈妈对我有意见，周衡还特意用自己的积蓄新买了一栋房子，给我们搬出来住。我一直没怀孕，他妈很不开心，但周衡总是维护我，不会叫我吃亏。”

严微认真地听着，时不时点头：“听起来你过去过得不错。”

许幼怡微微一愣：“是啊，过去，都过去了……”

许幼怡慢慢将头靠在了严微的颈窝，严微轻轻侧头，安静地看着她。

许幼怡闭上眼，声调轻慢，像是在细细回忆：“以前的我，出身在弄堂里，白水咸菜就着发霉的馒头都能算一顿饭，而现在，没有咖啡都觉得日子难挨了。”她说着自嘲般地冷笑一声，“你说，人怎么能变得这么快？”

严微默不作声，不发表意见也不安慰，就这么安安静静地听着。

许幼怡慢慢抬头，坐直凑近严微问道：“这个时候你不是该说点儿什么吗？比如劝我为了孩子，试着原谅周衡，又或者告诉我，婚姻的基础是忠诚，出轨只有零次和无数次，我不能妥协。”

严微思索了一下，将身体扭正了，面对着幼怡说：“我以前因为……工作的关系，去过很多国家，见过很多人。在不同的文化里存在着不同的家庭关系，有些我能理解，有些我不能。然而各种各样的人和事见多了，我渐渐明白一个道理，不能以自己的标准去要求别人，因为我不曾经历过对方的生活。”

许幼怡觉得严微的想法很好，她没有经历过自己经历过的事情，所以不能帮自己去做决定。

严微继续说：“我没有很好的意见给你，而且我知道，原谅与否你心中自有标准，你是一个不会轻易被别人左右的人。”

许幼怡突然感觉严微的这番话，比任何安慰都有力量，有些默契的感觉在流淌，她笃定而自信地点点头。

这是许幼怡期待已久的一场谈心，也是严微这辈子第一次的谈心。

虽然大部分都是许幼怡在说、严微在听，但她们彼此可以感受到对方是个值得信赖与托付的人。

许幼怡以前有过许多“朋友”，但那些人都是表面的阿谀奉承，只在她风光的时候陪在她身边，当她真的落寞了遭难了，那些人都避之不及。

而她很庆幸，现在在她人生中最艰难最复杂的时刻，身边有一个愿意让她依靠的人陪着她。

这也是人生中之大幸。

许幼怡的脑袋靠在了严微的肩膀上，这是一种很温暖很柔软的感觉，虽然不如男人的肩膀那么厚重，却依然给人踏实的感觉。

塞翁失马，焉知非福。我走过那么多的不如意，来到你面前，与你相知相识，而后，所有不平皆被抚慰。

第二十七章　针锋相对

然而住在严微家和想象中的并不一样，许幼怡本来以为严微一个人生活，吃的喝的应该都挺随便的，但自从许幼怡住进去以后，严微每天都会做满满当当一桌子的菜，整个把她当猪在养。想起第一次烧饭还煳锅的严微现在已经可以烧出烧鲤鱼、八宝黄焖鸭、素鱼丸、海参烩时蔬这些像模像样的菜，许幼怡倒是觉得挺意外的。

不过除了吃的讲究以外，其他地方严微活得一点儿不像个女人。

她家连沐浴露、洗发水都没有，只有简单的一块肥皂，从头到脚都靠这块肥皂，简直粗糙得像个汉子。

许幼怡洗完澡想抹抹脸，发现家里连梳妆台都没有。

她有点哭笑不得地坐到写字台前问："微微，雪花膏在哪儿?"

严微疑惑地皱眉，"什么膏?"

许幼怡揉一揉自己的脸，"雪花膏，就是擦脸的那个香香。"

严微尝试着伸手摸许幼怡的脸并且揉了揉，"是一种药吗? 你脸不舒服吗? 可你摸的好像是牙齿上火的位置吧。"

许幼怡郁闷地打开了严微的手："行了行了，感觉咱们没在一个时代生活，你真的只有二十岁吗？”

严微思考了一下，点点头。

“算了，跟着你糙就糙点吧，”许幼怡一边拍着脸一边感叹地说，“好怀念我的保养品哟。”

严微不知道许幼怡说的那些到底是什么东西，但她都默默记了下来。第二天一早，严微出门买东西，她来到商场逛了好几圈，站在一个化妆品店面里，目光慢慢地从左到右，面无表情，平视前方。看着两边柜子摆着密密麻麻的瓶瓶罐罐，她突然觉得脑袋都大了。

两个服务员看着严微脚下放着三四个满满的购物袋，想着这购买能力一定不容小觑，迎上去热情地招呼：“小姐，您看需要点什么？我们可以给您介绍的，护肤品、化妆用具、首饰、帽子，我们什么都有的，进来看看呀。”

严微沉默了一下问：“我需要护肤品，然后你刚才说的其他东西，也都要点吧。”

“您都要点是多少呢？要哪个品牌呢？”服务员转身拿了两罐雪花膏和四支口红过来，“您看一下这是现在卖得最好的雅霜，就是我们常说的雪花膏。给您涂一点儿吧？”

严微皱眉摆了摆手说：“不用了，给我装两罐就行了。”

这种爽快的顾客服务员最喜欢了，服务员马上抽出口红转了出来，这是个很漂亮的正红色。“这个是最新最时髦的颜色了，您也试一下？”服务员二话不说就在严微手上把四个颜色的口红各画了一道。

严微的面孔冷若冰霜，她哪看得懂什么颜色，无奈道："算了，都包起来。"

付款的时候看到有孕妇从门口走过，严微侧头看着，忽然想起了什么，往商场的孕妇专柜走去。

严微出去了足足一上午，许幼怡本来就睡得挺晚起的，在家里又和好运气玩了会儿，不知不觉也到中午了。

刚感觉肚子有点饿，就听到门口有动静，以为是严微回来了，许幼怡很高兴地开门迎接，"你回来了"四个字堵在喉咙口呼之欲出，没想到站在门口的却是周衡。

"幼怡，我来给你送点东西。"

周衡说着就从车里开始搬东西。

不一会儿，地上堆满了他给许幼怡送来的东西，有一些手提袋，还有些甚至带着礼盒包装看起来是新买的东西。

周衡很自然地把东西搬进照相馆大厅，许幼怡看着这满满一地的东西无奈道："周衡，你这是做什么？这么多东西放得都没地方站了。"

"我怕你用不惯外边的东西，都给你带来了，不过是我思虑不周了，这里地方小，应该分几次给你带过来，"周衡说着指了指沙发上的一套床上用品，"那里是你睡惯了的丝绸被褥套装，枕头也给你晾晒过了，"然后又指着桌上几个手提袋，"这些都是你最喜欢吃的蛋糕和西饼，我路过冠生园就忍不住买了点，我听说怀孕都喜欢吃甜的，如果你吃不完就送附近的小孩子。还有咖啡家里不多了，我给商贸厅预约好了，下批国外的货船一到，马上就给你拿新的来。”

“我不需要这些奢侈的东西也能过日子。”许幼怡叹了口气，看沙发都被攻占了，只好坐到凳子上。

“当然当然，我明白，不过我还带来了这些你经常用的小东西，我知道价格都不贵，但你没得用了一个个去买肯定不方便。”周衡说着拿出一个化妆包，里面都是许幼怡常用的小物件，比如耳勺、指甲钳、名片夹、口红、耳环，等等。

没想到他居然会这么细心，许幼怡的表情柔软了下去，从嘴里挤出几个字：“我会慢慢看的，谢谢你。”

“哦……那你看需不需要我帮你简单整理一下。”周衡的笑容自然、和煦，生怕有一丝打扰的模样。

“不用了，你去忙吧。”许幼怡招了招手说。

这时候严微正好从商场回来，走到门口突然发现冯红也在，她被他嬉皮笑脸地堵住，只见他扭动着肩膀：“欸，美女，好巧啊，我就说我们有缘吧，交个朋友嘛。”

严微没搭理他，只是三两步走到后门，刚抬起手，没想到门却从里面被推开。

她和周衡撞了个正着。

周衡的目光在眼前二人身上打了个转，走过去挡在冯红面前，用比医院那次客气多了的语气对严微说：“幼怡这段时间要在这边打扰你了，非常感谢。”

严微幅度极小地点点头，拎起东西，直接向屋内走去。

一边的冯红还想追上去，却被周衡揪住了流气兮兮的头发。

两个人回到车上，周衡不紧不慢地开起车来，冯红饶有兴趣地问:“哎我说，那个照相馆的小丫头你熟吗?”

周衡摇头:“不熟。”

“那她叫什么你总知道吧?”

周衡看了一眼冯红,“找人问过，叫严微。”

冯红摸着嘴唇不怀好意地笑,“微微啊，名字真不错，人长得也漂亮，我挺喜欢的。”

周衡冷笑一声:“呵，你最好离她远点，她不是那种你玩过了哭哭啼啼吵一场就没事了的姑娘。”

冯红放下手，没好气地说:“切，你刚才还说和她不熟呢，怎么突然一副很了解她的样子?”

周衡捏着方向盘的手暗自用力，脑海中回想起警察厅着火那天许幼怡把严微拉出来的场景，结合着这段时间发生的各种命案，垂眸认真道:“总之，你少招惹她。”

冯红打量着问:“那你还让嫂子和她住在一起啊，出事了怎么办?”

周衡笃定一笑:“暂时的，幼怡很快就会回来的。”

目送着周衡和冯红走远以后，严微踏进屋里，看着周衡带来的满地的东西，一时沉默。

许幼怡在一边饶有兴致地拿着周衡送来的小物件摆弄，偏过头看到严微手里拿着好几个袋子问道:“你去干什么啦?怎么拎这么多东西。”

“没什么，一些杂物。”严微把袋子随便搁到了那片橘红色窗帘下，挽起袖子往厨房走，“我去做饭。”

许幼怡放下手里的东西，视线朝严微拿回来的袋子看过去。

严微很快做了两个菜，端出去的时候看到许幼怡正盘腿坐着拆着她拎回来的袋子，一边吃着小零食一边抬着眉毛说：“你买的炸鱼骨味道好好哦，我以前都没见过呢。”

严微偷偷地笑了一下，高兴还是掩饰不住的，“可能你平时买的洋货多一些吧，这个半斋会也是老字号了。”

“才不是咧，那家店我知道的呀，号称全上海最好吃的水晶肴肉那家。我很爱老上海的味道呀，我们家乡的东西才有回味的口感咧，”许幼怡嘟起嘴，“但我还是需要咖啡啊，我现在不喝咖啡睡不着觉的，你去给我买一点儿吧，拜托啦。”

严微一脸严厉，像是在命令：“孕妇不能喝咖啡。”

许幼怡双手合十祈求着，得到的还是严微的摇头。

许幼怡最后无奈地叹了口气：“好吧，好吧。”

严微瞥了一眼桌子上周衡带来的东西，很明显有一大包咖啡，问道：“周衡应该给你买了吧？你怎么不打开喝？”

许幼怡拎着鱼骨盒子走到桌边，看到桌上有虾仁，眼皮一抬拈起一个虾仁，因为太烫马上松手，对着手吹了吹。“我像是这么没骨气的人吗？他出轨了我的闺密，我都下定决心要和他离婚了，难道能被几瓶雪花膏和香水就收买了？你也太小看我了。”

好运气闻到了香味，突然跳上桌子“喵”了一声。

看到好运气，许幼怡突然想起了什么说：“微微，你知道吗，在动物世界中，雄性动物为了得到雌性动物，会不断拼杀，与别的雄性动物争斗，会努力抢夺食物和地盘，以期得到雌性动物更多的青睐，但这些都是有期限的……”

严微看着许幼怡的神情肉眼可见地落寞下去，她继续说：“它们一旦得到了，等有了更新鲜的雌性动物到达这片地带，新一轮的争斗和抢夺就又开始了，而男人和它们没什么区别，特别是像周衡这样本来就高人一等的男人，更是喜欢靠征服女人来满足自己。”

严微坐下，斟酌着开口：“那事情都发生了，你会觉得现在的生活不如意么？”

“不会啊，其实相反吧，我觉得现在的生活特别好，特别，怎么说呢……”许幼怡似乎在脑子里想着什么形容词比较贴切，“特别值得期待。”

严微倒是有些意外。

许幼怡吃了一口虾仁，似乎是很满意这味道，抬起了眉毛，连语气也变得轻松：“像我妈妈，当年做着最辛苦的工作，但她把最好的都给了我，让我上学堂，穿体面的衣服，吃干净的食物，为的就是有朝一日我不用像她一样，要用尊严去交换东西。她靠自己的努力，改变了我和她两个人的生活。”

严微的眉眼柔和下来，“你母亲很棒。”

许幼怡眼神中露出决断，还有一些温柔的色彩，低头摸了摸腹部，“所以，我也可以。”

都说女人为母则刚。

这是因为当她的生命中出现了一个和她从此以后血脉相连的骨肉时，她将永远不再孤单。

而正因如此，在未来的每一天，她都将充满力量。

怀孕对很多女人来说是很痛苦又艰辛的阶段。许幼怡买了点儿怀孕的书看，很多书上写孕期会有各种各样的生理反应：孕吐、水肿、抽筋等，搞得许幼怡每天都惶惶不安的。

不过好在许幼怡孕期的反应不大，只是特别嗜睡，某天她正睡得香，听到楼下传来各种乒乒乓乓的声音，许幼怡暴躁地坐起来，蹬起拖鞋怒气冲冲地下楼，找严微理论："你到底在做什么，吵醒我了！"

严微则是一脸不可思议："你还睡？你昨晚十一点睡的，现在已经早上十一点了，你都连续睡了十二个小时了，该起床了。"

许幼怡疯狂地搓了搓脖子："不要再跟我说什么十一、十二点了！总之我现在还要睡觉，你不许发出那些乒乒乓乓的声音了！"

严微据理力争："不行，那你今晚会睡不着。孕妇需要稳定的睡眠。"

"是的！孕妇需要充足的睡眠，而我许幼怡孕妇，"许幼怡指着自己，"一天就需要十二个小时以上，所以我就算现在睡了，晚上也一定能睡着！这下可以了吧？"

严微还想说什么，这时候突然听到了敲门声，两个人同时往门口看去，许幼怡走过去打开门，却意料之外看到了谢一范。

他看到许幼怡眼睛一亮，声音透亮道："有空聊聊么？"

许幼怡看着他点了点头："好，家里不方便，找个咖啡厅吧。"

许幼怡和严微打了个招呼，走前严微关照道："不许喝咖啡。"

许幼怡朝严微做了个鬼脸就与谢一范出去了。

他还是那么地绅士，到咖啡厅他撑开门，侧着身让许幼怡先进去。

落座后，服务员似乎是认出了许幼怡，用略微惊讶的眼神看着两人，然后立即抱着酒水单跟上。

谢一范没看单子，想都没想："两杯当日咖啡，谢谢。"

许幼怡想到严微的话抬了抬手："给我杯橙汁吧。"

两人坐下后，许幼怡才仔细看了看谢一范，还在奇怪他怎么今天突然出现，而且样子看上去跟刚跑了一千米似的，几缕湿润的发丝沾在脸上，衣领也是歪的。

意识到许幼怡有些异样的视线，谢一范对着咖啡厅玻璃照了照，整理了一下仪容，有些自嘲道："抱歉，我有点失态……好多年没这么跑过了，像个毛头小子一样。"

许幼怡微微一笑摇摇头："没关系，来找我有什么事么？"

咖啡端了上来，谢一范喝了一口，喘了口气娓娓道来："前阵子我公干去了，委托了媒体朋友帮忙照看你，但好像也没有帮上什么忙……"

许幼怡看着眼前的咖啡，虽然很想喝，但只能忍住喝了口橙汁："我挺好的，多劳你记挂了。"

谢一范注视着许幼怡云淡风轻的样子，低下头，两手十指用力交握了一下又松开，像下定决心一般说："幼怡，你公开了要和周衡离婚的事，我都知道了，我有些话想跟你说。"

许幼怡的脸上没什么表情，对于这件事，她已经有点麻木了。

谢一范接着说："这些年，就是跟你分别之后的这些年，我谈过恋爱，遇到过对我很好也很可爱的女孩子，也遇到过对我事业有强大助力的大家闺秀，她们于我而言，不是不值得牵手一生，而是我已经很难再让别人走进我的心里了。"

许幼怡为难地蹙眉，才要开口，又被谢一范截住。

"你让我讲完。我们会走到今天，因为我们都是一样的人，我们都太骄傲了，很难再低下声音去请求些什么。可是我今天想为自己努力一次，想去请求一次，争取一次。幼怡——"谢一范站起身，从座位后走出，从兜里掏出了一个小盒子。

他用手缓缓他捏着小盒子的两边打开，一只鸽子形状的水晶项链躺在里面熠熠生辉。

"这是四年前我在巴黎买的，我当时一眼就相中它了，对不起，它并不贵，它……"谢一范说到这里眼圈红了，声音也带着哽咽，"它是摆在一个小摊上的，可我第一眼看到我就觉得我应该买下来送给你。当年我们相爱于那个鸽子广场，未来，我希望我们也能走在那么一个美丽的巴黎街头，我愿意为你买下最昂贵的一切，幼怡我真的——"

许幼怡忽然开口打断，那一瞬间似乎也是不忍的，"谢谢你这么多年的牵挂，一范，可是我已经怀孕了。"

谢一范愣愣地盯着许幼怡，他试图从她的眼睛里看到一些这是谎言的证据，然而许幼怡的表情太过自然，太过坚定，太过真实。谢一范的心抖了一下，接着握着盒子的大拇指也抖了一下。

门口的风铃传来叮铃铃的声音，像是谢一范混乱的心！眼镜背后他那双深邃眼睛里的光忽明忽暗，就像是风中的烛火，被吹得摇摆晃动，似乎要熄灭之时却又重新燃起了的更烈的火焰。

“没关系的幼怡，只要你愿意，我愿意与你一起面对。”

许幼怡看着眼前人的真诚，欲言又止。她觉得有些无奈，又有些好笑。

一开始他为了事业放弃了爱情，如今功成名就回来，却想着把遗失的爱情捡回去。

从头到尾事业和爱情他都想要，难道不觉得太贪心了么？

“谢谢你，一范，不过我现在不想考虑这个问题，我和周衡的离婚手续还没办完。”许幼怡说完拿起包准备走，“不用送了，我想自己回去。”

许幼怡没有看谢一范的项链，就这么径直离去。

看着许幼怡的背影，谢一范托着盒子的手逐渐放下来。他内心很复杂，他没想到许幼怡怀孕了，要说他完全不介意也不可能，毕竟孩子不是自己的，但他更不忍心看许幼怡一个人去面对。

他想陪着她！

这一次，他是真的不想放她一个人了。

他一个人漫无目的地在这座不熟悉的城市里走着，天色暗了下去，闹市区里灯红酒绿、歌舞升平，谢一范觉得这个时候还是需要靠酒精催眠一下自己。

谢一范平时不大喝酒，因为喝了酒之后人的很多感官和感受都会被放大，他向来是个很自律的人，但是偶尔也需要发泄一下。

他来到上海滩租界区的一家酒吧，那里灯光不算耀眼，也没有那般喧闹，会来酒吧的很人一部分是外国人；本想找　个偏僻的位置坐下，刚踏进去意料之外地看到周衡一个人坐在吧台前一杯接一杯地喝酒，看上去似乎已经微醺。

周衡完全没有发现谢一范的存在，将空杯往玻璃台面上一磕，“再来。”

酒保有些犹豫，“小周先生，您喝得已经很多了，要不我帮您打电话回家，叫人来接您吧?”

周衡半窝在桌上，一点点抬起头，眼神冰冷到极致，酒保马上不敢再说话了。

周衡觉得一杯一杯喝不过瘾，索性拿起酒瓶，只是他有点手软，差点没接住。瓶子就要落下去之时，本以为会听到“砰”的酒瓶碎裂声，没想到被另一只手稳稳地接住。

周衡抬起头，对上谢一范，谢一范正勾起唇角看着他。

周衡冷哼一声:“呵，真巧啊，这里都能遇到你。”

谢一范在周衡身边坐下:“是啊，真巧。”

“上一次不清楚你和幼怡过去的关系，都没能好好打招呼。”

周衡拿起杯子把玩着，偏过头看着谢一范，“你好，我是周衡，许幼怡的丈夫。”

谢一范神情自然地拿起酒瓶，给自己也倒了一杯，执杯与周衡啪地一碰。

他的表情比周衡更淡然，微笑着喝下酒，“你好，我是幼怡心中的那面墙。”

周衡脸色骤变，“你在侮辱我的太太——”

谢一范觉得自己赢下了这一局，笑意更甚，“周厅长，请你别再张口闭口你的太太了，你们已经在办理离婚了，这是全上海都知道的事情。而我，也会重新追求她。”

周衡笑了起来，带着一种嘲讽，“那你觉得……她会选择你吗？”

谢一范用怜悯而又略微轻视的目光上下扫视，“那她该选择你吗？”

周衡慢慢收了笑容，又给自己倒了一杯酒，用不紧不慢的语气道：“谢一范，你的来龙去脉我早搞清楚了，当年你为了虚无缥缈的名利和地位抛弃了幼怡，当然，那些名利和地位你追逐到了，你成功了。而我，我为了许幼怡跟父亲正面翻了脸，我可以不做周家子弟，为她放弃我原本就拥有的名利和地位。你看看，这就是咱俩的区别。”

谢一范眼神冷冽，一言不发。

周衡嘴角一勾，一口喝干了杯中的酒，站起身，拿起西装就要走。

谢一范突然叫住他："周衡！"

周衡在人群中略带不屑地回过了头。

谢一范摸了摸下巴，"你似乎永远沉浸在一个深情丈夫的角色之中，可能是我见的人太多了吧，虽然说不出是哪里不对，但我认为只要时间够久，你总会露出你的真实面目来，你明白吗？"

周衡微微眯住了眼，留下飘忽不定的声音："不明白。"

他绝不能在那个男人面前认输。

他绝不会将许幼怡拱手相让。

第二十八章　重回周府

周衡走出酒吧，夜色渐渐布满天空，无数的星星挣破夜幕探出头来。

晶莹剔透的霓虹灯将这个城市覆盖，夜色阑珊。

路边停着辆黑色的小轿车，周衡往车里一靠，朝身边的冯红点了点头："谢谢你来接我。"

冯红看他喝成这样，不用问也知道为什么，口气轻松道："没事，我刚顺路把一个妹妹送回家。"

车子启动，冯红招摇地连续按喇叭驱赶黄包车。

周衡觉得喇叭的声音很聒噪，皱起了眉。

"我说你到底为了什么喝成这样啊，就为了嫂子么?"冯红在一边打探般地问。

周衡懒得解释，闭起眼睛朝他挥了挥手示意他闭嘴别多问。

其实周衡今天会出来喝酒，不仅仅是因为和许幼怡离婚的事情，更是因为今天下午在周家和周云沛大吵了一架。

周衡得知许幼怡所有的图书都被撤掉，与日本的合作也终止了，而这些都是出自周云沛之手之后去找他理论。

两个人辩得面红耳赤，只记得当时周云沛高声凌厉地对他说:“若非许幼怡太不知好歹，若非你这个废物偷吃都不晓得抹干净嘴巴，我用得着做这样的事?!许幼怡不能再继续留在上海，不然周家会成为别人的笑柄!”

周衡一气之下甩下一句话:“随他们去笑!许幼怡是我的妻子，一天是，一辈子都是。我会用我的余生去补偿她，希望父亲体谅一个儿子。”就决绝地摔门而出。

周衡知道自己未来的路可以想象出地难走，他不知道该怎么处理家庭关系和感情关系，所以只能一个人来买醉。

本想上车清净清净，然而冯红哪是省油的灯，作为最好的兄弟，看他这一副苦大仇深的样子必然是要进行人道关怀的。“真放不下嫂子，要不就去费费心，想想要怎么追回来?”

周衡终于开口了:“我倒是想追，但已经不知道怎么追了。”

冯红用拇指指了指自己，得意地说:“要不要哥们儿我帮你准备点礼物什么的?我和你说啊，上海滩的女人喜欢的皮包手表香水首饰，我可太懂啦，什么流行的我都能给你搞过来!”

周衡睁开眼，看了冯红一眼，勾了勾唇角:“你不了解她，这些没用的。”

许幼怡已经不会再为这种东西心动了。这段时间她最在意的事无非是图书被撤以及和日本的合作终止，而这都是出自他周家之手。

对许幼怡而言，周家全然是一副要让她在上海滩再也混不下去的姿态。而自己的父亲和母亲也是一副无论如何都不会再放过许幼怡的样子。

这所有的源头都是因为他。

都是他的错!

虽然现在他想弥补，想用他的余生去弥补，但他不知道怎么做，除了酗酒麻痹自己，他真的没有其他更好的办法了。

周衡目光幽深地看着前方，一个男人正体贴而殷勤地揽着太太走着夜路，他居然如此羡慕这种平凡的感情。

这两个人携手的样子，像极了他与许幼怡当初相爱的时候，好像是一直能牵着对方走到白头。

周衡突然想到了什么，问:“你有认识的医生么，让他每次看到幼怡去做检查的时候都通知我一下。”

冯红打了个响指,“没问题，包在我身上。”

许幼怡每两周就要去医院产检一次，每次都是严微陪她。

在妇产科一般都是丈夫扶着妻子来的，像许幼怡、严微这样的组合实属少见，所以每每都会引来别人的侧目。

到检查室门前，医生说只能孕妇一个人进来检查，让严微在外面等一会儿。

看着严微一脸担心的样子，许幼怡朝她招招手,“放心啦，我马上就出来。”

来到检查室后，许幼怡躺下，医生给她做着检查，他笑着靠近许幼怡,“来，你来试一下，已经能听到有力的胎心了呢。”

许幼怡听着那声音，像一列有节奏的火车，充满了生命力。

眼圈一点点红了，伸手慢慢抚摸自己的肚子。

可能每个母亲在第一次听到孩子胎心的时候都会忍不住热泪盈眶，似乎已经能感觉到孩子在自己身体里茁壮成长，自己在变得更强大的时候似乎也在变得更脆弱。

许幼怡这段时间比往常更加感性，很多小事情都会让她觉得感动，以前都没发现自己这么爱哭。

从检查室出去的时候，许幼怡看到严微一只手推着个轮椅，另一只手像拿宝贝一样捧着个纸袋子，身体挺得倍儿直站着。

许幼怡看到轮椅笑了出来："也没有这么夸张吧，我只不过是怀孕而已，不知道的还以为我瘫痪了呢。"

严微面无表情地说："前段时间你因为过度劳累晕倒了，保险起见还是坐轮椅吧。"

许幼怡誓死抵抗："我不要，这也太难看了。"

这时候医生在后面笑了笑说："保险点总是好的。"

许幼怡拗不过严微的坚持，又加上医生在旁边推波助澜，最终还是妥协了。

许幼怡坐到轮椅上在那里兴奋地跟严微形容刚刚听到的胎心的声音，过了会儿才注意到严微手上的大袋子。"你这么快就买回来这么多东西？飞去的？"

"坐车去的。"严微说。

"这么奢侈呀，是什么东西呀。"许幼怡往后探长脖子，一把抓过纸袋打开，拿出里面的蛋糕和热过的一玻璃瓶牛奶。

严微解释道："刚才门口有个孕妇在吃蛋糕，我看你眼睛都看直了。"

"你过来，"许幼怡忽然抿嘴一笑，脖子往下勾勾，指了指自己的肚子，"你听听我的肚子。"

严微能感觉到旁边人忍不住的笑意，但她还是很听话地从轮椅后面走过来，绷着脸蹲下，勉强凑近，突然脸又红着说："什么都听不到，那么小的肚子，我又不是呆子。"

许幼怡笑成眯缝眼，"你当我让你听什么？我说我肚子咕噜噜叫呢，你买的这些真是时候。"

严微也被她逗笑了，继续推着轮椅往前走，许幼怡则美滋滋地吃起了蛋糕。

从病房推出去到医院门口，就看到周衡正举着一束花站在那里，他看到许幼怡坐着轮椅，惊慌地冲上去，"幼怡，你这是怎么了？！腿受伤了吗？"

许幼怡脸上的笑容淡了，抱着牛奶瓶直接站起身，"你怎么来了，有事吗？"

周衡略微惊异地上下打量许幼怡，目光在后面的严微身上打了个转，然后平和了语气说："我想跟你谈谈。"

许幼怡第一反应是回过头和严微对视一眼，看到她点点头才说："好吧。"

两人就在医院楼下的咖啡厅面对面坐着。

周衡低垂着头，手指指腹摸着自己的虎口，"幼怡，非常抱歉。"

许幼怡叹了口气："道歉的话你已经说过许多次了，如果光是这样的话，没必要再谈。”

周衡苦笑：“是啊，我明白，你不会原谅我了，但你放心，今天我不是来纠缠你的。”

许幼怡疲惫地转开视线，她其实并不想再看到周衡，但只要想到肚子里的孩子是周衡的，她多少还是有些心软的。

周衡像是下定了决心一般，“你若坚持离婚，我答应你。”

许幼怡一愣，看向周衡，“真的？”

“嗯，我成全你，幼怡，你自由了。”周衡点头继续说，“可我希望你能给我一个机会补偿，我想把咱们的房子留给你。当然我知道，你有足够的经济能力去买房子，可老房子那儿你已经住惯了，而且那里也有几个你比较熟悉的用人。现在这个时期，你不适合再多操心杂务了，不是吗？”

许幼怡露出思索的表情，沉默下来。

周衡微微松了口气：“不论你多讨厌我，我依然是孩子的父亲，我希望尽一份父亲的责任和心意，让宝宝在稳定安逸的环境下出生。以后你跟孩子每月的生活费我都会支付，请你务必要收下，这是我应尽的义务，这些不能因我犯过错你就不接受。另外，若你不反对，我也想偶尔能看看孩子……”

周衡的口气越说越卑微，到最后几乎在祈求。

许幼怡注视着周衡，周衡的目光诚恳而真挚，她缓和了表情，浅浅笑了一下道：“当然，我不会阻止你探望孩子。你是他的父亲，这一点不会变。”许幼怡低头，摸摸自己的肚子。

周衡感激得有些哽咽：“谢谢你，幼怡。”

许幼怡觉得周衡说得不无道理，她看到严微每天为自己忙碌成那个样子，不仅影响了她本就不算好的生意，还给她添了不少麻烦。加上孕期本来就有很多事情，情绪也很容易失控，她没有道理一直让严微来承担这些。

许幼怡最终还是决定搬回去，虽然她跟严微说的时候，严微的脸上是一阵不明显的失落。

回到百花照相馆，严微上楼把许幼怡整理好的两个大箱子拎下楼梯，许幼怡沉默地跟在后面。

严微环视门厅一周，忽然走到柜子前，拿出一罐许幼怡喜欢吃的鱼骨零食，“这个你也拿上吧。”

许幼怡看看严微手里的零食，再看看严微的眼睛，一时没有动。

严微：“你若还有什么想带走的，喜欢的，就告诉我。”

“喵呜。”好运气很有灵气地叫了一声，像是在表达自己的不舍。

许幼怡看看好运气，很快收回目光，眼神又凝重地落在了严微的身上，像是有重量一般。

她深吸一口气：“那个，你从小就一个人住，其实不一定方便的……”

严微欲言又止。

许幼怡两手扬起，笑容满面努力想调节气氛：“你看你这个店虽然位置还算是繁华地带，可毕竟没有一个家的生活氛围啊……”

严微收回手，淡淡地说："嗯？"

"算了，没什么，我走了。"我还想带走的，就是你啊。这句话许幼怡想说，但是不能说。许幼怡知道一旦这样的话说出口会有多唐突，严微也是决计不可能答应陪着自己搬到周家的，还不如不要提，省得让她为难。

许幼怡的表情一瞬间似乎有些难过和不舍，随即又笑起来，快步往门口走，头也不回道："记得多去看我啊。"

离别总是很困难的，特别是决定了转身而去的时候。如果再回头，视线相汇的那瞬间，很容易打碎所有的坚定。

所以许幼怡没有回头，她怕自己看到严微依恋的表情，她一定忍不下心来，她会忍不住走回去说："看你这么不舍得的样子，那我就勉为其难留下来吧。"

但是她不可以。

严微看着许幼怡的背影，她也想过如果此时许幼怡回头，哪怕一个回头，她就会开口说"不要走了，留下来吧"。

但许幼怡的背影看上去那么坚定，一直到最后上了车才从玻璃门后微微挥了挥手。

而严微点点头，随即拉上了橘黄色的窗帘。

许幼怡看着窗帘上的向日葵图案，眼泪在那一刻终于控制不住了。虽然两个人相处的时光不算很长，但她们的默契确实心照不宣，而且许幼怡真的把严微当作是可以说心里话的好朋友。

许幼怡一直等到汽车开到很远完全看不见百花照相馆的时候

才依依不舍地回过头。

许幼怡走了以后，屋子里一下子冷清了下来。严微脚步沉重地走到地下室，地下室的正中央放了一张做了一半的木制婴儿床。她摇了摇床边上次买的小铃铛，把铃铛挂在木板上，然后用布把婴儿床盖上。

本来想做好给许幼怡一个惊喜的，现在看来，可能没必要继续做下去了吧。

夕阳慢慢落下，严微就这么靠在婴儿床边，坐了很久很久。

第二十九章　初遇回忆

王社长送许幼怡回到家，用人们一个个殷勤地迎接，家里焕然一新，许幼怡发现周衡把之前不用的一个客房改装成了一个婴儿房。

由于不知道宝宝的性别，里面很多东西都是蓝色、粉色各一套的，有一些小孩子玩的布艺玩偶，还有一些小人书和玩具，许幼怡在婴儿房里就待上了大半天。

吃完饭，许幼怡有些犯困，上楼准备睡觉的时候却听到楼下传来动静，起身走到楼梯口没露脸，听到了周衡的声音。他似乎是来送东西的，放了东西就走了。

从周府出去以后，周衡在门口抽了根烟。

他抬头看到许幼怡房间的灯刚刚亮了起来，心想她应该是知道自己来过了，周衡认为不管她现在接不接受自己，像这样时不时出现在她的视线中对她好，她总是会心软的。

就这么看着许幼怡的窗口抽完一根烟，周衡正要离开，却在角落突然撞见了在这里潜伏多时等着他的小白。

小白邋里邋遢的，眼睛像过街老鼠一样东看西看，生怕被发现似的。

“你来这里做什么?”周衡看到他立即做出赶人的动作,“快走!离开上海,别让人看见我和你认识。”

“我也不想啊,”小白警惕地盯着周围,“之前我跟司机老徐说妥了,让他到时候随便往哪个湖里开,做出是意外的样子。谁知道路上遇到了打仗,许幼怡居然活下来了。现在她还报了警,警方都在通缉我,要离开上海哪里那么容易。”

周衡皱眉,冷声道:“那你想怎么样?”

“周少爷,我也是为你办事的,你也不想我把你捅出去吧。要不这样,你再多给我些钱,我去找个船偷渡出去。”小白佝偻着身体吸着鼻子。

周衡没好气地说:“我平时身上哪儿会带这么多钱,下次再说吧。”

“我今天好不容易等到你,你别想说这种话打发我!”小白拉住周衡。

“你放手,别拉着我。”周衡用力一推!

两人正争执不休的时候,突然传来一个刺耳的喇叭声,不远处刺目的车灯倏然亮起,照得黑夜如同白昼。

周衡和小白都下意识偏了偏头,眯眼看向那道光源。

而那道光的背后,是一个凛冽的人影。

光暗了下来,车内人的脸终于清晰了起来,是严微!

她正坐在车里,微微倾身向前,趴在方向盘上,冷冷地看着两人,眼神中如同死神挥起了镰刀。

周衡吓得往后连退了好几步。

严微冷冷地下车甩门看着两人，轻轻地问："所以，是你要害死幼怡?"

"你在说什么?"周衡装傻，对着小白说，"你是谁，我不认识你。"

"别装了，"严微冷笑一声说，"你们说的话我都听到了。"

周衡本想再狡辩几句，见事情败露，在严微面前索性也不打算装了，一边的嘴角扬起："所以呢，就凭你?你去告诉幼怡，你觉得她就会相信吗?"

严微慢慢握住拳头，"幼怡肚子里有你的孩子，你真是无耻。"

"那时候我还不知道她有孩子了。"

"没孩子你就不放过她吗?"严微眉峰中透着丝丝寒气，似乎下一刻就要出手!

"你不会懂的。"

"那我会懂吗?"身后，突然冒出了许幼怡的声音。麻木的，带着微微的颤抖。

周衡震惊地瞪大眼睛转身，对上了站在身后的许幼怡。

严微也怔住了。

"周衡，你为什么要这么做?"许幼怡像是无法相信一样，又问了一遍，"为什么?"

"幼怡，你听我说。"周衡慌了，极力想解释。

"我不想听了，"许幼怡往严微那里走了两步，贴近她，"明天我会带律师来你家，我们把离婚协议签了，然后我们就断干净了，我再也不想看到你了。”

“幼怡……”周衡伸出手，眼里满是懊悔和祈求。

“严微，你送我回去休息吧。”许幼怡根本没理会周衡，拉了拉严微的袖子。

看着许幼怡回去的背影，周衡意识到这次他是真的，彻底地失去许幼怡了。

懊恼不止的他一拳砸上了墙壁！鲜红的血瞬间顺着骨节流了下来，可是他感觉不到痛，因为心里更痛！而在那痛苦压抑之间，一丝丝愤怒和恨意也油然而生。

许幼怡沉默地靠在床边看着月亮，想起了他们的初遇。

周衡出身豪门，帅气英朗，是无数大家闺秀的梦中情人。每次出去对他献殷勤的人数不胜数，但他对那些人都不感兴趣。

相遇的那天是个阳光满溢的午后，周衡正坐在冯红的车上，漫不经心地看着路边，看着车窗外车水马龙。

冯红一边开车一边吊儿郎当地说：“听说周伯母在给你安排相亲？”

周衡瞥了他一眼：“你消息还挺灵通。”

“嘿嘿，”冯红朝他挤挤眼，“我还知道是张寐林的侄女。”

周衡不置可否。

“你怎么想的？那位张小姐我见过，法国回来的，气质好，学问高，最重要的是……”冯红说着向周衡的方向瞟了一眼，“肤白貌美大长腿。”

说完还不由“啧啧”出声。

周衡一笑，脸上分不清在不在意。

冯红叹了口气，一脸羡慕，“你就好了，有家人替你安排。娶了她，凭着你周家的权势，再加上张家的兵，你周衡以后在这上海军政两界岂不是横着走?”

周衡无所谓地一耸肩，“我可没兴趣搞政治联姻，我周衡不需要靠这些。”

冯红撇撇嘴，“我说你可太奇怪了，貌美如花的女秘书你不喜欢，背景雄厚的名门女你也不要。你到底要找什么样的?”

周衡单臂搭到了车窗上，目光深邃地望着车窗外，“我也不知道，也许遇上了，就知道了。”

车子一拐弯，驶向了钟楼的方向。

街角一个十分精致的服装店外，周衡看到一个单薄的女人正站在那里一动不动看着橱窗里的自己。

那种好像把自己与整个世界隔绝的与世无争的气质，一眼就吸引住了周衡。

她的头发侧梳在前面，蝴蝶头饰插在发间，穿着一身素雅的衣服，看上去更像是一朵百合。

那是他第一次见到许幼怡。

店员看她在门口伫立许久之后出来友好地问：“小姐您好，请问有什么需要的吗？您可以进到店里来啊，我们给您介绍一下。”

许幼怡匆忙摇手："我，我没什么需要的，谢谢。"

许幼怡转身的时候看上去有些出神，她低着头失魂落魄地穿过街道，迎面就要撞上周衡正坐着的车。

周衡马上拉了冯红一把："小心！"

冯红猛踩一下刹车，然而车还是撞到了许幼怡的腰，她被撞得闷哼一声倒在地上，周衡马上下车蹲下扶住她。

许幼怡的手捂着肚子，似乎很痛苦。当她缓缓抬起头，眼中噙着泪，阳光照下来，正好一滴晶莹的泪从眼角滑下，楚楚可怜地要戳进人的心底。

这个抬头，这一眼，让周衡第一次清晰地感觉到了有力跳动的心脏。

可能是许幼怡的神情，可能是她苍白到让人疼惜的面容。周衡一下子坠了下去，到了一个不知名的深渊，然后，就此迷失。

"小姐你还好吗？"周衡微微吸了一口气，抓住许幼怡手腕的手不由得一紧，又自觉失态地赶紧松了。

许幼怡拧着眉毛，嘴唇微颤："我很痛。"随后，她的白色裤子上晕染出一片鲜红。

周衡和当时开车的冯红都吓了一跳，镇定之后周衡将许幼怡一把打横抱起！送去了医院。

本以为是撞到了什么要害，没想到流这么多血是因为许幼怡小产，医生说身体没什么大碍，只要好好休息调整一下就好了。

冯红在医院门口忧心忡忡地踱步，"我说怎么就那么倒霉啊？

居然撞倒了一个孕妇？这下孩子没了，她丈夫待会来了不会打我吧？你说她丈夫怎么还不来啊，我要不要躲一躲……”

周衡在病房外隔着玻璃看到许幼怡面色苍白地坐在床上，她看上去只有疲惫和绝望，并没有失去孩子的痛苦。她缓缓摘下了头上的发饰，看了一会儿，就像是看着心爱的人，忽然心如死灰般地把发饰扔到了地上的垃圾桶里。

像是在与爱人做告别。

周衡看到这一幕，也不知道什么原因，不经思考直接进了病房坐到许幼怡身边，微笑着看着她。

他的目光在地上敞着盖的垃圾桶上一扫，又很快收回。

许幼怡无声地垂头坐了一会儿，终于慢慢抬起眼皮，“我不想聊天，也不需要安慰。你出去吧。”

周衡不动声色：“我没有要聊天的意思，只是在这坐会儿。”

许幼怡略显疲惫，很艰难地挤出几个字：“你放心，我没什么要求，也不会到警察厅告你们，我就想一个人静一静。”

周衡听到她这么说，突然温和地笑了笑：“小姐你真有趣，相信一定会是个不被生活辜负的女孩子。”

许幼怡略微讽刺地勾唇一笑。

“中国有句老话，祸兮福所倚，慢慢来，谁知道呢？”周衡随意地扣上了身侧下面的垃圾桶盖，“过去的就让它过去吧，忘记一切，重新开始。”

说完之后，周衡就走了，在门口正好碰到了张晚。张晚看到周衡的时候脸上露出一丝小小的惊艳之色，下意识捋了捋头发，周衡和她微微点头打了个招呼。

张晚走到病房里看到许幼怡，摸了摸她的头发。

许幼怡在别人面前都能控制住，但在张晚面前，她终于没办法再掩饰自己，所有的脆弱都流露了出来。

许幼怡抱着张晚忽然忍不住哭了起来，所有自以为掩藏得很好的悲伤情绪，这一刻全面崩塌。哭完发泄了一番，许幼怡觉得累，睡了一会儿，张晚就在旁边安静地陪着。这个小姑娘，这一刻真的像个无助的孩子。

傍晚的时候，许幼怡醒了，张晚坐在一旁，为她削苹果。

"我早就跟你说过了，谢一范这样的男人靠不住，理想值钱吗？能当饭吃吗？"张晚将削好的苹果递给许幼怡。

许幼怡没胃口，摇头表示不想吃。

"吃点吧，你当你是因为伤风打喷嚏来住院的吗？"张晚将苹果塞到许幼怡手里，逗她似的问："欸，幼怡，今天送你来医院的那两位先生是什么人啊？我听护士说，开着小汽车，很有钱的样子。"

许幼怡摇头："我也不认识。"

张晚无所谓地耸耸肩，起身，拿起地上的垃圾桶："我去倒垃圾，顺便给你买晚饭，喝粥吗？"

面对张晚的贴心和陪伴，许幼怡很感激，"谢谢你啊，阿晚。"

还好在她人生最低落最狼狈的时候有这样一个人陪着她。

张晚摆摆手，向外走去，无意间看到垃圾桶内的蝴蝶头饰，停下脚步，她捡起蝴蝶头饰问：“这个你不要了？”

许幼怡瞥了一眼，毫无留恋地说：“扔了吧。”

张晚摇了摇头，“可惜了，你们俩在一起那么久。”

许幼怡转过身，不想再说话的样子。张晚慢慢将头饰握住，转身出了门。

好在有张晚的照顾，许幼怡的小产休养了几天就恢复了。

许幼怡一直觉得这场车祸可能是上天的旨意，她本来就在犹豫要不要来医院把孩子流掉，没想到在路上遇到了意外，倒是少了依依不舍的那一步。

就这么突然没了，她反而觉得释然。周衡最后说的那句“祸兮福所倚”一直印在许幼怡脑子里面，竟然也陪伴她度过了那段难过的时光。

未来啊，谁知道会怎么样呢？

出院后，许幼怡要参加她的新书《长街灯尽》的首次签售会，作为新生代作家，没有什么到位的宣传和人气，整个签售会场空空如也。许幼怡略显尴尬地捧着自己的书，而旁边的签售台，一位中年男性作家气定神闲坐在那儿，面前排着大队，他正一本一本地给读者签名。

王社长在一边安慰着：“别气馁，谁还没个开头呢，对吧？而且咱们的宣传也做了，相信等会儿就会有读者过来的。”

许幼怡感觉自尊心受挫，突然门外传来一阵喧嚣声，伴随着相机“咔嚓咔嚓”的拍照声。

周衡突然从大门出现，风度翩翩，手里抱着一大捧花向许幼怡走去，身后很多工作人员捧着成摞的书。

周衡微笑着把花递给许幼怡，“致我最敬爱的作家许小姐。”

许幼怡站起身，她一眼就认出了周衡，表情有些惊讶。一边的记者手忙脚乱地拍着照，写着报道。

周衡挥了挥手，工作人员们都站到了许幼怡的台前排队，声势浩大。

许幼怡觉得有些不好意思，但低着头控制不住笑意开始签售。她的内心很暖，像是一抹鲜艳的红，把这段时间所有的灰暗都覆盖了。

签售会结束之后，工作人员们一边感叹着这是他们见过的最轰动的签售会，一边整理着杂物。

许幼怡看着周衡：“今天多谢你了。你买书的钱，我会还给你的。”

“还？”周衡一笑，“我买书消费，为何许小姐要给我钱？”

许幼怡不好意思：“你一个人买那么多书做什么？”

周衡很自信地说：“收藏啊，我觉得许小姐才华横溢，很快就会红遍上海滩。这是你的第一部作品，未来一定有升值的空间。所以我买回来，算是……投资。”

许幼怡明知事实不是这样的，却又不好争辩，抿了抿嘴，沉默不语。

周衡得意地看了许幼怡一眼，“许作家？可否有这个荣幸请你共进午餐？”

许幼怡看了王社长一眼，婉拒道：“抱歉，我们说好了中午同事们一起吃饭的。”

“当然是邀请王社长和大家一起了，”周衡瞥了王社长一眼，“王社长，您说呢？”

王社长的目光在周衡和许幼怡身上打了个转，很识趣地摆摆手，“还是你们两个去吧，我带大家回书店收拾收拾，同事聚餐下次也可以。”

许幼怡还要开口，王社长截住了她：“幼怡啊，你看周先生今天这么支持咱们，你就当代表书社去请他吃一餐便饭吧，如何？”

许幼怡无奈地答应下来，周衡背对着许幼怡，对王社长抱了抱拳。

周衡很绅士地帮许幼怡拉椅子、拿包，体贴至极，让许幼怡产生了错觉，但她还是忍不住把心里话说了出来：“周先生，其实我明白你的意思，但是我想你还记得，咱们是如何认识的。”

她想提醒周衡，自己是个刚刚小产过的人，大部分的人都会介意，更何况是这么优秀的周衡，如果今后会介意，那现在大可不必开始。

周衡倒是云淡风轻道：“当然，我记忆犹新。”

许幼怡：“那你还……”

“都说书籍是作家心灵的反射，许小姐书里的主人公那么热情奔放、坚韧自信，怎么到了自己身上，就这么封建呢？”周衡叹了口气，然后郑重地说，“谁还没有一段过去呢？我的过去许小姐你又很了解吗？你曾经的感情生活我没看到也没参与，所以不做评价，但我看过了你的书，了解了你每一场在学校的演讲、辩论会。我看到了一个有思想有才华、既美丽又上进的新女性。我认为你很棒。”

许幼怡怔怔地看着周衡。

周衡对许幼怡彬彬有礼地伸出手，“第一次见面时忘了说，现在我想补上一句，很荣幸认识你，美丽的小姐，我叫周衡。”

女人在被这么欣赏和珍视的时候都是很容易心动的。而那一刻，就是许幼怡对周衡动心的瞬间。

许幼怡握上了那只手，曾经她觉得这是一只值得握一辈子的手。

周衡带许幼怡来到的是国际饭店，大厅极为宽阔，几桌零散的客人看起来都十分优雅得体，还有两个外国人在喝酒。

周衡似乎经常来这样的场所，看上去悠然自得，而第一次来的许幼怡略显局促。

一个服务员抱着菜单正要走过去，领班经理伸手拿过了菜单，自己笑着上前：“周先生下午好。”

周衡一边给自己铺开餐巾，一边熟稔地招呼：“你好，菜单不用看了，还是老样子。”

领班经理很有眼力见儿地看了许幼怡一眼：“来两份对吗？”

周衡莞尔，手臂撑到桌上，像是在反问：“你说呢？”

领班经理比了个 OK 的手势之后笑着离开。

许幼怡幅度很小地左右看看，“你常来这里啊？”

“嗯。”周衡点头，顿了顿，突然想起了什么补充道，“但都是一个人，以后若有可能的话，很想有人陪我一起来。”

许幼怡垂眸似是不知如何答话，有些青涩的清纯，又有些难以言喻的小惊喜。

周衡看着许幼怡，“你——晚上有什么安排吗？若是不介意的话，一起去看一场戏剧如何？”

许幼怡眸子一闪，“抱歉，我得早点回去完成毕业功课。”

周衡笑着点头，“没事，热爱学业是好事。”

许幼怡觉得有些紧张和尴尬，一直在拨弄着自己的头发，周衡觉得她很可爱，忍不住笑了出来。许幼怡觉得是自己形象问题，借口去了一下卫生间，而她不知道她把黑色的发圈落在了桌子上，更不知道那个发圈被周衡藏了起来。

那天的晚餐至今仍然记忆犹新，许幼怡还能清晰地记得自己小鹿乱撞的样子。

明明刚刚经历了小产和分手，本以为会消沉好一段时间，没想到遇上了周衡。

似乎真的如他所说的那样，祸兮福所倚。

那天的晚餐许幼怡表现得就像个青涩的学生，紧张得有些不知所措。

她第一次见到周衡这种豪门大家的公子。他看上去很有教养，也懂得很多，和他出入各种场合可以学到很多东西；他对自己体贴入微，不仅在灵感上还在宣传上，他都很大程度上帮助了许幼怡。

她渐渐从默默无闻的新生代作家变成了遐迩闻名的大作家。和周衡相爱两年后，她决定，嫁给他。

第三十章　往事随风

婚礼当天许幼怡站在落地镜前，看着自己第一次穿婚纱的样子。她发誓这辈子只穿这一次婚纱。

许幼怡看过很多童话故事，从小就在脑海里印下了这种美好的画面：公主穿着婚纱，遇到了守护自己的王子。而许幼怡很幸运，她真的遇到了。

周衡站在她身后，含情脉脉地看着她，走过去从背后抱住她，亲昵地摩着她的脖子，“周太太，你今天简直美得迷倒众生了。”

许幼怡拉下周衡的手，略微忧愁地回头，“别开玩笑了。我觉得妈妈有点不开心，她……好像不太喜欢西式婚礼？”

周衡弯唇一笑：“管她喜不喜欢，你喜欢就好。”

一如既往，周衡还是那么偏袒和宠爱许幼怡，只要她想要的，哪怕违背全世界他都会去帮她争取。

他那么爱她，即使背叛了全世界也会全心全意地爱她。

他作为周家的独子，放着纨绔浪子不做，却痴情地只爱她一人，不顾周家的反对，义无反顾地决定娶许幼怡，都是因为他相信许幼怡就是他的真命天女，他有足够的自信不会后悔。周衡看到许幼怡如此美丽，有些忘我地亲吻上去。那一刻他相信，这是他人生最正确的选择。

许幼怡调皮地往旁边一躲，“我们不能再耽误时间了，外面许多客人在等着呢……”

周衡摇了摇头，“错，他们没有在等我们，他们只是在等一个‘礼成’，但现在，属于我们的生活就已经开始了……”

周衡依然不管不顾地吻住许幼怡的唇，许幼怡象征性地推拒了两下，很快笑着与他拥吻在了一起。

许幼怡推了推他的胸口，娇羞地说：“再这样下去妆都要被你亲花了……”

“那就再补个妆。”周衡说着看了一眼旁边的化妆师，用眼神给了个命令。

化妆师打趣地眨眨眼，“那请周太太跟我来这边弄一下头纱吧？”

许幼怡的脸发红，跟着化妆师快步离开。

周衡心情大好，对着镜子又整理了一下领结，晃悠着到沙发上坐下。许幼怡的礼服手包正好放在桌角，不小心被他碰到了地上。

手包的拉链敞着，里面的东西全数滚落出来。

周衡弯腰捡起手包，然后把散落出来的东西一样样收回去：口红、粉饼、记事本和一个用手帕包得严严实实的东西。

他正要把手帕放进去，突然揉了揉里面的东西，觉得形状很像一个头饰。他脸上始终洋溢着的甜蜜笑容突然收紧，趁许幼怡不注意，他层层打开细致的包装，看到的居然是那个蝴蝶头饰！那个在许幼怡小产那天本就应该被扔了的头饰。

原来她没扔！

原来她根本就没扔！

她根本就没有忘记他！

没有忘记那个送给她蝴蝶头饰的人……

周衡整个人如五雷轰顶，慢慢抬起头，眸底惊愕阴沉到有些可怕。

他感觉自己像爬上了一座山，看到的是美丽至极的景象，而这时候被人用手推了一把，坠了下去。才发现原来那些美景都是假象而已，都是虚幻缥缈不存在的东西，只有掉下去粉身碎骨的痛楚是真实的。

比起那些痛苦难受，周衡感受到最清楚的是愤怒。他那么爱她，他为她付出了这么多，她居然这么对他！

许幼怡和化妆师回来，戴着一个头纱并对周衡说："你先出去吧，传说结婚时在摘头纱前看到新娘的脸是不吉利的。"

周衡面无表情地离开，嘴角挂着一抹嘲讽的冷笑。

他觉得让这场婚姻不吉利的，并不是看到了许幼怡的脸，而是那个被她始终当作珍宝一样藏着的蝴蝶头饰！

他觉得很可笑：他很可笑，许幼怡很可笑，这场婚姻很可笑！

他为她做了这么多，他这么爱她，最后却比不过她心心念念的另一个人！

周衡心怀怨恨，但他没有勇气取消这场婚礼。他已经为了许幼怡与全世界为敌了，如今为了不被别人看笑话，他只能把这场“戏”演完。

仪式开始，周衡与许幼怡当着所有亲朋好友的面站在神父的面前。

神父在那里虔诚地念着誓词：“主啊，我们来到你的面前，目睹、祝福这对即将进入神圣婚姻殿堂的男女，照主旨意，二人将合为一体，恭行婚礼终身偕老，地久天长……”

所有宾客都用祝福的神情看着两人。

周衡恍惚地看着神父一张一合的嘴，看到父母沉稳又释然地在鼓掌，他的目光转向面前的许幼怡。

“从此共喜走天路，互爱，互助，互教，互信；天父赐福盈门，使夫妇均沾洪恩，圣灵感化……”神父的声音在耳边忽大忽小，渐渐响成一片沉闷的杂音，“现在，请两位新人交换戒指。”

周衡唇角紧绷，喘息着给自己拽拽衣领，神态有些不对。

“周衡？周衡？”许幼怡小声地叫着周衡的名字，忍不住晃晃他的胳膊。

听到许幼怡的声音，他突然回过神来：“……什么？”

张晚娇俏开口：“戴戒指呀。”

周衡转头，看到张晚一袭白色的短款小礼服裙子，喜笑颜开地站在许幼怡身边。她端起托盘，托盘里有两枚戒指。

张晚拿起了女戒递给周衡，眼睛柔媚一眨，眼角化妆点缀的一颗星星闪粉，分外明亮。

周衡给许幼怡戴上戒指，抬眼往上看，她头上戴的是水晶发饰，但模糊间，周衡却觉得自己看到的是蝴蝶发饰。

想到了那个发饰，周衡气得浑身发抖。

这是他这辈子觉得最屈辱的瞬间，他看着许幼怡，像是灵魂脱离了躯壳，他甚至想回到他们初次相遇的那天……

许幼怡跌倒在地，身下一片刺目的鲜红，而他就这么冷冷地看着她，并没有下车跑过去抱她。如果这样，这一切都不会发生。

当初快乐的、温暖的、美好的……

现在痛苦的、悲惨的、堕落的……

一切都不会发生。

而就在那晚，他第一次和张晚上了床，为了发泄，也为了麻痹自己。

万万没想到，他的嫉妒之心成了原罪。

之后的一切都是万劫不复……

回忆就此停住。周衡现在回过头看看，他和许幼怡从相遇到相爱都如童话般美好。

而就是婚礼上的那个插曲，像一个锤子往镜子上一砸，打破了所有的美好。

但周衡并没有把这件事告诉过许幼怡，对他来说这就是一种难以言喻的恶心，说出口都会弄脏他对她的爱。

他一直将其深埋在心底，曾经对许幼怡纯粹的爱转换成了爱恨交织，而他和别的女人云朝雨暮都只是一种报复和发泄。回来之后，带着愧疚可以对许幼怡更好，更宽恕。

他爱许幼怡，他深爱着许幼怡。

但正是因为这种爱情太纯粹太深刻，他不允许它被玷污。

就像一块白布，一旦染上一点儿污色，就恨不得把它全部涂抹成黑色。

而周衡对许幼怡，就是这样歇斯底里又偏执的爱！

许幼怡失魂落魄地回到照相馆，一晚上没睡着，第二天她在严微的陪伴下来到了周府。桌面上放着律师拟好的离婚协议，这四个字分外醒目。

周衡的眼神里似乎有无限疲惫，像是有些痛苦。他右手包着纱布攥紧了笔，却靠向了沙发后侧，左手抬起揉了揉自己的太阳穴。

许幼怡瞥了一眼周衡手里的笔，冷然道："我可以不追究你想害死我这件事，但是必须离婚。"

周衡与许幼怡对视片刻，渐渐透出些压抑的不甘和恨意："许幼怡，你真觉得是我周衡千百般对不住你吗？"

许幼怡有些不可思议地挑挑眉，片刻之后，冷笑了一声："那就当是我对不起你吧，把你逼得要买凶杀我的地步。"

许幼怡咬字清晰，最后一句话从森白的牙齿间一字字挤出来，神色坚毅没有丝毫松动。

周衡的脸一白，沉默地倾身向前，执笔签字。

工工整整的"周衡"二字。

直到这两个字写完，许幼怡才觉得一切都结束了，她舒了一口气，拿起文件，跟严微离开。

周衡坐在沙发上，整个身体像是压抑了无尽的阴郁。

不知道一个人坐了多久，周衡突然想起了什么，眼中带着无尽的杀气，拿起外套起身前往警察厅。

周衡来到警察厅的审讯室门口礼貌性地问一个警察："请问一下，姜斌探长在吗？"

警察往旁边一指，"姜探长在审问室，那边。"

周衡往审问室走，在门口遇到吴方被他拦下，周衡看了他一眼，"你好，我是来找人的。"

吴方挥了挥手，"这里是审问室，外人不能进，请您先出去。"

"我有急事找姜斌探长。"周衡一脸严肃。

吴方有些不耐烦："我们警察也不能天天在办公室就等着回答市民问题，对吧？告诉你去外头稍坐一下了，他忙完自然会出——"

话正说到这里，审问室的门突然打开了。周衡看到旁边有一个瘦瘦小小的女人，视线扫过姜斌，看到他手里拿着一根红色手绳，眼睛倏然眯紧！

姜斌看到周衡露出一脸疑惑，"周主任？"

周衡听到姜斌的声音突然恢复如常，微笑道："姜探长您好，有点事来麻烦您。要不去办公室谈？"

姜斌抬起一只手，"抱歉，我现在有紧急公务，我们一会儿再说吧。"

一边的女人小声胆怯地插嘴："那个，我可以走了吗？"

姜斌斩钉截铁地说："不可以。"

女人缩了缩脖子，看了一旁的周衡一眼，目光透出明显不认识的色彩。

姜斌对周衡点点头，“周主任，不好意思，我有急事要处理，你有什么要紧事的话下次再说。”

周衡点点头。

姜斌带着陈永和女人一边离去一边说：“你知道陈双城家住哪儿吗？带我去。”

女人点头，“知道。”

周衡看着三个人的背影越来越远，他的视线死死地锁住姜斌手里的那根红绳，那样的红色像是一个火苗般刺眼。

那根红绳一直回荡在周衡的脑子里，回家后周衡在脑海里反复复盘着一切。

这根红绳，到底和今天这个女人以及陈双城有什么联系。

他觉得这个女人很熟悉，非常熟悉，他一定在哪里看到过。

他苦思冥想，突然记起来是在表演魔术的那天，这个女人是魔术师甄善的助理！

顺着这个思路他一路往下捋，他记起了有一次在冯红的饭局见过她。她和陈双城坐在一起，两人相谈甚欢，然后这个女人摘下手绳，把手绳戴在了陈双城的手腕上。

而之后这根手绳就出现在了褚会子的手上，并且正是她死的那天。

终于把所有错综复杂的关系捋清楚了，周衡明白现在警方已经把褚会子命案的嫌疑人锁定在陈双城身上了。

他转动椅子朝向桌子，一只手在桌子上有节奏地敲击，另一只手拿起电话，转了几个号码。“喂，是我。”

电话那头传来不清晰的低声。

周衡眉目冷然道:“再帮我去杀一个人。”

第三十一章　同居生活

许幼怡跟严微回到百花照相馆，美滋滋地在二楼她的新房间里转，手里拿着个苹果，“咔吧咔吧”地咬，满意道：“对嘛，早就该给我专门收拾一个房间，你看，这里空着也是空着。”

严微在一边铺床，时不时“嗯”两声。

许幼怡看了看什么都没有的墙壁说：“墙上太空了，我们挂一幅风景画吧，就那种洋洋洒洒从天上落下许多枫叶的，你知道吧，有透视效果显得又远又长的。”

“不知道。”严微的回答很简单。

许幼怡佯装生气地对严微皱皱鼻子，看到严微特地准备的一个梳妆台随即又笑开，但还是想故意逗趣一下严微：“咦，这个梳妆台摆在这里我用着不方便的哦，来来，给我搬到窗边亮堂的地方。”

严微无奈地过去，“放哪里不都一样吗？”

“当然不一样，窗口光线好啊，我对着镜子化妆心情都好一些，”许幼怡摸摸自己的脸，觉得有点鸡同鸭讲，甩了甩手，“哎，你这个小孩子都不化妆，不明白。”

严微点点头，认命地拉桌子。

许幼怡走开，指着门边的装饰矮柜，不满道：“这么漂亮的柜子你为什么不放一些装饰物呢?”她顺手拿起铜盆,“放个盆在这儿是什么意思?我们搁点好看的瓷器在这儿吧，就那种高高低低错落有致的。”

严微将椅子和梳妆台摆整齐，身体往上一靠，抱肩面无表情地回头,“你可以想些实用的东西吗?”

许幼怡把盆举在脸边,“那你这盆有什么用?”

严微认真地说:“能装黄瓜、西红柿，还有你手里在吃的苹果。”

许幼怡笑眯眯地把盆放下，有点得意地说:“哦，我说的东西，能装艺术。”

严微似乎被噎了一下，竖起大拇指。

面对许幼怡无理取闹的要求，严微虽然有些无奈，但都一一答应了下来。

许幼怡开心地走向严微，一手挽住严微的胳膊，一手拉起窗帘，撒娇道:“还有，这个窗帘也要给我换掉哦。”

严微低头看一眼许幼怡挽着自己的手，又看向新挂的橘红色窗帘:“你不是说喜欢亮色吗?我刚换的，和楼下一模一样。”

“哎呦，我说喜欢亮色也不一定是橘红啊，我要湖蓝的。”许幼怡转个圈，两手张开，半靠在墙边的窗帘上,“我喜欢忧郁的蓝，你看，我现在像不像一个忧郁的作家。”

严微扯扯嘴角:“你现在快乐得像好运气。”

好运气像是听懂了严微的话一般，从开着的门扇挤进来，喵地叫了一声。

许幼怡扑哧一笑:“能天天像好运气也是一种福气，好了好了，别收拾了，咱们去商场购物吧，你这里什么都没有呀，我也没办法设计啊。”

“不要，”严微不咸不淡地说，“我不喜欢购物。”

“我想去，就当陪我，好不好嘛。”许幼怡发着嗲，晃着她的手。

“不要，不好！”

虽然嘴上说着不要，但严微诚实的身体还是被许幼怡拉到了商场。

严微两只手拎着一堆袋子，脖子上还挂着个家居挂饰。许幼怡衣着光鲜而兴奋地在前面走着，手里只拎着一个精巧的手包。

两人来到了摆着若干装饰品的店面前，售货员见她们手上这么多东西，马上热情招呼：“新到了最时兴的家居装饰物，小姐来挑挑，看看有没有入眼的。”

许幼怡站在最显眼的展架前，陶醉地发出一声轻叹：“呀——”

黑檀的描金落地柜上放着几只湖蓝色与黑色相间的瓶子，高矮胖瘦各种形状都有，还有一个拉出细长的带金丝的壶嘴，壶嘴一直延伸到墙上的装饰画中心。

那幅画极简单，咖色的背景，几根枯黄的枝条，却有洋洋洒洒的金叶自天飞落，显得落寞又辉煌。

售货员马上殷勤道：“小姐喜欢？您看上哪一个了，我帮您包起来呀？”

许幼怡欢喜地合掌，正要开口，严微在一边冷淡而面无表情地说道：“她看上了这个组合。”

许幼怡回头，手指俏皮地一点，一副你懂我的样子捏了捏她的脸:“严微微你真是越来越可爱了。”

然而严微还是很不给面子地斩钉截铁道:“不行。”

许幼怡马上不愉快地嘟起嘴:“为什么不行!”

“家里放不下，”严微看了看已经没空地儿的手,“而且，我也拿不了了。”

“那我们就先回家放一趟再过来好不好?”许幼怡讨好地凑过去，用着商量的眼神一眨一眨看着严微。

严微的视线与许幼怡一碰，皱皱眉，受不住似的转开:“你已经买了太多东西了，除非自己拿。”

许幼怡撒娇道:“我是孕妇呀！你怎么这样。”

严微挑挑眉。

许幼怡噘嘴，目光从严微手里的六个袋子和脖子上挂的一个饰品包上扫过，最后叹了口气无奈地妥协道:“唉，好吧。”

严微刚要松口气。

许幼怡如同跳舞一般的优美姿态，原地一转，正好到了中间的展台前，纤纤玉手拿起一只琉璃色玻璃碗,“那我就只要这一个吧，买给好运气，给它喝牛奶！总可以了吧?”

严微好声好气地说:“好运气会把它打碎的。”

许幼怡努嘴,“哼，好运气才不会呢，好运气比你聪明多了。”

严微略显无奈,“好吧，买完这个我们能回去了吧?”

许幼怡还有些不满足,“可是我还没逛够哎……而且我的屋已经满了，要不咱们给你的房间也收拾一下？我出钱，嘻嘻。”

严微警惕地断然拒绝:“不要!”

然而许幼怡根本停不下来，还是又买了一堆有的没的，要不是严微实在拿不下了，很有可能整个商场都要被她搬回来了。

严微也很奇怪自己并不是个脾气很好的人，但面对许幼怡的时候她居然完全没有任何不耐烦，甚至觉得她的撒娇特别可爱，虽然有时候表面上表现出了无奈。

把东西都搬回了百花照相馆，许幼怡第一件事居然是帮严微布置起房间来。

经过她的一番折腾，整个房间焕然一新，粉嫩无比。之前严微藏地雷的柜子上系了个大大的红色蝴蝶结，床上压着枪的枕头被换成了一个布偶熊，藏着圆月弯刀的房顶贴满了许多亮晶晶的玻璃拉丝和彩带。

和之前的房间相比，简直就是翻天覆地的区别。

许幼怡得意扬扬地拉住严微的手,“怎么样，是不是很漂亮?是不是充满了温馨?”

严微一脸“随你高兴就好”的木然。

许幼怡低头看地上，忽然眼睛一亮，几步过去，蹲下看到一块明显跟其他地方不一样的凸起问:“这里是没装修好吗?”

严微看着这个机关，克制住心头的紧张说:“……嗯，算是吧。”

“没事，看我的，”许幼怡从手包里拿出指甲油，细致地在上面画了一个笑脸之后拍拍手,“完美。”

这个笑脸画得特别幼稚，看上去像是出自小学生之笔，但却发自内心般的真实。

布置好了严微的房间之后，两人下了楼，许幼怡举着一块脆鱼骨在那里逗好运气玩。

严微坐到许幼怡身边，“你倒是挺自在。”

许幼怡还在逗着好运气，拿着脆鱼骨一会儿往左一会儿往右。“为什么不自在？”

严微瞥了她一眼，“那件事就这么算了？”

许幼怡有些莫名其妙地看向严微，“什么事？”

严微扯扯嘴角，一字字郑重地说道：“你前夫要杀你的事。”

许幼怡一下低落，将脆鱼骨扔到好运气嘴边，“真讨厌啊，干吗又提？”

她不想一直记着这件事，如果可以，她甚至希望自己忘记，就当从来不知道有这回事。

严微叹了口气：“我是为你考虑。有一就有二，人一旦动了杀心，就收不住了。”

许幼怡的眼里流露出一丝怀念，“别说得那么可怕。其实他以前对我很好的，非常体贴，说是模范丈夫都不为过。但可能是从小一切都太顺了吧，其实我也想知道我到底哪里做得不对，让他恨我到要杀我的地步。”

严微想了想，说出一番很有哲理的话：“我觉得是因为他从小就习惯了完美。不论是他，还是他的太太。他觉得你对公众说出了他认为不完美的地方，从而破坏了心里的完美。”

“你一个小孩子家家，没想到懂得还不少。”许幼怡又好气又好笑地瞥了严微一眼，顺手整整她凌乱的鬓发，表情也收住，摇了摇头，“大概是这样吧。任何一点不满都会积压在他心里，久而久之那些不满会越来越多，想起以前他对我那么好，现在却……唉……人心易变啊。”

严微咬着牙，把许幼怡从感性中拉回。“是啊，变得恨不得你死。”

许幼怡倒是看得开，冷笑一声：“那怎么办？还真要我去告他吗？我都霸占上海的头版很久了，饶了报社记者们吧，给民生新闻一些空间呀。”

严微看了她一眼，“所以我是问你预备怎么做。”

许幼怡往桌上一趴，和好运气大眼瞪小眼，努着嘴说：“反正我都离婚了，他也离开我的生活了……总想着仇恨是很累的，我就当他一时想岔了吧，过去了。”

对许幼怡来说，和周衡多少是有些情分的。那时候她不顾及周衡最在意的面子，当众说了他的丑事还提出离婚，确实对他来说是致命的打击，所以在许幼怡心里是可以理解周衡的一时冲动的。

但是严微不可以，在她看来做错事的从头到尾都是周衡，他不仅没有承认错误的勇气，还试图要杀害许幼怡，这是她无法接受也无法容忍的。

不过再怎么说许幼怡现在有身孕，而孩子的父亲是周衡，所以她对周衡狠不下心来，严微也能理解。

“唉，不想这么多了，”许幼怡拍了拍脑袋，“我决定了！”

严微看着她，不知所以。

“我要去把刚才那个花瓶买回来！”许幼怡说着拿起皮包，“微微你在家等我一下，我很快就回来。”

严微没有拦住许幼怡，她觉得许幼怡可能只是找个借口，她应该想要出去走一走。而自己也该给她一些空间。

第三十二章　疑似之间

严微打算趁这时候整理一下这段时间工作拍的相片，突然听到一阵风铃声，照相馆的门被打开，她对上一张意料之外的脸。

姜斌走了进来站在店中央，似笑非笑地打量。“早听说这里新开了一家照相馆，过来看看。”

严微从吧台后抬起头，握住金笔的手轻轻摩挲了一下，幅度极小地淡淡点头。

姜斌仰头指着房顶精巧的装饰性木架，“搭得真不错，小姐你做的吗？很能干啊。”

严微抬抬下巴指向姜斌，“身上衣服不错，鞋子也不错，都是你缝的吗？”

姜斌听出了她讽刺的意思，似乎被噎了一下，随即毫不在意地笑开。

姜斌走到照片墙前，上面贴着许多照片，大多数都是一些风景照，还有些顾客拍得好的样照。他随意地拿起一张照片看起来，发现在一个不起眼的角落有一张严微的照片，是她盘腿坐在一块石壁前，画面看起来并不像是国内风光。

严微跟上去，站在姜斌背后，她的眼里没有丝毫感情色彩，像一块凝固的玻璃。

姜斌回头，微笑着拿下照片墙上严微的那张照片弹了弹问道:“这块石壁是哪里？好漂亮。”

严微无声地看着姜斌，并不想回答。

姜斌看她说不出话，笑容扩大,“在中国吗?”

严微还是不回答。

姜斌手里捏着严微的照片，骨节分明的手指从照片墙的上方轻轻划下来，林林总总各式各样的风土风貌照，手指随便在一张金属框上一弹。“许多风景照呢，看来严小姐去过不少地方。您，或者您的家人是做什么工作的，介意问问吗?”

严微盯着姜斌，突然哧的一声笑了出来,“你平时看书吗?”

姜斌一愣，蹙眉道:“什么?”

严微一脸笃定,“杂志也不看吧。”

姜斌沉着脸,“严小姐到底想说什么?”

严微冷冷地从姜斌手里拿过自己的照片，挂回原来的位置，然后站在照片墙前，用缓慢的语调对姜斌道:“你看到的这些，都是近年国际上的获奖风景照，我找到底板印的，”严微做了个按快门的动作,“并不是我自己拍的。”

姜斌默然看了严微片刻，笑起来说:“严小姐真聪慧。”

严微轻哧了一声:“这是文化。”

姜斌扯了扯嘴角,“你看起来不像文化人。”

严微扬眉不语。

姜斌回头看照片墙，目光落在严微的独照上，指了指说:“严小姐步伐稳健，关节粗壮，目光锐利，看起来倒像是习武之人。”

严微知道他的言下之意，沉下了脸来。

姜斌抻抻肩，整理了一下衣着，“唔，既然都来了，拍张证件照吧。”

严微无声地与姜斌对视片刻，终于沉默地把姜斌带到一块蓝色的背景布前，让姜斌端坐着，而她走到照相机旁，拿起盖布，神色自然地准备拍照。

姜斌整理了一下头发，不经意间问：“我们今天是第一次见面吗？”

严微自顾自调整着照相机，没有回答。

姜斌抬起眉梢，似乎随意道：“不知怎么，看你有几分面熟，总觉得在哪里见过。”

严微毫不犹豫地说：“哪里也没见过。”

姜斌：“你今年贵庚？”

严微冷冷地瞥了姜斌一眼不回。

姜斌嘴角微抬，不依不饶道：“听你口音不像上海人啊？老家在哪儿？”

严微将脸沉到机器后，从镜头视角里看着姜斌，咔嚓咔嚓拍照片。

姜斌的状态十分放松，甚至换了几个姿势，自信地看着前方，犀利的眼神像是能穿过镜头。

严微朝他比了个 OK 的手势。

姜斌稍微整理了一下衣摆，“你什么时候来的上海？这里的房租很贵，你一个人经营这么大一家照相馆，很吃力吧？”

严微冷哼一声：“除了麻烦的客人，并不吃力。”

“是呢，谁都有麻烦，”姜斌带着玩味的口气说，“不知道严小姐遇到麻烦的人会怎么解决呢?”

严微毫不留情地说:“闭嘴。”

姜斌一愣。

严微解释:“这种情况下,麻烦的客人,我会让他闭嘴。”

姜斌这才恍然地勾唇一笑:“聊聊天而已,你很难相处啊。”

严微口气冷冷的:“我在拍照,而且你讲话的样子很丑。”

姜斌懒懒点头,长叹了一口气:“好吧。”

姜斌终于还是安静了下来,让严微给他继续拍照。

照片拍完,严微站在吧台后,低头给姜斌的单子填写姓名。

姜斌看到她在地址一栏停顿了一下,微微一笑,目光深深地在严微手指上一扫,“送警察厅,那边的路你应该很熟吧?”

严微冷漠地看了姜斌一眼,写上警察厅的地址。

姜斌随手拿起旁边矮柜上好运气的新碗,慢慢转动,在眼前端详打量。“真是好看,嗯……”

刚说完,他手指一松,“啪”的一声,新碗摔在地上碎了。

好运气气愤得“喵”叫了一声。

严微仍旧面无表情地站在吧台后,动都没动。

姜斌装模作样蹲下身收拾碎片,“啊,抱歉抱歉,我一个没拿稳。”

严微刚想说话,此时门口风铃又发出撞击声,许幼怡手上捧了个花瓶走进门,诧异地看着姜斌,“姜探长?你怎么在这儿?”

姜斌恢复如常地开口:“许小姐你好,我来附近办点事,就进来看看。呃——刚刚不小心把你们的一个碗打碎了。”

许幼怡低头看看，随意道：“没关系。”

彼时陈永也正好推门进来，手里举着许幼怡的《流言蜚语》，“头儿，书买来了。”

许幼怡一脸疑惑，“您这是？”

姜斌给陈永使了个眼色，然后对许幼怡说：“没什么，家母很喜欢您的作品，可否请您给签个名。”

这样子的要求许幼怡也见多了，完全没多想就摊开手，“当然可以。”

陈永看向严微，“小姐，哪里有笔？”

严微拿着笔从吧台后走出，走向陈永，而这时候，姜斌神不知鬼不觉地走到照片墙那里，偷偷把有严微的那张照片拿走，完全没有被发现。

陈永举着书，让许幼怡签好字。

姜斌别有深意地对严微点点头，意味深长地说：“好了，那我们就先告辞了。反正以后，可能要经常打交道呢。”

严微一手插在兜里，看也没看姜斌一眼。

把姜斌送走以后，许幼怡关好玻璃门，立即担心地问严微：“他是来查你的身份证的吗？真是的，早就说了叫你跟我去办身份证的。”

严微没有说话，只是目光沉沉地盯着墙壁，那里空了一块，少了一张照片。

回警察厅的路上，陈永问姜斌：“头儿，我刚刚的演技不错吧?”

“是不错，倒是可以代替陈双城了。”

陈永叹了口气:“说到陈双城，没想到前几天他就这么被车撞死了，可惜了，眼看着就能抓到凶手定案了!”

姜斌突然停住脚步看着他，小声说:“我觉得凶手不是陈双城。”

陈永一脸疑惑,“头儿我不明白，你为什么又觉得凶手不是陈双城了?”

姜斌又走起来,“我们去抓他的那天，你不觉得他的反应很奇怪吗?”

陈永仔细想了想,“哪里奇怪?”

姜斌拧眉沉思,“你仔细想想，我们冲进去时，他想也不想就开枪，看清楚是我们之后，又明显一愣。”

陈永微怔，然后苦思冥想一番,“啊……有吗?”

姜斌若有所思地回道:“他等的似乎不是我们，而且他好像很害怕，我感觉有别人在追杀他。”

陈永抓抓头，一脸费解。

姜斌继续自顾自分析:“而且那天的车祸太巧了，还有张晚死的那天，我和凶手交过手，对方身量不高，很瘦，”姜斌用手在自己的下巴这里比画了一下,“感觉是个女人，而陈双城身材高大，不可能是他。”

两人走到了警察厅，陈永给姜斌拉开门,“头儿，你要这么说，我也觉得有点奇怪了。你想想小敏给的那张照片里，褚会子和陈双城两个人都很年轻，好像是几年前的老照片了，不像最近拍的。”

“是，感觉陈双城惹到了其他的人，他怕的人并不是警察，那如果这么说，他应该就不是凶手，而且最重要的是，”姜斌拿起手里的照片甩了甩，“昨天周衡来找我，他告诉我警察局着火那天，许幼怡救出的人是严微，这才让我想起来，那天我遇到的人，很有可能就是严微。”

陈永张着嘴，长长地“哦”了一声。

姜斌拍了拍陈永的肩，“你把吴方找来，我先让他辨认一下那天来给红妹认尸的是不是她。”

陈永点头后小跑步走了，不一会儿把吴方带到办公室。

姜斌把照片拿到吴方面前，他看到照片，拧着眉迟疑道：“像……”

姜斌有些无奈，“什么叫像？”

“哎呀，我那天喝了点酒，而且那女的还戴了帽子，”吴方抓了抓头，趴在桌上，仔细看，“有点像，还有点不像……”

姜斌看向陈永，陈永马上举起双手，“别看我，我那天带回来那么多人，天又黑，早没印象啦！”

姜斌被气得笑了，“你们真行啊，都是怎么混进警察厅的？”

两个人相视一眼都嘿嘿笑了出来，倒是丝毫不以为耻的样子。

姜斌气急败坏地拍了拍桌子，“别笑了！”

陈永干咳两声，收住情绪，“头儿，就算我们确定那天她来过警局，也确定来认尸的就是她，也不能证明人就是她杀的啊。”

姜斌沉默了一会儿，目光定定地看着前方，握紧拳头，“一定就是她！”

陈永:“为什么?”

“直觉……”姜斌坐直身体，手指着陈永,“给我盯紧她，早晚会露出狐狸尾巴的。”

然而姜斌除了相信他的直觉，已经穷途末路了。

一路调查到现在，他复盘着整个调查的过程。

他先是以红绳为线索，发现魔术师甄善的海报上助理小敏戴着同款红绳，他就把小敏叫来警察厅调查，被锁定成嫌疑人的她没有扛过几轮拷问，很快就说出了她的真实目的。

她说离开了甄善只得自寻门路，想再给自己找个靠山或是金主，她相中了影视明星陈双城。因为以前在甄善身边，她隐约听说过陈双城与褚会子有暧昧，借胆子前往褚会子旧居，竟真让她找到一张褚会子和陈双城亲密的照片。小敏还说那根红绳是她送给陈双城的，和凶案现场那根完全吻合，由此来看，陈双城具有重大嫌疑。

然而小敏带着姜斌去找藏匿起来的陈双城时，陈双城已经听到风声准备逃走，好不容易抓住要回警察厅的路上却被一起车祸重创，倏然变成了一具尸首。

这一切看上去都有幕后主使的样子，而且这幕后主使必定不简单。

姜斌想案子想得有些头疼，打算出门透透气开拓一下思维，想想还有没有被他忽略的细节。

他走到警察厅附近的一家咖啡厅，看到周衡正坐在里面面无表情地喝着咖啡。

姜斌犹豫了一会儿，还是走了进去要了杯咖啡坐在他的对面。

周衡像是知道会遇上姜斌一样，表情并没有任何波动，淡淡地问了一句："姜探长，调查得怎么样了？"

"在收集证据。"

周衡喝了口咖啡淡然地说："嫌疑人锁定了吧？"

姜斌叹了口气："你上次跟我说的严小姐，我正在调查。"

"我这里还有个关于严小姐的情况想告诉一下姜探长，我夫人，"周衡说到这里顿了顿，把咖啡放下接着说，"之前去奉安办了一场义卖会，回来的路上遇到打仗，好像也是严小姐去把她救回来的。"

姜斌的表情透出肉眼可见的震惊。

周衡往前凑了凑，"姜探长你说，一个普通的女孩子，能有这么大能耐么？"

姜斌也不好把话说死，只能模棱两可地说："倘若真如此，那严小姐必定不是个普通人。"

周衡鼻子轻出一口气，用一副我都把话说到这份儿上了你们还不行动的态度说道："那姜探长抓紧时间办案吧，我等着你将凶手绳之以法的那天。"

姜斌点头，一口气把手里的咖啡全部喝完后就走了。

周衡看到姜斌走了以后，脸上露出深沉且阴鸷的表情。

当时周衡一心想杀许幼怡的时候可以说是安排得天衣无缝，除非有天大的本事，否则根本不可能逃脱。

而这个严微，像是一个无处不在无所不能的神，她去解救了许幼怡，又拆穿了自己。

周衡除了怀疑，更多的是对她的憎恶。

如果不是她无时无刻出现，今日的许幼怡要么消失，要么在他的设计下已经重新接受他了。他本来该完美无缺的生活，是被那个多余的女人破坏的。

严微，应该消失了……

第三十三章　惊魂一枪

所有人都盯着严微，都恨不得揪到她的小辫子置她于死地。

所有人都对百花照相馆虎视眈眈。

只有许幼怡，只有她毫不保留地信任严微，她喜欢现在的岁月静好。

许幼怡走出照相馆，伸个懒腰，美滋滋地拍拍自己的肚子，“宝宝，醒醒了，晒太阳呀。”

严微跟着走出来，浅浅一笑，随即目光淡淡地落到远处。

陈永和吴方站在斜对角，伸出个脑袋，看到两人的时候又马上缩回去。以严微的敏锐早就觉察到了周围的异样，她对许幼怡说：“天还有点凉，等会儿出太阳了再出来吧？”

两人正要进屋，后面传来谢一范的笑音。

“幼怡。”

许幼怡回头，谢一范正走过来。

“有空聊聊么？”谢一范儒雅一笑。

再一次看到谢一范，许幼怡的心情挺复杂的。但犹豫了一下，依然点点头。有些过去，逃避不了。

两人散步到了江边，清晨的露水从一片树叶上滑落。

许幼怡穿着一件长款的裙装，谢一范穿了一身西装，戴着他招牌式的金丝框眼镜，两个人这么走着，看上去也是相当般配。

谢一范跟着许幼怡的步履节奏慢慢地走，“现在住在那儿会不会有什么不方便的地方？若需要接送，或者做做苦力什么的，欢迎随时叫我。”

许幼怡莞尔：“不用，我现在跟朋友住在一起。微微把我照顾得很好。”

谢一范闲适地舒展身体，侧头时似乎看见了什么，拍拍许幼怡的肩膀，示意她看。

许幼怡望去，是一个丈夫手里抱着个一两岁的幼童，脚边还有个六七岁的孩子，小孩不甘心地围着爸爸的腿打转，似乎也想爬上去。旁边的妻子笑得前仰后合。

丈夫这才无奈地一手一个，将两个孩子都抱了起来。

许幼怡的脸上露出会心的微笑，没有嫉妒，没有惆怅，没有向往，只是欣赏。

她觉得这样的感情很好，自己可能不会有，但这个世界上有，就让人感觉到美好。

谢一范安静地看着许幼怡的侧颜，这一刻，似乎沉浸在这种氛围里，“幼怡，你真的很让人触动。”

许幼怡看向谢一范，“什么？”

谢一范毫不掩饰自己的欣赏，“你永远像一道光，好像没有恐惧、没有落寞，永远坚定地、强大地在往前走。”

许幼怡忍不住扑哧笑了，移开了眉眼，看向江河，朝阳的光辉与她的眼睛交相辉映，徐徐开口道：“那是因为，人没有必要总把脆弱拨开给其他人看，因为那是无用的。”

“是啊，大人是强大的，尤其你是个格外优秀的女性，”谢一范低低叹了一口气，“可是，小孩子未必这么想。”

许幼怡一时沉默。

谢一范放松地靠在河岸栏杆上，看着一家四口正在自己的眼前走过，谈心似的开口：“小孩生下来是没有选择的，无法选择享什么福，也无法选择吃什么苦。但有的波折，若我们提前知道，是他一定会比其他孩了多承受的，那我们有权替他决定，要让他接受吗？”

许幼怡缓缓转过身，望着走远的一家人，问：“一范，你到底想说什么呢？”

谢一范认真地看着她，“我知道你非常有能力，可以赚到足够的钱。我也知道你身边有要好的朋友，愿意经常照应你。但我想给孩子最重要的，给他一份安定的生活，给他一个与别的小孩同样的成长环境。”

许幼怡抬起眉梢还是觉得他的话没有说清楚，问道：“所以呢？”

谢一范深吸一口气，走到许幼怡的正前方，双手握住她的肩膀，深情道：“幼怡，我想要娶你，我可以与你一起抚养你肚子里的孩子。”

许幼怡定定地看着谢一范，他的眼神十分坚定决然，像是不许自己再回头、再犹豫，像是要鼓起勇气走上一条荆棘之路。

她看着，却不由得偏头笑出来。

这个笑容有些无奈，有些遗憾，像是对这个世界的一种讽刺，又像是对自己经历的一种嘲笑。

谢一范有一丝疑惑，手上的力气也放轻了，“……幼怡，你笑什么?”

许幼怡低叹：“只是觉得世事真是奇妙啊，千回百转，总能转回原点。”

谢一范慢慢放下手，摇了摇头，“我不明白。”

许幼怡认真地看着谢一范，“我在说，你曾经真的有机会和我共同抚养一个孩子，我们的孩子。”

谢一范瞬间震惊地睁大了眼睛，他死死握住栏杆，忽然又松开，大口喘着气。

“不可能，不可能，什么时候?!”谢一范看向许幼怡，手突然狠狠地砸向栏杆，发出震耳的响声，“你为什么不告诉我？为什么!”

许幼怡轻轻一笑，眉宇间是理解，是释然。“一范，这次你回来总是问我，如果一切重来，我会做什么选择，是留在上海等你，还是像当年那样，和你分开。那今天我也想问你，如果一切重来，我当时就把这件事告诉你，你会怎么选择？是留下来和我结婚，还是和当年一样，北上，追求你的理想?”

谢一范张了张嘴，眼底通红，却一个字都说不出来。

这个问题对谢一范来说确实太难选择了。当初的他把理想和事业看得比任何东西都要重要，永远在第一顺位，如果回到过去，他真的不知道自己该如何选择。

他的表情很痛苦，整个人都在用力颤抖，连呼吸都是断断续续的。

许幼怡从他的反应中得到了答案，叹了口气：“你看吧，所以我告诉你，又有什么用呢？”

谢一范哑声：“可是我很抱歉，幼怡……我不知道该怎么表达我的感受。”

事情已经过了这么久了，现在的许幼怡倒是很坦然：“没什么，当年我们都太年轻了。而且追求理想没有错，理想高于爱情也没有错，你不用觉得抱歉，一范。”

谢一范：“但幼怡，如今——”

“如今——”许幼怡打断了他，咬了重音，“你也千万不要再说我们重新在一起，你帮我抚养孩子这样的话了。我很欣赏那个理想高于爱情的谢一范，但我不能接受在你实现理想后，再来为你的生活弥补遗憾。你当年已经放弃我了，你已经做了选择。”

许幼怡转身，对着天空张开双臂，像一个拥抱世界的姿势，笑容愉悦而美丽。“而且，我已经不爱你啦，在你离开的时候，就已经不爱你了。”

许幼怡说完，侧头看向谢一范，有些俏皮地眨眨眼：“你该去追求更好的姑娘了。”

谢一范久久地凝视许幼怡，她整个人都被正午明亮的日光包围，耀目得无法直视。他的眼神里有贪恋，有遗憾，有愧疚，最终，种种都落下。他弯了弯唇，长长地吸了一口气，又吐出。

半晌，谢一范才最终妥协一般：“好吧。我们还是朋友，对吗？”

许幼怡笑得很释然：“当然！大公报最年轻的王牌记者，通晓四国语言的政界新星，有你这样的朋友，很有面子的。”

两个人的对话很温馨，许幼怡伸出手，“谢大记者，以后请多多关照了。”

谢一范低头看着许幼怡的手一笑，也向许幼怡伸出手来。

然而下一秒，一声枪响！谢一范的腹部迸出血花！颓然倒地！

前后才几秒时间，把世界分成两个极端。

前一秒还是暖黄色，下一秒变成了血红。

许幼怡好半天没有反应过来，看到倒在血泊里的谢一范好不容易回过神来，她大叫着说：“一范！谢一范！”

许幼怡跪下身一把抱住谢一范，一手环住他的肩膀紧紧拥抱住，一手死死地按住他不断涌出鲜血的伤处，惊慌无措地喊道：“来人，救人啊！”

一直跟随在附近的严微闻声狂奔而来，掏出手枪，找准了江边一座五层高的建筑上有人在射击，对准那里一枪打过去！

远处的人肩膀中枪，咬牙爬起来向下继续扫射！

路过的人被枪声吓得尖叫声连连。

严微守在许幼怡身前，利索地还击！

远处一直跟踪许幼怡的姜斌和陈永听到枪声快步跑过来，不住对两侧尖叫蹲下的路人大吼：“走！找地方躲起来！”

大楼上的人肩膀受伤，已经不是他们三人的对手，落荒从大楼逃跑。

许幼怡的手按住谢一范的腹部，满手是血，谢一范气若游丝，痛苦地拧着眉毛。

姜斌把谢一范接过来说:“我马上送他去医院。”

许幼怡失魂落魄地看着谢一范。而姜斌看了眼拿着枪的严微，一边扶起谢一范一边对严微说:“严小姐，方便跟我们去一下警察厅解释一下枪支的事情么?”

严微点头，看了眼许幼怡:“等我送幼怡回去之后，我自己去警察厅。”

姜斌看了眼旁边惊魂未定的许幼怡点了点头,“陈永，你把许小姐和严小姐送回去，我现在马上把谢先生送去医院。”

陈永用力一个点头,“是，头儿。”

许幼怡还有些忧心地看了眼谢一范，谢一范用着最后一口气说:“没事的，幼怡，别担心，我不会有事的。”

下一秒许幼怡就失声痛哭起来。人往往都是在好不容易得到的时候迅速失去。

她和谢一范刚刚冰释前嫌，决定以好朋友的身份相处下去，就见到他倒在了自己的面前。

为什么！为什么要让她一而再，再而三地失去?！

为什么她和她身边的人一直在处于险境之中！

这一切都是为什么?！

第三十四章　关键证据

严微把许幼怡送回照相馆，给她倒了杯热水。许幼怡没有接过水，而是抓住了她的手，用很小的声音说："微微，你快逃吧。"

严微摇了摇头蹲下身，瞥了一眼站在外面的陈永，"逃不掉的，而且我怕他们会为难你。"

"微微……"许幼怡急得流下眼泪，外面有人，有些事她也不敢多问，全都堵在心里。

严微摇了摇头，"没事的，幼怡。"

许幼怡觉得现在在这里哀声载道的也没用，还不如想想办法怎么解决，她握住严微的手，"我一定会帮你找最好的律师，我会把你救出来的！"

两个人还在里面不舍地道着别，陈永从外面清了清嗓走进来，"严小姐，方便跟我们走一趟么？"

许幼怡抓着严微的手，不舍地一点一点松开。

严微被认定为重大犯罪嫌疑人，陈永把她关在了牢房里，牢房又黑又潮湿，还隐约可以听到老鼠的声音。然而严微并不害怕这种场合，她从小到大经历过的比现在更糟糕的情况数不胜数，她只是盘腿坐在床上担心许幼怡有没有睡好、休息好，晚餐吃什么而已。

第二天一早，吴方把严微带到了见面室。

严微穿着犯人的衣服站在那里，衣服似乎比她的人大一号，让她看上去显得有些瘦小。

许幼怡已经带了律师来，严微与许幼怡对视的时候安抚般对她轻轻点头。

吴方一板一眼地交代："你们有一个小时的时间。"

孙律师站起身，拍拍许幼怡的肩膀，指指外面："我先出去，你们可以放心谈话。"

许幼怡点头，"谢谢。"

严微拉开凳子，坐到了许幼怡的对面。

许幼怡看着她，"微微，你现在可以完全信任我，我也完全信任你，你跟我说的，我都完全相信，我们想办法一起解决。"

严微点点头。

许幼怡："所以甄善和张晚都是你杀的，因为他们害死了红妹是么?"

严微点头。

许幼怡："褚会子不是你杀的?"

严微摇头。

许幼怡："这就是所有的事情？你没有再隐瞒我的了?"

严微无比认真地点头："是。"

许幼怡自顾自低声呢喃："可是张晚和甄善两条人命啊，你胆子怎么那么大……"

许幼怡身体向前倚着桌子，仿佛很烦躁，两手支起捂在额头上。

严微的表情竟然相对温和与淡然，“谢先生情况怎么样，还好吗？”

“他在医院，暂时没事。”许幼怡烦躁地放下手，眼睛紧紧盯着严微，压低声音呵道，“现在不是说这个的时候，你还是担心一下自己吧！现在要怎么办？他们已经抓到你了！严微，你想做侠客，你想要主持正义，可你把自己搭进去了，要命的你懂不懂啊？”

严微沉默地望着许幼怡焦急的视线，犹豫片刻，伸出手，拍拍许幼怡的手背似是在安慰：“不要紧，他们没办法确定是我。”

许幼怡还是有些不放心，“可是红妹的妈妈不是见过你么？到时候她指认你怎么办？”

严微的身体前倾，与许幼怡四目相对，淡淡回答：“她没有看到我的脸。我进去的时候天很黑了，也没有开灯。她只是听到了我的声音，而且……我是为她女儿报仇，她未必会听警察的话，出来指认我。”

许幼怡忧心忡忡地与严微两手握紧。听了严微的话刚有点放心，突然又想起了什么，整个人一个激灵挺直，“但是你来警察厅认过尸体，你还拿走了红妹的手绳。那个东西现在在姜探长的手里，你们又交过手。”许幼怡越想越害怕。

严微浅浅一笑，阳光从铁窗的栅栏照进来，打在她的脸上，半明半暗。“还是那个解释啊，我没有合法的身份证明，怕惹麻烦。而且他们也没证据证明是我偷了档案。他们现在把我拘在这儿，只是因为我有枪，而且枪法好，就说我有嫌疑。但哪一条法律规定，我不能有枪，不能学习射击？”

许幼怡眼睛一亮，“这么说的话，你岂不是就安全了？”

严微眯了眯眼，像是想到了什么危险的事。她蓦地一惊，转头看向阳光照不到的一块黑暗地带。

许幼怡看出了她表情的变化问道：“还有什么？微微，你别瞒着我。”

严微叹了口气，像是一种无奈和放弃，“那把枪，就是杀死张晚的那把枪，还在照相馆，他们如果查出来子弹和我的枪是一个型号的，这到时候就不好解释了。”

许幼怡毫不犹豫地说：“那枪现在在哪里？我帮你去处理！”

严微目光沉沉地盯着许幼怡：“你真要帮我？那把枪如果被别人发现在你那里，到时候你也不好开脱。”

许幼怡着急地一按桌子：“我当然要帮你了，不然我坐在这里干吗？”

严微别开了视线，“我不想牵涉你。”

许幼怡郁闷极了，“从你第一次保护我开始，我就不可能再置身事外了。而且张晚死的时候大家都看到我在她身边拿着刀，不可能同时拿着那把枪的，解释不通啊。”

严微垂眸，长长的羽睫一颤，像是接受和软弱下来的姿态。

严微点点头，认真地说：“之前东西都放在地下室，你确定要住进来之后，我就把它们藏起来了。”

许幼怡：“那你现在把枪藏在哪儿了？”

“在我房间挂历的后面。”

“我知道了，我怕姜斌他们会找过去，我现在马上去。你还有些什么情况和孙律师说，问问他的意见，还有到时候在庭上该怎么回答。”许幼怡点了点头起身马上离开。

车夫一路狂奔到了照相馆。

许幼怡走到照相馆门口，目光沉沉地扫视了一下地上断裂的锁。她知道姜斌他们应该已经来了，她只希望他还没有找到他要的东西。往里走了两步，她看到姜斌正背对着站在厅内。

许幼怡停住脚步，无声地深呼吸了一口，然后泰然自若地开口："姜探长。"

姜斌回头，似乎有些讶异，微微弯唇："许小姐。"

许幼怡瞥了一下旁边的陈永，"两位警官怎么在这儿？我见到门口的锁被人弄坏了，还以为屋里出了什么事。"

姜斌一步上前，侧身正好挡住陈永，有礼有节地回答："我们也是巡逻经过此处，见到门口有些异样，就进来查探。不过，好像风平浪静，没什么事。"

许幼怡轻笑："是啊，有两位警官在这儿，就算来了什么小贼，大概也被吓跑了。"

听到"贼"这个字，陈永有些不乐意地撇了撇嘴。

姜斌看着许幼怡，意味深长地说："许小姐大清早赶来，有事吗？不会是拍照吧。"

许幼怡似有似无讽刺道："我租住在这儿，什么时候回来都很正常吧。不像姜探长，如此负责，距离辖区这么远也巡逻过来。"

姜斌的表情没有什么异常，一副正义凛然的样子，"为市民效力是我们的职责。不打扰许小姐休息了，陈永，我们走。"

姜斌与陈永在许幼怡面前擦身而过。

许幼怡看到两个人的手上并没有拿东西，想必是没有找到暗格。她看到姜斌的侧颜，锋利得像一把利刃，她突然开口问道："姜探长的案子不知查得如何了？严微什么时候能回来？"

姜斌停下，挑挑眉，似笑非笑道：“你觉得她还会回来吗?”

许幼怡微微昂头，气势上毫不服输，“当然了，她只是爱玩枪罢了，玩枪不犯法吧?”

姜斌轻描淡写地耸耸肩：“嗯，玩枪是不犯法，但要看怎么玩……告辞了。”

许幼怡沉默凝视着两人的背影，和姜斌、陈永比起来，她太单薄、太弱小了。他们两人作为警官，以保护公民安全为由进入别人家里，许幼怡甚至没有办法指责两个人擅闯入室。

在这个大上海，无权无势就等于无助。若是以前以周太太的身份，他们可能还会敬畏三分，现在她是许幼怡，他们自然不会把自己放在眼里。

许幼怡看到地下室的门半敞开着，想必刚才两人去过地下室了。

她从来没来过这个地下室，不知道里面放了些什么。以前严微有许多机械手榴弹甚至是刀具，很有可能都藏在下面，如果被姜斌他们发现，就算与案件无关也有可能怀疑她的身份。

许幼怡马上赶到地下室，并没有看到那些刀具和器械，只有一个薄纱盖着的木作。当慢慢把薄纱扬起来，她看到了一张已经做完的婴儿床。在那个瞬间，她的心头有一股无以名状的暖流席卷至全身。

许幼怡静静地看着那张婴儿床，伸出手拿起小铃铛摇了摇，发出清脆的声响。慢慢地，她放下手，眼神凝视着婴儿车，是一种保护的姿态。

人在有了要保护的人的时候，会变得异常强大。

以前是严微保护她，而现在，该换她来保护严微了。

许幼怡等到晚上半月坠在乌墨般的天空上，整个城市的喧嚣归于平静的时候才离开照相馆。

从照相馆出去的时候手里什么都没有拿，她知道姜斌和陈永很有可能正在某处等着自己，所以故意当着他们的面空着手回到周府，并且回去之后许幼怡也没有出过门。

而此时陈永和姜斌的车确实就停在离周家不远处的街道，他们看到周家灯火通亮，就坐在那里耐心等待。

陈永已经等了大半天有点累了，问道："头儿，你真觉得许幼怡会知道那些事吗？周衡不是说她们也才刚认识不久。"

姜斌一臂搭在车窗外，摸摸自己的下巴，头也不回道："很多事不靠时间衡量，你听没听过一句话？白首如新，倾盖如故。"

陈永："啊？是个……谚语？"

姜斌回过头，没脾气地看陈永，随即像回忆起了什么，勾了勾唇呈思索状，"我总觉得严微很神秘，她背后一定有什么是我不知道的事情。不过现在，我至少知道一样了——"

"知道什么了？"

姜斌淡淡地说："她把许幼怡放在了背后。所以，一次次想保护，一次次露出破绽。"

陈永一脸莫名其妙，"头儿，你是不是想太多了？先别管她想保护谁，现在最重要的是我们找不到能给她定罪的证据，找不到那把枪！头儿，你说她会不会早就把那把枪丢了？"

姜斌摇摇头："你不理解一把枪对一个战士来说意味着什么。"

"我是不懂，"陈永笑笑，突然发现周府的灯全暗了，对姜斌说，“头儿，我看许幼怡是睡了，我们要不明天再来吧。”

姜斌看了看时间，又等了几分钟，才启动车子离开。

许幼怡一直躲在二楼自己房间的窗帘后面很有耐心地等着，入夜，终于看到姜斌的车离开后，她迅速拉紧窗帘，打开衣柜穿上外套，戴上帽子，拉开卧室门出去。

这个新的家对她来说甚至比过去的家还要熟悉了。她走进严微的房间，径自来到东侧的墙壁下，看着墙上的一幅挂历画。那幅画在这样的夜晚显得有些阴森诡谲，更兼具了浓重的力量。她的手抬起，又犹豫着放下。片刻之后，许幼怡终于“唰”地撕下了那张挂历画！鲜红的花朵从中间被割裂！映衬在她冷凝的眼底。

画后是一块厚重的木板，许幼怡在边沿摩挲，随即摸到了一处小小的扳起，她摘下木板，那把狙击枪赫然在内。

看到这把枪的这瞬间，许幼怡突然感觉心头一块大石落地。现在的她手里拿的不是一把杀人的枪，而是可以把严微救回来的希望。在决定做这件事情的时候，她就已经和严微是利益共同体了。

这无疑是在刀锋上跳舞的一件事，她这辈子都没这么紧张过，但同样地，她这辈子也没有这么坚定过。

第三十五章　危险之境

许幼怡把枪藏在风衣里带回了周府处理好，三天之后她带着孙律师又前往了警察厅。进屋的时候发现宋厅长、姜斌和陈永都在。

知道他们没有证据，许幼怡的底气更足了，对着他们几个警察扬着下巴说道：“今天我一定要把严微带走，你们已经无故扣押良好市民三天三夜了，还是一个女孩子！”

陈永有些激动地指着许幼怡，“良好市民？许小姐，你要谨慎用词。”

姜斌则成熟许多，他拍了拍陈永的肩，看了一眼许幼怡带来的孙律师，“许小姐，若你也认为你的朋友是无辜的，何必急忙请全上海最好的大状过来保释她呢？”

许幼怡一身干练的职业装，无惧地抬头对视，“姜探长不必跟我兜语言圈子。警察厅若有证据，请你们起诉严微以正视听，若是没有，就必须马上释放她。否则，我的律师会正式呈递一封诉讼函，指控你们滥用公权力。”

许幼怡犀利而有力量的眼神直接转向了人群之外，用手势比画了一个“三”，一字一顿道：“我保证，这样的报道在三个小时之内，就可以传遍全上海的大街小巷。”

宋厅长在旁边握紧拳头，走到姜斌身边问许幼怡道：“许小姐这是在威胁我们吗?”

许幼怡盯视宋厅长片刻，又笑开，目光落回到姜斌的身上，自信地说：“你知道我是会这么做的。”

之前她既然有这个当众宣布自己丈夫出轨并要离婚的魄力，自然不会把警察厅放在眼里。

姜斌闭了闭眼，看向了宋厅长，朝他递过去一个暂时妥协的眼神。

宋厅长沉沉地吐了一口气，烦躁地对陈永挥手：“带他们去办手续。”

许幼怡心中一喜，整个人的线条明显松弛下来。

而这时候，吴方突然拉着一个女人快步跑进来大喊：“等一下，等一下!”

“又怎么了?”宋厅长没好气地指着服务员朱嫂，“这又是谁?”

姜斌看到朱嫂，突然想起了什么，眼神猝然变了。“是锦华饭店的服务员，褚会子一案案发现场的第三个人。”

每次都有疑似新的人证物证，看似有进展又一次次陷入死局，宋厅长对这件事已经有些不耐烦了，看着朱嫂说：“你有什么事吗?”

服务员朱嫂有些胆怯地看了看这么多人，随即缩着肩道：“我是来举报的，我知道是谁杀了褚会子。”

听到是举报杀褚会子的凶手的，许幼怡并没有很放在心上。

宋厅长看了许幼怡一眼说：“那麻烦许小姐到外面等我们一下，一会儿来给你办手续。”

许幼怡点点头，在走廊上坐了下来。

朱嫂被警方一群人带到了审问室。

姜斌皱着眉看着朱嫂，“杀了褚会子的，是谁？”

朱嫂的视线到处游离，“是……是严微。”

姜斌倾身向前，一双眼紧紧盯着服务员朱嫂，“你确定？你看到的？”

朱嫂怯生生地点头：“对，我亲眼看见了。”

陈永手一拍桌子，怒不可遏道：“那你上次怎么不说？！”

朱嫂胆怯地看着面前的两个警察，又瞧瞧旁边的宋厅长，小声道：“是严微威胁我的！当时她就躲在门后，许小姐昏倒之后，她就走出来吓唬我，不许我说出真相，否则就要把我也杀了，我才没敢说。”

姜斌用怀疑的目光打量朱嫂，沉吟不语。

宋厅长走上前，居高临下俯视朱嫂，“你可想好了，这是杀人案，如果做假证会被提起诉讼的，牢里坐个三年五年都是轻的！”

朱嫂哆嗦了一下，目光躲闪，随即更大声说道：“我说的是真的，都是真的！”

宋厅长站直身体，弯弯唇，似乎想到什么解气的事，抱肩略微自得地离开。

姜斌看看宋厅长的背影，又将犀利的目光移向朱嫂，朱嫂与姜斌的眼神一触，随即有些闪躲地低下了头去。不知为什么，姜斌觉得这里有鬼。

宋厅长从审问室出来回到走廊，假笑地看着许幼怡：“许小姐，不好意思，刚才那个证人来举报的杀人凶手，正是严微。”

“什么？”许幼怡蓦地站起来，“不可能！那她当时为什么不说？！她一定是在撒谎！”

宋厅长做出一副“我也很无奈啊”的表情说道：“那位证人说之前是严微威胁她不让她说出事实，为了进一步调查清楚，看来我们是不能把严微小姐放走了。今天你们是白跑一趟了，谁能想到案子进展会是这样的呢。”

许幼怡双手紧紧地捏着自己的皮包，却生生说不出话来。

孙律师看了眼许幼怡，打了个圆场礼貌地回道：“案件进展快是好事，希望也能快一点儿水落石出，找出真凶。”

“那是自然。”宋厅长摆摆手，目光一垂，扫向许幼怡，“许小姐也是受人蒙蔽嘛。那个开照相馆的小女孩，瞧着挺单纯干净的，居然是个杀人魔……”

许幼怡烦闷地忽然站起，一言不发离开。

她发自内心地相信严微，但眼看着突然冒出这么一个重要的人证，又无法拆穿她说的是谎话。如果真的有人想把所有的罪都嫁祸到严微身上，仅凭她一己之力，是无法对抗的。

黄昏之下，街上行人寥落。一个骑自行车的青年按着铃叮铃铃过去。

许幼怡从警察局走出来后，失魂落魄地独自行走，眼睛低垂看着地上。

她觉得自己很无力，很无能，很无助！

明明知道真相不是这个样子，明明知道有人在陷害严微，但她就是什么都做不了。

而正在这时候，一个人影突然出现在她面前挡住了她的去路。

许幼怡抬头看到眼前的人，心情不大好地皱眉："姜探长？"

姜斌有礼貌地微微一笑，"许小姐。"

许幼怡没什么好气，"有什么事吗？"

姜斌微微颔首，"有点。"

许幼怡淡淡地冷哼一声："你已经得偿所愿了，还找我做什么？"

姜斌语气放松："许小姐怕是对我有什么误会。我曾经说过，我姑且假设你是正义的，那你可否也先不要预设我是坏人？"

许幼怡垂下眼，似乎是妥协地回答道："好，你说。"

姜斌："我只是想将有罪的人绳之以法，但却不想做别人的棋子。虽然到现在我依然怀疑张晚和甄善的死，都与严微脱不了关系，但褚会子不会是她杀的，有人在陷害她。"

许幼怡瞬间抬起眸子！

姜斌笃定地勾唇，"你是她的朋友，你能猜到是谁吗？"

许幼怡定定地看了姜斌片刻，"首先请你告诉我，你是怎么找到照相馆的？"

姜斌爽快地一伸手，"是你先生。"

许幼怡惊讶。

姜斌眸色深了些，"是周衡主动告诉我，那晚被你从警察厅的大火里救出的人，是严微。"

许幼怡在得知这个答案的时候，心中就有了决定。她相信周衡一定和褚会子的死脱不了干系，而他想嫁祸给严微！他权势通天，能通证人颠倒是非黑白，那她为什么不可以？

光明的路走不通，那她只能走向黑暗。她不惜深入最诡谲的地方，与魔鬼为伍。

当天晚上雷电大作，暴雨倾盆而下。许幼怡回到周府之后，给周衡打了个电话，轻声地，压抑地，说自己害怕，想见他。接到电话的周衡想也没想就从暴雨中赶来。

周府的客厅里灯火通明，但是一个用人都没在，只有许幼怡自己蜷缩着坐在沙发上，身上裹着毛毯。

周衡推门进来，坐在许幼怡旁："幼怡，我听到你的电话就赶紧过来了，你……"

许幼怡猛地抬起头来，一把抱住周衡。周衡几乎是错愕而惊喜的。

"幼怡？"

许幼怡手臂收紧，眼泪顺着尖尖的下巴落在周衡的脖颈上。

许幼怡哽咽着，小声地唤："周衡……周衡……我好怕……严微是凶手，是她！"

周衡缓缓收紧手臂，抱住许幼怡。

已是午夜十二点了，许幼怡沉默地环抱双膝坐在沙发深处，神情有些疲惫和残存的惊魂未定。"我没想到她是这样的人，她居然一直在骗我……我对她那么好，那么信任她。"

周衡一直安抚地拍着她的背，"你这段时间一直和这样的一个人在一起，确实太危险了。"

许幼怡抬起眼睑，很勉强地对周衡笑了一下。

周衡摸摸许幼怡的头顶，轻声哄劝:“我去给你冲一杯安神茶，你喝完了早点休息。”

周衡站起身，却被许幼怡抓住手腕。周衡回过头，看到她吸了吸鼻子哀求道:“你可以不要走吗?”

周衡定定地注视着许幼怡的眼神，许幼怡的眼底澄澈、无辜、柔弱。

周衡点点头，温和地笑道:“好，我不走。”

许幼怡趴进了周衡的怀里，两人拥抱着，亲密如同一体。而在对方看不见的眼神里，周衡清醒依旧，许幼怡目光如刀。

这场戏许幼怡必须演，而且要演得逼真，为了救严微，哪怕觉得再恶心，她都要把这场戏演下去!

许幼怡每天在周衡面前做出一副被严微欺骗，又因为怀孕弱小无助的形象，毫无破绽。周衡没有丝毫怀疑，并且对外重新扮演恩爱夫妻的角色。

平日里周衡怕许幼怡闲来无事做，叫了点朋友来家里打牌。许幼怡在牌桌前推麻将，周衡坐在许幼怡的身后指导许幼怡该出哪张。许幼怡吐吐舌头，声音俏皮:“才不要听你的，我也很厉害的好不好。”

打了没几圈，许幼怡把牌一推,“和了!”

周衡笑着对许幼怡竖起大拇指,“周太太厉害。”

冯红翻捡着自己的牌，打趣地瞥了眼夫妻俩:“哎呦，又周太太啦! 真是床头打架床尾和，早这样不就好了? 嫂子你是不知道那几天，周衡脸色臭的呀……我们都战战兢兢，真是池鱼之殃!”

另一个朋友打趣道:“呵!冯公子今天一口气用了俩成语，不容易啊哈哈。”

大家笑成一团，气氛看上去很轻松。

周衡看到许幼怡很久没有笑得这么开心了，心里陷下去一块，拍拍许幼怡的后背说:“你先玩，我去卫生间。”走前指了指场上的人对许幼怡说,“他们若是敢赢你的钱，待会儿我帮你杀回来。”

许幼怡甜甜地一笑,“好呀。”

周衡低头在许幼怡的额头轻吻一下，转身离开。

冯红咕哝着:“这家伙，好大的口气，还要来杀我们。嫂子你待会儿就下去，把他换上来，不是都说情场得意，赌场失意吗?我今天非得赢把大的不可!”

许幼怡大大方方回道:“没问题。”

许幼怡抽了一张牌，在手里把玩，状似无意地开口:“说到赢钱，前些日子段小姐在锦华饭店搞舞会，周衡说你组了牌局，不能陪我去。那天你们玩得够晚啊，快四点才散吧，谁赢了?”

冯红有些迷茫,“啊?哪天啊?没印象了。”

许幼怡提醒道:“就是约了你和张寐林家的公子打牌那次。”

冯红恍然大悟似的伸手指指,“噢，我想起来了!嗐，最后没去，我跟朋友到帕里莫跳舞了。周衡临时有事，我跟那位张公子又不熟，他家也不想把侄女嫁给我，自己去有什么意思。”

一边的另一个朋友说:“你倒是想娶吧!”

冯红抬手比了个抹脖子的动作，突然转头问许幼怡:“哎，嫂子你怎么好好的想起这茬儿了?不是在查岗吧，都多久的事了，周衡真的变了，你得相信他。”

许幼怡笑，伸手拿了颗荔枝一点点剥，垂着眼。“不是，我当然信他。”

许幼怡低头思索着，她说的那天就是褚会子出事的那天，周衡果然没有不在场证明。

周衡从洗手间回来，瞥一下正在拿手帕慢慢擦着手指的许幼怡，问冯红：“诸位聊什么呢，这么开心？”

冯红：“嫂子向我打听你最近老不老实呢。我说我们周大情圣心里眼里想的都只有嫂子一个，嫂子就是天仙！”

大家听了都纷纷大笑。

周衡弯着眉眼看着大家，手里自然地往许幼怡牌桌上推过去一个放着剥好三颗荔枝的盘子。许幼怡甜蜜地挽住了周衡的胳膊，两人对视，看起来就像世间所有毫无裂痕的恩爱夫妻。

牌局打到一半，许幼怡说自己有些不舒服，先上楼休息了，让周衡替自己打会儿牌。许幼怡装模作样地来到楼上，看了眼楼下没什么异常，悄悄潜入周衡的书房，蹲在宽大的书桌下方，面前的抽屉都是敞开的，她手里拿着一个电话本，快速翻动。手指在上面电话号码上一个个滑过，突然看到有一个人只有电话没有名字，许幼怡把号码记了下来。

“幼怡？”

这时候听到周衡的声音，而且声音逐渐逼近，像是从楼下正往楼上走着。许幼怡的手一抖！电话本险些落地！她惊恐地抬头看向外面，吓得冷汗直冒，赶紧把电话本藏好！

周衡来到许幼怡的房间，她的床上没有皱褶，看上去不像是有人睡过的样子。他心头一紧，快步来到自己的书房门口，五指平铺停在门板上，微微低着头，近似一个等待和祈祷的姿势。像是做了什么心理工作，骤然抬起头，推门而入！

第三十六章　毁冠裂裳

周衡进入书房，往里面走了几步，眼睛阴鸷地四处查看，目光落在书桌上，看上去不像是有人翻过东西的样子。刚想走过去看看书桌后面有没有什么异样，此时窗帘正被风吹得飘动，看上去像是后面可以躲一个人的样子。

周衡憋了口气，声音冷冷地问："幼怡，你在么？"他走到窗帘后面，一只手陡然掀起了窗帘，却发现后面什么都没有。周衡放下窗帘立即低头看向书桌下方，同样无人，走过去检查抽屉也严丝合缝。

这时候他的后面传来许幼怡的声音："周衡，你在干什么？"

周衡蓦地转头，看到许幼怡正站在书房门口一脸好奇地看他。他刚刚脸上的杀气全然消失，柔和道："你去哪儿了？用人说你有些不舒服，我去你房间没找到你就来这里看看。"

许幼怡往书房里走，"她们一惯大惊小怪，就是有点累了，怀孕的人哪个不累呢？"

周衡笑着搂住她，低头看了看她的肚子，眼里滑过一丝温柔。

许幼怡指了指身后，"我刚才在衣帽间收拾大衣，天冷了，得把秋装收进去，厚衣裳挑一些取出来。"

周衡恍然，似乎松了一口气，“辛苦你了，你都怀孕了，别操劳了，这些事交给她们去做就好了。”

“她们哪有我清楚，对了，我正好看到你有些衣服都旧了，看看要不要处理掉，你来看一眼，”许幼怡又往房间里看了一眼，“还是说你在书房有其他事要做？”

周衡笑笑跟着她走，“没有，我跟你去看看。”

离开房门的时候，周衡最后一次回头，用审视的眼神打量书房，然后顺手关上了窗户。

好在许幼怡刚才眼疾手快地把电话抄了下来，不过从周衡的态度看起来，他对许幼怡也是有戒备之心的，她在周衡身边也并不安全。然而周衡是个非常谨慎的人，平时根本没机会一个人接近他的私人领域，这么多天也只有电话号码这么一个收获，许幼怡以要买口红为借口出门，实则约了姜斌在咖啡馆见面。

姜斌提前到了咖啡馆，点了杯咖啡，四根手指规律地在桌上一下下敲动。约定时间到后，许幼怡也出现了，她戴着墨镜和帽子，穿着低调的深色，生怕被人认出。然而姜斌还是一眼就看到她了，抬起手，打个响指招呼：“这里，许小姐。”

许幼怡在他对面坐下，礼貌地颔首并笑着递给姜斌一张纸，上面只有电话没有姓名。

姜斌问道：“这是？”

许幼怡表情淡淡的，“在我公开要与周衡离婚之后，周衡曾雇人制造车祸，想害死我。我看了周衡的电话本，没有那个杀手的名字和电话，但只有这一个号码没有写名字，所以我觉得很有可能就是他。”

姜斌骤然抬头，满脸写着震惊。

“他……之前雇人要杀你？”姜斌不确定自己是不是听错了，想重新确认一下。

许幼怡点头，“是的，他想靠车祸来害我，而听你说，陈双城也是死于车祸的，你不觉得这很巧合吗？”

姜斌低头看向电话号码，“你是说……”

“我的直觉认为，这个电话号码很有可能就是他雇的人的，姓白，之前做过我的助理，”许幼怡靠向椅背，“而且，开枪射击谢一范的人是谁呢？会不会也是他？如果陈双城的死不是意外，那么找到他的死因，是不是也就找到了褚会子被杀的真凶了呢？”

姜斌垂眸，缓缓翻转纸条，认真思索着。这一系列事情似乎真的可以串联起来。而这个人就是至关重要的线索。

“虽然这一切都只是猜测，可目前为止所有的线索只有这些，周衡对我也很戒备，我不知道还能撑多久，”许幼怡的脸上露出疲态，“还有几天就要开庭了，我实在找不到其他证据，这是所有的收获了，希望能如我们所愿。”

姜斌把纸条收好，对着许幼怡认真点头，“你放心，我一定会努力查出真相的。”

许幼怡表示感谢，突然想到了什么问：“微微还好吗？”

“严小姐很好，你放心，”姜斌说，“那样的地方对严小姐来说似乎并不难熬。”

许幼怡沉沉地盯着姜斌，目光中有疲惫也有些反感。

“她是个女孩子。”

姜斌耸耸肩，“好吧，我收回这个说法。”

许幼怡垂下眼睛，不想与他发生冲突，“我要先回去了，出来时间久了他会怀疑的。”

“好，有消息我会再联系你。”

许幼怡点点头，拿起一边的手包。

“许小姐……”姜斌拖了个长音，“你打算这样在周先生身边多久？”

许幼怡双目失神，“不知道，但我一定会把微微救出来。”

姜斌认真地点了点头，“我相信正义是不会缺席的。”

和姜斌见完面后，许幼怡回到周家门口，平复了一下心情，泰然自若地进了屋子，却被周衡突然蒙住了眼睛。

他从后面环抱着她的身体，带着她一点点往前走。许幼怡有一点紧张，还以为自己出去见姜斌的事情败露了，直到听见背后传来周衡的声音：“来，小心。”

周衡的声音听上去宠溺而温柔，让许幼怡放下心来，一手搭在周衡的手背上，一手下意识朝前摸索：“干什么啊你，神神秘秘的。”

一个矮几挡在许幼怡脚下，周衡赶紧用脚把它勾到一边，“快到了，可别睁眼啊。”

许幼怡又跟着周衡往前走了几步，过了一会儿周衡才松开手说：“好了，坐下吧。”

许幼怡的眼睛慢慢睁开，看到豪华明亮的客厅被布置一新，到处都是丝带和鲜花。而她正站在餐桌旁，桌上摆满了美食，是老上海的中餐，还有费时费力的汤煲。

许幼怡的眼中露出感动，情意深深地看周衡，“呀，这是哪家的名菜?”

周衡故意眨眨眼，“还用说吗？出自周大厨。”

许幼怡用手指掩着鼻尖扑哧一声笑了出来。

周衡拿出一个瓶子，“对了，还有这个。”

酒红色的液体，装在晶莹剔透的玻璃器皿里，泛着嗜血的光。周衡倒了一杯给许幼怡，“你不能喝酒，我榨了葡萄汁给你。”

许幼怡满眼感动，“谢谢你，阿衡。”

周衡摸了摸许幼怡的头发，“傻瓜，只要你开心，我做什么都愿意。”

两人坐在桌子的两侧，举杯相敬，当啷一声，水晶杯相碰，液体摇动，熠熠生辉。

许幼怡喝了一口葡萄汁，酸中带甜，很对她的胃口，笑着问:“今天是什么特别的日子吗?”

周衡凝视着许幼怡，“你忘了?”

许幼怡做出努力思考的表情，“结婚纪念日？不是今天啊。”

周衡慢慢地开口:“是我们相识五周年的纪念日。”

许幼怡一怔，一口液体似乎就停在喉咙里，她的笑容淡了些，放下杯子，很艰难地把那口液体咽下，恍然道:“这样啊。”

周衡的笑容扩大，“是啊，我永远都忘不了那一天。”

周衡拿起酒瓶给自己倒酒，酒液倒到常规位置，他却没有停。他的眼神幽暗，似乎在想着什么心事。

周衡给自己倒了满满的一杯，举起来对着许幼怡敬了一下，然后仰脖一饮而尽，“你知道吗？所有人都说我和你在一起，一定会后悔的，但我从来没有后悔过，真的，没有一天后悔过。”

许幼怡沉默地看着周衡。

周衡扯了扯嘴角，“从我看见你的第一天开始，我就知道我逃不掉了。”

许幼怡眼皮跳了跳，“……周衡。”

“我有时候在想，我怎么那么幸运啊，世界这么大，有那么多无趣的人，但只有一个许幼怡，就被我遇见了。”周衡的眼神在灯光的映衬下，亮得骇人，“我到现在都还很怀念我们谈恋爱的时候，幼怡你还记得吗？我送你回家，你总是躲在窗帘后，悄悄地看着我。我知道你在看我离开的背影。”

许幼怡扯了扯嘴角微笑，“我记得。”

周衡眼睛紧紧地锁着她，“现在，我也经常能觉察到，你还在暗暗地、悄悄地看着我。幼怡，这次的注视，是爱吗？”

许幼怡沉默地凝视着周衡，表面上云淡风轻没什么表情，然而她放在桌下的手指一点点蜷紧。

静寂的气氛弥漫着整个屋子，几乎一根钢针掉落在地的声音都能听到。钟表嘀嗒嘀嗒的声音越来越大，渐渐像要拉成一根绷紧的弦。

周衡加重了语气：“幼怡，是爱吗？！”

许幼怡重重吸了口气又吐出，突然拿起桌上的葡萄汁，喝了一大口！她正要开口，却被周衡打断——

“是爱……”

最后一句，周衡的声音轻柔，眼神却有些不容违逆的刚硬，显出诡异的违和。他的手伸向了兜里，一步步朝许幼怡走近。许幼怡不知道下一刻他会从裤兜里面拿出什么来，下意识往后挪了挪椅子。她听见自己的心跳声响在耳边，越来越响，越来越响！

像是慢动作一样，所有的动作都是一帧一帧在播放，周衡的手伸了出来，指尖是一个精巧的戒指。“幼怡，我相信，你对我依然是爱。”

周衡站在许幼怡面前，一只手轻轻带起了许幼怡的右手，他深深地看着她，“所以，让我们把过去的一切都忘了吧，从头开始，从当年最美好的恋爱开始。再次在一起，好吗？”

周衡拿着戒指的手，停留在许幼怡指尖前五公分的位置，没有全部套入，像是在等她的答案，等她的许诺。

周衡站在那里，挡住了所有的光线，他朝许幼怡投去充满压迫的视线。

许幼怡慢慢抬起头，看着周衡，目光幽深，她只能感觉到那枚戒指正在一公分一公分地越来越靠近自己的手掌。

许幼怡垂着眼睛，无名指依然伸着，但是一点点地在往里蜷缩。周衡忽然用力抓紧了许幼怡的手指，就要硬往上套那个戒指！

许幼怡骨节发白，往后拽了一下，却因为力量的悬殊没有把手抽回来，周衡依然用力抓着她的手，在她的手上按压出几个白色的印子。

许幼怡猛然站起身，椅子拖在地上发出吱呀一声尖锐刺耳的声音，简直让人齿根发酸。

周衡愤怒地大声吼道："许幼怡！"

许幼怡更大的声音回道："周衡！"

和前一秒两人的歇斯底里形成鲜明对比的是，下一秒安静得像是耳鸣一样，只有两人粗重的呼吸声在空气中交错。

许幼怡看着周衡，"你问我对你还是不是爱，那我问你，你还爱我吗？"

周衡毫不犹豫，"当然！"

"呵呵，你怕是连'爱'那个字都说不出口了吧？"许幼怡一步步向面前的周衡走去，"什么是爱？周衡，什么是你的爱？是背叛，是欺骗，是得不到就要毁掉，甚至毁掉我身边的一切，这就是你的爱？"

周衡看着许幼怡，眼睛黑得不见底。

许幼怡步步逼近，仰视着周衡，开口说道："周衡，承认吧，你早就不爱我了。你只爱自己，爱你这些年在我身上付出的感情和时间，爱我这个完美妻子的皮相！这场婚姻，从头到尾都是你自己的一场盛大演出！你要求我，必须完美地演完！否则，死也得死在这个舞台上！"

许幼怡的声音越来越高，像是一种情绪的彻底宣泄。

周衡不断摇头，一直退到了那个矮几旁，咣当一下脚磕到了桌腿，他忽然怒吼："不是！不是！"周衡猛然直视许幼怡的眼睛，一把抓起了许幼怡的手腕，"那你告诉我，我要怎么爱你！难道就这么放你走，给你所谓的自由，眼睁睁看着你们双宿双飞，看我的孩子叫他父亲！我就这么看着！才叫爱吗？许！幼！怡！"

许幼怡："我和谢一范之间不是——"

周衡怒吼一声："闭嘴！"

周衡拽起矮几上的花瓶，"砰"地朝地上一摔！珐琅彩瞬间四分五裂崩得到处都是，他死死地咬着牙说："不要再跟我提那个名字！"

光亮奢华的瓷砖上一地的花瓶碎片。

桌上的高脚杯倒了，酒液顺着桌子滴答滴答落下来。

周衡死死抓着许幼怡的双肩，眼神似是恨不得咬碎她，"许幼怡，你有没有脑子，你还记不记得当年是他抛弃了你！你孩子都掉了，倒在马路边，像被人丢掉玩坏了的布偶。是我把你捡起来，把你洗干净，打扮一新，重新包装，我宠着你，我捧着你，我捧你上了天！如今，你替伤害你的人打抱不平了？你真可笑啊！"

"放开！你放开我！"许幼怡用力推攘周衡的手。然而周衡的力气太大，她完全无法挣开，索性放弃挣扎，无惧地盯着周衡可怖的双目，"别把自己说得那么无辜高尚，是，你帮过我，爱过我，可我也从来无愧于周太太这个角色！是你和张晚出轨在先，你报复我想离婚还买凶杀我！"

"呵呵呵……"周衡冷笑数声，慢慢地放下了手，一点点退后，神情漠然且寒凉地凝视，"看来，我们是回不到从前了，对吗？从一开始，你就没想要跟我和好。"

许幼怡仰着下巴，一脸骄傲，"你说呢？"

周衡点点头，眼中满含像是看穿一切的绝望，他缓缓地抬起手，指尖的钻石戒指散发着夺目光彩，随手向墙角一丢，然后转身大步离开。

门"砰"的一声被摔上。

第三十七章　命案开庭

褚会子被杀案庭审当天，朝阳光芒璀璨，街边的报童大声叫卖着今日开庭的消息。虽然之前警察以意外事件定案，但由于重新出现了新的嫌疑人和证人，因此也引来大家的再一次关注。

许幼怡和孙律师开车来到法庭门口，一下车记者们蜂拥围上去，许多人拿着“长枪短炮”对着许幼怡。

“许小姐听说您是这次案子的证人是吗？请问您认为谁是凶手？”

“您是否认识凶手？您会包庇她吗？！”

“许小姐对于褚会子被杀一案您有什么想发表的么？”

各路记者把许幼怡围堵得水泄不通，最后还是通过法院保安的保护才顺利进入法庭内。

法庭内听审人员鱼贯进入坐下，王社长、褚妈妈等人都已坐在观众席上。褚妈妈还没从失女之痛中缓过来，手上拿着褚会子生前的照片端详，还没开庭已经哭成了泪人。

开庭的前几分钟，周衡才最后进入，他站到门口，目光别有深意地扫视全场，看到了很多眼熟的人，他不想让他们发现自己来了，独自坐到了最后一排。法官以及书记员入场，宣读了一下法庭纪律之后庭审就开始了。

许幼怡作为证人，独自在走廊的长椅上等待出庭。此时她的心里也不是百分之百有底，她双手相握低着头似乎在想着什么心事。

不一会儿，听到脚步声，许幼怡骤然抬起头看向严微，严微在两名看守的押解下，一步步走近，严微的精神看上去还可以，她看到许幼怡先是一惊，然后眉眼温和地笑了笑。

许幼怡起身，为严微拢了拢头发，朝她点了点头。

严微被带到了被告席上，宋厅长正在堂上慷慨陈词，严微全没有听在耳内。她的目光从堂下众人身上扫过，哭泣的褚妈妈，担忧的王社长，还有最后一排，沉默的周衡。

周衡的视线与严微相接，严微微微眯起眼睛，像是锁定猎物的狼。这两个原本毫不相干的人，此时却是互相敌对的关系。

周衡心想，如果当初知道严微的出现会对他现在的生活影响这么大，当初一定不会选择踏进那家照相馆。是她的出现打乱了他所有的节奏，周衡看着此时坐在被告席的严微，眼中露出了深深的憎恨。

现在，此时，他唯一要做的事情就是把所有的罪责都推到她身上，让她得到拆散他家庭的惩罚。

两个人的眼神像是隔着空气在进行着一场厮杀，直到法官的话响起才让严微回过神来。

“严微，警察厅起诉你在锦华饭店恶意杀害褚会子后逃走，你承认以上犯罪事实吗?”

“不承认，”严微的声音和神态都无比坚定，“我没做过。”

法官："好，那请本席证人服务员朱嫂上庭作证。"

锦华饭店的服务员朱嫂被带到证人席上，她很弱小，整个人畏畏缩缩的，紧张地看了严微一眼。

法官对着朱嫂问："请问这位证人，你确定被告席上的嫌疑人是凶手吗？"

面对法官，朱嫂整个人突然挺直，清清楚楚地指着严微说："对，没错，就是她！那天我亲眼见到她杀害了褚会子小姐，然后许幼怡小姐无意闯了进来，她甚至还想杀了许小姐！看到褚小姐的死状后我特别害怕，吓得尖叫一声，许小姐也随即晕倒了，我想出去叫人却被她捉住了，她威胁我说若我敢揭发她，就把我一起杀掉，我看着褚小姐的死状真的害怕……"

说到这里褚妈妈在台下痛哭失声，打断了朱嫂的节奏。

法官皱眉敲敲桌子，"安静。"

朱嫂平复了一下情绪继续说："我心里挣扎了一下，不过因为害怕最后还是答应了她，然后她就逃走了。再然后就是大家赶过来，当时我没敢声张，事后越来越后悔，才去向警察厅举报的。"

法官点点头看向严微，"好，那被告，你还有什么话说？"

严微正色道："我那天没有去过锦华饭店。"

宋厅长在台下不悦地轻语："还狡辩。"

法官看着严微，"那你有什么不在场证明？谁能给你作证？"

严微思索片刻，摇了摇头："那天我自己在家，没人作证——"

宋厅长突然举手打断，"法官阁下。"

法官朝宋厅长伸了伸手，"请说。"

宋厅长站起身，整理了一下服饰，"我认为没有必要耽误大家的时间，在这里听罪犯无意义地抵赖了。严微嫌疑极大，是我们早就重点盯住的对象，这个人没有身份证，她还制作了一张假的身份证；她没去申请过自卫枪械登记证，但随身携带枪支；她来历不明，没有正常人拥有的生活社交圈……"

孙律师立刻跟着站了起来，"抗议！对方正用公权力无理由地指责严微小姐！是以假定性在判定严微有罪！"

法官看了一眼宋厅长，对孙律师抬抬手，示意他说话。

孙律师："严微小姐刚来上海半年，以前一直跟随父母在海上居住，她独自来到异乡并非不想办理身份证，而是我们的政府设置了无数复杂冗长的程序，让这样一个孤女不知道该怎么办！咱们的上海滩，如此耀眼的大都市，容得下法国人、英国人、美国人，却容不下我们自己的中国人，这难道不是政府该反思的吗？！"

宋厅长发抖指着孙律师，"你！——"

法官清咳了一声："肃静。"

孙律师整整衣服，平复情绪继续说："她连身份证都无法得到，就别提自卫枪械登记证了，这一点无须多说。至于警察厅所讲的，严微没有正常的生活社交圈，所以有可疑，就更可笑了，什么叫正常的生活社交圈？"

孙律师抬起一只手，手指尖指着严微，"这个女孩子，她友爱邻里，性情平和，有许多老顾客和回头客；她自己经营着一家照相馆，还时常受到地痞流氓的勒索，来收保护费。她为此买了一把枪来保护自己，这有什么不对？她会在固定的时间去买巷子口的糖饼、杂面。这些不算她的生活，不算她的社交圈吗？难道只有拥有像宋厅长这样显贵的朋友，才能称得上社交圈？”

宋厅长阴沉着脸盯着孙律师。

孙律师扯扯嘴角，叹了口气无奈状，“若真是这样，她今天也不会站在被告席上了。”

法官的视线游走于两人之间，“请被告方律师不要牵扯与本案无关的话。”

孙律师点头，“是，法官阁下。”

法官看向孙律师，“现在被告方律师可以向证人提问。”

“好的。”孙律师的目光转向证人席上的服务员，“朱嫂是吧？”

朱嫂谨慎地点点头。

孙律师：“你说那天你发现褚会子被杀，这位女士还想杀许小姐，你尖叫了一声，许小姐昏迷了，然后你被严微捉住并威胁，你内心挣扎过，但因害怕还是屈从了，对吗？”

朱嫂点头：“对。”

孙律师的脸上带着从容和自信，“好。但是我们问了你的同事，那层的同事说听到你的尖叫声后，几乎是以最快的速度从休息间赶过去的。各位——”

孙律师面向法官，然后转向旁听席，举起两手示意距离。“锦华饭店的格局就摆在那儿，从休息间到08号套房，只有七八十米的距离。正常走路，一分钟能走到，若是小跑起来，二十秒内一定能到。”

台下所有人都若有所思地点点头。

孙律师凌厉的眼神转向朱嫂，一指指过去：“短短二十秒的时间，你要完成尖叫、逃跑，被严微抓住，她又威胁你，怎么可能做到？哦，对了，你内心还挣扎了一下，你挣扎得挺快啊！”

旁听席的人完全被孙律师带着节奏走，时不时跟着点头，甚至还传来了几声笑声。

法官：“安静！”

朱嫂一脸慌乱：“不……不对，是严微事后威胁我的……”

孙律师像是抓到了把柄似的冷笑，“前后证词混乱，一次一个样子，怎么能以这种口供来给人定罪？法官阁下，请求允许另外一个证人许幼怡上庭作证。”

法官点点头表示同意。

大门敞开，许幼怡笃定地走进门。

周衡的视线一直紧紧跟随着许幼怡，但她完全没有看他一眼，径直坐上证人席。

孙律师看着许幼怡，“许小姐，当天锦华饭店凶杀案现场你也在对吗？”

许幼怡点头，“是的。”

孙律师：“那你有在案发现场见到严微吗？”

许幼怡看了严微一眼，斩钉截铁道：“没有。”

许幼怡郑重地对法官说：“我从没在锦华饭店看到过严微，更没有看到严微杀人。”说着转向旁听席，“我所说的一切全部属实，本人许幼怡，愿意对此负一切法律责任。”

孙律师又开口问：“许小姐你曾经对新闻记者们说，当时现场还有第三个人在，是不是？”

许幼怡郑重道：“是的，但我没有看到对方的脸就晕倒了，可是凭身形感觉，那一定是个男人。”

孙律师口齿清晰地问道：“所以你认为，不会是身形瘦小的严微女士，对吗？”

许幼怡用力点头，“对。”

孙律师坐下，对法官说：“法官阁下，我的提问结束了。”

法官看向许幼怡，“好，许幼怡证人都说完了吗？还有别的要补充没有？”

许幼怡：“有。”

孙律师倒吸了一口气，表情始终凝重地看着许幼怡，整理文件的手慢慢放下。

这和他之前跟许幼怡说好的不一样，本来约好了他问什么她答什么，并没有让她自己发挥的这个环节。而现在她的任何言论都很有可能会让之前所有的努力白费。

法官抬眼看着许幼怡，“你还有什么想说的？”

许幼怡咬了咬下颌牙，像是做了决定一般，“我知道杀害褚会子的真凶是谁。”

法官一愣，旁听席众人皆惊。

许幼怡伸出手指，笔直地指向最后一排，“杀人凶手就是我曾经的丈夫，周衡。”

众人哗然！随即发出了窃窃私语声。

周衡沉沉地吐了一口气，靠向了后背，冷凝的眼神仿佛要化为尖冰。

第三十八章　法庭对峙

许幼怡的一番言论出乎了所有人的意料，大家的脑袋都跟击鼓传花似的一个一个往后看向周衡。

在许幼怡所指的位置，周衡正冷着脸，看不出任何慌张，脸上倒有几分笃定和嘲讽。

法官敲了敲桌子，待大家安静下来后郑重其事地问："许小姐，你可有证据?"

许幼怡胸有成竹说道："首先，我想很多人并不知道，我的前夫周衡与褚会子曾是情人关系。也许有人记得，两个月前晶报曾经拍到过褚会子与人私会的照片，当时曾引起一场轰动。但那张照片只有褚会子的脸，只拍到男方一个背影。"

许幼怡拿出一个信封，"我事后找到了那位拍照的记者，其实他当时拍到了正脸，但迫于压力，报社不敢放出来。这里是他拍下的其他照片。"

书记员走过去，把照片拿起，将证据一一递交给法官。

照片上是周衡与褚会子亲密相拥的照片，脸拍得非常清楚，照片上两人的动作和表情都看得出来非常亲密，绝对不是普通朋友的程度。

法官翻开看了看，然后放下照片。"就算你能证实他们两人存在暧昧关系，也不能证明杀人者就是周衡。”

许幼怡点头，“褚会子被杀当日，周衡本来说去打牌，但其实他没有参加朋友的牌局，他这么做是故意让人认为他那天有不在场证明。”

众人面面相觑，脸上都露出疑虑。

宋厅长皱眉拍了拍桌，指着许幼怡，“这些都是你的一面之词。”

许幼怡毫不畏惧昂首答道：“我有证人。”

许幼怡说完之后，服务员阿亮被带上了法庭，他向法官鞠了个躬，又向旁听席鞠了个躬，故意避开周衡的视线说：“我可以证明周先生收买了朱嫂，我亲耳听到的。”

朱嫂在台下马上站起来指着服务员阿亮，“胡说！你才是被人收买的！你诬陷我！”

法官蹙眉不悦道：“安静！安静！都当法庭什么地方，吵架的菜市场么？”

法官生气地拿木槌敲敲桌子，锋利的眼神直接看向旁听席，“今日，周衡也在现场吧。”

所有人都看向周衡，只见他缓缓站起身，轻轻整理衣领，一脸傲然无畏，一步步走向中庭。旁观席的所有人都注视着他，忍不住低声悄语。

周衡一副坦然的样子走到台上，对着法官说：“真是很意外，我没想到我的妻子会在这种场合下对我进行这样的污蔑。”

“我承认，我们的感情出现了问题，但……”周衡转头，看向许幼怡，“你不该这样对我，幼怡，你该知道，这样的污蔑足以毁了我。你为了救不相干的所谓的朋友，就真的一点儿都不顾念你我夫妻情分了吗？”

许幼怡看了他一眼，“我只是在陈述事实。”

“事实？”周衡冷笑，“事实……好，那我就来告诉你什么是事实！”

周衡的声音瞬间变得冷硬，眼神里也再无半分温情可言，指向严微，“事实就是，你的这位朋友，她身份有异，来历不明，本身就是两起凶杀案的嫌疑犯！你知道了我和褚会子的事，就雇用她替你杀人，你还在现场装腔作势，掩护她离开，并引导警察和法官，说凶手是个男人，好为自己脱罪！”

许幼怡拍了拍桌子，“你胡说！”

周衡伸出手，“别急，我还没说完。你指控我对婚姻不忠，这是事实，但却不是事实的全部，真相是出轨并不是我单方面的。以前为了维护你，我从来没有在公开场合说过你的半句不是，你与大公报记者谢一范的那些龌龊事，怎么，还不承认吗？”

众人哗然！惊愕议论。

法官面对这场审理不受控制的走向表示出反感：“请不要说与本案无关的事。”

周衡看向法官，“法官，这并不是无关的事。半个月前，谢一范中枪，许幼怡怀疑是我拈酸吃醋买凶杀人，所以为了报复，编造了今天的这些谎言。”

周衡慢慢放下手，看着许幼怡，眼睛似乎有些红了。“过去相处的朝朝暮暮犹在眼前，我们虽然已经离婚，但在我心里总算还存着一份情谊，你到底为什么要这么做？为什么非要置我于死地?”

许幼怡不可置信地看着他,“周衡，你在胡说八道。”

“我胡说?”周衡突然抬高音量转向旁听席，笑起来，但笑里却是含着泪花,“各位可能听过许多版本的许幼怡作家的故事，那我来讲讲你们不知道的版本吧。我与我的妻子相识时，她只是个普通学生，很努力才得到了第一次出版图书的机会，可惜，惨遭滑铁卢，第一次签售会一本书也没有卖出去，是我买下了当日售卖的全部图书。”

观众席上有人听得一脸感动。

周衡的声音低了下来，似乎沉浸到了过去,“我的妻子以前住在下只角的平峰胡同，她说她讨厌胡同里的逼仄，所以我斥巨资给她买下了法租界的洋房，向她求婚。我的妻子说她梦想当一个知名的上海名媛，做个人人歆羡的才女，所以我用尽所有人脉和财力，支持她，包装她。我的妻子渐渐不甘于只做个上海滩的女作家，她说想要她的书籍远销海外，成为中国作家在国际上的一段佳话，于是我拜托我的母亲，打通欧洲及日本文化界的通道。我们全家，都在为许小姐的梦想服务。”

法官沉默地听着，有些不赞同地看了看许幼怡。

许幼怡冷冷地看着周衡,“你说的不是事实。”

周衡冷笑数声，摇摇头反问道:“我说的不是事实?！你告诉我，哪一件不是事实?！哪一件不是真真切切发生过的?！”

许幼怡看起来似乎一时哑口无言。

周衡的眼神落寞，气愤地一字字道:“我，包括我们一家人，为了我爱的我挑中的太太做什么都无怨无悔。但是你，许幼怡，又何曾有一天真的甘心当我周家的媳妇？就连在我们的婚礼现场，你的结婚手包里放的都是谢一范当年送给你的头饰，对吧？”

众人嗡嗡的议论声响起！全都对许幼怡指指点点。

王社长担心地几乎直起身体。

许幼怡苍白着脸站在原处，嘴唇似乎微微发抖。

周衡的眼睛里渐渐含泪，几乎声声泣血，浑身颤抖着继续道：“就连这样我都忍了，我依旧对你千般好、万般好，可你成名后开始流连于帕里莫、大上海舞厅，你喜欢去锦华饭店这样的地方参加各种夜宴，过灯红酒绿的生活，你有众多裙下之臣，可你倒是‘专情’，仍然一心想嫁给当年的初恋。而我，周衡，我唯一做错的一件事就是，在助你达成了所有理想，带你成就了不凡的荣誉之后，不肯痛快地退场！不肯放纵你再回头追逐你的爱情！”

周衡两手怒拍桌！愤然地倾身向前！大声斥责！

“许幼怡！你如此诬陷我，可还有一分良心！”

门“砰”的一声被推开！

狼狈的姜斌拽着更狼狈的小白走进法庭。他站到中间，在众目睽睽之下，朗声道：“上海警务厅第三侦查组探长姜斌，请求法官接纳新证人！”

周衡看过去，脸色瞬间骤变。

他眼睛死死地盯着小白，几乎是一种威胁。

然而小白的视线一直在躲闪，法官看了一眼小白问道：“你是哪位？”

“我是——”小白说着抬头看了周衡一眼，徐徐开口，“周衡先生雇来杀许幼怡小姐和谢一范先生的。”

小白说完，台下一片哗然。

法官敲了好几下法槌，最后才安静下来。

许幼怡和姜斌对视一眼，相互点了点头。

由于新证人的出现让整个案件偏离轨道，法官不得不重新安排审理时间，而严微则因为证据不足被当庭释放。

从法庭走出来，门口被无数记者蜂拥围堵，外面的记者并不知道里面案件审理的结果，面对严微发出无数提问。

“请问法庭里面发生了什么事？你是杀害褚会子的凶手吗？”

“你怎么出来了？是否真有上海滩权贵是你的保护伞？”

“你的真实身份到底是什么，是不是还有其他隐瞒？”

孙律师护着严微把记者们都挤开，“请让开！”

闪光灯闪烁，打在严微的脸上。两人被挤在中央，寸步难行。

许幼怡从法院内走出来，阳光大盛，让她整个人好似沐浴着神光，她一把拉住严微的手，看也不看周围的记者，径直穿过人群，大步离去。

身后还有许多记者追在两人身后，许幼怡拉着严微一边加大步伐一边回头对身后的记者笑着招招手，“大家都不要跟着啦，你们要采访的话可以回法庭里面采访真正的凶手。”

闻言，一群记者都往法庭里面拥去，许幼怡看着严微笑着说：“走，我们回家吧！”

回照相馆的路，既长且短，许幼怡时而偷偷看着身边这个与自己牵着手的人，当严微回视的时候，又立即假作不在意地目视前方。她头一次这么清楚，自己要去往何处，要和何人愉快地生活在一起。

照相馆到了，还是旧日模样。由于一段时间没怎么打理，门口都积上了一层厚厚的灰，许幼怡牵着严微的手停在门口看着她说：“严微，欢迎回家。”

严微笑了笑，“怎么搞得像你的家似的，这不是我的家吗?”

“切。”许幼怡撇撇嘴，然后忍不住笑了，“还分你的我的呀?从此以后就是我们的了。”

严微目光深深地看着许幼怡，许久，抬手轻轻弹了她的脑门一下。

“好吧，我们的家。”

第三十九章　周衡出事

严微被放出来的头两天，照相馆门口经常会有许多人来探头张望。后来许幼怡在门口放了块牌子，意思是来照相馆付费拍照就可以免费看严微，严微还嘲笑她搞得自己跟动物园里的猩猩似的。不过这块牌子一放，装模作样的人倒是少了。

许幼怡一边穿衣服一边说："这你就不懂了，他们一样要看你，来拍照他们看得也理直气壮，我们也正好可以赚钱，不是两全其美么？"不过经过这样的花式营销，照相馆的生意确实比之前要好了不少，严微也就没再说什么。

许幼怡尝试着伸手到后面拉拉链，却发现卡在半当中怎么都拉不上。

"不行，这件衣服我拉不上，微微你快来帮我穿上。"许幼怡屏住呼吸，双手掐腰。

严微站在许幼怡身后，竭尽全力想为许幼怡拉上裙子背后的拉链。

许幼怡憋得脸颊通红，几乎是咬牙切齿地喊："用！力！"

严微也使出了全力，但是用力过猛，只听见"砰"的一声，拉链崩掉了，拉链头飞了出来在木头地板上弹了好几下，最后落到了一个很远的地方。

许幼怡哀号:“啊!我的裙子!这可是我最喜欢的一条裙子。”

严微面无表情地把拉链头捡起来,“你胖了。”

许幼怡不悦地嘟起嘴,“我没有,这裙子本来就难穿!”

严微低头看了看她的腹部,“你肚子大了。”

许幼怡一边摸着腹部一边露出幸福的笑容,“才不是,我的宝宝也苗条得很。”

严微扯扯嘴角,转身就走。

许幼怡叫住她:“你干吗去?”

严微冷冷地甩下两个字:“做饭。”

许幼怡摇了摇严微的手臂,“昨天的糖酥肉做得很好吃,我还要吃。”

严微不答,向外走去。

许幼怡心疼地看着身上的裙子,“我看你买了鱼,不想再喝鱼汤了,都喝得恶心了,我想吃辣的,我们吃水煮鱼吧。”

严微不置可否地下了楼。

照相馆的门大敞着,阳光很好,从外面照了进来,光芒融到了整个房间。两个人回来之后把屋子大扫除了一遍,连窗帘都换了新的,看着新鲜亮堂。

许幼怡换了身休闲的衣服闭眼躺在躺椅上,惬意地晒着太阳,好运气蹲在一旁安静地一起晒着。

后厨传来炒菜爆锅的声音,随着阵阵的饭菜香味传来,让人很是期待。

突然听到门口一阵汽车的刹车声,随后是逐渐逼近的脚步声，许幼怡不太情愿地睁开眼睛，看到姜斌站在面前。

许幼怡一脸疑惑，“姜探长？”

姜斌看向后厨的方向，“严微呢？”

许幼怡开玩笑道：“去杀人了。”

姜斌蹙眉看向她。

许幼怡扑哧一笑，“你干吗？怎么总是盯着我们微微不放？”

姜斌嘴角一扯，“我知道是她，我早晚会找到证据的。”

许幼怡掏掏耳朵，撇撇嘴，“哎哟，听得耳朵都起茧子了。”

姜斌将一张传单交给许幼怡，“周衡的案子明天开庭。”

许幼怡笑容一敛，她接过传单，感觉手上的分量很沉，似乎在她手上的不是一张纸，而是好几条人命一样。

姜斌郑重地说：“你是证人，也得出席。周家为了这个案子，上上下下都使了力，明天怕是一场硬仗。”

许幼怡微微皱眉，“不想去。”

姜斌抬起眉梢，“怎么？不舍得指认你前夫？不是你把他告上法庭的吗？”

许幼怡没好气地白了他一眼，“姜探长，我记得你以前很客气很绅士的，从什么时候起，你嘴这么坏了？”

姜斌淡淡地笑了一声，“面对一个整天和杀人犯泡在一起的人，我客气不起来。”

这时候严微端着菜从后厨走出来放在桌上，是许幼怡喜欢的糖酥肉。姜斌看到严微也没打招呼，转身就走，“我明天来接你。”

许幼怡像是故意逗他，朝着他的背影喊道：“不留下吃饭啊？”

姜斌没有回答，径直离去。

严微将菜摆在桌子上，许幼怡起身走过去，闻了闻，抬起头看向严微捂着嘴笑了笑:“他看到你就害怕成这样，是不是怕你毒死他。”

严微望着门外，若有所思道:“这倒是可以考虑。”

“微微，你也开始会开玩笑了，”许幼怡笑着夹了一块糖酥肉吃了一口，满脸的幸福，“真是太好吃了。”

“你也别天天吃这个，甜的吃多了不好。”严微说着给她碗里夹了几口青菜。

许幼怡撇撇嘴，又夹了一块糖酥肉问道:“那条鱼呢?”

“今天的鱼是煲汤的鱼，不适合做水煮鱼，我把它给好运气了。”严微面无表情地说，似乎一点儿不像开玩笑。而像严微这样的人，越是这样一本正经地胡说八道越是让人觉得好玩，许幼怡又忍不住笑了出来。

吃饱以后许幼怡出门散步，想着正好去附近的半斋会买点炸鱼骨吃，在路上却看到了很久不见的段佩佩和裴秀。

许幼怡在一家小店里，她们看上去是在门口等车的样子，许幼怡并不想出去打招呼，可是她们说话的声音太响，即使在店里也可以很清晰地听到两人的对话。

段佩佩一副嗤之以鼻的样子，“你说，明天褚会子的案子就要开庭了，你能想到居然是周衡杀的么?”

裴秀“啧啧”了两声，“真是想不到，你说好好一富家少爷怎么就落到今天这步田地了。”

段佩佩:“我看周衡这样，都是被许幼怡害的，你看看哪家富家小姐不好，偏偏找了个许幼怡，那种下只角出来的人，肯定晦气的呀。”

“就是，你看看周衡结婚前就对许幼怡宠爱的，许幼怡能有今天的成绩不是完全靠周衡么，我看她当初也就是为了这个和周衡在一起的。”

“就是就是，你知道吗，他们刚认识的时候，许幼怡被撞得流产了，”段佩佩的口气里是满满的嫌弃，“自己不知检点和别人没结婚就有了孩子，还要求周衡对她专一。人家周衡又帅又有钱，讨女孩子喜欢是自然的，就算知道了也睁一只眼闭一只眼，继续做她的少奶奶不好吗？三番两次让周衡下不来台，真是不要脸。”

“是的呀，搞得现在我们圈子里风气都不好了。”

许幼怡本来并不想放在心上，但两个人说话实在是没有注意音量，也没有要结束对话的意思，许幼怡实在忍不了，理了理衣服从服装店走出去，段佩佩和裴秀一个回头，看到许幼怡的时候脸都抽住了。估计两人心里想的是看来白天不能说人，晚上不能说鬼。

许幼怡看到两人，表情很是自然地打了个招呼：“段小姐，裴小姐，好久不见啊。”

“噢哟，是幼怡啊……”段佩佩提着嗓子说，“好久不见了，听说你怀孕了，怎么气色这么好呀？”

“还好，没什么烦心事，生活过得开心，自然气色就好了。”许幼怡一脸笃定地说。

段佩佩和裴秀现在也不用念及周家的颜面，开门见山地说：“听说明天周衡开庭，你会去吧？”

“会去。”

裴秀点点头，“也是，再怎么说也曾经夫妻一场，总归要去见见的。”

“不是，”许幼怡说，“我是去当证人指认他的。”

对面的两个人面面相觑，不知道怎么说好。

“段小姐，裴小姐，没什么事的话我先走了。”许幼怡笑了笑，淡然地说，“对了，我看两位的气色似乎不怎么样，我有一个让气色变好的秘方，就是不在背后说人闲话，两位不妨试试看。”

许幼怡走远以后，裴秀跺了跺脚，“你看看她，怎么还一副心高气傲的模样，没了周衡，我看她以后在上海滩还混不混得好。”

段佩佩拍了拍裴秀，“算了，反正以后也遇不上了，随便她吧，我看周家也不会放过她的。”

其实段佩佩和裴秀的话多少还是会对许幼怡产生一点儿影响的，因为她们嘴里说的那些话，很有可能是整个上海滩其他人茶余饭后对许幼怡的看法。

她们说得不假，许幼怡确实出身不好，也确实靠周衡才有了今天的成绩，但她的书都是她自己写的，她有梦想并且为之努力都是真的。并且她对周衡的爱和专一也都是真的，和周衡在一起之后她从来没想过谢一范，心里只有周衡，她也曾经觉得自己是这个世界上最幸福的人。

可是为什么？

为什么周衡要这么对她？

她可以接受周衡不爱她了，但她不能接受周衡口口声声说着爱她，却在和别的女人交欢！

许幼怡回家后心情看上去不太好，严微没有过问，毕竟第二天是周衡开庭的日子，几年的夫妻情分居然是这么结束的，换成是谁都很难有足够强大的心脏去面对。

严微一直默不作声地陪着许幼怡，两人虽然没有对话，但都知道这是一种心照不宣的安慰。

晚上洗完澡，许幼怡又拿起了那张传单，她不知道明天会发生什么，也不知道所有事情会不会终于可以有个了结。

这段时间周衡虽然在牢房里，但周家毕竟一手遮天，他应该不会过得太糟糕，甚至还能轻松和外界取得联系。其实这段时间冯红也好，甚至家里几个以前关系比较近的用人也好，都想办法找过许幼怡说周衡想见她一面，但许幼怡都没有去。

她不知道现在见面还有什么好说的，更不知道以什么样的身份再见面，互相要置对方于死地的身份么？

许幼怡躺在床上，不知不觉睡了过去。

入夜，微凉，皓月挂在天上，照亮所有的黑暗。许幼怡在床上眉心紧蹙，似乎陷入梦魇之中。夜风忽的一声，将紧闭的窗子吹开一道缝隙。本就睡得不熟，听到这样的动静更是惊得许幼怡猛睁开眼。

冷夜漆黑，雨打窗沿，许幼怡有不祥的预感，深吸一口气。她到严微房里叫醒了睡着的严微，说总感觉屋子外面有人，两人穿好外套，正要向外走去。这时候听到一阵慌乱的脚步声，冯红惊慌地冲进来说：“嫂子！”

许幼怡上下打量了一番，“冯红？你怎么来了？”

严微冷冷地看着冯红，下意识把许幼怡往自己身后一揽。

冯红畏惧地看了严微一眼，像是刚刚快速跑过来似的，喘了半天气，最后用力吞了口唾沫说：“周衡出事了。”

“什么事?”许幼怡问。

“周衡脖子上有一块玉牌，他在牢房里把玉牌弄碎，割腕了，好在及时发现，抢救回来了。”冯红说完有些祈求地对着许幼怡道，“他说想见你。”

许幼怡看了严微一眼，严微朝她点点头，然后许幼怡对冯红说：“带我们去看看吧。”

严微给她披上了一件外套，两人上了冯红的车去往医院。

来到医院，许幼怡远远就看见了周衡的父母在走廊上。

徐音小声哭泣着，周云沛正面色阴沉地坐在一旁。听到许幼怡三人急促的脚步声，两人与韩秘书一起转头看去。

几乎是看到许幼怡的那一秒，徐音的脸色忽然一变，站起身来就要扑过去，“你这个恶毒的女人！我要杀了你！”

严微挡在许幼怡面前，一把抓住徐音欲打来的巴掌，随手甩开，由于用力过猛，加上徐音哭得没了力气，险些摔倒，还好被韩秘书一把扶住！

冯红有些尴尬地上前一步说：“伯父伯母，是周衡说想见她，让我带她来。”

周云沛缓步上前，冷冷地看着许幼怡说：“你进去吧。”

许幼怡微微点头，算是行礼，绕过周父周母，走进病房。她看到周衡坐在病床上，手腕处包裹着厚厚的白色纱布，除了面色微微有些苍白，似乎并没有别的异样。他甚至还带着笑地望着走近的许幼怡，温和地说：“你来了。”

许幼怡来到周衡面前朝他点点头。

周衡指着一把椅子，“坐。”

许幼怡把椅子拉到病床旁边坐下。

周衡目光一扫，看向许幼怡尚且平坦的小腹：“身体还好吗？”

许幼怡冷冷看着他，没有回答。

周衡虚弱地笑了笑，“我派去监视你的人说，你最近往医院跑得很勤，怎么？怀孕很辛苦？孕吐得厉害吗？”

许幼怡没有想和他拉家常的意思，直入主题道：“周衡，你到底想干什么？”

“就想见见你，”周衡淡定说道，“我找人给你递话，说我想见你一面，你一直不来，我没别的办法了。”

周衡举起手腕，微笑着轻轻晃了晃，“只能这样。”

许幼怡的胸口微痛，但她强压着情感说：“你现在见到我了，你满意了吧？”

周衡撇撇嘴说：“是啊，不过有点失望。”

许幼怡微微挑眉表示不解。

周衡上下打量了她一番，“你裙子不太合身，看起来胖了一些，看来你心情不错，没有为了谁而难过。”

许幼怡沉默不语，周衡的笑容也渐渐敛去，他沉着声说：“那个服务员，是韩秘书出面收买的，不是我，我还没蠢到要自己亲自出马做这种事的程度。”

许幼怡微微耸肩,“对呀，我撒谎了，既然你们能花钱找人作伪证，我为什么不可以?”

周衡皱眉凝视着许幼怡,“所以，你早就知道我和褚会子的事?”

许幼怡摇摇头:“不算很早。”

周衡微微皱眉，似乎并不明白。

许幼怡打开手包，从里面拿出一个小巧的盒子，她把盒子打开，里面有一个精致的蝴蝶头饰，正是当年谢一范送给许幼怡的那一个。

周衡的瞳孔瞬间扩张。看到这个蝴蝶头饰，一切记忆翻江倒海淹没了他。

就是这个发饰，是事情发展到现在这个地步的源头。

这个发饰就像是一道门，打开通向嫉妒的门，而那道门的尽头就是地狱。

第四十章　回忆往事

两人之间横亘了一阵短暂的沉默，那发饰在许幼怡手上熠熠生辉，发散出一道刺眼的光，像凌冽的刀，能扎进人的心里。

周衡看着发饰，突然怅然地叹了口气，眼神黯淡了下来，看破般问道：“所以你都知道了？”

“回去找你之前，我去见了褚会子的母亲，我跟她说想看一下褚会子的房间，然后发现了这个，”许幼怡拿起这个头饰在面前转了转细细打量，“如果这样我还不知道你和她的关系，那我就太笨了。我只是——”

许幼怡突然沉默了一下，小口地呼出一口气：“——只是不明白。”

周衡抬起眉梢，“不明白？”

“对，不明白。张晚也好，褚会子也好，还有这个——”许幼怡举起那个头饰，蝴蝶的翅膀在空中微微振动，仿若真实。

周衡的所有视线都聚集在那个头饰上面，眼底闪过一道复杂的光。

许幼怡把头饰慢慢放下来，摇了摇头正色道：“周衡，我不明白。”

周衡的嘴角牵起微微一笑，笑容里带着一丝毫不掩饰的讽刺。“许幼怡，你真是强盗，”他低下头，喃喃地说了一句，“又蛮横，又贪婪。”

许幼怡微微皱眉，疑惑地看着他。

周衡眼底透着一丝凄凉，从许幼怡手中接过那个头饰，然后用一种质问的态度，冷着声说：“幼怡，你那么聪明，怎么会不明白呢？这是我们结婚那天，在我们即将迈入教堂，即将在众人面前宣誓结为夫妻，彼此承诺永远相爱、对彼此忠诚的时候，我在你的皮包里找到的。”

“结婚那天？”许幼怡深深皱眉，觉得脑子里关于这一段是空白的。就像穿梭时空一样，她用回忆的方式让自己的思绪回到了那一天。

她记得婚礼那天的所有细节，因为对一个女人来说，婚礼实在是一件太难忘的事情，甚至许幼怡还能记得那天宾客的座位、那天婚礼蛋糕的样子和那天礼服上的所有细节。

但她并没有任何关于这个发饰的记忆。

那天她所有的贴身物品一直都交给张晚负责，而这个发饰她也很早就扔了。周衡所说的事情根本就不可能发生。

许幼怡在脑海中拼命地组合着各种线索。而此时她的表情，对周衡来说，不过是一场滑稽的表演。周衡凝视着许幼怡，像是在等一个确切的答案。“幼怡，你爱过我吗？你嫁给我是为了什么？钱？地位？还是为了周家少奶奶所能带来的光环？”

许幼怡觉得脑袋很疼，记忆深处的某些画面被翻了出来，模糊的印象渐渐清晰，她拼命摇头，似在努力回想：“不对，我没有——"

"没有什么？没有骗我？还是没有骗你自己？"周衡的声音越来越冷，"幼怡，你用了那么多花哨的手段和华丽的词句来包装自己，日子久了，怕是连你自己都信了吧？承认吧，你就是个爱慕虚荣、狡诈贪婪的女人，从我们结婚的那天开始你就在欺骗这段婚姻，所以不要再大义凛然地声讨我，你和我是一样的。不，我比你还好一点，起码我爱你的心曾是真实的。"

"不对，我没有！"许幼怡似乎想起来什么，又有些慌乱，重新举起那个蝴蝶头饰，"这个头饰，我早就把它扔了。"

周衡完全不相信，冷冷地对她说："你撒谎。"

许幼怡快速地发出一个音节："不——"

"许幼怡！"周衡厉声叫着她的名字，眼睛仿佛要迸出血来，恶狠狠地看着她，几乎咬牙切齿地说，"不要再骗我了，一个字都不要！"

周衡的怒吼之后，整个屋子重新恢复宁静，好像隐约还能听到空气中回荡着一些回声。

许幼怡也平复了下情绪，深吸一口气，又再吐出来。她知道现在对周衡说什么他都不会相信了，无论再怎么解释都是徒劳。她只是不明白为什么周衡不惜做了这么多伤害她的事，亲手断送了两人的夫妻感情。

许幼怡看着周衡，尝试用讲道理的口吻对他说："好，就算你不相信我，就算你说的是真的，那么我问你，我问你周衡！就凭这个，是你作恶的理由吗？就是你要将我赶尽杀绝的理由吗？"

周衡觉得可笑，哼笑了一阵，最后没有任何温度地说："你认为不重要吗？”

“当然重要！不忠是婚姻最大的罪行！就像是我什么都能原谅，唯独不能原谅你的不忠一样！如果真如你所说的，我是那样的人，那我确实有罪！”许幼怡几乎是嘶喊出来的，但是渐渐又收下声，双手发着颤，“只是，只是在你发现问题的时候，你能不能告诉我？来找我谈一谈？可能有些事并不是你想的那样子的呢？”

周衡不屑地笑，“和你谈谈？听你一套说辞来骗我，把我骗得团团转吗？许幼怡，我已经，再也，不想相信你一个字了！”

“不！哪怕直接与我分开也好过你以爱之名做下之后一系列的事情，你是在毁掉我，在毁掉别人，也在毁掉你自己你懂不懂？”许幼怡愤怒又悲哀地看着周衡，“哪怕一切都是真的，哪怕我真的骗了你，这也不是你出轨，甚至杀人的理由！如果你那个时候就计划好了一切，为什么当时在婚礼上你不直接说不愿意娶我，把我晾在那里沦为所有人的笑柄也好，也比现在你毁了所有人这样的结果要好！”

许幼怡再也控制不住地把脸埋在手里痛哭起来。

她真的不知道原来一切罪恶的开端居然是一个误会，原来所有经受着的痛苦都是因为一个子虚乌有的罪名。

就像是蝴蝶效应一般，永远不知道谁在哪里煽动了一下翅膀，就会在未来刮起一阵冲天而起的龙卷风，毁灭掉所有人的生活。

周衡冷冰冰地看着许幼怡，似乎全没有把她的话听进去，只觉得讽刺又好笑。

在他眼里，现在许幼怡就是个一句真心话都没有的骗子，是一个白眼狼，是一个没有心的冷血动物。他不会再相信许幼怡，也不会再相信爱情。

既然两个人之前的感情没办法断干净，既然他无法再像一开始那样全身心投入地爱着许幼怡，那就让恨延续下去。

许幼怡终于平复了情绪，擦掉脸颊的泪水，长久地看着周衡，语气中已经没有半点感情："别再自欺欺人了，周衡，这不过是个借口罢了。你这样的人，从出生开始便一路顺风顺水，受不得半点委屈。你说你爱我，在你怀疑我的时候，你连问都没问我一句就给我判了死刑，这是爱吗？"

许幼怡握了握那枚蝴蝶头饰，随后将之摔在地上，一声脆响，翅膀断裂。

周衡木然地看着这个发饰，他已经麻木了，他的心已经死了，无论发生什么，他都不会再有波澜。

"如果可以，希望我们不要再见面了。"许幼怡盯着地板上碎裂的头饰，感觉就像是自己的心，碎了，坏了，再也没办法修复了。

许幼怡说完以后，并没有再看周衡，转身大步向外走去。

在她要开门出去的时候，身后突然传来周衡的声音，他低着头，低声说："我早就知道的。"

许幼怡的手搭在门把手上，停住了身体。

"我早就知道你不是真心想回到我身边，你只是想找证据，找能将我推下地狱的、能将你的朋友救出生天的证据。"周衡抬起头来，双眼发红地看着许幼怡的背影，"但我还是抱了万分之一的期待，期待你是真的倦了，怕了，想回到我身边了，那无论如何，我都会重新接纳你，给你我的所有。"

周衡惨然一笑，带着卑微的口气："幼怡，这不是爱吗?"

——幼怡，这不是爱吗?

这句话就像是一句魔咒，萦绕在许幼怡的耳边。

曾经好几个深夜，许幼怡也经常会问自己，周衡的爱那么明目张胆，她真的感受不到吗?

不，她当然感受得到。

只是这种爱带着一种极致的偏执，让人透不过气来。

真正爱一个人是要给她自由，让她去做自己，而不是把她捆绑在身边，让她成为你希望她成为的样子。现在回想起来，可能周衡并不是不爱，只是不会爱。爱一个人不应该是这个样子的。

许幼怡没办法回答周衡的问题，她只觉得喉咙发涩，一种难以言喻的痛堵在喉咙口，最后没有回答，开门离去。

病房外的人看到许幼怡后神情各异。严微像是松了口气立刻迎上去扶住她。

许幼怡走到周父周母面前行了一礼。徐音强忍怒气，似乎想要动手，却又死死忍住了。

"你滚……"最后她指着医院外面大声怒骂，"你滚！你给我滚！滚！"

徐音太过撕心裂肺，冯红怕她会真的动起手来，挡在徐音面前对许幼怡说："许小姐，你走吧。"

许幼怡双目无神转身离去，严微朝冯红点了下头后跟随着她离开了。

徐音看着许幼怡的背影直到消失不见，终于忍不住扶在墙边又哭了起来。

作为一个母亲，她觉得自己是失败的，如果当初她再坚定一点儿反对周衡，如果她没有那么溺爱周衡什么都随他，那可能所有的悲剧都不会发生。然而现在除了后悔，她什么都做不了。和徐音比起来，周云沛倒是冷静不少，他进到病房，目光如炬地看着周衡。

“明天开庭，你就直接认罪，后面的事，交给我处理，我会给你安排好的，找个人替你坐牢，”周父的声音像是在陈述，又有一点儿命令式的语气，“至于幼怡，你也不要再管了，我……”

周衡正看着窗外，像是在搜寻着什么，语气淡如水：“她怀了我的孩子。”

周云沛一愣，后半句话本来想说找人解决掉许幼怡，顿时停住。

此时窗外许幼怡正好经过，周衡目不转睛地看着她，一滴眼泪顺着脸颊缓缓落下，“还有七个月。”

“知道了。”周父用力拍了拍周衡的肩膀，转身出门。

房间里除了周衡外空无一人。周衡的视线从窗外收回，擦去眼角的泪，眼神变得坚硬冷冽，好似所有的软弱与期待都随着那滴眼泪消失不见了。

他发誓，这是他这辈子流的最后一滴泪。从今往后，他的生命中再无软肋，再也没有什么东西可以让他心软。

而此时医院的庭院里，许幼怡与严微肩并着肩离去。从病房里出来后，许幼怡一句话都没有说，她一直想着婚礼那天有关发饰的事情，却毫无头绪，脚步越来越快，好似身后有恶鬼追赶一般。

严微跟在后面，担忧地看着她。走到花园中心，许幼怡突然停下脚步，像是想起了什么。她缓缓抬起头来，阳光灿烂得让人想落泪。

而这个阳光太过熟悉，就像四年前的某一天，那天的阳光也像今天一样，那么灿烂，那时候许幼怡以为未来会像阳光一样，明亮而充满希望。

许幼怡依然清楚地记得那一天，她被周衡撞倒入院，孩子流了，张晚来照顾她。那时候的张晚一头红发，那时的她还是许幼怡最好的、最信任的朋友。那时候什么都还没发生。

她想起流产后张晚来医院照顾她的那天。张晚安慰许幼怡说谢一范这样的男人不要也罢，许幼怡把发饰给张晚让她扔了。只是没想到张晚并没有扔，而是把它藏了起来，还在婚礼那天故意让周衡看到。原来故事在那一天就已经被改写了，每个人心中都藏着秘密，打着算盘。而许幼怡就像是整个故事的局外人，被别人布了局，一步一步走入深渊。

原来早在认识周衡的那一天起，整个故事就不可能是美满的。

许幼怡抬起头看着天空，阳光盛大，就如同那时候张晚那个回头一笑那么灿烂。

她回想起过去的这几年，有美好的、感人的、伤心的、绝望的，很多很多复杂的情感和经历，回头看看，就像是一场梦。

是一场很美丽的梦。

一场恐怖的美梦。

许幼怡在原地发着愣站了半天，突然被人拍了一下肩膀，她回过头，看到了严微。就像是梦醒之后睁开眼，又回到了现实。梦都是假的，现实才是真的，她牢牢抓住严微的手，就像是抓住了真实。

许幼怡似乎想明白了什么，转头向病房的方向看去，那里有很多扇窗，她不知道哪一扇才是属于周衡的。

严微跟着她往后看，“怎么了?”

许幼怡艰难地挤出一个笑容，“没什么，好像想明白了一件事。”

严微看向病房，“那……要回去吗?”

许幼怡摇了摇头，“他不会相信的，而且，他相不相信也已经无所谓了。”

该过去了，该翻篇了。

那些过去真的如何，假的又如何，现在就算解释清楚了，他相信了，事情也已经发展成这样了，没办法逆转了，而知道真相后周衡只会后悔和自责。倒不如，让他就这么一直以为下去，至少他不会活在后悔里。

许幼怡挽住严微的手，松了口气说：“走吧。”

第四十一章　周衡认罪

周衡并没有生命危险，第二天那几起与他相关的杀人案庭审还是照常出席。一大早法庭门口就挤满了人，报纸的各大头条也是这件事。算是这段时间上海滩的头等大事了。

法庭的大门被推开，周衡手戴镣铐，在看守的押解之下，一步步走上法庭。旁听席上的视线如利箭般激射而来，众人目光各异，担忧、愤恨、好奇、冷漠，形形色色。徐音在旁听席担忧落泪，周云沛在一边扶住她，看着周衡的目光坚韧无比。

周衡站在被告席上，一一听着姜斌、孙律师、褚妈妈、小白、朱嫂各自的发言。他呼吸沉重，耳畔轰鸣，心脏跳动得很快。像是溺到了水里，听不见任何声音，只有一种清晰的窒息感。也像是被人掐住了喉咙，每一次的呼吸都带着钝痛的感觉。

周衡只能看到他们的嘴一张一合，看到他们一个个指着自己，或愤怒，或不屑，或义正词严。但他却听不到他们在说什么，仿佛沉到了海底最深处。

他微微合上眼睛，什么都听不清也看不清，脑袋发沉，脑海中浮现出一幕幕一晃而过的镜头——

他回想起初次遇见许幼怡时，她倒在地上，目光清澈地反射出了她的全部情绪。害怕，悲伤，焦虑，柔弱……她的鬓角，有一只仿若要振翅的“蝴蝶”。

她那么娇弱，那么美丽，击中了周衡的心脏，所谓的一眼万年、一见钟情大概是如此。在看到她的一瞬间就决定要照顾她一辈子。周衡看着她，然后怜惜地抱起无助的她。然后下一刻，面前的人却变成了张晚，她满头红色的秀发，散落肩颈。

周衡拿出蝴蝶头饰，戴在张晚的鬓角，她手抚着蝴蝶的翅膀，月光魅惑，宛若水妖，头饰反射出刺目的光芒。张晚坐在梳妆台前问张衡好不好看，转过头，梳妆台前的人变成了一身睡袍的褚会子。

周衡从身后走来，将蝴蝶头饰戴在褚会子的头上，褚会子妖娆地从梳妆台前站起来，却变成了站在台上慷慨陈词的许幼怡，告诉所有人他们即将离婚。然后他又看到许幼怡紧紧捏住刀，对着张晚猛然抬起手，与此同时，“砰”一声枪响！张晚轰然倒地……米黄色的地毯渐渐被鲜血浸泡。

整个世界都变成了鲜红色，带着让人窒息的血腥味。

周衡像是在脑子里看了一部电影，一部自编自导自演的电影。

电影里的角色最后的命运都是悲哀的，正如同现实里的人一样。

等他回过神来，白经纪已然做完了陈述，坦白了周衡雇他杀人的事实。这时候法官看向周衡问话：“那么嫌疑人周衡，你是否承认曾经雇凶杀过许幼怡小姐、陈双城先生和谢一范先生？”

一个冗长的沉默之后，庭上的所有人都以为他在想狡辩之词，只见他微微一点头，哑声道:“是。”

场下哗然，一时间大家的讨论声如同海潮，又一轮将他淹没。

法官不耐烦地敲了敲法槌:“那褚会子小姐是你杀的么?”

所有人又都看向他。

周衡回忆着那晚的场景，他与褚会子激烈争吵，褚会子冲上来推搡着周衡，她说她再也受不了这样的生活了，要周衡带她走。

周衡从来没有真心对过褚会子，与她的苟合只是为了报复许幼怡，但在褚会子说要曝光一切的时候，他发现自己害怕许幼怡知道，他其实并不想伤害许幼怡。看着褚会子一副鱼死网破的坚决，周衡心中所有的愤怒都化为力量，猛地推开褚会子，她惊恐地向后倒去，尝试要抓周衡，但只是把他手上的红绳拽了下来。

下一秒，褚会子的头重重撞在壁炉一角上，她表情狰狞地倒地，顿时鲜血横流。

周衡正不知所措着，却觉察到外面有声音传来，惊恐之下捡起红绳躲进了柜子。

柜门微微敞着，顺着那道缝隙，他看到褚会子缓缓醒来，似乎想要呼救，奋力地去拉垂到地面的桌布。

桌子上的烛台缓缓被拉动，周衡惊慌地推门而出，想要去阻止，却把红绳留在了柜子里，而此时烛台掉落，再次砸在褚会子头上!

“砰”的一声，褚会子彻底失去了呼吸!

周衡想逃，这时候从屋外投射进来一道窈窕的影子，他吓得立刻躲到门后，紧张地抓起一只花瓶！他当时心想无论是谁，他都必须灭口！

无论是谁，他都不会心软！

无论是谁！

只是，他没想到那个人竟然是许幼怡。

是那个唯一能让他心软的人。

是那个唯 他下不了手的人。

可能这就是所谓的命中注定，他一次次看到许幼怡而失去了理智，一次次因为许幼怡打破了自己的底线。甚至也是因为许幼怡，让如今的自己双手沾满鲜血，落入深渊。

然而即使是这样，即使可以回到过去，与许幼怡初见的那天，他还是会毫不犹豫抱起她，将她拥入怀中。既然无法选择开始，那就选择结局。

把一切都画上一个句号。

想到这里，周衡终于回过神来。

他坚定而怅然地回答："是我杀的。"

语毕，众人哗然，台下的闪光灯一时之间层出不穷，台上的法官与书记员交流并且频频点头。周衡听到身边很多对他的评论声和议论声，还依稀有些女人的哭泣声。

法官最后敲了敲法槌，"经本庭评议认为，犯人周衡故意杀人罪成立，事实清楚，证据确凿。鉴于犯人认罪状况良好，且主动承担赔偿之责，现判决如下，犯人周衡，判处监禁十年。"

法官落锤！真相大白！

所有的报纸杂志都疯了，头条皆是——

“褚会子案凶手落网！犯人居然系对家许幼怡前夫周衡！”

“周衡雇人暗杀前妻许幼怡或因许幼怡余情未了！”

“陈双城、褚会子、许幼怡、周衡四角恋揭秘！到底谁才是感情的背叛者！”

从一个个感叹号中就可以看出这件事情多么曲折离奇，令人大跌眼镜。

许幼怡看着报纸愣愣出神，窗外瓢泼大雨，一个闷雷响起，才让许幼怡回过神来。

原来一切终究还是结束了。桌子上的相框里，是许幼怡与周衡的合影，她拿起最后看了一眼。照片里她和周衡挽在一起，看上去是那么甜蜜美好，但是这种美好太脆弱，就像泡泡一样，一戳就破了。

许幼怡拉开抽屉，将相框收起，把它锁在了里面。感觉像是心头一块石头落地了，明明如释重负，却觉得心口那里原本存在的东西失了一块。

本以为周衡今天在法庭上还会狡辩，会有其他反转，没想到故事就这么顺利地结束了，难免让人觉得有些恍然。

许幼怡看向窗外，大雨渐渐停了，一道彩虹挂在天边。随后，窗外艳阳高照，像是从来没有下过雨的样子。

第四十二章　依依惜别

周衡案结束之后，在上海滩圈子里掀起了很大的风波。但是再大的风波，随着时间的推移还是会归于平静。

谢一范受伤之后，许幼怡曾去医院看过他几次，他的气色相比之前来要差了一些，但看得出精神还不错。

许幼怡和严微带着点水果去了医院，放在谢一范病床旁边的桌子上。

“最近身体怎么样？”许幼怡问。

谢一范扫了扫许幼怡已经有点隆起的腹部说：“恢复得还不错，你呢？”

“我也还行。”许幼怡说。

“就是脾气不太好。”严微在一边加了一句。

许幼怡没好气地打了严微一下。

谢一范看着两人，笑了一笑，“听说周衡认罪了，真没想到，他对你，对我……执念这么深。”

许幼怡叹了口气：“我也没想到，不过好在最后绳之以法了。”

谢一范点点头看着她，“最近还在写新书吗？”

“嗯，在构思，”许幼怡问，“你呢，之后什么打算？”

谢一范顿了顿说：“打算之后去北平。”

许幼怡微怔，然后马上自如地笑了笑，发自内心地感叹道：“那很好呀。”

“我问过医生了，还有一个月就能出院，已经订好了下个月月底的火车，你会来送我吗?”谢一范的眼神里带着点期待。

“我……我不确定，可能要去医院做产检。”许幼怡的表情有些犹豫。

严微看了她一眼，对谢一范说：“那天幼怡没有检查，她会来的。”

许幼怡别过头对着严微挤了挤眉眼，严微则一副“你拿我怎么办”的表情回应着。

“嗯，那我等你们，”谢一范像是松了一口气，深深看了一眼许幼怡，“谢谢你们，谢谢你，幼怡。”

“那你……保重身体，”许幼怡的语气里似乎有一些不舍，不过几秒以后恢复了自然，“我们永远是好朋友。”

“嗯，”谢一范点头，“永远是好朋友。”

许幼怡和严微从医院出来，许幼怡一边摸着自己的肚子一边感叹：“微微，你说时间是不是过得飞快，一眨眼几个月过去了，再一眨眼宝宝就要出来了。”

“那你眨眼眨得也够久的。”严微吐槽。

“讨厌，”许幼怡撞了撞她，“你就喜欢说我。”

严微笑了笑，拉起许幼怡的手，“问问宝宝想吃什么，干妈去给他做。”

许幼怡也笑着挽住她，“好啊，走咯，回家咯。”

随着许幼怡的肚子一天天隆起，谢一范要走的日子也在一天天逼近。其实许幼怡并不想去送谢一范，她不是很喜欢这种道别，孕期她体内的激素紊乱，很容易情绪失控。而且最主要的是这段时间她胖了很多，丑了很多，她不想破坏自己在谢一范心中的完美形象。

谢一范要走的那天，即便她早就在日历上做好了标记，还是故意瘫在床上，一动不动。严微看到她这个样子无奈地拽了拽她："起来。"

许幼怡一声不吭，选择用沉默抵抗。

严微看了眼时间，"谢一范下午四点的火车，你现在出门还来得及。"

许幼怡一把拉起被子，蒙住脑袋，"我不去了，你帮我去送送吧，就跟他说我不舒服。"

严微叹了口气："他是你朋友，你让我去送算怎么回事？"

许幼怡依然一声不吭，在那里耍无赖。

"他住院三个多月了，你去了一次之后就再也没去过了，他可是因为你才受伤的，你有没有良心啊，"严微去拉许幼怡的被子，"许幼怡，你给我起来！"

"烦死了！"许幼怡掀开被子，坐了起来，"为什么一定要我去？他那么大的人了，找不到火车站吗？不会自己坐火车吗？"

严微看着恼羞成怒的许幼怡，半晌恍然大悟般，看着许幼怡抑扬顿挫道："哦，我明白了。"

严微一脸"被我看穿了吧"的表情。

许幼怡警惕地看着她，下意识觉得她不怀好意。"你，你明白什么？"

严微指着许幼怡，调戏般说:“你不敢见他。”

许幼怡抿了抿嘴，有些小倔强地说:“谁不敢见他?”

看到许幼怡这种细小的动作，加上她故意上扬的下巴，严微更是笃定地双手抱臂,“你怕他看到你现在的丑样子。”

许幼怡马上找到一面镜子看了一眼，左看看右看看，最后不相信道:“很丑么?”

严微扬起下巴点点头,“你胖了，肚子也大了，你怕他看见。”

许幼怡气急败坏地跺了跺脚,“你别胡说八道，我才没有——”

严微干笑了一声,“那就是你还喜欢他。”

许幼怡极力否认:“我没有!”

严微看到她这被气到的模样，更是兴致起来了，提起声音来:“那你为什么怕见他?”

“你胡说！我才没有怕!”

“那你为什么不去送他?”

“因为我不想去!”许幼怡叉腰，趾高气昂地说。

严微也毫不让步,“那就是你还喜欢他。”

许幼怡都被绕晕了，兜兜转转了半天，又回到了原点。再这样说下去都不知道最后话题会演变成什么样子。

严微冷哼一声，像是在用激将法,“你要喜欢他就跟他走好了，反正你的孩子也该有个爸爸。”

许幼怡脾气有些上来了，努起嘴，像一只发怒的小猫。“我不喜欢他，我早就不喜欢他了!”

严微翻了个白眼,“口是心非。”

两人还在继续吵嘴，突然听到楼下传来刹车声。一辆小汽车停在照相馆门前，王社长从驾驶座探出头来，对着屋内喊:“幼怡！严微！下来了，要走啦！”

王社长等了几分钟都没有动静，打开照相馆的门，一进去没看到她们两人的脸，只听到楼上传来两个人的对话。

“走啦。”

“不去。”

“走啦。”

“不去。”

反反复复了几遍，听上去就像幼儿园小孩的吵架现场。

王社长笑了笑，觉得这两人可能还能再斗嘴个一刻钟的样子，正好肚子有些饿了，在门口逛了逛，看到有人在卖麻油馓子，买了一包回到照相馆靠着门，一边吃一边听着两人依然激烈的“争吵”。

严微：“许幼怡，我数到十。”

许幼怡：“你数到一万我也不会起来的！”

严微：“一、二、三……”

王社长一边听着一边笑，两个人平时看上去一个大家闺秀，一个寡言少语，没想到遇到一起之后变成了两个孩子似的。大概又模模糊糊地吵了一会儿，声音终于没了。再过两分钟，许幼怡穿着宽松的大衣，裹住隆起的小腹，臭着一张脸出来了，严微跟在她的后面。

王社长正好把麻油馓子吃完，拍了拍手，笑盈盈地说：“来，上车吧。”

上车前许幼怡瞪了严微一眼，没好气地一屁股坐下，害得整个车都跟着晃了晃。

火车站总是一个人来人往的地方，那里每天都有很多人在重逢，也有很多人在告别。旅人如织，依依惜别。有很多人抱在一起，表情看不出是喜极而泣还是依依不舍。车开走时扬起的尘土，更是给这个地方增添了一种萧瑟的气息。

谢一范提着箱子，风尘仆仆，一副即将远行的样子。他的伤已经完全恢复了，看上去还是那么英气，在人群中气质出众。

谢一范来上海不算太久，其实一开始来上海的初衷也是为了许幼怡，只是意料之外地经历了这么多事，也算是丰富了他的人生经历。虽然结局没有如他所愿，但他争取过，努力过，他不后悔。

他也释然了，人生就是这样，有些东西错过了就是错过了，不必一直追求不属于自己的东西。放在心里，念念不忘，便可。

最后两人都放下了彼此，放下了过去，与彼此和解，做好了面对新生活的准备。这也许也是最好的结局。

谢一范的身后，一些朋友和工作伙伴正望着他，眼神里闪烁着复杂的情绪。每一场离别都是依依不舍的。

谢一范往前走了两步，回过头朝所有人招手，“山水有尽，聚散有时，诸位就送到这儿吧。”

“就到这儿吧，”王社长说，“我们也没法再送了，再送就要跟着谢大记者一起去北平了。”

大家都笑了出来，然而笑声中还是能听出酸楚。

关先生有些惋惜道：“真没想到你这次沪上之行这么多灾多

难，幸好你福大命大，逢凶化吉。”

王社长也跟着点头，“大难不死必有后福，谢记者还没建功立业呢，怎能被宵小所害？”

谢一范站在那里，一身正气地说：“不求建功立业，国朝飘摇，动荡不安，谢某只求留此有用之身，能为国为民出上一把力。”

关先生作了个揖，“谢先生高义。”

谢一范朝众人一一拱手告别。

许幼怡站在人群最后，低头沉默，一言不发。她隐约还能记得和谢一范上一次的告别。

只是和这一次的心境不同，上一次分别的时候她曾经觉得两个人不会再见了，或者说不想再见了，告别的时候带着点儿说不出的决绝，而这次，她总觉得两人一定会再相遇的。

离别是为了更好的重逢。所以这次除了留念，似乎多了一丝期待。

她本来不想和谢一范单独打招呼，本想就这么默默地看着他走，可是谢一范的视线最后还是落到她的身上，死死地锁着许幼怡。在他的金丝框眼镜背后，是一双深不见底的眼睛。

他从众人当中穿过，走到许幼怡面前，微微颔首，“多谢你来送我。”

许幼怡抬起头来，看向谢一范勉强一笑，“应该的，你路上小心些。”

谢一范微笑，点头，似乎一切都在不言中。

许幼怡抬头看了看天空，“快入秋了，北平天气冷，你多注意身体，多穿点儿衣裳。”

谢一范还是含笑点头，而眼角里似乎晕起一丝雾气。

谢一范还是站在那里看着她，许幼怡有些不知所措，慌乱地硬找话题：“建功立业固然好，但小命也是很要紧的，谨言慎行，闲事莫管，别再惹上我这样的麻烦了。”

谢一范终于忍不住了，扑哧一声笑了出来。而这一笑，终于打破了两人之间微妙的尴尬。

许幼怡看谢一范笑个不停，刚想再说什么，没想到谢一范突然张开手臂，将许幼怡抱住。一股温暖柔软的力量把自己包裹住，隔着许幼怡隆起的肚子，这样的拥抱感觉有点儿奇怪。许幼怡一惊，身子顿时僵住。

谢一范的拥抱已经很陌生了，虽然在很久很久以前，她曾经很依赖这样的拥抱。以前谢一范的拥抱总给许幼怡一种不安感，总怕什么时候就失去了，而现在不同，现在谢一范的拥抱给许幼怡一种踏实感。

这个拥抱似乎在告诉她，彼此真的已经放下过去了。只有放下过去的人，才能这么纯粹地拥抱对方。

谢一范拍了拍她的肩膀，“幼怡，要保护好自己。还有记住，不管何时何地，遇上何种麻烦，都可以来找我，我都会以朋友之名来帮助你的。”

许幼怡僵硬的身体渐渐放松下来，她抬起手，也轻轻拍了拍谢一范的背。“嗯，我知道，你也多保重。”

这个拥抱很短暂，短暂得恰到好处，让旁人看不出两人之间的依依不舍。

谢一范放开许幼怡，微微弯腰，对着许幼怡的肚子说："你也要保护好妈妈呀。"

许幼怡下意识摸了摸肚子。

谢一范站直身体，转头看向一旁的严微，他朝着严微点了点头，"多谢了。"

严微明白他的意思，他既是在感谢严微帮忙照顾许幼怡，也是在感谢当初严微奋不顾身地出手相救。如果不是严微，他可能现在都不能再站在这里。

这句感谢的感情是沉重的。

严微也朝他点点头，心照不宣地对他说："放心吧。"

——放心吧，我会照顾好幼怡的。

谢一范笑了笑，转身离去，朝所有人最后略带不舍地挥了挥手，然后上了火车。送行的部队直到火车开走才渐渐散去。

火车站依然熙熙攘攘，芸芸众生之中大家脸上都带着各种各样的表情。那些漫天的尘土，把人们脸上的失落和期待稍许遮盖掉一些。

许幼怡和严微慢慢地往回走，一路上许幼怡皱眉思索，不时地斜眼打量严微，似乎是想明白了什么，指着严微义愤填膺地说："微微，你一定是故意的！"

面对许幼怡没头没脑的这句话，严微皱眉表示不解。

许幼怡气呼呼地说:“你故意让他看到我这个样子，想让他对我彻底断了念想。”

严微心底默默翻了个白眼，加快步伐不理会她。

许幼怡哼了一声追了上去:“你阴险！你狡诈！”

“你还无情无耻无理取闹了呢！”严微无奈地说,“你还说不喜欢人家。”

许幼怡提高音量:“我就是不喜欢！”

“不喜欢你在意这个?”严微挑眉，指了指她的脸，意思是她见谢一范还特地化了个妆。

“我见每天早上来送牛奶的小胖都得化个全妆。”许幼怡小孩子气地反驳道。

“你为了见他，用了一个多小时化妆，我都看到了，你还狡辩。”严微叉着腰说。

许幼怡摸了摸自己的肚子又摸了摸自己的脸,“重点不在这儿，重点是我胖了十多斤，我脸都是肿的，我们以前可是恋人关系啊！”

严微微微挑眉,“所以呢?”

“所以，就算我不喜欢他，但他不能觉得我丑，不能觉得我没有魅力！”许幼怡无理取闹地说完，拉了拉已经快步走远的严微,“你懂不懂啊？喂！你个男人婆！”

两个人还在那里笑着争吵着什么，不过被往来的火车声淹没了。伴随着由远至近的滚滚白烟，又有火车入站了。只是不知道这次是离别还是重逢。

第四十三章　孕期日常

送走谢一范算是无聊孕期中的一个小小插曲，之后许幼怡每天的日子都平淡又难熬。

许幼怡一直听说怀孕了会孕吐会没胃口，她本来还庆幸着自己并没有这种症状，没想到她只是晚发作，而且一发作就不可收拾了。从孕中期开始她每天都要吐好几次，也没什么胃口，整个人苍白无血色，看起来虚弱不堪。

严微虽然心疼但是有些无能为力，每天除了想办法尽量给她做点儿好吃的也帮不上什么忙，只能在一边干着急。

许幼怡从洗手间吐好出来，用手抹了抹嘴上的水珠。严微看到她每天吐成这样也心疼，给她递了杯水，许幼怡接过杯子的时候手都在发抖。

许幼怡窝到沙发里，吐得喉咙都有点沙哑着说："微微，我跟你说，结婚生子绝对是这个社会对女人最大的骗局和恶意！"

严微看她声音都哑得跟鸭子似的说："你先别说了，喝口水吧。"

许幼怡喝了口水，指了指严微，"你信我的，你以后——"

话还没说完，恶心感袭来，许幼怡干呕一声，然后马上回到厕所趴在马桶旁再次吐了个昏天暗地。

感觉每天吃的都没吐的多，有时候明明苦胆水都吐出来了还是觉得胃里不舒服，感觉一天二十四小时都在晕船。严微去厕所心疼地拍着她的背。

吐完之后许幼怡觉得整个世界终于清静了一些，她闭着眼睛，在躺椅上休息，面容憔悴，很是疲惫。

她听到一阵声音，好似有人在她的身边蹲下，轻轻传到她耳朵里，“你饿不饿?”

许幼怡微微皱眉，不答。

严微看着她已经吐得肚子都空了，觉得这样空着肚子也不行，又问:“你想吃什么?”

光是想到吃的，许幼怡的胃里就一阵翻腾。她做了个干呕的动作，嘴鼓鼓的，感觉下一秒就有东西要喷涌而出。

严微手里端着一个，“我炸了你爱吃的小酥肉，还有栗子粥，要吃一点吗?”

许幼怡带着一丝恼火地睁开眼睛，就见严微蹲在她身边，正可怜巴巴地望着她。

严微的眼神往下，对着许幼怡的肚子，眼神像是在和小孩子说教般地温柔，“小家伙，不吃饭，你怎么长大呀?”

许幼怡看着她难得这么可爱的模样，因为身体不舒服而生的一点点火气瞬间就散了，她微微扯动嘴角，轻笑一声:“他又不会说话，你问他有什么用呀。”

严微扭头看向她，指着肚子，“我听到了，他说他饿了。”

许幼怡忍住笑，也不忍心严微忙活了半天自己一点都不吃，朝她伸出手，“他才不会饿呢，倒是我有点饿了。”

严微忙将饭碗放在许幼怡手中，是熬得浓稠的白粥，里面有几颗栗子。许幼怡闻了闻，味道挺香的，倒是没让人反胃。粥还冒着丝丝白烟，热腾腾的。许幼怡慢慢搅动，舀起一勺，喝了一口。味道不错，甜甜的，暖暖的，涌到胃里倒是挺舒服的。虽然胃难受，但毕竟吐完了没东西补给，许幼怡也担心自己会吃不消。

看许幼怡终于吃下去一点儿，严微也松了口气。在她身旁坐下，望向外面。

照相馆外车来车往，行人川流不息，整个上海滩的繁华尽收眼底。不知不觉严微来上海也好一段时间了，渐渐也开始适应这里的节奏了，每天陪着许幼怡，最重要的事情就是给她做好吃的，陪她去产检。两个人所有的期待和任务都在这个未出生的小生命身上。严微看着许幼怡的肚子，眼底的温暖化成一片。

"啊。"许幼怡突然放下碗叫了一声。

"怎么了怎么了?"严微有些紧张地看着她。

许幼怡指了指肚子,"他刚刚踢了我一下。"

"真的吗?"严微一脸激动。

"嗯嗯,"许幼怡点头,"你快摸摸。"

许幼怡说着把严微的手拿到自己的肚子上。两个温暖柔软的力量触碰，严微甚至都不敢用力呼吸，把所有的注意力都集中在了手上。

空气中安静得什么声音都没有，当严微以为不会再感觉到胎动的时候，突然手心传来一阵小小的轻微的力。她蓦地眼睛对上许幼怡。

许幼怡朝她点点头，用嘴型对严微说:"他动了。"

严微马上把另一只手也放了上去，过了一会儿，又是“咚”的一下。这是她第一次真真切切地感受到这个小生命。那么有力量，那么鲜活。

只是没想到这个孩子的力量不仅如此，从来不打呼噜的许幼怡在怀孕中后期居然出现了打呼噜的情况。此起彼伏，连绵不绝。然后严微失眠了。

她瞪大了眼睛躺在床上，眉心紧锁，眼圈黑黑的。她翻来覆去尝试了好久还是无法入睡，最后忍无可忍还是走到了许幼怡的房间。

许幼怡在床上睡得正香，听到动静翻了个身，抿了抿嘴，慢悠悠地睁开眼睛。突然看到一张脸就近在咫尺，许幼怡吓得尖叫起来。

“啊！！！”

等看清楚之后，才长舒一口气不确定问道：“微微？”

严微疲惫地点头，“嗯。”

许幼怡一开始还以为是做梦，本来还迷迷糊糊的一下子就惊醒了。许幼怡被吓到发怒，摸着还在一起一伏的胸口，“你大半夜的不睡觉，到我房里干什么？”

严微正色道：“你打呼噜。”

许幼怡急了，“你才打呼噜！我睡觉从来不打呼噜好吗？”

“孕妇都打呼噜，我问过大夫了，你不用不好意思。”严微安抚道。

许幼怡气急败坏，还是觉得睡觉打呼噜这件事情有些难为情，不好意思地看着严微说道：“那……我吵到你了？”

严微一本正经地摇头，“没有。”

许幼怡不解，“那你——”

严微严肃地指了指许幼怡的肚子，“我是在想，你吵到他了怎么办？”

许幼怡呆住，觉得又好气又好笑，一时不知道如何回答。

“你呼噜声太大，他没法睡觉怎么办？他还这么小，不睡觉怎么长大？”严微支着头，一副在想办法的样子。

许幼怡有点无语又有点无奈地打了个哈欠，“微微，你快回去睡觉吧。”

严微恍若未闻，拿出一副耳塞递到许幼怡面前：“你把耳朵塞上怎么样，是不是你把耳朵塞上，他就听不见了？”

许幼怡指着外面没好气道：“你给我出去！”

严微一愣，弱弱地举着耳塞，一脸无辜祈求的样子。

“出去出去。”许幼怡推着严微的肩膀将她一路推出门外，然后狠狠地将房门关上，一下一下抚着自己胸口，默默顺气。

这么大半夜的跑来跟她说她打呼噜已经很气人了，居然还说会不会吵醒宝宝，真的不知道该气还是该笑。

刚打算回去继续睡觉，听到敲门声传来，许幼怡翻了个白眼打开门。

“干吗啊！”

没想到门外空空如也，低头一看，地上整齐地摆着一副耳塞。许幼怡扑哧一笑，捡起耳塞叹了口气，刚想把耳塞随手一扔，但她转念一想，严微她平时对什么都大大咧咧不在乎的样子，没想到还未出生的宝宝吃不吃得好、睡不睡得好，她都当成天大的事一样，心里有一种说不出的感动。

许幼怡回到房间坐到床上，抱着被子走到严微门口敲了敲门。

严微刚准备躺下，听到声音去开门看到许幼怡还以为她来还耳塞的，看到许幼怡手里抱着被子一脸费解。“你来干什么？”

许幼怡丝毫不理会她，径直进屋，很顺理成章地把被子往床上一砸，爬上床，乖乖地在里面躺好：“我今晚睡这儿。”

严微皱眉，有点无奈，“为什么？”

“我若是睡着了打呼，你可以把我叫醒，免得吵到他。”许幼怡如是说。

严微站在原地不动，有点不知所措，她倒不是怕被许幼怡吵到，只是不知道自己睡觉会不会有什么动作，万一碰到许幼怡肚子把她弄不舒服了怎么办。

见严微迟迟不躺下，许幼怡的脑袋从被子里露出一点来，拍了拍身边的位置，“来呀，小微微。”

“我不要。”严微的脑袋偏向一边。

虽然嘴上说着不要，身体还是很诚实的，严微最后还是无奈地熄了灯躺下。

许幼怡忍不住笑了出来，她往严微那里靠了靠。窗帘没有合拢，月光顺着一道缝隙洒在地上。屋内没有任何声音，只有时钟嘀嗒嘀嗒地在走动。

许幼怡的睡意早就烟消云散了，她双手放在胸口看了会儿天花板，然后偏过头看着严微。

严微闭着眼，看上去像是睡着了的样子，呼吸也很弱。

许幼怡试探性地叫了一声："微微？"

严微不答。

许幼怡用着气声，用怕吵醒她的音量问："微微，你睡了吗？"

严微闭着眼，缓缓吐出两个字："睡了。"

"睡了你怎么能听到我说话呀，难道你梦游么？"许幼怡撇了撇嘴，突然兴奋道，"微微，你说我肚子里这个，是男孩还是女孩？"

严微毫不犹豫地说："女孩。"

许幼怡嘟着嘴，有点不认输地说："瞎说，隔壁卖糖粥的陈家阿婆说了，我肚子尖尖的，一看就是男孩。"

严微往许幼怡这里侧了侧，摩擦的时候发出沙沙的声音，她慢慢睁开眼，认真地问许幼怡："你不喜欢女孩？"

"也不是了，不过总觉得这个世道，男人比女人容易些。"许幼怡叹了口气，片刻之后面露忧愁，"微微，你说小孩子出生，没有爸爸，他会不会很难过？"

严微倒是很想当然地直接说："我可以做他爸爸。"

在严微的意识里，男女之间的性别并没有什么差别，父亲能做的所有事情她都可以做，而且可以比任何一个父亲做得都要好。然而在许幼怡听来，这就像是一个无稽之谈。

"胡说八道，你是女人，怎么做爸爸？"许幼怡笑出声。

"女人为什么不可以做爸爸？"

明明听上去是这么一个荒唐的问题，但严微用这么认真的态度，让人都难免怀疑她并不是在开玩笑。

许幼怡倒是被她问住了，索性决定放弃挣扎，甩了句:“啊呀，反正女人不能做爸爸。”

严微对她的答案不满意，皱着眉说:“谢一范是男人，那你去找他好了。”

“我打死你算了!”许幼怡没好气地拍了拍严微。

刚才还有些沉重的氛围被打破了，空气中晕染着一些笑声。笑过之后，许幼怡扯了扯被子，摸着肚子说:“无论如何，我会对他很好的，很好很好的，我会给他双倍的爱，弥补爸爸的那一份。”

“我也会对他很好的，”严微的眼睛突然亮了起来，对着许幼怡说,“他就有三倍的爱了，比其他小孩子都幸福。”

许幼怡突然感觉眼眶有点热，心里有种说不出的感觉。在她认为人生中最艰难的时候，还好有严微陪在她的身边。她从被子底下伸过手，和严微的握在了一起。

感觉像是一种互相传递着的力量、一种互相传递着的信任在两人之间流淌。好像握住这只手，就可以跨过任何艰难险阻一样。

许幼怡感觉很踏实，也有了睡意，用被子裹紧自己说:“睡觉吧，微微。”

严微突然想起了什么说道:“对了，明天给你拍照吧。”

许幼怡不以为意,“拍什么照?”

“王社长说，现在流行给大肚子的孕妇拍照，留作纪念。”

许幼怡忙摇头,“我才不要，现在又丑又胖的，我才不要拍。”

“拍一张吧，以后可以给宝宝看看，他妈妈在怀他的时候为了他变得又胖又丑，让他以后可得好好孝顺你。"

许幼怡不乐意，"你才又胖又丑！"

严微的态度突然变得柔软，对她说："你这辈子可能就怀孕这么一次，我不想等以后你想起来后悔没有留下纪念，毕竟以后回忆起来，看到小家伙出生，现在再丑再胖也值得。"

许幼怡心软了，她有些动摇。是啊，可能这辈子只会怀孕这一次了，即使再胖再丑，也都是为了肚子里的宝宝。现在这些难熬的日子，在以后看起来说不定都很珍贵。

许幼怡刚想答应下来，没想到严微先开了口："我帮你拍。"

许幼怡点头："嗯，好。"

第二天一早，许幼怡就起床梳妆打扮，她穿上了自己最喜欢的裙子，化了个精致的妆容，红唇娇艳欲滴，笑容甜美，如果不看她的肚子，一点儿都看不出已经怀孕了。

严微正摆弄着镜头，她让许幼怡站到幕布前，对着镜头看着许幼怡说："你稍微往左一点。"

许幼怡往右挪了挪。

"不对，"严微用手比画了一下，"左，左边。"

许幼怡顺着严微指的方向动了动，尴尬地笑了笑："不好意思，一孕傻三年。"

严微调整好姿势，镜头里的许幼怡神采奕奕，她刚准备按快门把这漂亮的画面记录下来，听到门外传来了王社长敲门的声音："幼怡？严微？你们在吗？"

许幼怡听到是王社长的声音，对着外面挥了挥手说："王社长！在里面。”

王社长打开门向照相馆里面走去，满脸都洋溢着喜悦，他的手里拿着一本新书，许幼怡一眼就认出是《流言蜚语》的日文版。

许幼怡满面惊喜地接过书，装帧非常精美，许幼怡用手小心翼翼地摸了摸封面，难掩喜悦之情。“这么快就出版了。”

“是啊，织田先生帮了很大的忙。”王社长点头，看了看两人的架势说，“你们这是在拍照？”

许幼怡点头，突然眼睛一亮，对王社长招了招手，“王社长，你帮我和微微拍一张吧。”

王社长搓了搓手毫不犹豫地答应下来：“好啊。”

严微则立刻往后退了一步，誓死不从地摇了摇头，“我不拍。”

“为什么不拍？”许幼怡起身，拉着严微就站了过去，为她整理衣服头发，“年纪轻轻的一个小姑娘，整天穿得老气横秋的，我该给你涂点口红，没准是个大美人呢。”

严微表现出明显的拒绝，想逃出背景板之外，“我不喜欢拍。”

许幼怡一把把她拽回来，将书塞到严微手里让她拿好，然后拿上旁边一把藤条编的椅子坐下，对着王社长比了个手势，“好了。”

严微捧着许幼怡的书，别扭地站在许幼怡身后，略带尴尬地看着镜头。

王社长对着镜头说：“严微笑一笑。”

严微僵硬地皮笑肉不笑了一下。

“不行不行，你这笑得太恐怖了，”王社长摇头，给严微做了个示范，“像我这样笑，放松一点。”

严微深深吸了一口气，再一次看镜头，这次的表情虽然还是有些扭捏，但明显比刚刚放松很多。

王社长能感受到她尽全力了，也不准备强人所难，比了个OK的手势，“对对对，好，来看镜头，一、二、三……”

咔嚓！

闪光灯亮起。

两个人被定格在了照相机中，定格在了时间里。

过了几天严微把照片洗了出来，许幼怡虽然一直在吐槽严微的笑容僵硬，但还是藏不住地喜欢，满意地把合影挂在墙上。照片里的许幼怡笑容灿烂祥和，摸着自己的肚子；严微抿起嘴角，目光清澈，手里拿着许幼怡的书。

而在一个不起眼的位置，可以看到两个人各自的另一只手正紧紧相握。

第四十四章　孩子出生

四个月后的某天，窗外刮风下雨，秋叶抚过，似雪花飘落。在预产期之前的一个星期，许幼怡的羊水突然破了。

好在事先做了无数次演习，严微马上打电话给了王社长，一边握紧许幼怡的手一边安抚着许幼怡:“幼怡，你别紧张，我陪着你。”

许幼怡吓得不敢动弹，体内有温暖的液体正流出，额头也渗出汗来。既期待又紧张，可能是所有妈妈生产前的状态。

王社长接到电话后火急火燎就赶到了照相馆,“怎么突然就要生了呢，不是还没到日子吗?”

“就突然羊水破了，”严微说,“王社长，你先带幼怡上救护车，我上楼去拿东西。”

王社长点点头，拖起许幼怡的腰把她带上了车。

严微迅速上楼，快速地收拾生产要用的东西，很快就装满了一个大袋子。她打开柜子，本来准备带一些许幼怡的衣物，突然看见里面有一件小宝宝的衣服，严微目光瞬间变得柔和，她将小衣服一并塞到包里，急匆匆下了楼。可能比起许幼怡，严微的期待和紧张并不会少半分。她也很期待那个新生命的到来，同时，她也担心会不会出一些意外。都说女人生孩子等同于过鬼门关，她没办法替许幼怡分担，但她能做的就是寸步不离地以许幼怡家人的身份陪伴着她，让她感到安心。

许幼怡被医院的救护车先抬走，严微上了王社长的车跟过去。今天的路况不佳，一路上严微都焦急得不停催促着:“王社长，能再快点儿么?”

王社长不停在加速，好几次甚至都差点玩起了漂移。“微微，别着急啊，一定赶得到。”

有几个本来熟悉的路口今天都被封住，王社长只能绕道而行，然而没想到开往医院的路上越来越不对劲，路上的车越来越少，感觉空旷得有些过头。严微敏锐地察觉到了异常，刚想偏头叮嘱王社长一些什么，突然迎面蹿出来一辆小汽车横在面前，王社长急忙踩了刹车，整个人砸在了方向盘上，副驾驶的严微也险些撞了头。

王社长捏紧方向盘左顾右盼,“感觉不对啊。”

严微眼睛眯起，警惕地看向四周。空荡荡的街道上，一个人都没有。而挡在面前的小汽车突然亮了亮远光灯加速冲来。

严微眼疾手快地掏出腰间的手枪，迅速朝小汽车的轮胎精准地射击一枪。小汽车一下子失去了控制，开车的人把方向盘用力往旁边一拉，车子不受控制地撞在了路边的墙上，霎时引擎盖冒起了烟，过了几秒钟从车上下来了两三个拿手枪的人，正往严微和王社长那里靠近。

严微按住王社长的头，让他整个人躲在车里,“王社长，你先蹲下别动。”

王社长从刚才听到枪声开始就吓得不敢动弹，他听从严微的话，把头埋在膝盖里。

王社长用余光看到严微开门下车，然后近在咫尺的地方响起了几声枪声，每一声都震耳欲聋。

对方人多势众，严微有再大的能力也不能以寡敌众，在王社长看来严微是凶多吉少的。枪声此起彼伏，每一次枪击都像是打到了王社长的心脏里，让他感觉自己离死亡更近了一步。

终于枪声都停止了，王社长感觉自己还有些耳鸣，整个人还有点被吓住了没缓过来。他的脑袋慢慢从车里探出来，紧张地喊了喊严微的名字："严微，你还在么？严微，严微！"

严微利落地收起枪，回到车上，"王社长，我们快走，幼怡可能遇到危险了！"

王社长这时看过去才发现，刚才那几个人已经全部都倒在了血泊之中。来不及震惊，当下最重要的事情是去救许幼怡，王社长稍微平定了一下情绪，开车掉了个头离开。

而此时，空荡荡的医院走廊里，许幼怡的惨叫声响彻整个走廊。许幼怡声嘶力竭，满头汗水，抓着医生的手趁着宫缩短暂的休息间隙喘着气问："大夫，我家里人来了没有？"

医生也紧紧握着她的手，像是想让她放松，"你先不要管那些，孩子马上就要出来了！"

又一阵宫缩来袭，许幼怡狠狠地咬着牙，咆哮般吼出来："微微！你怎么还没来啊！"

伴随着阵痛，许幼怡在病房里一阵阵惨叫，此起彼伏。

而此时周衡正西装革履地坐在病房外的等候椅上。走廊上光线昏暗，他低着头，看不清脸上的表情。修长的手指在膝上轻轻地敲打着，好似那惨叫声是一首动听的音乐一样，让他觉得舒心。不知道多久以后，伴随着许幼怡最后一阵尖叫，婴儿的啼哭声响起。

周衡手指的动作突然停了下来，抬起头站了起来，面无表情地理了理自己的衣服，低头看到衣领处有些灰尘，随手把衣服上的脏东西弹掉。

许幼怡生完之后感觉整个人都虚脱了，累到了极致。好在有惊无险，小小的婴儿被包在襁褓里，护士迅速抱起孩子把孩子擦了个干净。

许幼怡虚弱地看向孩子，嘴角挂着笑意伸出手，“给我，给我看看。”

护士并没有理会许幼怡，而是冷着脸，抱着孩子准备走出病房。听着孩子的哭声渐行渐远，许幼怡马上紧张起来拉住身边的医生问道：“她要带我的宝宝去哪儿？”

医生给护士使了个眼色，接过护士手上的孩子对许幼怡说：“你别急，孩子要做一些检查，你先好好休息，一会儿带来给你看。”

许幼怡虽然不舍，但现在的她已经一点儿力气都没有了，能听到孩子的哭声对她来说已经是一种巨大的安慰了。她喘着气打算休息一会儿。

医生抱着孩子走出病房，小心地交到周衡手里。周衡接过婴孩，轻轻摸了摸宝宝的脸颊，唇边浮起一点笑，所有的温柔都在此刻化开，这可能是作为一个父亲第一次看到自己孩子时会做出的最真实的表情。

然而周衡不能逗留太久，他走的时候，最后顺着窗户看了一眼病房内的许幼怡，她正躺在病床上，整个人看上去很疲惫，但是周衡可以看出她眼中透露着等待孩子的焦急和担忧。

周衡知道这是他这辈子最后一次看到许幼怡了，出门前韩今为还在问他会不会心软，他自己也问自己，看到许幼怡还会不会像从前一样一次次心软与妥协。然而他知道现在的自己已经和曾经不同了，心被伤透了，便不再有心。

再一次看到许幼怡，他有对过去的感叹、憎恨和怅然，但最后全部化为眼底的一抹狠辣！决绝地转身离去。

医生回到病房，看了一眼床上虚弱到呼吸都困难的许幼怡，和护士碰了一下眼神。护士微微对医生点点头，转身将事先准备好的针管摆在了金属托盘上。

许幼怡艰难地抬起手礼貌地问医生："大夫你好，我宝宝现在怎么样了？可以早点把他抱回来吗？"

"不急，我们需要先给他清理一下。"医生对着许幼怡敷衍了一句，然后走到她身边，拿起针管就要给许幼怡的输液管里加注东西。

许幼怡有一丝警惕："……这是什么？我们不等输完这瓶再加吗？"

医生眼神一闪，避而不答，似乎有些紧张，反而加快了注射的速度！许幼怡的第六感告诉自己，医生和护士一定有问题，从刚才他们连看都不让许幼怡看孩子一眼就抱走，到现在注射不明液体和逃避的眼神，一系列行为都太奇怪了。

许幼怡抬头看着一滴新的液体就要顺着滴管滴落，在这液体流入许幼怡身体之前的电光火石间，许幼怡一下扯开自己手背上的输液针！随即艰难地想要逃下床。

几个护士有些着急地蜂拥而上，一把按住了许幼怡。“许小姐，你刚刚生产完，建议不要乱动，完成输液。”

许幼怡扭动着肩膀不从，“让开，你们放开我。”

护士加大力气按住她的肩膀，“不要动！你现在不可以出去。”

医生看着被许幼怡拔掉的针管，惊慌地对两个护士说：“按住她！再拿一管药来！”

“你们想干什么？！”许幼怡狠狠地推开护士，一把扯下吊着的输液瓶，在桌上“啪”一下磕碎了，她捡起最大的一块碎片，倏然划上护士的脸。

护士瞬间尖叫出声：“啊！——”

一道长长的血痕从护士的脸上一直到脖子上，鲜血可怖。旁边的医生与另一个护士见到此情此景惊骇，一时停住。

“谁再过来，我就杀了谁。”许幼怡举着玻璃碎片，一边威胁一边倒退着踉踉跄跄离开病房。

虽然刚刚生产完，但许幼怡内心有着非常强的执念。她要活下去，她要见宝宝，她要救她的宝宝！

然而刚刚用完全部能量的身体还是坚持不住，许幼怡的脚有些发软，她撑着墙壁一路很艰难地奔跑出来。

她不知道宝宝去了哪里，一边仓皇四顾，一边喉中爆出哭腔地喊：“宝宝，宝宝……”

她心想不能这么绝望，一定要振作！

现在除了她自己没人救得了她的宝宝，想到这里，许幼怡用力吸吸鼻子，使劲抹了一把脸！

整个医院到处都找不到抱着孩子的人的踪影，而且已经过了那么长时间了，如果真的有人要把孩子带走，可能已经离开医院了。正当她绝望之时，突然听到一阵熟悉的婴儿啼哭。

她远远地见到一个熟悉的男人背影，男人高大挺直，手上似乎还抱了一个孩子，而他正朝医院的门口走去。许幼怡没有半点犹豫疾步追了上去。

两辆黑色汽车停在医院大门口，随从二人站在第一辆车子旁边。

周衡抱着小婴儿从医院走出来，韩今为立即拉开后排的车门，低声道："周先生。"

周衡点点头，正要上车之时，突然身后传来一声撕心裂肺的怒吼。

"周衡！你站住！"

韩今为和周衡同时回头，看到许幼怡正从医院追出来。

许幼怡眼里只有周衡和孩子，根本没看路，不小心撞到了从旁边蹿出来的一个大汉，来不及理会他骂骂咧咧地说许幼怡不看路的声音，她跌跌撞撞地爬起来继续跑。

韩今为冷着脸，指着车内快速开口："周先生速速上车。"

周衡没有再看许幼怡，抱着孩子立即坐上后排，表情淡漠。

韩今为站在车子旁边，对两名随从吩咐道："把她处理干净。"

随从二人:“是。”

韩今为坐上车关上后排车门，司机很快发动了引擎，身后隐约还能听到传来的许幼怡的叫声，然而周衡置若罔闻，专心低头逗弄孩子。

许幼怡从医院一路冲出来，喘着粗气，狼狈不堪，虽然知道凭她的两条腿是绝对追不上周衡的汽车的，但她不想放弃，因为这是她最后的希望。

许幼怡视线死盯着远去的车子，一边带着哭腔不停地喊着“宝宝，宝宝”，一边继续哭着追了上去。然而任她怎么拼命追赶，她和那辆汽车之间的距离只有越来越远。许幼怡哭着追了几十米，最终力气尽失地跌坐在地。

两名随从走到许幼怡身边，将枪口对准了她，对许幼怡而言，孩子被抢走可能比自己被一枪打死更痛苦，她在撕心裂肺的痛哭中等待那一声枪响结束她的生命。然而就在她眼前一片漆黑的时候，身后突然响起两声枪响!

许幼怡下意识抱头，片刻后才发现那枪响的目标不是自己，而是那两名随从的后脑，下一秒他们应声倒地，倒在了血泊里。

许幼怡还有些发蒙，只见严微与王社长快速朝她走去，两个人的身上都有鲜血的痕迹，严微还受了点伤，肩膀上挎着枪。见到严微的那一刻，许幼怡放下了所有的坚强，她不顾形象地放声痛哭。

严微知道她向来是最注意形象的人，此时看她蹲在路中央，马路边的人都像看疯子一样朝她指指点点，严微清晰地感受到了心里的钝痛。

“幼怡，你起来……”严微努力想把许幼怡抱起来，眼圈不知何时红了。

许幼怡痛哭着死死抓住严微的手臂，那声音几乎撕心裂肺，眼泪瞬间从眼睛里涌了出来。“微微，我的孩子，我的孩子被他们抱走了，微微我的孩子……”

明明刚刚生产完身体还很虚弱，但是作为一个母亲，面对这样的场景，就算是透支生命也只想着保护自己的孩子。怀胎十月的骨肉，就这么被人抱走，任何母亲都无法接受，都会崩溃的！

严微蹙眉，眼神冰冷带着杀气，“是谁抱走的？”

许幼怡吸了吸鼻子，“周衡，是周衡！”

严微冷凝的眼神向远方看了一眼，镇定地说：“走，我们去追。”

严微扶着许幼怡上了周衡手下的车，关上副驾驶座的门，自己跑上司机位。她的脸上有着怒气和恨意，用力地按了一声喇叭，汽车如离弦之箭一般开了出去。

王社长担心许幼怡的身子，又担心严微一个人没办法应付意外，马上转身回医院叫了一辆救护车跟过去。严微的车技娴熟，顺着道路一路超车，终于跟上了周衡的车。

周衡坐的黑色汽车疾停在火车站外，发出吱呀一声刺耳的刹车音。

开到火车站后，周衡与韩今为迅速下车，司机也跟着下车，韩今为的手摸在周衡后腰处，以保护的姿态跟随。看到周衡他们的车停下，严微和许幼怡立即停车追出去。

韩今为听到身后的动静，回过头在人群中看到了两人，面不改色对周衡警惕地说道：“她们来了。”

周衡抱着孩子，冷冷对一边的司机吩咐道：“杀了她们！”

没有半点犹豫。

司机点头，眼神中露出凌冽。“是，少爷。”

周衡与韩今为带孩子进入火车站，司机脱下衣服，身手极好，拿出手上的枪就朝严微她们攻过去！

看到司机手里有武器，引得路人惊叫散开。严微和司机两个人躲在建筑物后面互相射击，由于两个人都过于灵敏与矫健，一时无法将对方制服。

严微不想伤及无辜，不打算和他硬刚，当务之急还是要回孩子，她趁交战间隙回头对许幼怡喊：“你先走，去追孩子。”

许幼怡点头，深深看了严微一眼，用嘴型对她说了一句让她小心，转头跑向火车站内。

许幼怡远远看到周衡抱着孩子，与韩今为站在车厢门口，韩今为正在将票递给乘务员，准备上火车，她马上追了上去。

“站住！把孩子还给我！”许幼怡冲进来，远远地对周衡大喊！

周衡回头，死死地盯着许幼怡，眼底充斥着反感与憎恶。韩今为注视许幼怡的眼神像在看一个死人，他冷冷地摸上后腰的枪，做好了随时动手的准备。

而此时脸色惨白的许幼怡虽然步伐艰难但还是强撑着跑到了周衡二人面前，她伸出手，眼睛看着自己的孩子。

许幼怡哀求道："周衡，求求你。"

周衡讽刺一笑，狠狠地咬着牙道："别再叫我的名字，我不想听你叫我的名字。"

周衡说着将孩子塞到韩今为怀里，随手抽出他后腰枪包里的枪，他侧头瞄准许幼怡的眉心，淡淡道："不要再见了。"

粗砺的手指就要扣动扳机之时！从极远处发出"咚"的一声！重机械火力射来！

许幼怡闭上眼，本来以为自己的生命要止步于此。然而下一刻，她还好好地站在那里，身上没有任何伤痕，意识还是清醒的。

许幼怡缓缓抬起眼皮，看到的却是周衡轰然中枪倒地的场景，他瞪着眼，胸口一大片鲜血慢慢把他白色的衬衫晕染开。像是一朵慢慢盛开的艳丽玫瑰。

许幼怡这才反应过来，尖叫一声后冲向孩子。

见她要扑过来，韩今为正抬脚要踹向许幼怡，此时终于把司机制服的严微赶到，将韩今为狠狠压在地上。

许幼怡只感觉浑身的力气散尽，视线越来越模糊，在最后一刻她听到婴儿的号啕大哭声。蒙胧之际，她看到严微把孩子抱了起来，孩子的哭声消失了。那一瞬间她终于安下心，虚脱得昏了过去。

此时王社长正好赶到，对严微说："我已经叫了救护车了，就在门口，快把宝宝和许幼怡送过去。"

严微的眼睛在四周扫了一下，在不远处的高楼上看到一个人影手握着重型狙击枪，利索地三两下跑出高台。

她对王社长说："你先带幼怡去医院，我马上就到。"

第四十五章　彭府对峙

病房内，天还亮着，一阵凉风吹过，把纱质半透明的窗帘吹了起来。许幼怡躺在白色的病床上，眉头紧蹙，额头渗出了绵密的汗，大口喘着粗气。

“周衡你把孩子给我，求你……”

突然一阵狂风把窗吹开，下一秒，许幼怡尖叫了一声倏然坐起！

她的眼里都是泪，头发乱糟糟的，手慌张地摸索着身边，突然摸到一个软乎乎的东西，偏过头去一看，宝宝安然地睡在一旁，正在吧唧嘴，甜甜地笑着。

许幼怡放下心来，红着眼轻轻握住了宝宝的手……

想起刚才的梦来仍然心有余悸，那种恐惧似乎已经深深种在了她的身体里。她刚准备放开手，下一秒，另一只单薄却有力的手慢慢扣上了许幼怡的手背，三只手合在了一起。

许幼怡抖了一下，惊魂未定地还在喘息，抬头看到严微一脸平静地坐在她的身边，心里一下安定了下来。

许幼怡怕吵醒宝宝，用着极小的声说：“微微……我，我做了一个特别可怕的梦。”

“嗯，一切都过去了，”严微顿了顿，用力握了握许幼怡的手,“周衡已经死了，想要杀你的医生护士也被抓起来了，你现在很安全，没有人能再伤害你了。”

许幼怡觉得身上有点冷，不自觉地曲起:“可是我还是很怕。”

严微拍了拍她的肩膀,“你什么都不用怕，我会保护你，你相信我吗?”

许幼怡抬起头，无声地看着严微深泉一样幽暗的眸，终于缓缓地点点头，吐音很轻，却是浓重的力量:“嗯，我相信你。”

许幼怡躺在床上，手臂搭在孩子的包被上，眼睛合起，好像已经陷入了浅眠。周衡死后许幼怡经常会出现做噩梦的情况，本来孩子睡眠短，做母亲的就睡不好，加上许幼怡精神刚受了这么大的刺激，睡眠质量就更差了。

严微每天晚上都守着许幼怡，她给许幼怡塞了塞被角，然后一点点弯下身，仍然是坐着的姿势，却将头靠在了许幼怡的枕头上。她只搭了一点点边，目光始终很平定且冷静地看着近在咫尺的许幼怡的脸，她能看到许幼怡清晰的眼睫毛，像是一片蝴蝶翅膀。

严微轻轻地有节奏地拍着许幼怡的肩头，像是一种安抚。

“你会一直安全下去。”严微看许幼怡的气息逐渐稳定沉重，眨了一下眼小心翼翼地站起身拉开门离开。

出门的时候严微看到姜斌正站在走廊上懒懒地看健康宣传布告栏的背影。

严微看了他一眼，没好气道:“你怎么还在?”

姜斌头也不回，长了后眼一般轻笑道:“你不是也在。”

严微没打算和他斗嘴，她还有事要去做，指了指病房说："正好，你替我看护一下幼怡，不要让任何人进入这间屋子。"

姜斌回过头，眉毛微微挑起，"哦？你要去哪儿？"

严微冷漠地回："我有事办。"

姜斌抱肩往墙上一靠，饶有意味地朝她抬抬下巴，"什么事？拿人脑袋的事吗？"

严微眯了眯眼，抬起手，对着姜斌比了一个手枪的姿势。她有些讨厌这个人一再地挑衅，如果不是因为他有一张合适的脸蛋，她可能早就已经解决掉他了。

姜斌却并没有畏惧，他的表情散漫，眸底却有些锋利，他不确定到底是严微在开玩笑，还是这真的是她的答案。

两人短暂对峙了一会儿，严微最后扯扯嘴角，没有"开枪"，而是把那只手插进了兜里，像一个收枪的姿势。

姜斌的表情也松懈了一些，手指有节奏地点着自己的手臂看着她说："火车站的事情你什么时候有空来警局解释一下？"

严微从他身边大步走过，没有回答他的问题。这个人，比她曾经的伙伴差得太远，只适合无聊时打几句嘴炮。

严微在离开医院以后来到了彭府，周衡出事那天她跟随超子，发现了原来对周衡动手的是彭府的人，不知道他们到底什么来头，也不知道他们对许幼怡会不会有其他威胁，她准备亲自过来调查一番。

严微悄悄潜入屋子的时候彭九一身边有几个他的随从，他本人正坐在宽大的皮草摇椅里，合目问话："离港的船准备好了没有?"

超子毕恭毕敬地弯腰回答:"都跟蛇头确认好了，不会有问题的，九爷。"

彭九一睁开眼，点点头,"虽说没人来揪我们的小辫子，但出去一阵子避避风头总是好的，万一被周家人知道了，麻烦事多着呢。"

超子低头哈腰地拍着马屁:"九爷说的是。"

彭九一刚想再和超子说些什么，屋子里明亮的灯光忽然熄灭!

"是哪位朋友?既然来了，不妨出来见见。"彭九一阻止手下乱走动，在屋里镇定地说道。

下一刻，灯光大亮。彭九一的正前方，严微正好好地坐在那儿。

面对这个突然出现的人，所有人都被吓了一跳，慌张极了。

超子想上前动手，指着严微说:"你——"

后半句话还没说完，彭九一伸手阻拦打断道:"哎。"

严微淡淡看了超子一眼，不屑道:"你打不过我，之前你朋友的耳朵还记得么?"

超子想起上次偷袭许幼怡却被人暗中射伤的事情心有余悸，当时还不知道是谁搞的，现在看来就是面前这个女人。他又有些愤然又有些害怕，下意识看了彭九一一眼，彭九一朝他戳了戳下巴让他退后到一边。

严微冷冷地问彭九一:"你到底是什么人，为什么要针对许幼怡。"

彭九一用同样的语气反问："你又是什么人呢？为什么要保护许幼怡？"

"我们是朋友。"严微双腿与肩膀同宽，双手手肘搁在大腿上。

"哦——"彭九一拖了个抑扬顿挫的长音，仿佛意有所指，"朋友。"

严微打了个响指，指了指彭九一，"该你回答了。"

彭九一伸手，超子很有眼力见儿地立刻递上了雪茄。他慢条斯理地划了根火柴点上，抽了一口再缓缓吐出。"我与褚会子也是要好的朋友，呵呵，之前以为是许幼怡杀害的会子，所以对你的朋友下手，就是你打伤他们那次，原来是一场误会。"

严微了然地点头，"看来陈双城躲的人是你们。"

"是的，"彭九一一副泰然自若的样子，"你可以放心，我对她没恶意，不过周家的公子死了，死的时候许幼怡又在场，周公馆的人恐怕不会这么轻易放过她。"

严微扬扬下巴，不畏惧道："周衡是你们杀的，周公馆就算要寻仇，也该找你们吧。"

"他们可不知道凶手是谁，除非——"彭九一稍稍使劲地按住了烟蒂，眯了眯眼，"有人故意泄露消息。"

严微也微微倾下身，像是在迎战，"你在说我吗？"

"我希望你识时务。"彭九一与严微对视，有些剑拔弩张的气氛在弥漫。超子等人怕严微突然出手，伸手摸枪做好防御准备。

严微瞥了身边的人一眼，"你想怎么样？"

彭九一仰头大笑，站起身原地走了两步，声音沙哑道："我不想怎么样！年轻人，我无意与你为敌，你的勇气还挺叫人意外的。”

严微淡淡地掀起眼皮看他，灯光下她脸上的表情忽明忽暗，“所以呢?”

彭九一走到了严微的面前，弯下腰，似乎在饶有兴致地观察，然后微笑而和气地对严微道：“所以，只要你不惹我，我们大概——也能成为朋友。”

彭九一故意在“朋友”两个字上加重声音。

“我可以不揭发你，但你要保证许幼怡的安全，”在短暂的对视后，严微往后一推椅子，转身准备离开，“否则你们全加起来都不是我的对手。”

超子一群人有些被激得上头，往前一步想拦住她，却被彭九一制止住，他挥了挥手，“让她走吧。”

他已经很久没有遇到这么有趣的对手了，还是如此年纪轻轻的小姑娘。他觉得自己没有看走眼，这个女孩子身上有着跟他同样浓重的血腥味。虽然她的眼睛澄澈而干净，但是，越明亮的地方，越会有太阳投下的暗影。

等着瞧吧，不一定哪天，他们又会在什么地方重逢了。

严微从彭府回到照相馆的时候已经天黑了，她加快步伐往医院赶，却在半路上听到一阵抽泣。本没有兴趣理会闲事，但却听到那个人突然开口叫道：“红妹，红妹你怎么就这么死了，红妹，妈妈想你啊。”

严微停住脚步回过头，跟随着声音往小巷子深处走，遇到红妹的妈妈黄月芳，她正蹲在角落那里哭。

严微犹豫了片刻，还是走过去对着她说:“你没事吧?”

黄月芳没有抬头，把脸埋在膝盖里,“今天是我女儿的忌日。”

严微一愣，原来红妹死了已经一年了。

她曾经以为黄月芳对红妹并没有什么感情，当初红妹活着的时候就是一副嫌弃红妹的模样，没想到居然还能记得今天是红妹的忌日。

黄月芳身上带着明显的酒味，似乎是自言自语，又似乎在对严微说:“红妹出生的时候就傻乎乎的，大家都笑话她也笑话我，说我就是个舞女，生不出什么好货色，我也只能跟着大家一起嘲笑。可是我毕竟是她的母亲啊，我怎么可能真的嘲笑她呢，我多希望她是健健康康、聪聪明明的，都怪我，都怪我没有生好她，都怪我。”

严微叹了口气，蹲下身拍了拍她,“红妹不会怪你的。”

“红妹死的时候他们都说死了也好，我身上的包袱没有了，可是，我的希望也没有了呀。”黄月芳哭得更凶了,“我不可能一辈子做舞女，我年纪大了，总有一天会干不动的。我以前就想着，等我攒够了钱，就带红妹回乡下生活，就我们母女俩，也开开心心的，不用遭人非议，不用看别人脸色，只有我和她两个人。可是她死了，被那些有钱人开车撞死了，那些有钱人撞死人也不用偿命，他们该死，都该死!”

严微不知该怎样应对这样的伤心，半晌，才对黄月芳说:“他们都得到报应了，你放心吧，红妹会安息的。”

黄月芳缓缓抬起头对上她的眼，她泪眼婆娑，隐约觉得这个声音很熟悉，不确定地问:“姑娘，我是不是在哪里见过你?”

严微突然意识到了什么，站起来低下头，故意压着声音说："没有，我们没见过。"

黄月芳沉沉地注视着，那双眼像是彻底醉了，又像是有了片刻的清醒，但最终她低下头去，继续默默流泪。

这个夜晚对其他人来说和以往千千万万个夜晚并没有什么不同。但是对有些人来说，它可能有着难以言喻的特殊意义。

可能是难过的、悲伤的、痛苦的。

也可能是快乐的、温馨的、难忘的。

严微回到医院，许幼怡已经醒了，正抱着孩子在逗他玩。严微坐到她身边，看向窗外，月光洒了进来。在这么多悲欢离合的交织中，团圆才是最重要的。

第四十六章　双面之镜

在医院里休息了几天，许幼怡和孩子的生命体征都已经恢复了正常，没过几天就可以出院了。然而养孩子并没有想象中那么容易，孩子每隔三小时就要吃一次奶，半夜也不例外，每天许幼怡和严微都觉得睡眠严重不足。

由于第一次照顾孩子，有些精细的活儿也都做不好，每天都会时不时听到各种东西碎裂的声音，严微更是奶瓶杀手，明明能把枪拿那么稳的人，却总是手滑把奶瓶摔坏。

在她已经打碎将近十个奶瓶之后，第十一个光荣牺牲在了地上。

"啪"的一声，严微皱眉看着地上打碎了的奶瓶和洒了一地的奶粉。

许幼怡在二楼房间里都能听到清晰的声音，吓了一跳，对着楼下伸长脖子喊："严微微啊，你怎么回事？是不是又打碎了奶瓶？"

严微慌乱地用脚踢了一下地上的碎片，清了清嗓："没有，是一个茶杯碎了。"

许幼怡："哼，我才不信你。"

严微不开心地皱皱鼻子，转身打开一个收纳箱，里面满满当当放着八个新的奶瓶，她利落拿出新奶瓶，重新冲奶粉。

冲完后一边晃动着奶瓶一边小声上楼，严微把奶瓶交给许幼怡，她一手抱着宝宝一手扶着奶瓶，看着宝宝一口一口吸着奶，两个人的脸上都不由露出了慈爱的笑容。吃完奶后宝宝满足地睡着了，时不时发出咕咕的声音。

许幼怡压低声音对严微说："你刚刚是不是又把奶瓶打碎了？"

严微眼睛盯着婴儿的包被，斩钉截铁地回答："我没有。"

许幼怡才不相信，撇撇嘴，"肯定是。"

严微指了指手里的奶瓶，"奶瓶不是在那儿吗？"

许幼怡嗤笑着用手指比画，"你前天新买了十个奶瓶，偷偷藏在厨房里，别以为我没看见。"

严微瘪瘪嘴不吭声了。

许幼怡倾身轻轻晃晃奶瓶，里面还有将近一半浓稠的液体，叹了口气问严微："你为什么每次都冲这么多奶呀？"

严微指了指小宝宝，"我觉得他不够吃。"

"你觉得？你觉得他是你呀。"许幼怡叹气，"小宝宝的胃口很小的，只需要几十毫升就够了，我们不要这么浪费，你知道一盒商贸厅的进口奶粉要多少钱吗？"

严微义正词严道："我可以挣钱。"

许幼怡拖长声音，抑扬顿挫地"哦？"了一声。她一只手托在下巴上，饶有兴致地看着严微，用脚尖亲昵地蹬蹬她的脚腕，打趣道："你靠什么挣？这家每天只开张半天的照相馆吗？"

严微气恼皱眉，腿往旁边躲了躲，似乎自尊心受挫一般道：

“反正我会多挣钱给你们两个买东西的，你不用担心钱的问题。”

许幼怡放下手，嘀咕道：“我可不用你养，我比你挣得多呢。”

严微的头因受挫而郁闷地耷拉下来。

两个人还斗着嘴，小宝宝突然醒了，在旁边哇哇哭了起来。许幼怡和严微马上噤声手忙脚乱地抱起孩子哄。

许幼怡轻轻摇动着宝宝，渐渐他在许幼怡的怀里闻着她的味道又睡着了，许幼怡嗔怪地看向严微：“你看，都是你，你说话太严肃吵醒他了！”

严微一脸委屈，压低着嗓子说：“你胡说，不是我。”明明就是许幼怡先说话的，说她摔碎奶瓶的事，讨厌得很。

日子就这么平缓地过着，两个人每天都围着宝宝打转，不知不觉娃娃会抬头了，会自己坐了，甚至有时候牵着他的手他还能稍微站一会儿了。每天看着宝宝一点点成长，是两人最大的期待和安慰。

照相馆还是继续营业着，某天严微外出看到报童正在叫卖，买了份报纸，看到了关于周云沛的消息。生命中已经很久没有再出现以前那些人的名字了，这些人的名字就像是一面可以打开回忆的镜子，折射出那些尘封在脑海深处的记忆。

到了晚上严微想放松一下，坐在楼下沙发上喝起了酒。

许幼怡蹑手蹑脚地从楼梯上走下来，“悄悄喝酒都不叫我的呀。”

严微有一点儿微醺，声音懒懒地对着许幼怡说：“你不是在陪宝宝吗？”

“宝宝睡了呢。今天他很乖，只听我唱了一首歌就睡了。”许幼怡走到严微身边坐下，自然地拿过她手里的酒，仰头喝了一口。

严微从旁边地上又拿起一瓶，用手稍稍一别，没用任何工具很轻松就打开了。

许幼怡不由得抓起严微的手各种翻转，像是在看什么奇珍异品，“这是什么手，真是厉害啊。”

严微把手抽回，接着喝酒，像是不经意一样提起：“周衡的父亲走了你知道吗？”

“我怎么会知道，我现在天天围着孩子和奶粉打转。”许幼怡顿了顿，表情上看不出什么情绪起伏，手搓着酒瓶，随口一问似的，“他去哪儿了？”

严微侧头看许幼怡，平淡道：“他升官了，去了北平上任，太太也跟着一起走了。”

许幼怡一愣，随即露出复杂的表情，“……哦，那蛮好的呀，他们离开上海也蛮好的，一切早就该结束了……”

许幼怡有些怅然地看向窗户外面，幽深的夜色，慢慢又露出一个笑容，有些祝福的意味。

周衡出事以后许幼怡和周家虽然已经没有半点瓜葛了，但说到底以前看在周衡的面子上二老待她不算薄，如今他们白发人送黑发人，还是周家的独子，对周家而言，上海总归是个伤心地。

四季更迭，掐指一算，周衡死了竟也快半年了。

“时间过得可真快。”许幼怡感叹道。

“嗯，”严微喝了口酒看着许幼怡，“宝宝的周岁打算怎么过？”

许幼怡忍不住笑了出来，“也没这么快吧，哈哈。”

严微一脸严肃，没像在开玩笑的样子，“可以早点想一想的，等宝宝一岁后，你就不要天天在家陪他了，我找个阿姨回来帮忙看孩子。你继续写书吧，也多出去参加一些活动，恢复社交，总在家里也很闷的。”

许幼怡打趣地戳了戳她的胳膊，“怎么？催我出去赚钱了呀？”

严微摇摇头，“钱不重要。但你不该留在婴儿房里，外面广阔的世界才是你的天地。”

许幼怡静静地看着严微，眸底有一些感动，“我有时在想，自己还挺幸运的，遇到了许多倒霉的事，但是也遇到了你。”

听到这话严微的心里其实很开心，但表面上故作冷漠，“哦……听起来也不怎么好。”

许幼怡与严微对视，忽然一起哈哈笑了起来，突然又发现声音太吵，怕吵醒了楼上的宝宝，赶紧捂住了口，小心地看着楼上。过了几分钟确定楼上没动静，两个人才咬着耳朵用悄悄话的音量继续低语聊天。

许幼怡在怀孕期间其实还是一有空就创作的。经历过这么多事情，做了母亲之后，她觉得自己写出来的东西似乎更有深度了，把新作品拿去出版社给王社长看，他表示内容非常好，一定会畅销。

和王社长谈好合作后许幼怡从出版社走出来，满面笑容，看上去心情不错。走在回照相馆的路上，突然身边一辆汽车滑行停下，嘀嘀按了两声喇叭。

姜斌从车窗内探出头，招招手道:“许小姐去哪儿？我送你一段吧?”

许幼怡挺久没见到姜斌了，他还是一点儿都没变，可能因为今天自己心情不错的缘故，瞧着姜斌也没往日的烦人劲儿了，有些潇洒倜傥的，遂不由得打趣开口:“姜探长公务繁忙，让你专程送我一趟也太麻烦了。”

姜斌笑着把车打了个弯停下，对许幼怡说:“不麻烦，送许小姐或许也是我的公务呢!”

许幼怡怔了一下，瞬间心情没有那么美好了，他前段时间还在时不时找严微麻烦，看来到现在还没有死心呢，她叹着气看了姜斌一眼上了他的车。

姜斌一边开起车来一边问:“你的同居室友严微最近在忙什么?”

真是果不其然……狗改不了那什么。许幼怡用手抵了抵额头做出无奈状,“你问得真是毫不婉转啊姜探长，都过去大半年了，怎么就不消停呢？我们微微到底是怎么你啦?”

“她没有招惹过我，即便真惹过我，我也不至于这样天天撵着她不放。”姜斌耸耸肩,“但我只是想提醒你，她是个危险人物，你也别对她太放心了。”

许幼怡想到了那些奶瓶的“尸体”，笑着叹了口气,“是挺危险的，总是打碎东西。”

姜斌看她这么天真，不由发自内心劝说道:“许小姐也别太笃定了，你好好想想看，你真的了解她吗？她本名叫什么，认识什么人，有过什么经历，为什么会来上海，曾在哪里生活，都以何为生，这些你清楚吗？你在她面前是一张白纸，她参与了你所有为人所知或不为人知的生活，而你呢？”

许幼怡的手不由攥紧，沉默着不说话。姜斌说得确实没错，许幼怡对严微的过去确实不了解，也没参与，每次问她回答的那些也让人摸不着头脑，分不清真伪。她只是发自内心地相信严微，靠的仅仅只是直觉，而这种直觉没有任何证据来证明。所以姜斌每次在质问她的时候，她除了坚定地相信严微，并没有其他的可以说服姜斌的说辞。

像是被看穿了心事，姜斌不由勾唇一笑，眼角的余光在许幼怡脸上打了个转，意有所指道：“有些人你以为很了解她，其实还差得远呢。”

许幼怡不动声色地看向窗外，眼前掠过一条条街道，一棵棵树木。她才发现这些东西看似很熟悉，其实离自己又远又陌生。

一路上两人都没再说话，下车的时候姜斌瞥了一眼后面的照相馆最后关照了一句：“你用尽自己一切力量在保护她，但你都不知道你到底在保护什么人，而又会有多少人为此彻底被改写了命运，许小姐，我希望你好好想一想。”

许幼怡下车回到照相馆，严微正在哄着宝宝，她手里拿着一张手绘卡通图画，正面是小鸭子，翻转向后，露出的是一张小老虎卡通图。

严微对着坐在婴儿车里的宝宝一板一眼、毫无感情地念道：“就这样，小老虎把小鸭子送回到了森林里，鸭子妈妈开心极了。”

宝宝一边咿咿呀呀地叫，一边拍掉小鸭子的图，要去够小老虎，“啊啊——”

许幼怡走进来，有点好笑地看着严微与宝宝问道："你又在给我宝宝讲什么奇奇怪怪的暗黑故事？"

严微从婴儿车旁站了起来，把两张图都放到了宝宝的怀里，一本正经地说："没有，我今天讲的故事很普通。"

许幼怡点点头，一边挂包一边说："好吧，今天的工作顺利吗？我给你介绍的客人是不是很大方？"

严微略显得意地说："顺利，她还给了我小费。"

"是吗？哈哈。我看看微微赚了多少钱。"许幼怡走到吧台后，翻开账簿，余光忽然瞟到了旁边的电话机，上面放着一张纸条，纸上用很锋利的笔力写了几个字。

——马斯南路 18 号　陈广平

许幼怡疑惑地伸出手，想要拿起那张纸条，没想到另一只手比她快。

严微抢在许幼怡前面随意地拿起纸条，夹进了便签册里，又将册子摆到架子上，一边整理着东西，一边对许幼怡道："今晚你做饭吧。"

许幼怡的视线还停留在那本册子上，片刻点头："行啊，犯懒了啊？你想吃什么。"

严微蹲下身，背对着许幼怡逗着宝宝："我不在家吃了，我有点儿事要出去。"

许幼怡有些惊讶，平时严微还是挺少不在家里吃饭的，忍不住问道："晚上出去？什么事啊？"

严微在许幼怡看不见的地方垂下眼，似乎略有心事地说："约了人拍照。"

晚上一个人吃完饭，孩子在婴儿车里睡得香甜。许幼怡趴在窗口正要关窗，又忍不住往外探头，左右看看，似乎在等人，但最后还是叹了口气把窗关上。

已经挺晚了，严微还没有回来，而且出去的时候总觉得她神神秘秘的，不知道去干吗，但是可以肯定的是，应该不是去拍照。许幼怡躺在床上，在床头灯昏暗的光线下发着呆想着心事。

姜斌的话不断在耳边回响——

"你用尽自己一切力量在保护她，但你都不知道你到底在保护什么人，而又会有多少人为此彻底被改写了命运，许小姐，我希望你好好想一想。"

不知道为什么，许幼怡总是控制不住去想姜斌这句话的意思。她很相信严微，真的很信任她，但她总觉得严微在对她隐瞒着什么。虽然知道不一定是坏事，虽然可能是怕她被牵涉其中，在保护她，但许幼怡还是希望参与严微的整个人生，不想被抛离在外。

想得过头，似乎有些头疼，许幼怡闭起眼揉了揉眉心，小心地坐了起来，看了孩子一眼。孩子睡得还很香，许幼怡忽然想起了什么，站起身，披了衣服向外走去。

她来到严微的房内，房内换了一幅挂历画，里面是严微曾经藏枪的地方。许幼怡走上前，伸出手，手指慢慢贴在挂历画上，脸上显出了挣扎和犹豫的神色。

许幼怡想起今天严微出去的时候，厚重的衣服把她包得严严实实的，像是可以藏枪的样子。

许幼怡看着那幅挂历画，深深地咽了一口口水。手指触碰到的地方微微发抖，心里始终有一个声音在不停重复——

“我该打开看吗……”

许幼怡犹豫了很久，闭起眼，深深呼吸了三下，最后还是忍不住打开了那个暗格。然而里面空空如也，许幼怡呆住了，许久许久，才放下了手。

彼时，马斯南路正在举办一场宴会，众人觥筹交错，一名志得意满的高官被众人围在中央。大家都纷纷上前对高官敬酒，谄媚地奉承道:“上海如今经济形势一片大好，全靠您的英明领导啊!”

高官点点头，得意中带着傲慢,“哈哈，但也要托赖各位的鼎力支持。”

下一个转身，高官面对着窗外，此时他的额头中央有一个很小的激光红点，随着他的每个动作幅度跟着移动。而追随着那道射线而去的终点，严微正趴在高台上，用枪瞄准高官!

她眯起一只眼睛，从瞄准镜里看出去，找准了时机，毫不犹豫地扣下扳机。

“砰”的一声！严微开枪。

子弹出膛，直向着高官而去!

整个大上海，即将迎来新一番的腥风血雨。

（完）

图书在版编目（CIP）数据

双镜 / 赵娜，李宗晨著. -- 成都：四川文艺出版社，2021.6（2021.12重印）

ISBN 978-7-5411-5996-1

Ⅰ. ①双… Ⅱ. ①赵… ②李… Ⅲ. ①长篇小说－中国－当代 Ⅳ. ①I247.5

中国版本图书馆CIP数据核字(2021)第067404号

SHUANGJING

双镜

赵　娜　李宗晨　著

出 品 人	张庆宁
出版统筹	吴兴元
选题策划	肖　恋
责任编辑	邓　敏
特约编辑	徐　洒
装帧制造	林　丽
营销推广	ONEBOOK
责任校对	汪　平

出版发行	四川文艺出版社（成都市槐树街2号）		
网　　址	www.scwys.com		
电　　话	028-86259303（编辑部）		
传　　真	028-86259306		
印　　刷	北京天宇万达印刷有限公司		
成品尺寸	143mm × 210mm	开　本	32开
印　　张	13.75	字　数	290千字
版　　次	2021年6月第一版	印　次	2021年12月第六次印刷
书　　号	ISBN 978-7-5411-5996-1		
定　　价	55.00元		